2012
A Profecia Maia

GROUND
livros para uma nova consciência

Alberto Beuttenmüller

2012
A Profecia Maia

3ª edição
São Paulo / 2009

EDITORA GROUND

Revisão: Antonieta Canelas / Roseli Venâncio
Ilustração do miolo: Vagner Vargas
Capa: Carlos Guimarães
Editoração eletrônica: Sergio Gzeschnik

CIP-BRASIL. CATALOGAÇÃO-NA-FONTE
SINDICATO NACIONAL DOS EDITORES DE LIVROS, RJ

B466d
3.ed.

Beutten-Müller, Alberto, 1935-
2012 : a profecia Maia / Alberto Beuttenmüller. - 3.ed. - São Paulo : Ground, 2009.
il.

Apêndice: Os Maias
Inclui bibliografia
ISBN 978-85-7187-206-6

1. Maias - Ficção. 2. Ficção brasileira. I. Título.

09-3367. CDD: 869.93
CDU: 821.134.3(81)-3

08.07.09 14.07.09 013716

EDITORA GROUND LTDA.
Rua Lacedemônia, 87 - Jardim Brasil
04634-020 São Paulo - SP
Tel.: (11) 5031.1500 / Fax: 5031.3462
ground@ground.com.br
www.ground.com.br

Aos maias que ainda vivem em Belize, na Guatemala,
em Honduras e no México, a minha homenagem. *In Lake'ch!*

Alberto Frederico Beuttenmüller

Apresentação à 3ª edição

Esta é a nova edição de *2012 – A Profecia Maia*, Ed. Ground. A 1ª edição é de 1988. Nesses onze anos os maias tornaram-se moda. Quem ainda não os conhece, deve fazê-lo com urgência, caso contrário ficará sem assunto com seus amigos, pois só no Orkut há uma comunidade que já ultrapassou os 17 mil integrantes.

Os maias permanecem um grande mistério. Como esta civilização, que teve início na impenetrável Selva do Peten ("lugar isolado"), na atual Guatemala, conseguiu criar um calendário mais perfeito que o gregoriano? Eles jamais erraram uma profecia; profetizaram até a chegada de Cortez, em 1519, para arrasar a civilização asteca de Tenochtitlán, hoje, Cidade do México. A profecia maia para 2012 já está em curso e é baseada em um ciclo astronômico de 5.200 *tun* ou anos, desde 3113 a.C. até 2012 d.C. Os sacerdotes maias usavam o calendário sagrado – *Tzolkin* – para realizar as suas profecias que partiam de cálculos matemáticos.

O autor

Apresentação à 1ª edição

Os maias sempre foram um mistério para a Humanidade.

Por que abandonaram, sem motivo, suas cidades no século IX, deixando-as intactas para serem devoradas pela selva? Como uma civilização isolada e sem telescópio realizou cálculos astronômicos precisos e produziu calendário superior ao nosso? Além disso, como uma raça de silvícolas conseguiu, no século III, inventar o zero, sofisticação matemática que só chegaria à Europa no século XII? E mais: como conseguiam baixar suas pulsações cardíacas em plena Idade da Pedra, se o Yoga sequer era conhecido na América?

As respostas estão neste livro. O autor pesquisou por vinte e cinco anos os maias, em pormenor, desde que sentiu a energia de um templo no Yucatan. Ali percebeu a existência de mestres: os maias cósmicos, provenientes das Plêiades, os Nove Senhores do Tempo ou da Noite, viajantes interdimensionais e intergalácticos, cujo deus — *Hunabku* — nada mais é que a energia central da Galáxia, regendo o Sistema Solar. A Ciência Esotérica Maia e sua Numerologia são aqui discutidas, inclusive rituais e tradições herméticas do *Livro dos Mortos*.

Este é um romance de conhecimento, no qual se fundem e confundem ficção e realidade. O personagem principal é a cultura maia e seus mistérios. Os maias jamais erraram uma profecia e acertarão, com certeza, também o vaticínio aqui exposto para 2012.

O autor

Sumário

* Representação do número 1, em maia.

1 = •

A descoberta do Códice K

Leopoldo subiu a escada do restaurante do aeroporto da Cidade do México. Ia pegar um avião para Palenque, hoje um sítio arqueológico, mas no passado uma das maiores cidades maias. A ala de vôos domésticos estava vazia. Esperava encontrar-se ali com o bruxo Pop Men. Tudo acertado pela sua colega Virgínia, que conhecera o sacerdote maia em um encontro de magos. Virgínia também era antropóloga e sempre fora interessada em esoterismo. Receoso, Leopoldo nunca penetrara nesses mistérios. A antropologia, muitas vezes, o obrigara a entrar no campo fluídico e frágil do mundo transcendental. Duas perguntas o assaltavam naquele instante: como seria o tal Pop Men? E onde estava, afinal, o misterioso Códice K?

Virgínia lhe dissera que o códice fora escrito em maia arcaico e continha uma profecia milenar para 2012. Segundo dizia, uma nova era estava por vir. Os maias sempre foram grandes profetas. Disso Leopoldo tinha provas, quando os maias vaticinaram, séculos antes, a invasão dos espanhóis na América. Um desses livros maias o — *Chilam Balam* — ou "*Livro do Adivinho das Coisas Ocultas*", dizia como seria a chegada de Hernán Cortés, ao invadir o México: *A terra queimará e haverá grandes círculos brancos no céu. A amargura surgirá e a abundância desaparecerá. A terra queimará e a guerra de opressão chegará. A época mergulhará em graves trabalhos. De qualquer modo, isso será visto. Será o tempo da dor, das lágrimas e da miséria. É o que está por vir.*

"E não deu outra coisa" — refletiu Leopoldo.

Sabia o texto da profecia de cor. Impressionou-o a precisão da profecia. Estava agora ali, na solidão daquele aeroporto, esperando e imaginando o rosto do mago entre os que passavam. No México quase toda gente descendia de alguma cultura milenar, destruída pela devastadora invasão espanhola. Acostumado ao estudo dessas culturas da Mesoamérica, via em cada passante o bruxo maia que Virgínia recomendara. A espera enervava-o. Impaciente, tentava ler o jornal à sua frente, mas, se os olhos percorriam as manchetes, a mente divagava. Olhava ao redor com curiosidade. Os usuários de aeroportos eram uma fauna bem variada. Havia os executivos, de pasta na mão e gravata, enforcando sonhos, a correr pelo mundo, atrás de negócios. Africanos, árabes e judeus, com suas roupas típicas, mostrando que a tradição ainda imperava no mundo. O mundo mudaria? Leo tinha dúvidas. E se mudasse, talvez fosse para pior. Seria outra profecia catastrófica como a da invasão dos espanhóis? O que aconteceria ao mundo a partir de 2012? E por que a data? Eram muitas perguntas sem respostas. Não gostava de esperar. Principalmente, desconhecendo o sujeito. Muito menos bruxos. Nervoso, folheara o jornal três vezes. Nada de Pop Men.

O Códice K, diziam, fora achado em Palenque. Até ali seu interesse fora só profissional. Os maias deixaram vários códices que, infelizmente, Dom Diego de Landa, bispo do Yucatan, transformou em cinzas, em 1562. Depois, arrependido de seu ato inquisitorial, traduziu para o castelhano alguns, mas apenas os considerados não blasfemos pela Igreja. Alguns códices restaram da imensa fogueira do bispo. Continham tanta sabedoria nos campos da astronomia e da matemática que os estudiosos se curvaram àquela grande civilização. A descoberta do Códice K era por isso de suma importância. Trazia detalhes do *Tzolkin*, o calendário sagrado dos antigos maias, chave da profecia. Leo começara até estudos de arqueoastronomia por causa do calendário. Pop Men tinha conhecimentos de mais de trezentos calendários. Só que se atrasara para o encontro, irritando-o. Virgínia lhe dissera ao telefone: *Ele é o guardião das antigas tradições maias. Haverá mudanças profundas no mundo. Você verá. Apesar de seu ceticismo, Pop Men será uma peça-chave em seus estudos.*

Virgínia se empolgava sempre com tais mistérios. E dizia tudo com tal charme que lhe parecia impossível não ouvi-la. Lembrava-se dela num vestido vermelho bem colante, deixando raro espaço para imaginar seu corpo esguio, dizendo-lhe:

— Os maias descobriram o zero, Leo, no século III a.C. Uma raça com uma mente abstrata dessas não pode ser selvagem. Esta defesa feroz dos maias e o modo charmoso de Vicky foram fatais em sua vida. Assim, tornara-se maiaista, um estudioso da civilização maia.

Pela porta lateral do aeroporto entrava Virgínia, esticando o seu pescoço de garça, à sua procura. O olhar de Vicky pousou na mesa do restaurante. O relógio do aeroporto marcava nove e meia. Manhã de sol forte, após chuvarada, que deixara nas poças d'água os reflexos de seres e coisas. Estava quase na hora do vôo e nada do bruxo chegar. Virgínia dissera: "Só ele poderá ajudá-lo". De que modo? Ajudá-lo em quê? Não sentia a menor necessidade de ajuda. Só queria conhecer mais o *Tzolkin*, seu objeto de estudo; mas, Virgínia lhe falara de forma tão convincente, através daqueles lábios grossos, daquela boca carnuda, que seria quase impossível não atendê-la.

"É só falar no diabo..." — pensou.

Leo fingia ler o jornal, quando a moça correu ao seu encontro saltitante, com um vestido ainda mais justo que o lembrado por Leo. Virgínia era tão fêmea ao andar que o deixava tenso, toda vez que a via.

— O que você está fazendo aqui? — perguntou Leo, olhando-a de cima a baixo.

— Você não se alegra de me ver, Leo? — sussurrou sensual Vicky.

— Claro, mas e o tal bruxo? Não veio, sabia? — ironizou Leo.

— Pede ao garçon um café bem forte — insistiu Virgínia.

— Não estou entendendo mais nada, Vicky.

— É simples, meu caro Leo. Pop Men veio, mas já se foi...

— Como veio e já se foi!

— Caro, Leo: Pop Men veio só conhecer você.

— Estamos todos ficando loucos. Isso não tem sentido.

— Pop Men tem lá seus cuidados. Não pode ir logo se dando a conhecer.

— Como é que eu não vi esse bruxo, Vicky?

— Porque ele não quis ser visto, ora.

— Eu só queria saber sobre o Códice K — disse, magoado, Leo.

— Estou aqui para isso — cortou Vicky — vou contar o que sei.

Virgínia cruzou as pernas, puxou a mini-saia até o joelho, dentro do possível. Passou a língua sensual pelos lábios secos, graças ao ar rarefeito da Cidade do México, e iniciou seu relato, deixando à mostra o vale profundo dos seios:

Estudava o calendário sagrado dos maias para uma tese, quando conheci Pop Men. Sua figura singular deixou-me curiosa, ele estuda não sei quantos calendários. Disse-me que ninguém entendera ainda o Tzolkin. *Tratava-se de um módulo para a compreensão da profecia. Interessei-me muito por suas pesquisas, quando soube da profecia para 2012. Tudo isso está contido no Códice K.*

— A profecia já está em andamento?

— Sim, Leo. São várias fases. Tudo começou em 3113 a.C., número palíndromo.

— Sei, o que lido de qualquer lado dá sempre a mesma coisa. Interessante, Vicky. Mas essa não é a data do início da civilização maia?

— Não, a data de um ciclo de 5.125 anos ou Conta Grande, um ciclo profético descoberto pelos maias, usando o *Tzolkin*.

— Já sei. Nós pensávamos que o 3113 a.C. fosse a data do início da cultura maia na Mesoamérica, mas é um ciclo profético, é isso, Vicky?

— Justamente, Leo.

— E por que 2012, Vicky? — a indagou Leo, já interessado.

— Porque neste ano deverá iniciar-se uma nova consciência para a humanidade...

— Como assim? O que vem a ser essa nova consciência?

— Uma nova conscientização dos seres humanos, entendeu?

— E onde está o Códice, Vicky? — quis saber Leo.

— Pop Men é o guardião, mas sofre perseguição. Por isso, veio até aqui, mas não se apresentou. Devia estar sendo seguido...

— Quer dizer, há gente interessada em destruir o Códice?

— Não se sabe quem, mas existe, sim, Leo.

— Por que alguém faria isso?

— Isso não sei. No mundo de hoje há muitos interesses. Somos manipulados o tempo todo — filosofou Virgínia — entreabrindo os olhos grandes para a janela.

A manhã refrescara, após a chuva forte e passageira. Deixara a rua cor de âmbar e um cheiro de almíscar no ar. Os dois silenciaram. Vicky recostou-se na cadeira, cruzando e descruzando as pernas esguias, seu cacoete *sexy*. Leopoldo admirava seu corpo sem entender aquele mistério. Gostava mais de coisas lógicas e claras. Estava, porém, diante do contrário. Fazia cinco anos que não se viam, mas continuaram amigos nesse tempo, trocando informações no campo da antropologia. Virgínia mudara quase nada. Talvez, o cabelo. Antes comprido, agora era curto. Ficaram se olhando mutuamente. O Leo que Vicky tinha na memória sofrera poucas transformações. Permanecera um homem forte e cético, bela figura, mas sem mistério. Este sempre fora o seu maior defeito, na idealização de Vicky. Ela, ao contrário, amava mistérios. Por isso estava ali, empolgada com a profecia maia para 2012, fim de um ciclo e início de uma nova era. Teria Leopoldo se apaixonado pela profecia?

Virgínia animara-se com o interesse demonstrado pelo amigo. Leo parecia-lhe ansioso para saber do Códice. Miravam-se, mutuamente, a antegozar instantes ainda não vividos.

— Fale-me mais desse Códice K — cortou Leo.

— Até que enfim! Interessou-se, hein? — brincou Virgínia.

— Estou interessado em ciência, não em vaticínios.

— E o meu café? — apelou Vicky.

Leopoldo fez sinal para o garçon: dois expressos!

Voltaram a olhar-se. O odor almiscarado da manhã penetrara no ar, invadindo narinas. Virgínia foi a primeira a falar, cortando o silêncio cúmplice de ambos:

— Você não tem percebido a mudança no mundo, nas pessoas...

— Não, você tem? — disse Leo, seco.

— Onde você vive homem? Alguns sinais já surgem no espírito das pessoas. Só você não vê...

— Não estou vendo nada.

— Puxa, Leo. O mundo está mudando à sua volta. O muro de Berlim caiu sem um tiro; o comunismo, idem. Você não viu nada?

— Está tudo apodrecendo, não é, Vicky?

— Não, Leo, está tudo mudando. E isso faz parte da profecia.

— É mesmo? Como é essa profecia?

— Só sei que haverá muitas transformações.

O alto-falante deu o primeiro sinal de partida da aeronave para Palenque. O Sol voltara forte. Os dois começaram a despedir-se. Virgínia colocou um maço de papéis na mão de Leopoldo, que a olhou surpreso.

— Não é nada, só um mapa de Palenque para orientá-lo. Boa viagem — desejou de olhos molhados — Procure por Pop Men!

— Espere, ainda temos quinze minutos. Foi só o primeiro sinal. Como procurar lá quem devia estar aqui? — enfatizou Leo.

— Ele é um bruxo, esqueceu? O Códice K talvez seja o primeiro sinal. Procure observar e, principalmente, observar-se. As mudanças virão, tenho certeza.

— Que tipo de mudanças?

— Por dentro, meu caro. Ainda se lembra de alma, de espírito?

— São questões religiosas, dependem de fé cega.

— Não, Leo. Chamamos as coisas por nomes errados. O espiritual não depende de religião. Há uma região dentro de nós que transcende a realidade. É você puro, sem compromissos terrenos. É disso que fala o Códice...

— Ah, é mesmo? Como irei encontrar Pop Men?

— Ele o achará. Pobre Leo, Pop Men é um sacerdote maia com saber milenar...

O alto-falante cortou-lhes a conversa, ao informar que era a última chamada. Os passageiros deveriam dirigir-se ao portão um.

— Olha aí, a coincidência — enfatizou Leo — poltrona 13 K!

— Não existem coincidências, Leo. Você verá. Boa viagem.

— Obrigado, Vicky. Sabe, nunca fui a Palenque.

— Você vai gostar. Vá direto ao Templo das Inscrições. O mistério todo deverá estar ali. Treze era um número sagrado para os maias, número cósmico. Treze K? Interessante...

No afã da despedida, ao se beijarem, roçaram os lábios, enquanto os olhares penetravam fundo um no outro. Havia sempre uma conspiração do destino unindo-os para, logo depois, os separar. A vida toda acontecera assim. Virgínia se especializara nos *mayax*, maias clássicos. Leopoldo se dedicara mais aos maias-toltecas do Yucatan. Até nisso os dois se completavam. Faltara apenas a coincidência do encontro total. Quem sabe a profecia os unisse para sempre. Entretanto, ao vê-los juntos ninguém arriscaria um palpite.

Dirigindo-se à aeronave, ecoava em Leopoldo ainda a frase de Vicky: "não existem coincidências". Ao longe, pôde ver a figura delgada de Virgínia acenando-lhe adeus, sempre puxando a mini-saia para baixo, como se fosse possível. A cor de âmbar e o cheiro de almíscar gravaram-se na memória de Leo como tatuagem. "Não existem coincidências, Leo". Parecia-lhe que Virgínia já falava como iniciada. Sabia mais do que dizia? Era provável. Virgínia era misteriosa. Gostava de esconder fatos essenciais, chamando a atenção para detalhes inócuos. Depois, pouco a pouco, o cerne da questão emergia como por encanto.

Leo sentou-se na cadeira atrás do piloto. Sempre lhe disseram que o piper era um avião pequeno, mas seguro. Cabia-lhe crer, já que para Palenque não havia vôos normais. O piloto tinha a mesma cabeça em forma de ovo dos maias. Como era a palavra? Buscou-a no fundo da memória: *braquicéfalos*. Era como a antropologia física classificava os seres cabeça-de-ovo. O piloto parecia um maia atemporal, com o nariz bico de águia.

Meteu a mão no bolso e tirou o mapa da antiga Palenque. Virgínia a desenhara muito bem. Tinha detalhes da antiga Xibalanqué,

Cidade Vermelha, depois Palenque ou *Na Chan*, Casa da Serpente. Iria para uma área desconhecida, mas sabia o bastante dos maias clássicos, outrora residentes no centro da Mesoamérica, onde a civilização maia iniciara. Ali havia agora uma guerrilha. Palenque ficava no contraforte das montanhas de Chiapas onde uma revolta campesina se instalara.

Embarcou às dez horas. Céu limpo, azul profundo, quase sem nuvens. Se o vôo fosse normal, aterrissaria próximo a Palenque em quatro horas. Depois, iria a pé. Virgínia falara no Templo das Inscrições. Estaria lá o Códice K tão desejado?

Já no avião, enquanto comia o lanche, ouviu um homem de meia-idade falando em inglês, com um jovem. A certa altura, a palavra códice tornou-se clara para Leo. Sua atenção redobrou. O piper tinha apenas seis lugares; piloto e cinco passageiros. Naquele vôo, porém, três passageiros. Seria impossível guardar um segredo ali. Leo só não entendera porque tinha o bilhete 13 K, se só havia três lugares. Mistério.

— Você ainda não ouviu falar? — perguntava o homem de meia-idade.

— Não, nunca — respondeu o jovem.

— Foi descoberto recentemente, mas contém uma profecia...

— Uma profecia? Sobre o quê?

— Os novos tempos. Dizem que as mudanças virão através do Sol até 2012...

— Bobagem, papai — ironizou o jovem.

— Muitas coisas vistas como bobagens são verdades eternas.

— De onde o senhor tirou essas idéias?

— Se não fosse uma profecia certa não havia tanta gente interessada em eliminá-la. Estão procurando um mago que sabe tudo sobre a profecia contida no códice...

— A polícia? — indagou o jovem cético.

— Não sei. Talvez.

Leopoldo não se conteve e virou o rosto na direção do diálogo. Os dois perceberam e mudaram de assunto. Era muita coincidência ambos estarem falando do mesmo Códice que o trouxera a Palenque. A história do Sol, como aquele senhor sabia? Devia ser um cientista.

Leopoldo levantou-se e foi direto ao velho, cochichando, em inglês, para que o piloto não ouvisse:

— Por favor, o senhor me desculpe, mas ouvi sua conversa...

— Ouviu bobagens — replicou o jovem.

— Sou Leopoldo Miller, antropólogo. Muito prazer.

— Hans Berg, arqueólogo. Prazer. Desculpe o meu filho...

— Mas, como dizia, ouvi tudo — insistiu Leo — gostaria de saber sobre o Códice... O senhor tem alguma informação?

— Pouca. Só sei o que ouvi, mas estou curioso.

— Seu filho não parece acreditar, não é?

— Meu filho, Frans, só acredita no que vê. É uma pena...

— Acredito na existência do Códice, mas na profecia, não sei, não. Há muitas profecias por aí, não é verdade? — disse Frans.

— É verdade — concordou Leo —, mas os maias foram grandes profetas, não é mesmo?

— O senhor concorda, não é, doutor Leopoldo? — insistiu Hans.

— Mais ou menos. Venho estudando os maias há anos. Por falar nisso, aquela história do Sol se prende à religião deles.

— Pois é. Como sou arqueólogo, sei o que digo. Os maias deixaram pistas por toda a Mesoamérica, mas ninguém vê...

— Vai ficar em Palenque muito tempo, Herr Hans?

— Vou. Estou estudando a arquitetura do Templo das Inscrições, sabe? Palenque tem bela arquitetura...

— Ah! O Templo das Inscrições, muito interessante. Também vim estudá-lo, talvez o senhor me ajude. Agora, vou voltar ao meu lugar. A gente se encontra por aí. Até logo — despediu-se.

— *Auf Wiedersehen* — disse Hans Berg.

Leo voltou a olhar o mapa, buscando o Templo das Inscrições. Virgínia pensara em tudo. O seu mapa era muito bem detalhado, inclusive com os nomes de todos os templos. Sabia que o Templo das Inscrições fora erigido por Pacal, o Grande, para servir de repouso para seus despojos, após a sua morte. Este sumo-sacerdote fora um dos raros dirigentes das inúmeras civilizações milenares da Mesoamérica a construir seu túmulo no Templo-pirâmide das Inscrições. E, assim pensando, Leo cochilou. Ao acordar, percebeu que perdera a noção de tempo. Olhou pela pequena janela do piper. Já se divisava os montes de Chiapas. E, mais abaixo, as ruínas da cidade de Palenque.

Como uma jóia branca e brilhante, Palenque cintilava oculta na mais verde e funda selva, atravessando as terras encharcadas e cortando, ao norte, a base das montanhas de Chiapas, em direção ao Golfo do México. Ao sul, a paisagem áspera e pedregosa de montes cobertos de densa mata, tendo como clímax as geladas e altas montanhas vulcânicas. Palenque tinha uma arquitetura ao mesmo tempo clássica e original. Um estilo. Leo vislumbrou do avião aqui e ali manchas: templos, palácios, observatórios astronômicos, linhas arquitetônicas a borbulhar no coração das rebeldes montanhas de Chiapas. A vista aérea era deslumbrante, mas só via edificações, não havia vida ali. Uma cidade perdida no espaço-tempo da memória humana. Uma grande civilização que desapareceu, conscientemente, ao abandonar suas cidades e voltar a viver de forma nômade e tribal.

Como uma águia, Leo tentava ver de cima se havia alguém, lá embaixo, à sua espera. Improvável. Não havia ninguém, alguns raros pássaros a sobrevoar a cidade morta. O piper desceu num campo próximo, pista curta, para pouso apenas de pequenos aviões, levando turistas ou especialistas nos maias.

Ao desembarcar, notou que o arqueólogo Hans Berg dirigiu-se ao sul, direção oposta ao Templo das Inscrições. Hans acenou, tentando livrar-se de grande bagagem, junto ao filho.

Leopoldo sentiu-se só, quando desceu. Pegou a mochila e caminhou para onde o mapa assinalava Templo das Inscrições. A cidade começava do sul para o norte. Os nobres outrora residiram ao sul, enquanto o Templo das Inscrições ficava ao norte, em direção às montanhas escarpadas. Notou que o Palácio Real ficava defronte ao templo, onde Pacal foi enterrado. Ali, segundo o mapa de Vicky, havia um aqueduto, que usufruía do frescor da água do rio Otolum, e descia pelas escarpas montanhosas em quedas de água, formando piscinas naturais. Uma dádiva da natureza. O mapa indicava "Piscina da Borboleta". No desenho, parecia mesmo uma borboleta. A seguir, a piscina descia em cascata, culminando numa pequena represa, onde o mapa dizia: *banhos*. Com aquele calor sufocante, Leo preferiu banhar-se na piscina, a ir atrás do bruxo. Passou diante do templo, caminhou por uma trilha de piso de madeira, tirou a roupa, e jogou-se na água como um menino. O choque térmico foi instantâneo, pois a água era gélida. Exercitou-se para repelir o frio que invadia seu corpo. Um tremor fê-lo gritar, ao ver algo mexer-se mais acima.

Uma criatura bizarra postara-se no alto da cachoeira. Usava um toucado, encimado por enorme pássaro. Leo reconheceu o *quetzal*, pássaro sagrado dos maias. Deu um passo atrás ante aquela visão fantasmática. Perdeu a voz. Tremia de frio e de pavor diante da insólita presença. A criatura riu.

"Parecia humano, pelo menos" — pensou Leo.

O olhar penetrante da criatura na contraluz, deixava-a ainda mais nebulosa, como que saída do espaço. Por fim, a criatura falou:

— É o doutor Leopoldo Miller?

— Sim. E você, é?

— Desculpe-me os trajes. Sou Pop Men.

— Mas, como! Eu vim de avião, ninguém poderia chegar antes...

— Não estive no aeroporto. Um filho meu esteve lá.

— Bem. Vou me vestir. O senhor pode me aguardar?

— Tenho todo o tempo. Seria bom se o doutor me encontrasse no Templo das Inscrições. Seria melhor que não nos vissem juntos, pelo menos, por enquanto...

— Não tem ninguém nessa cidade. Aliás, só mais duas pessoas.

— A floresta encobre tudo. Encontro-o lá — ordenou o bruxo.

Leopoldo baixou o olhar para a roupa e, quando, o alçou de volta, estava só. Teria visto mesmo Pop Men? Não dava para crer. Aquela criatura seria mesmo o bruxo maia? Os seus sentidos estavam em pane. Vira ou não vira o que seus olhos acreditavam ter visto? O jeito era ir ao templo mais tarde. Vestiu-se calmamente, como se não tivesse um compromisso. Não entendia o sucedido. Mas não acreditava no que a criatura lhe dissera. Seria mesmo Pop Men? E se Pop Men estivesse mentindo e ninguém estivera no aeroporto? Leo não era muito dado a investigações. Não gostava nem um pouco daquela situação ambígua, aquele ser ou não ser, em versão tropical. Era preciso cuidado. Como sabia da existência de uma perseguição ao bruxo, visando à destruição do Códice K, poderia estar sendo seguido. Não via, porém, nenhuma vantagem na destruição do Códice. A não ser que a profecia para 2012 fosse contra os interesses de uma corporação ou de um governo. Mas, qual? Havia uma terceira hipótese: nenhuma das aparições era Pop Men. Nem no aeroporto, nem na cachoeira. Se ele estava mesmo sendo seguido, o bruxo maia era muito valioso para mostrar-se.

Leo pensava nisso, quando viu aproximar-se da piscina os dois companheiros de viagem. Tinha de estar alerta. Não sabia de que lado eles estavam. Hans parecia-lhe realmente um arqueólogo, quanto a Franz, tinha dúvidas.

— Doutor Leopoldo, estamos sendo perseguidos! — alertou Hans.

— Por quem? — devolveu Leo.

— Não sabemos, ainda — acrescentou Frans.

— Isso está virando paranóia — disse Leo. O que se passa?

— Estamos acampados lá no sul da cidade, por segurança — disse Hans. Temos certeza de que estavam nos observando. Comentei com meu filho que, se ficarmos isolados, será pior, o melhor é ficarmos todos juntos.

— Muito bem. Vamos ficar juntos, mas contra quem nós vamos lutar?

— Não sabemos. Por isso mesmo, temos de tomar cuidado.

— Vocês já pensaram que os inimigos podem ser gente ligada a Pop Men? — enfatizou Leo.

— Você o encontrou, doutor Leo? — inquiriu Hans.

— Não — mentiu Leopoldo.

— Estamos no Templo Olvidado. Lá é seguro — disse Frans.

— Ainda não pensei em acampar — cortou Leo, olhando o mapa. — Onde estão é longe do Templo das Inscrições. Não sei se...

— Doutor Leopoldo, não vale a pena nos separarmos — insistiu Hans.

— Está bem. Vamos até o acampamento, mas tenho de estar no Templo das Inscrições. Quero ver o túmulo de Pacal, o Grande.

— Nós iremos juntos — atalhou Hans.

— Quero ir só. Vamos deixar de paranóia. Tenho de fazer uma pesquisa a pedido de minha amiga Virgínia...

— A doutora Virgínia Magaldi? — perguntou Hans, sorrindo.

— Sim, por quê?

— Trabalhamos juntos há dois anos. É grande pesquisadora. Como o mundo é pequeno... — filosofou Hans.

— Vamos logo ao acampamento, doutor Hans. Tenho pressa em retomar minhas pesquisas de campo.

2 = ••

A consciência cósmica

Virgínia deixou o restaurante do aeroporto apressada. Devia estar no Museu de Antropologia, às onze horas. Era uma reunião importante. Os estudiosos estavam preocupados com o destino do códice. Havia uma rede mundial de espiões tentando obtê-lo, mas ninguém sabia dizer por quê. Antes teriam de conhecer o texto da profecia sobre o futuro do mundo. O que se sabia era pouco para definir uma estratégia de conduta. A incógnita era, como vazaram informações sobre a descoberta do códice? Um assunto tão específico não teria nenhum interesse para cidadãos comuns. No entanto, parecia haver uma batalha silenciosa para pegá-lo.

Virgínia dirigia veloz pela Cidade do México, em meio ao caos de veículos, que mais pareciam estar ali só para tornarem a cidade um labirinto. As manchetes dos jornais denunciavam o comandante Nuno, líder de uma rebelião em Chiapas. Virgínia riu, ao ler a manchete. E pensou:

"Pelo menos, Leo não terá tédio naquela região."

Vicky ia para Lomas de Chapultepec, onde ficava o Museu de Antropologia, um dos maiores do mundo. Dirigia seu Ford vermelho, sua cor preferida, mas só pensava no Códice K e na profecia nele contida.

"Por que tanta gente querendo impedir a divulgação de uma profecia?"

Naquela manhã ia encontrar Günther Schielen, arqueoastrônomo e estudioso do céu na época do esplendor maia. Günther talvez tivesse uma pista sobre a silenciosa perseguição à profecia. O astrônomo estudara com Pop Men o céu no apogeu dos maias, sendo o único que vira o bruxo cara a cara. Ela dera a entender a Leo que já falara com Pop Men, mas na verdade, jamais o vira. Daí sua curiosidade. O trânsito no centro da Cidade do México era caótico. Dava vontade de deixar o carro e seguir a pé. E dizer que aquela cidade imensa fora no passado uma Veneza, com canais e pontes, antes da invasão de Cortés. Os espanhóis erigiram a catedral em cima de um templo asteca, e aterraram o grande lago circundante à cidade. Um aterro simbólico: o poder do vencedor sobre o vencido.

Virgínia vira Günther só uma vez, no seminário sobre os maias clássicos. Depois, lera trabalhos dele sobre arqueoastronomia maia. Ele conhecia todos os calendários, mas parecia um cientista europeu, olhando com ar superior as raças da Mesoamérica. Vicky não via entusiasmo naquele alemão de Colônia. Tudo era muito asséptico, ordenado e correto, mas sem emoção. Apesar disso, suas teses eram perfeitas do ponto-de-vista científico. Para os outros, era o que contava. Para Virgínia faltava certo quê de mistério, fator essencial nos estudos sobre aquela civilização.

Ao desembarcar no estacionamento do museu, deu de cara com Günther, que, sorrindo, acenou-lhe. Virgínia respondeu ao aceno com timidez. Pensara a noite toda e até aquele instante no Códice K. Por isso, aproximou-se sedutora do astrônomo, que fixou seu olhar no ousado decote de Virgínia.

— Faz tempo, Günther! — exclamou Vicky, dizendo Günther com pedantismo.

— É verdade, Virgínia. Faz muito tempo, sem dúvida.

— Você vai falar sobre o Códice K, Günther?

O astrônomo apertou seu braço com força, levando-a para um canto do pátio do estacionamento. Olhou para os lados e advertiu:

— Não fale mais desse Códice, assim, em público, ouviu?

— Não há ninguém aqui, além de nós dois — devolveu Vicky, tentando livrar-se do torniquete alemão.

— Há um *complot* contra os interessados nesse códice...

— Entendo, mas me parece paranóia, Günther.

— Não é. No começo também pensei assim. Estão investigando e prendendo pessoas envolvidas com a profecia.

— Quem está por trás disso tudo?

— Não sei, Virgínia. Talvez uma dessas Ongs...

— Uma Ong! Isso soa impossível. Uma Organização Não-Governamental? Por que faria isso?

— É uma longa história, Virgínia.

— Não dá para fazer a sinopse, hein, Günther? — brincou Vicky.

— Não, não dá. Posso ir mais tarde à sua casa para conversarmos?

— Claro. Sua palestra será sobre o quê?

— Falarei sobre o *Tzolkin*, mas Pop Men pediu-me segredo. Como você sabe, a profecia está contida no *Tzolkin*...

— Ah! É. Segredo sobre o quê? — indagou Vicky com ar de enfado.

— Sobre a profecia. O vazamento está criando problemas com governos e com entidades privadas. Agora, só podemos falar da profecia em segredo.

— Puxa, um verdadeiro mistério... Está bem, saímos juntos depois do...

— Virgínia, não podemos. Você me dá seu endereço. Vou decorá-lo. Precisamos tomar cuidado, viu?

A palestra de Günther realmente fixou-se só no campo da astronomia maia. Porém, deixara escapar: "para os maias, o calendário sagrado era um módulo para uma profecia cósmica". Eles acreditavam vir do centro da galáxia, através do Sol, a energia que ditava o nosso destino. O ciclo de 5.200 anos, a Conta Grande, com as correções astronômicas, deu em 5.125 anos. O Sol daquela época já começava a ser malfazejo, trazendo desgraça para a raça humana, por isso, abandonaram as cidades e voltaram a ser nômades.

"Depois disso", Günther interrompeu a palestra, concluindo "nada sabemos ao certo", olhou para Virgínia, que lhe respondeu com um piscar de olhos. Os estudantes não perceberam a profecia subjacente ao tema exposto, fazendo perguntas banais.

Virgínia sabia quase tudo. Faltava-lhe apenas a continuação daquela frase. E isso estava no Códice K, a profecia para 2012. Precisava aproximar-se de Pop Men. Agora percebia: a situação era mais grave do que pensara. Será que Leo obteria resultados em Palenque? Talvez. Sentira certa dose de curiosidade no amigo. Quem sabe, por sua ingenuidade, Pop Men lhe passasse a profecia. Sentia ainda o perfume da loção de Leo. Um cheiro adocicado e forte, que se misturava ao animalescamente almiscarado da manhã. Um cheiro masculino, profundamente macho, que a deixara tonta. Apesar da cor âmbar do aeroporto, Virgínia vira tudo bem mais colorido, graças àquele cheiro, que ela definia como um odor de macho no cio. E começou a rir da analogia.

Günther passou por ela, fazendo sinal de que mais tarde iria a sua casa. Saiu, olhando para todos os lados, desconfiado de estar sendo seguido. Virgínia não vira nenhum suspeito, mas qualquer estudante poderia ser um. O cuidado de Günther dava-lhe a impressão de estar vivendo uma história de espionagem. Sua intuição jamais falhara. Havia realmente uma conspiração com o intuito de negar a profecia. Talvez até da existência do códice. Era a pior das conjurações, pois o inimigo era totalmente desconhecido, tornando tudo paranóia coletiva. A vantagem ficava do lado do inimigo sem rosto, deixando todos inseguros e nervosos. Agora, todos suspeitavam da própria sombra.

Virgínia enfrentava agora o trânsito da hora do almoço, quando os motoristas pareciam mais perigosos. Duas horas da tarde. Günther ia chegar a sua casa às três. Tinha pouco tempo para almoçar e aprontar-se para recebê-lo. Seria uma longa tarde. Günther abriria o jogo? Daria qualquer coisa para saber sobre a profecia. Sabia pouca coisa. Apenas que a conscientização viria através do Sol. Mas, como isso se daria? Conhecia bem a religião cósmica dos maias, mas não percebia nenhum sinal esotérico para a nova era.

Chegou em casa às duas e meia, tomou um banho rápido e preferiu não almoçar. Comeu só uma maçã e deixou-se cair lânguida na poltrona predileta. Às três horas em ponto, acordou de seu relaxamento com o toque da campainha. Olhou pela janela da sala. Um senhor de chapéu e óculos fazia-lhe sinais. Virgínia não entendeu e já ia fechar a janela, quando o desconhecido gritou: "Sou eu, Günther". Rindo muito, Virgínia abriu o portão eletrônico, e o astrônomo entrou encabulado.

— Então, Günther, agora você anda disfarçado? — cutucou Vicky.

— Estou sendo seguido. Depois de minha palestra hoje de manhã percebi um homem me seguindo até em casa. Por isso, nem entrei. Segui para um restaurante e o sujeito também. Só consegui livrar-me dele com o disfarce. Ele não me reconheceu, quando passei por ele.

— Mas onde comprou isso, Günther? — indagou Vicky, rindo.

— Numa loja de artigos para teatro. Estou engraçado, não?

— Eu diria ridículo. Desculpe, a coisa está ficando séria...

— Muito. Vamos conversar. Então, o que quer saber?

— Tudo, Günther, me conte tudo o que sabe.

— Não posso. Nem sei tudo. Pop Men me advertiu que a mente ocidental pode sofrer um desastre, se receber os ensinamentos todos de uma só vez. Eu mesmo ainda aprendo.

— Que tipo de desastre, Günther?

— Vou dar um exemplo. No século XVII, um grupo de eruditos jesuítas planejou estudar o I Ching. Eles estudaram o idioma chinês, decifraram os significados e, então, veio o desastre: vários daqueles talentosos padres ficaram loucos.

— Loucos?

— A dificuldade, Vicky, em entender o I Ching dentro das categorias mentais do Ocidente deixou aqueles eruditos aturdidos. E a Companhia de Jesus abandonou o projeto, além de proibir o estudo daquela escritura exótica e impenetrável para a mente ocidental.

— O Códice K é impenetrável para nós, Günther?

— Não é bem assim. Precisamos passar por uma reeducação, entendeu Vicky? Os maias até hoje não foram entendidos em sua plenitude, exatamente porque pensavam de maneira diferente, talvez ao modo oriental.

— Então, vamos nos reeducar.

— Bem, em primeiro lugar, vou passar para você o cerne do pensamento maia. Desculpe, mas você estudou a cultura maia ao modo ocidental, quantificando, mas não pesando a qualidade de suas descobertas...

— Como assim, não entendo. Seja claro, Günther.

— Estou tentando. Vamos ao tema central, a mentalidade maia. Estudando o *Tzolkin*, o calendário sagrado, notamos que para os maias a história da humanidade é modelada, em grande parte, por uma radiação galáctica, pela qual a Terra e o Sol vêm passando há cinco mil anos. A grande transformação nos aguarda em 2012...

— Isto está no Códice K, Günther?

— Pop Men me garantiu que sim.

— Estes cinco mil anos é a Conta Grande, não é?

— Perfeitamente, a partir de 11 de agosto de 3113 a.C.

— É o chamado *baktun 13*?

— Isso mesmo.

— E a profecia, Günther?

— Gostaria de poder ajudar, mas não sei tudo, ainda.

— Como não sabe?... E quem sabe?

— Pop Men, o sumo-sacerdote, descendente de Pacal.

— Quer dizer que estou arriscando o meu pescoço por nada!

— Não está arriscando o seu belo pescoço, Vicky. Você tem de pagar um preço pelo saber maia. Você estudou os maias clássicos, mas não percebeu que o *Tzolkin* era um módulo harmônico, nem mesmo que o ano 3113 a.C. era o início do ciclo cósmico que se está encerrando. Todos nós estudamos essas culturas ditas primitivas com preconceitos. Esta é a verdade, subestimamos os maias.

— Isso eu concordo, Günther. Se entendi bem, devemos agora nos reeducar para entendermos a plenitude do pensamento maia? — indagou Vicky, cruzando as pernas.

— Exatamente. Temos de mudar de comportamento. Os maias acreditavam que a visão do homem no mundo segue períodos cósmicos, cujo código foi apreendido por eles, tanto na matemática quanto na forma simbólica. Números não só quantificam, como têm qualidades.

— Como? Qualidades, que qualidades?

— Intrínsecas. O signo do número um tem significado. O dois, o três e assim por diante. Antes de ser um gato, por exemplo, ele é um, ou a energia da unidade, entendeu? Os signos de representação dos números têm significados na cosmovisão dos maias. Por isso, a reeducação...

— Gostaria de falar com Pop Men, como faço, Günther?

— Creio que ele aparecerá na hora certa. Procure reeducar-se e Pop Men virá.

— Mas como irei reeducar-me sem a ajuda dele, Günther?

— Há outras pessoas. Pop Men é o sábio que iniciou o projeto, mas há uma equipe trabalhando, pois o ano de 2012 está próximo.

O silêncio fez-se total na sala. Virgínia sabia tudo sobre os maias do ponto-de-vista da ciência pensada à maneira ocidental, mas não captara o espírito maia. Sentia-se traída. Nunca pensara na civilização maia realmente, apenas, como todo o antropólogo, quantificara aquela cultura altamente espiritualizada. Sentia que se traíra e traíra os maias, mas sempre haveria tempo de corrigir-se. Percebeu o quanto sua vida fora superficial, apesar da sua vontade íntima de mudanças. Günther, por sua vez, deixou a colega inteirar-se do âmago da problemática maia. Segundo Pop Men, os maias estavam voltando. Não mais como civilização, mas como espiritualidade. Maia queria dizer mãe, na Índia. A Terra precisava voltar ao seio materno para recompor-se dos estragos realizados pelo materialismo das concepções científicas.

— Você não acha irônico que os povos ditos primitivos já soubessem que a Terra, o Sol, a Galáxia, o Universo, tudo traz em si a vida e é inteligente, hein, Günther?

— Gostei. Você captou a consciência da coisa. É verdade. Os antigos já sabiam o que ainda desconhecemos...

— Isso me constrange. Nunca havia pensado nos maias como uma cultura missionária. Os maias não foram apenas uma grande civilização, tinham uma missão a cumprir, não é?

— Puxa, Virgínia, você foi fundo na coisa. Isso mesmo.

— Ainda não entendi bem qual é a missão, mas ela emerge de tudo, e está claro para mim, agora. Mas... e a profecia?

— A profecia será apreendida quando você captar em toda a plenitude o espírito maia. Será preciso mudar sua dimensão de consciência, segundo me disse Pop Men.

— Como é este sacerdote, Günther?

— Pop Men é uma energia cósmico-espiritual que nos fala.

— Bela definição, Günther. Queria tanto conhecê-lo...

— Ele virá, quando você estiver preparada. Vou dizer a ele.

— Obrigada. Sinto minha vida mudando depois do Códice K.

— A minha também mudou, Vicky.

Entardecia. O Sol se recostava no horizonte, deixando a penumbra da noite sucumbir na cidade. Virgínia estava exausta. O esforço para penetrar a simplicidade espiritual dos maias deixara-a tensa e sugara a languidez de sua postura de fêmea. Raios de Sol ainda adentravam pelos vitrais da janela da frente de sua casa. Nunca olhara para o Sol com tanto agradecimento. Sempre lhe disseram que o Sol era apenas uma estrela sem importância, um astro de sexta grandeza. Não era isso que acabara de apreender. O Sol era a energia da vida cósmica, disso se dera conta, não por meio de Günther, mas por um estalo interior, que deixara seu corpo tenso e a mente alerta. Precisava agora de uma bebida urgente. Ficara tão perplexa com a conversa, que se esquecera de oferecer algo a seu hóspede.

— Günther, desculpe. Não ofereci nada, nem um café. Quer um uísque? — interpelou Vicky, ronronando como gata.

— Aceito, obrigado. Sabe, cada vez que comento os maias mais me conscientizo. Vamos conversar sempre, ouviu Vicky?

— Vamos trocar informações, Günther, com certeza.

Depois de breve hiato e de cruzar as torneadas pernas, deixando entrever pela fenda do vestido parte de suas coxas fartas, Vicky retomou:

— Há uma ironia nisso tudo: consciência, foi justo o que a ciência não teve nesses séculos todos — filosofou.

— É verdade. Faltou-nos humildade. Aliás, ainda nos falta — corrigiu o alemão. Nós, cidadãos do mundo, mantemos a Terra como refém de nossas armas nucleares e a Terra é um ser vivo, portanto cometemos um crime. Como se não bastasse, a indústria comete "Ecocídio", espalhando poluição pelos continentes...

— Um brinde aos criminosos arrependidos! — propôs Vicky.

— Saúde! — respondeu Günther, rindo do charme da amiga.

A noite já começava a debruçar-se por sobre as prateleiras do horizonte. Os tênues tons amarelados do Sol passavam ao vermelho, dando aos dois confidentes a ilusão de que o poente sangrava. As culturas primitivas respeitavam o Sol, mas as religiões e a ciência deformaram esse sentimento, dando a impressão de que eram ignorantes e meros adoradores do Sol. Os maias nunca adoraram o Sol como divindade, eles sabiam da sua importância como transmissor-receptor das energias e radiações que provinham da galáxia. Günther resolvera, talvez sob efeito do uísque, contar um pouco mais dos segredos astronômicos maias. Ainda com o copo na mão, o astrônomo alemão acercou-se de Virgínia, como se fosse segredar-lhe algo:

— Sabe, Vicky, queria lhe passar só mais uma informação.

— Diga, Günther — Vicky aproximou o ouvido.

— Queria lhe falar sobre a radiação galáctica que estamos atravessando segundo os maias, vou fazer uma explanação um tanto longa, você tem tempo?

— Todo o tempo. Nada tenho para fazer, agora.

— Em primeiro lugar, quero dizer que a ciência moderna nunca abordou a radiação galáctica como os maias o fizeram. Recentemente, os físicos se deram conta da influência de radiações que atravessam a galáxia. A astrofísica moderna descreveu tais radiações como ondas de densidade que, varrendo a galáxia, influenciam na sua evolução. O Sol nasceu como resultado dessa onda. Ou seja, a onda de densidade passou e provocou a ignição de uma estrela gigante. Esta estrela explodiu e originou o nosso

Sol. Toda formação estelar deve-se, em princípio, a essas radiações espalhadas por nossa galáxia.

— Quer dizer que os maias tinham noção dessas radiações, apesar de não terem instrumentos óticos? — quis saber Vicky, aproximando o ouvido da boca de Günther.

— Exatamente. Hoje, podemos formular a noção de galáxia como um organismo envolvido em seu próprio desenvolvimento ou sua dinâmica auto-organizadora. Ou se você preferir, de uma perspectiva organicista, podemos falar da galáxia como algo em expansão; assim, o nascimento das estrelas é retratado como parte da epigenia galáctica.

— Então o Sol seria ativado por uma dinâmica governada pelo centro da galáxia?

— Sim, Vicky. Isso mesmo. A questão é: até que ponto vai o dinamismo galáctico em relação ao desenvolvimento do Sol e de seus planetas?

— Você quer dizer, Günther, se depois da ignição, que deu origem ao Sol, a Terra e o próprio Sol seguem sozinhos ou, se a radiação galáctica está comprometida com a evolução da vida?

— Muito bem, você pegou o espírito, a consciência cósmica. Na verdade, Vicky, já sabemos que a galáxia está envolvida, continuamente, com a evolução da Terra e da vida...

— Como isso acontece, Günther?

— As radiações de densidade vêm se espalhando pela galáxia nesses 4,55 bilhões de anos de existência do Sol. Toda vez que o atravessam, alteram sua dinâmica e a energia radiante que se esparge sobre a Terra. Assim, uma simples folha de plátano tem sua forma moldada, não só pela seleção natural da Terra, como pela ação da galáxia como um todo.

— E por que nunca percebemos isso?

— Simplesmente, porque a ciência se concentrou até hoje na parte material e em suas mudanças de posicionamento. Qualidades como cores, odores, sentimentos, emoções, intuições, por exemplo, foram rejeitadas por serem secundárias. Os cientistas captaram os efeitos *físicos* das radiações, enquanto os maias captaram os efeitos *psíquicos*.

— Que interessante! Jamais poderia perceber isso nos meus estudos sobre os maias — reconheceu Vicky. Cometi os mesmos erros, apenas quantifiquei a cultura maia, quando deveria qualificá-la, vê-la pela *metafísica*, não apenas pela física.

— Exatamente. Minha postura tem sido sem emoção nessas descobertas, porque, se me emociono com o esoterismo maia, a classe científica me jogará no ostracismo.

— Entendo, Günther, é outro disfarce...

— Parece que vivo me disfarçando, mas será por pouco tempo.

— Por que você diz isso?

— Preciso ir, é noite. Vou tentar chegar em casa, se não estiver sendo vigiada.

— Creio que minha reeducação já começou. Obrigada — disse Vicky, com um sorriso maroto na face cansada.

A noite já ia lá pelas sete horas. Os dois cientistas estavam exaustos, no esforço de entender aquele povo incomum, embriagados pela missão cultural diferente dos maias, a exigir-lhes uma nova consciência. Não havia discordância entre as visões da ciência e do esoterismo maia. Ambas se completavam, mas a visão maia era essencial para o mundo de hoje. Nisso, estavam de acordo. Enquanto os cientistas detectaram em suas experiências os efeitos físicos das radiações de densidade varrendo a galáxia; os maias detectaram radiações de diferentes forças, que influenciavam não só o nascimento e as atividades das estrelas, como o nascer e o ativar de idéias, visões, convicções, emoções.

Günther deixou a residência de Virgínia pela porta dos fundos. Usava um vasto bigode e óculos do tipo fundo de garrafa. Ninguém desconfiaria tratar-se do loiro alemão astrônomo, já que usava uma peruca preta, assemelhando-se mais a um árabe ou hindu, não fosse a pele clara. O alemão acertou ao sair pelos fundos, pois Virgínia divisara um homem gordo e alto bem defronte a sua casa, tentando disfarçar, com um jornal, o fato de estar espionando. Vicky ficou por cinco minutos encarando o homem do outro lado da rua até que ele, desconfiado de estar sendo ele o vigiado, atravessou a rua, saindo do campo de visão da antropóloga.

"As coisas estavam ficando difíceis para Günther" — pensou Virgínia.

Começava a simpatizar com aquele alemão que supunha frio, mas que apenas se defendia dos preconceitos dos cientistas tradicionais, estes mais realistas que o rei. Como estaria Leo, em Palenque? Teria encontrado Pop Men? Vicky queria estar com ele naquela noite em que sua consciência despertara para um novo universo interior.

3 = •••

A consciência transcendida

Leopoldo saiu furtivamente do acampamento, deixando Hans e Frans a cochilar na tarde quente. O Templo Olvidado foi o primeiro projeto do sumo-sacerdote Pacal em homenagem aos seus pais, após a morte deles. Leo sabia disso porque levava um estudo sobre Palenque na mochila. Pacal, o Grande, depois transferiu a homenagem para o Templo das Inscrições, onde erigiu também seu túmulo.

Aos poucos, Leo tentava memorizar o mapa de Palenque. Percebera outros rios passando pelo eixo da cidade, além do Otolum, onde se refrescara logo à chegada. Olhou o mapa. A caligrafia arredondada de Vicky informava: rio Picota. Na verdade, havia uma importante rede hidrográfica na cidade. Pelo mapa, Leo reconheceu: as águas descendentes das escarpas de Chiapas que se bifurcavam em dois rios para quem olhasse de frente do Templo Olvidado. Um, o Picota, canalizado, desembocava num aqueduto; enquanto o outro, o Piedras Bolas, seguia à esquerda para um outro setor da antiga área residencial de Palenque. Assim, esta zona de casas nobres ficava cercada pelos dois rios, o Picota e o Piedras Bolas. Havia ainda o rio Motiepa, que também formava cascatas, no qual Pacal outrora se banhara em outra piscina natural. A natureza fora dadivosa, mas em tudo se via a mão dos maias.

Seguindo para o Templo das Inscrições, Leo percebia a qualidade de vida da nobreza maia. Operários, camponeses e artesãos viviam na periferia da cidade.

"Nada diferente dos tempos atuais" — pensou — "Será que Pop Men estará no templo? E o Códice K? E a profecia?"

Pegou a trilha para Naranjo, segundo o mapa de Virgínia.

"Como estaria a louquinha da Vicky?"

Mais uma vez, Vicky o pusera diante dos mistérios transcendentais. Fora assim com o I Ching, com o Tao e, agora, com a consciência maia. Para chegar ao Templo das Inscrições, teria de atravessar uma série de monumentos, conhecidos como o Grupo Encantado: o Templo Encantado e a Acrópole, tendo ao redor, outras edificações de menor porte.

"O que queriam dizer os maias com Encantado? Um nome bem estranho para um templo. Que sortilégios, magias, por ali se deram, à época de Pacal, para o templo receber tal nome?"

A trilha findava no caminho real, uma avenida, por onde sacerdotes transitaram no passado. Em frente ao Grande Palácio, Leo observou a arquitetura. Hans tinha razão: a arquitetura de Palenque era única, com suas colunas, abóbadas e capitéis, trabalhados com maestria e arte. Tudo em meio à natureza — florestas, montanhas, rios, cascatas. Depois seguiu em direção ao Templo das Inscrições, local do encontro com Pop Men. O templo era uma pirâmide escalonada. Teria de subir uma grande escadaria, dividida em patamares para atingir o topo, onde uma série de belas colunas circundavam-no.

Ao entrar, depois do esforço de subir a grande escadaria, notou o verdadeiro silêncio sepulcral daquele lugar sagrado. Uma energia desconhecida apossou-se de seus sentidos. Parecia sentir odores de perfumes silvestres misturados a incenso. Os ancestrais de Pacal estavam presentes nas paredes em glifos que, felizmente, Leo sabia traduzir. Encaminhou-se para a entrada da tumba de Pacal. Outra escadaria íngreme em forma de arcos, assemelhando-se a um túnel. O antropólogo que o habitava queria ler os glifos dos painéis, mas naquele instante Leo era só curiosidade, repelindo o cientista e fazendo emergir o ser ansioso, quase angustiado, buscando saber o que a profecia reservara ao mundo futuro. Resolveu descer as escadas em direção ao sarcófago de Pacal. Observara todo o piso do andar e não vira sinal de Pop Men. O sacerdote maia não marcara um encontro usual, quando há local e hora. Deixara-o apenas com o local e, como já estava cansado de esperar, preferiu o prazer de esquadrinhar aquele exuberante templo, edificado para ser tumba, mas que se tornara a crônica histórica da dinastia cósmica de Palenque.

Quem sabe ao adentrar aquela porta da tumba de Pacal, não estaria invadindo um outro plano, o portal da percepção maia. Leo sentiu a necessidade de atuar mais com as armas do espírito do que com as da matéria, se quisesse entender tudo.

Não era nada fácil perceber o labirinto sígnico daquela civilização tão diferente, em valores, de tudo o que até então conhecera. Começava a aceitar o mundo fluídico e frágil da magia da vida, em detrimento daquele pesado e volumoso da matéria.

Quando desceu três degraus, percebeu estar sem lanterna. A escadaria à sua frente era só penumbra. Voltou-se para pensar como descer, quando a luz, vinda do fim da tumba de Pacal, o socorreu. Era uma luminosidade estranha. Parecia vir de outro mundo. Um arrepio percorreu todo seu corpo, tremores contínuos e suores gelados. Tentou voltar, mas ouviu uma voz grave:

— Buscas a verdade? — inquiriu a voz.

— Com quem estou falando? — perguntou Leo.

— Sou Pop Men, com quem tens um encontro, lembras-te?

— Pois, aqui estou. Onde o senhor está?

— Pouco importa o lugar, muito menos o tempo. Podemos falar sem sermos interrompidos. Queres saber sobre a profecia, não é?

— Sim. Por isso estou aqui. O senhor não foi ao aeroporto...

— É verdade. Queira desculpar-me, sou pressionado pelos dois lados; os que nos querem mal e os que nos dizem querer bem. Mas, só querem a profecia, entendes?

— Sim, sacerdote. Mas, onde o senhor está?

— Aqui, na tumba de Pacal. Falo pelo respiradouro... Sai uma voz estranha, não? Mando-te levar um archote para que tu desças. Aí conversaremos mais à vontade.

— Está bem, senhor... Pop Men. Estou descendo.

Leo sorriu nervoso. Não sabia como dirigir-se ao bruxo. Só houve formalidade naquele primeiro diálogo quase telepático. A voz não era a mesma da aparição na cachoeira. Seria mesmo Pop Men ou estaria brincando de esconder? Não poderia voltar atrás. Estava pronto para falar diretamente com o guardião do Códice K. O jeito era prosseguir. A luz vinda do fundo daquela escadaria aproximava-se, clareando o caminho do chamado por Leo, portal da percepção. Aos poucos a luz fez-se mais intensa, mas ninguém trazia o archote prometido. Leo foi descendo devagar, como se pisasse em ovos. Um cheiro forte de incenso perfumava o local, trazendo-lhe lembranças das missas dominicais de sua infância feliz, em São Paulo.

O incenso induz a pessoa a sentir-se em um templo, mesmo lá não estando. A descida não findava. O túmulo de Pacal ficava nas profundezas do templo. Percebia-se sua antigüidade pelas estalactites cristalizadas ao longo dos séculos. À medida que descia, luzes clareavam o caminho. Como se ali estivessem num passe de mágica. Leo não mais se assustava com as transformações ao seu redor de odores, luzes, sons. O único sentido posto em prática naquele instante era o da intuição. Um cheiro de frutas sumarentas penetrou suas narinas já prenhes de fragrâncias insólitas. Uma luminescência parecia assomar toda a tumba, iluminando-a por completo. A escadaria terminara diante do portal da câmara mortuária.

Leo parou, sentindo uma energia potente a invadir-lhe o plexo solar. Ficou ali, entre duas sensações conflitantes: abrir a porta e entrar na câmara ou esperar que o destino a abrisse. Optou pela segunda hipótese. Houve uma pausa de segundos, que lhe pareceu uma eternidade. O portal abriu-se no exato momento em que Leo, já angustiado, tentava retornar.

Dentro, o cheiro forte de frutas adocicadas, incenso e flores silvestres, mais se aguçava pela tênue luz a incidir no sarcófago real de Pacal. De um dos cantos da sala emergiu uma figura pequena. Vestia-se com simplicidade, bem diferente da aparição da cascata. Seus olhos faiscavam, mas os gestos eram calmos, comedidos, sem rompantes nem agitação. Seria Pop Men?

Leopoldo esperou que falasse. Sua vontade era fazer perguntas sem fim, mas já percebera a desnecessidade disso. A intuição lhe bastaria. A cabeça da figura à sua frente parecia a do piloto do piper. Um ovo a olhá-lo de modo tão penetrante que o espaço ao seu redor se iluminara. Leo se encolhera ao perceber o silêncio denso que ali reinava. O cheiro de incenso era predominante. A pequena figura estendeu-lhe uma cuia de cheiro forte, agridoce. Leo reconhecia, aos poucos, tratar-se da *baalché*, bebida sagrada dos maias, resultante da fermentação da casca da árvore de nome igual. Sabia que passaria, agora, por um ritual. Os maias jamais serviram *baalché*, senão em rituais. Assim, preparou-se para o rito a cumprir, sentando-se no chão da tumba. Aquele só poderia ser Pop Men. Agora, tinha certeza.

Pop Men sorriu-lhe. Fez sinal para que não bebesse a *baalché*. No centro da sala, começou a cerimônia: ofertou a bebida sagrada para os quatro *Chac* dos pontos cardeais, sem se esquecer do quinto, o mais importante, que ocupava o centro do altar. Leo seguia tudo com olhar atento. O sacerdote começou a dizer palavras em maia arcaico, uma cantilena repetitiva, soando-lhe como música oriental. Depois de uma hora de ritos ancestrais, Pop Men ficou à sua frente e bradou com voz grave:

— *In lake'ch!* Eu sou um outro Você!

— Eu sou um outro Você! — respondeu Leo.

— *Evam maya e ma ho!* Salve a harmonia da mente e da natureza! — saudou Pop Men.

— Salve!

Pop Men sentou-se no chão, ao lado de Leo. E começou a falar:

— Meu caro doutor Leopoldo, vieste estudar o *Tzolkin*, nosso calendário sagrado e acabaste curioso pelo Códice K, não é?

— Sim. Quero entender o pensamento maia — disse Leo.

— Muito bem. Estás estudando arqueoastronomia?

— Sim. Faz um ano.

— Muito bom. Sabes da energia que vem do centro da galáxia, já comprovada pelos cientistas modernos?

— Sim. A energia de densidade...

— Muito bem. Nossos ancestrais, mediante o uso do *Tzolkin*, descobriram que cada Era da humanidade tinha uma qualidade específica, favorecendo, assim, um tipo especial de atividade. Tudo pode ser comprovado no *Tzolkin*. Ora, se conhecermos o código galáctico dos períodos, podemos antecipar sua chegada.

— Entendi. Assim, podemos agir de modo adequado e com maior eficácia, não é? — perguntou Leo.

— Isso mesmo. Podemos exemplificar: após meio milhão de anos da epopéia cósmica chegou a hora de serem criados os átomos de hidrogênio. Antes do surgimento do átomo de hidrogênio, era possível a um átomo individual de hidrogênio ser formado, mas haveria um enorme dispêndio de energia e, ao mesmo tempo, o átomo se dissiparia com rapidez pela fornalha cósmica dos primórdios do mundo. Ou seja, criar um átomo de hidrogênio em outras épocas seria trabalhar contra as tendências do Cosmo. Assim, a criação dos átomos de hidrogênio só se deu quando a necessidade do instante juntou-se ao propósito universal.

— Então, cada ciclo poderá ser antecipadamente rastreado? — quis saber Leo.

— Este é o trabalho do *Tzolkin* — insistiu Pop Men. O universo possui sua própria periodicidade. Assim, quando o Cosmo procurou convidar os átomos de hidrogênio à existência, os átomos de hidrogênio brotaram abundantemente. A existência desses períodos galácticos pode ser detectada em toda parte nesses vinte bilhões de anos...

— Meus pensamentos também fazem parte desse concerto universal? E meus sentimentos? E a história da humanidade? - perguntou Leo.

— Calma, doutor Leopoldo. Tu estás indo com muita sede à fonte. Eu explicarei, caso contrário não entenderás a profecia contida no Códice K. Será preciso que tua mente se abra totalmente para tal entendimento, pois a mente ocidental é repressiva e repressora. Vamos à filosofia maia: nossa civilização sentia-se envolvida com a mente do Sol, o qual manifesta a mente e o coração da galáxia. A galáxia tem desejos, fato este relegado pelos cientistas em geral, mas nós, maias, acreditávamos nisso. O planeta está doente, mas ninguém se importa, porque a ciência não admite que a Terra é um ser vivo, respirando em uníssono com a galáxia, com o Sol, com o Cosmo. A cultura da qual tu procedes separa átomos de hidrogênio e estrelas como fenômenos físicos; e a vida psíquica, como transcendente, totalmente separada do universo. Ao contrário, a ciência maia considera o universo como um evento único e multiforme de energia. Assim, a consciência e o corpo físico do homem, bem como a consciência e o corpo físico da águia são florescências do mesmo processo cósmico sagrado.

— Então, se estou diante do mar, o que sinto é o sentimento do mar querendo comunicar-se comigo?

— Exato. Os sentimentos não são fabricados na mente humana transcendente, mas transmitidos como fótons, como qualquer energia. O Sol reparte seu calor, mas também expressa sentimentos interiores, tanto transmite sua energia termonuclear quanto projeta suas necessidades. Um ser diante do Sol é o diálogo da interação eletrodinâmica quântica entre os fótons do Sol e os elétrons do ser, mas podemos falar de intuições experimentadas interiormente — finalizou Pop Men.

Vozes e passos descendo a escadaria interromperam o sacerdote. Leo abriu o portal e olhou para cima para divisar quem se aproximava. Acalmou-se ao ver Frans, que também se sentira aliviado. Leo notou que suava muito e lhe faltava fôlego. Frans cortou o silêncio:

— Com quem você falava?

— Com Pop Men, eu creio, por quê?

— Estão à procura dele por toda a região — enfatizou Frans.

Leopoldo voltou-se para dar um sinal a Pop Men, mas já não havia ninguém. Para onde fora o bruxo? Lembrou-se do que dissera Virgínia no aeroporto: “ele é um bruxo, você se esqueceu?”.

Olhou para Frans, desconcertado.

— Pop Men sumiu, Frans. Escafedeu-se. Desapareceu.

— Como? Há alguma passagem secreta por aqui?

— Que eu saiba, não.

— Então deve haver uma, vamos dar uma olhada — disse Frans.

Enquanto discutiam se havia uma passagem secreta, chegou Hans, exausto, mal respirando, pelo esforço de subir os sete patamares do Templo das Inscrições e, em seguida, descer quarenta e oito degraus para a cripta de Pacal.

— Você falou com Pop Men? — perguntou Hans a Leo.

— Falei, mas só sobre o modo de pensar maia. Nem sequer toquei na profecia, já sabia que devemos estar preparados para entendê-la.

— Está havendo algo estranho aqui em Palenque, pois nossos objetos foram revistados lá no acampamento. Você veio para cá, enquanto dormíamos. Acordamos e fomos tomar banho na cachoeira, na antiga piscina de Pacal. Quando voltamos, vimos que nossos objetos pessoais estavam desarrumados.

— Sumiu alguma coisa? — perguntou Leo.

— Coisas nossas, não. Coisas suas, não sei — disse Hans.

— Preciso ir até lá, então, para ver...

— Retiramos tudo do Templo do Olvido. Lá não é mais seguro.

— E as minhas coisas? — insistiu Leo, preocupado.

— Estão a salvo, aqui. Deixamos ali no meio da escadaria. Ufa! Que escadaria! — disse Hans.

— Vou dar uma espiada — preocupou-se Leopoldo.

Leo deixou a cripta e subiu, em busca de seus objetos. Não havia mais nada ali. Voltou. Perguntou aos dois se, por acaso não estariam noutro lugar. Ambos entraram em pânico. Subiram correndo os quarenta e oito degraus, chegando esbaforidos. Não havia ninguém. Ouviram, ao longe, o ruído de helicópteros e de caminhões deixando Palenque. Ficaram só com a roupa do corpo. Sumira tudo, inclusive os instrumentos de pesquisa de Hans. Leo tinha o mapa, mas levaram o livro sobre Palenque, que lhe servia de consulta. Então os três resolveram sentar-se na porta principal do Templo das Inscrições e ver o pôr do Sol. Estavam humilhados com o seqüestro de seus bens, mas não se sentiam perdidos, apenas desconfortáveis. Frans notara mudança em Leo, desde o encontro no avião. Leo lhe parecera um cientista dogmático, que se escondia por trás de um interesse só momentâneo pelo esoterismo maia. Por isso, fizera o papel de cético na ocasião. Precisava retomar a conversa em profundidade, pois Frans já se comunicara com Pop Men, mas escondera do pai. Naquele instante em que perderam tudo, surgia uma oportunidade para reforçar a amizade com Leo.

— Desculpe meu ceticismo no avião, Leo. Posso lhe chamar assim?

— Claro. Desculpar o quê, Frans?

— Não era eu mesmo, Leo, mas não sabia como você pensava.

— Ah! Mais mistérios, Frans?

— Justamente o contrário. Quero me redimir daquela... Bem, sou historiador e estou envolvido com o Códice K e a profecia. Gostaria de retomar nossa conversa, notadamente agora que perdemos todas as nossas coisas, não é?

— A mim não importa muito. Só sinto a perda do livro sobre os maias de Palenque. O resto eram ninharias, nada de valor.

— Bem, sendo assim, não gostaria de ter uma visão histórica sobre os maias, a partir da nova história da humanidade?

— Nova história? Nova no quê, Frans?

— Bem, é difícil dizer. Digamos então, a história vista pelos olhos dos maias, está bem?

— Melhor assim, Frans. Estou confuso entre dois modos de pensar, a chamada forma prática de ver as coisas e, agora, a consciência cósmica, digamos assim...

— Definiu certo. Nossa tendência é fugir da chamada visão cognoscível. Dar de ombros à consciência.

— É isso que sempre senti, mas depois de falar com Pop Men, parece que algo dentro de mim soltou-se...

— Ou amarrou-se. Passei parte da minha vida vendo a história de modo errado. Quantifiquei as conquistas tecnológicas de cada raça: o progresso material, e os líderes que tornaram este progresso possível.

— Mas nada há de errado nessa visão, há? — cutucou Leo.

— É verdade, mas esta visão de mundo mascara a outra, que lhe está subjacente. Nunca levei em conta aquilo que as pessoas sentiam ou pensavam em cada época. Esta visão dos maias de que sofremos interferência da energia central da galáxia até em nossa maneira de pensar, de tomar consciência, me derrubou, sabe?

— Entendo. A mim também derrubou. Talvez, isso seja destino.

— Talvez. Mas, enquanto os maias viviam em busca da harmonia cósmica, nós, no resto do mundo, ficávamos órfãos da idéia de universo, sempre pensando: o que se passa aqui na Terra é o mais importante do Universo. A humanidade criou o sistema "geocêntrico", só olhava para o próprio umbigo.

— A profecia deve falar do próximo ciclo que nos aguarda, não é?

— É isso, mas é bom relembrarmos o milênio passado para melhor entendermos o próximo...

— Entendi, Frans. A velha visão histórica para a compreensão da nova.

— Isso mesmo. Você gostaria de recapitular o milênio?

— Pode ser. Vejamos, dos anos 1000 até 2000.

— Vamos à chamada Idade Média, anos 1000 d.C.

— Uma análise do pensamento e do sentimento da época — insistiu Leo.

— Muito bem. O pensamento da Idade Média foi forjado pela Igreja, pelos teólogos, que exerciam total domínio sobre a mente do povo. O universo descrito por esses teólogos não era real, mas espiritual. É um universo teocrático, no qual a idéia do projeto de Deus para a humanidade era o centro da vida. Era uma vida estática, segundo o determinismo histórico, se você fosse camponês morreria camponês; se fosse nobre, morreria nobre. As pessoas estavam confinadas em sua classe social e dela jamais saíam.

— Sendo assim, a posição social era secundária.

— Sim. Isso mesmo. Secundária em relação à realidade espiritual pretendida pelos teólogos da Igreja. O cidadão daquela época descobria que a vida nada mais era do que um exame espiritual, já que Deus colocou a humanidade no centro do universo, no centro do Cosmo, para uma só finalidade: ou salvar-se ou perder-se nas profundezas do inferno. Você tinha de escolher entre dois caminhos opostos: Deus ou o Diabo.

— E quem escolhia não era você, diretamente — insistiu Leo.

— Eram os teólogos, você não estava qualificado para a escolha, só eles interpretavam as escrituras sagradas, revelando, passo a passo, se o cidadão estava em harmonia com Deus ou com Satanás. Se o cidadão seguisse as regras dos teólogos, seria recompensando após a morte, se não, seria excomungado e condenado ao inferno.

Nesse momento, Frans se calou, observando seu pai que cochilava, encostado a uma das colunas do templo. Cobriu-o com seu casaco, pois a noite esfriara. Um vento gelado varria a cidade. O Sol se punha por detrás das montanhas escarpadas e o silêncio convidava à meditação e à interioridade. Frans olhou para Leo, mas este estava maravilhado com o Sol, como se o visse pela primeira vez. O Sol avermelhara ainda a cidade, que outrora fora toda vermelha. Leo lembrava-se de que os maias davam cores aos pontos cardeais. O vermelho era a cor do Leste, a Morada da Luz e da Geração, onde residia o Instinto através do cérebro do réptil. Recordava-se dos quatro pontos cardeais maias: Norte: *Xaman*; Leste: *Likin*; Sul: *Nohol* e Oeste: *Chikin*.

Aí deu lhe um estalo: Men residia no Oeste e era o Cérebro Planetário, a Mente Superior. Portanto, Pop Men só poderia ser um E.T. Não quis, porém, dividir com Frans esta dúvida. Por isso, voltaram à filosofia.

— Sabe Frans, a filosofia da Idade Média era toda centrada no outro mundo, no *pós-morten*. Todos os fenômenos da vida terrena pertenciam à dualidade céu ou inferno; fosse um cataclismo ou uma colheita ou, ainda, a morte de alguém, tudo dependia da infalibilidade de Deus, ou da sagacidade do diabo. Não havia ciência, nem geologia, nem agricultura, nem clima. Tudo era para o depois da morte.

— É verdade, Leo. Esta visão de mundo, porém, começou a ser destruída entre os séculos XIV e XV, quando os próprios detentores do poder, os teólogos, violaram as próprias leis: o voto de castidade, por exemplo, inclusive recebendo propinas para ignorar os pecados dos políticos, com os quais dividiam o poder temporal. Tais transgressões trouxeram ausência total de credibilidade ao clero. E, se o clero era o passaporte para a salvação, então, toda a humanidade estava perdida inexoravelmente.

— Aí surgiu Lutero.

— Sim. A revolta de Martinho Lutero fora exatamente contra o poder Papal, que ele definiu como corrupto, exigindo o fim daquele domínio sobre a mente do povo. As novas igrejas deram total liberdade de interpretação às escrituras, sem qualquer intermediário. Filosoficamente, todo o pensamento do mundo fora questionado.

— Deve ter sido desesperador para a mentalidade da época. O povo perdeu o eixo de suas vidas...

— É verdade, Leo. Além disso, no século XVI os astrônomos já tinham provado que o Sol e as estrelas não giravam em torno da Terra, como a Igreja pretendia. A Terra não passava de um pequeno planeta em órbita de um Sol menor, dentro de uma galáxia, que continha bilhões de astros semelhantes. Foi a primeira decepção coletiva da humanidade...

— Claro. A humanidade deixava de pertencer ao centro do sistema teocrático e mudara sua relação com Deus.

— Justamente. Nesse ponto se inicia a Idade Moderna, mais democrática e desconfiada das autoridades teológicas e monárquicas, já que no Absolutismo o rei era um deus.

— Frans, entendo melhor o pensamento maia. Creio que são exploradores espaciais, trazendo-nos informações da galáxia, já que fomos traídos por aquela visão estagnada da Igreja. Será possível?

— Sim, é possível. Esta é a minha principal dúvida, Leo...

— Precisamos é de uma consciência cósmica. Se nós somos tão insifnificantes, comparados com toda a galáxia, e, assim mesmo, recebemos seus fluídos, é porque a energia de Deus realmente cobre todo o universo. Temos de ser humildes e começar por esta nova percepção...

— Estamos fugindo de uma realidade maior, ou fugimos sempre dessa realidade cósmica, não é, Leo?

— Exatamente. Vivemos um estágio importante da humanidade nesse momento em que estamos no Terceiro Milênio. Creio que a profecia irá nos iluminar, por isso tem tanta gente querendo impedir, pode crer, Frans.

— Tenho certeza disso. Gastamos milênios para nos instalarmos nessa casa chamada Terra, agora temos de saber para quê fizemos isso; qual a nossa missão? Por que estamos aqui?

— Creio que o Códice K fala disso, Frans. A profecia para 2012 deve esclarecer a nova ordem para o novo ciclo. Que a galáxia nos ilumine para conseguirmos alcançar a nova visão.

— Onde estará o Códice K? — perguntou Hans, acordando.

— Deve estar com Pop Men — disse Leo. Sabe, tenho uma dúvida martelando a minha cabeça...

— Mais dúvidas — brincou Frans.

— Não tenho certeza, mas creio que Pop Men é um E.T...

— Lá vem você com sua imaginação, Leo! — exclamou Frans.

— Não é imaginação, não. É a minha nova consciência...

— Mas, por que seria um extraterrestre? — perguntou Hans.

— Não sei, intuição, talvez — disse Leo, perguntando. Já leram o *Popol Vuh*: *O Livro da Comunidade ou das Coisas Comuns*?

— Não. Você tem aí? Desculpe Leo, nossas coisas sumiram...

— Sei um trecho de cor. Vamos primeiro acampar na Torre dos Ventos, ali em frente. Lá do alto da torre teremos uma boa visão de toda a cidade e não seremos surpreendidos, caso venham inimigos. Lá contarei sobre o *Popol Vuh*.

4 = ••••

Os Mestres Cósmicos

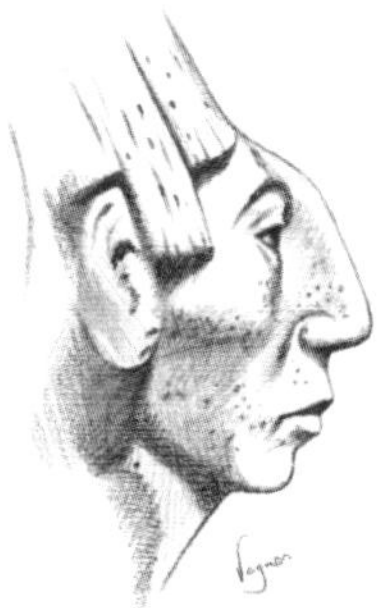

Virgínia acordara mais leve, depois da conversa com Günther. Lembrava-se do alemão com saudades, rindo muitas vezes da cara estranha que ele assumia, naquele ridículo disfarce teatral. Tinha de dar aulas na Universidade Autônoma do México, por isso acordou às sete horas, depois de um sono reparador, deixando-a mais lânguida e relaxada. Entrou no carro e partiu para a universidade. Antes, olhou na esquina, mas não via mais o tal homem do jornal. Memorizara seu tipo para a eventualidade de reencontrá-lo. Naquela manhã, o trânsito estava até razoável, e Vicky gostava de dar aulas. Parou no estacionamento e viu Juan, correndo ao seu encontro com ansiedade. Juan Portero era um dos funcionários da universidade com quem melhor se dava graças à sua notável percepção para as questões holísticas. Virgínia sempre o ajudava. Com mulher e duas filhas, sua vida não era fácil.

— Senhorita Virgínia — chamou Juan — É urgentíssimo!

— Pode falar Juan, mas antes me deixe estacionar.

— O senhor Günther desapareceu! — dramatizou Juan.

— Como? Desapareceu?

— Depois que esteve em sua casa, não se soube mais dele...

— Como soube que Günther foi à minha casa? — disse Vicky.

— Eu faço alguns trabalhos pessoais para o doutor Günther. Hoje, quando lá cheguei, não havia ninguém. Sua agenda, sobre a mesa tinha apenas um compromisso marcado para ontem, à tarde, na casa da senhorita, portanto...

— Isso só diz que Günther não dormiu em casa, não é, Juan?

— Pode ser. Mas, a minha intuição me diz o contrário...

— Sabe, Juan, você pode ter razão, ontem à noite alguém o seguia. O que iremos fazer?

— Não sei, senhorita. Gostaria que me dissesse.

— Vou dar minha aula, depois nos encontramos aqui, está bem, Juan?

— Sim, senhorita.

Virgínia dirigiu-se à sala de aula, no Departamento de Antropologia.

"Onde será que se meteu aquele alemão?" — pensou.

Preocupada, sua aula foi superficial. Falou sobre a numerologia maia, mas de modo burocrático, sem a emoção das aulas anteriores, quando fizera seus alunos descobrirem a transcendência dos números maias.

Voltara quase correndo ao estacionamento. Juan estava em meditação, o que a surpreendera, pois não o sabia adepto do Yoga. Ao surgir à sua frente, Juan abriu os olhos e demonstrou estar pronto. Virgínia fez-lhe sinal de que partiria. Iriam, antes, ao apartamento de Günther, no centro da cidade. Fariam uma investigação preliminar para encontrar possíveis pistas.

Já dentro do carro, Juan começou a falar de suas atividades na comunidade maia. Virgínia supreendeu-se com os conhecimentos de Juan sobre a numerologia maia. Não fosse a roupa ocidental, parecia saído de um daqueles sítios arqueológicos que se acostumara a pesquisar.

"Não devia estar a toda hora me surpreendendo" — pensou Vicky. "Afinal, desde a conscientização cósmica sabia que os fatos estavam todos encadeados, pois coincidência não existia. Coincidência era a incidência de Consciência" — dizia.

Juan parou de falar e lhe fez uma pergunta curiosa:

— A senhorita gosta de música?

— Gosto muito, Juan. Por quê?

— Os maias têm uma matemática musical, sabia?

— Não. Nunca soube disso. Como é? — indagou curiosa, Vicky.

— O *Tzolkin* possui treze números e vinte símbolos, não é?

— Sim, Juan, isso mesmo.

— Se pudéssemos dar tons e semitons para os treze números e os vinte símbolos, teríamos a Canção do Universo...

— Canção do Universo? O que quer dizer?

— Para os maias, os números e os símbolos do *Tzolkin* representavam qualidades do universo, ou melhor, a condensação de harmônicos e níveis de significados. Cada número é um campo de ressonância cósmica, além de ressoar para si mesmo. Por esta razão, bastariam treze números e vinte símbolos para as 260 permutações do *Tzolkin*. Agora, se cada tom musical representasse um número, por exemplo, Dó igual a 1; Ré igual a 2; assim por diante, na extensão de uma oitava poderia haver um número fixo de sons — sete para sermos exatos: Dó, Ré, Mi, Fá, Sol, Lá e Si — sendo o oitavo o Dó agudo. Assim, poderíamos ter sincronizações harmônicas de dois ou mais tons quase infinitas. E teríamos a Canção do Universo, não é, senhorita?

Virgínia ficou pasma. Seria o mesmo Juan, aquele bedel da universidade, agora defendendo uma tese matemática? Nunca notara este lado científico de Juan. Estava boquiaberta. Juan seria um iniciado? Não sabia o que pensar.

— Senhorita, por favor, me responda — insistia Juan.

— O que foi mesmo que disse Juan?

— Se a correlação entre os números e os símbolos do *Tzolkin* poderia resultar na Canção do Universo, senhorita. Poderia?

— Poderia, Juan. Seria uma bela canção... — respondeu Vicky.

— A senhorita não está acreditando em mim. Está ironizando...

— Não. Estou entendendo muito bem.

— Estou tentando explicar o *Tzolkin* para a senhorita. Sei que estudou bastante a nossa cultura, mas a vê de forma errada. Pop Men pediu-me para ajudá-la — disse Juan.

— Pop Men? Ele disse isso?

— Sim, senhorita. Pop Men é o meu mestre.

— Diga-me, Juan, mas *Tzolkin* não quer dizer "contagem dos dias ou *kin*?"

— Não, senhorita. Este nome foi dado por arqueólogos, mas não é o nome original. Usamos o nome para fazê-la perceber. Os estudiosos julgavam que estávamos apenas preocupados em medir o tempo, mas queríamos era harmonizar os diversos sistemas do universo, empregando o *Tzolkin*, a constante galáctica...

—Quer dizer: a profecia para 2012 está contida no *Tzolkin*? — perguntou Vicky, incrédula.

—Sim, mas não é só, senhorita. O *Tzolkin* tem qualidades semelhantes ao I Ching. Os treze números e os vinte signos criaram uma tabela de 13x20 com 260 permutações. Empregamos ainda hoje o *Tzolkin* junto com o calendário civil de 360 dias e mais o mês de cinco dias ou *vayeb*, os nefastos. O *Tzolkin* é como o alfabeto, um código. Se soubermos empregá-lo saberemos o que a galáxia prevê para a Terra no próximo milênio. Isso está no Códice K...

— Quer dizer que nós poderíamos saber da profecia, apenas usando a constante galáctica?

— Exatamente. Há uma força mágica nos números 13, 7, 4 e 9, além do 20, pois o sistema maia é vigesimal e não decimal como o empregado hoje. Para os maias, o significado dos números não residia na relação seqüencial do tipo vinte é maior do que dezenove, mas nas qualidades derivadas das justaposições, permutações e harmônicos de uma dada série de números. *Hunabku* ou a energia do centro da galáxia envia pelo Sol suas pretensões para os ciclos da Terra.

— Sim, eu sei disso, mas *Hunabku* não é literalmente: "Deus só existe um"?

—Sim, senhorita. Deus para nós é a energia que se comunica através do Cosmo, vinda do centro da galáxia. O *Tzolkin* é o nosso oráculo para saber quais são suas ordens para um determinado ciclo, entendeu?

Antes mesmo que Vicky respondesse, chegaram ao apartamento de Günther. Juan tinha a chave e abriu a porta sem problemas. Em cima da mesa, a agenda aberta indicava a data e hora do compromisso com Virgínia. A letra de Günther estava nervosa, como se algo o preocupasse. Tudo parecia estar em seu lugar. Sem sinais de luta ou de arrombamento. Nem panelas sujas ou pratos. Tudo normal, talvez normal demais para Vicky. Na escrivaninha, diversos calendários e cálculos em caos ordenado. Günther estava trabalhando com o *Tzolkin*. Onde estaria? Virgínia olhou para Juan e deu de ombros.

— A senhorita acha que devemos chamar a polícia?

— Creio que não, Juan. Não podemos confiar em ninguém.

— Então, o que fazemos? — perguntou Juan, desfiando o bigode.

— Temos de avisar Pop Men. Você sabe como encontrá-lo?

— Sei, sim, mas devemos deixar este lugar, pois deve estar sendo vigiado.

— Vou levar estes cálculos de Günther, poderá ser útil.

A manhã estava quente, apesar da ventania que soprava forte, que mais parecia o bafo de um vulcão. Nuvens negras anunciavam chuva. Virgínia e Juan deixaram o apartamento de Günther pela escada de incêndio. Sentiam-se observados, embora ninguém estivesse visível à espreita. Entraram no carro e saíram rapidamente. Vicky estava com medo de voltar para casa. Poderiam também estar vigiando sua casa. Juan ofereceu-lhe hospedagem, lá não haveria problemas. Era perto, um povoado. Virgínia não sabia se devia aceitar. Precisava passar em casa, pegar suas coisas. Percorreria o quarteirão da residência antes, para ver se estava tudo bem. Se estivesse, arriscaria entrar. Juan achava perigoso, mas acabou concordando.

"Mulher, sem roupas, perfumes e maquiagem, fica paranóica" — pensou Juan.

Por quinze minutos, passaram e repassaram o quarteirão, onde Vicky morava. Não havia perigo aparente. Talvez Vicky ainda não estivesse na lista de inimigos. Vicky entrou rápida, deixando Juan de guarda, esconso, no meio das folhagens do jardim. Sua mente estava agitada e tremia nervosa. Lembrara-se do disfarce de Günther. Procurou sua peruca loira no armário. Via-se desamparada, frágil e ridícula disfarçada de loira. Não havia tempo nem sequer para pensar.

Os inimigos poderiam observá-la de binóculo. Vestiu uma calça jeans bem colante, uma camiseta de malha, que os seios encheram com soberbia, e saiu para a rua, correndo. Juan já vinha em seu encalço, olhando para os lados, mas ninguém demonstrara interesse naquela pantomima fugaz. Ao passar no posto de gasolina, Vicky lembrou-se de que alguém poderia ter posto um transmissor no carro para segui-la de longe. Vira isso num filme de espionagem. Por que, não?

Sentia-se, mal. Juan deitou-se por debaixo do auto, à procura de tal aparelho. Vasculhou toda a carroceria, mas nada encontrou. Voltou e seguiram para o *pueblo* onde Juan morava. O carro entrou na autopista em velocidade. Virgínia dirigia como se fosse um caso de vida ou morte. Nunca passara por algo semelhante. Estava tensa, o pescoço doía e sentia dor de cabeça. O silêncio de Juan, ao lado, não ajudava. Gostaria que falasse sobre a profecia, pelo menos desviaria sua atenção.

— Fale-me da profecia, do *Tzolkin*, fale alguma coisa, Juan.

— Acalme-se, senhorita, senão cometerá um desastre.

— Fale-me do *Tzolkin*, então, Juan. Diga algo, homem!

— Você naturalmente já ouviu falar dos fractais, não?

— Sim. O princípio fractal não é aquele que descreve a capacidade de um número permanecer proporcionalmente constante? — perguntou Vicky.

— Exato, senhorita. Ou seja, 3 está para 10 assim como 30 está para 100 e 300 está para 1.000. Mesmo que a quantidade do número se altere, a proporção na série é constante. No *Tzolkin* impressiona a repetição de certos números que se referem a proporções holográficas específicas, ou fractais, como 26, 260, 2600 e 2520, 5.200, assim por diante. Através das propriedades fractais os números ressoam em oitavas diferentes, trazendo à esfera mental e à dos sentidos amplitudes de informações mais elevadas, por meio da sintonia celular. A matemática maia buscava o entendimento e o registro da constante galáctica — o *Tzolkin*. A relação dos números com o calendário é secundária.

— Entendi, Juan — disse Vicky mais calma, dirigindo de maneira normal, agora.

— A senhorita está bem?

— Pode continuar, Juan. Senti algo estalar dentro de mim. Pode ser um *insight,* não é mesmo?

— O nome não importa. Os Mestres Cósmicos sempre disseram isso...

— Os Mestres Cósmicos? Quem são Juan?

— Aos poucos a senhorita tomará contato com eles. Já ouviu falar nos Nove Senhores do Tempo?

— Sim, mas isso não passa de mitologia...

— Para os ocidentais, pode ser. Os Nove Senhores do Tempo foram emissários cósmicos que vieram ensinar os maias. Pacal de Palenque, eu creio, foi um deles...

— Puxa! O Leo precisava saber disso, ele está lá, sabia?

— Eu sei, senhorita. Ele já manteve contato com Pop Men.

— Com Pop Men. Caramba! Só eu ainda não falei com Pop Men.

— Tudo tem seu tempo certo, não é, senhorita? Gostaria de saber por que Pacal é um ser cósmico?

— Gostaria de conhecer todo o processo...

— Está bem, senhorita. O que se encontra registrado nas estelas, nos templos de pedra e em certos códices, ou manuscritos pintados, nada mais é que a relação entre a harmonia cósmica e os ciclos anuais da Terra, da Lua e dos planetas do sistema solar. Prepare-se, senhorita, para uma viagem...

— Como, assim, Juan?

Logo, verá. Como antropóloga, já ouviu falar dos marcadores de tempo em Copan, Quiriguá e Tikal, não é?

—Sim, claro. Por quê?

— Tais marcadores de tempo foram percebidos pelos estudiosos a cada cinco, dez e vinte anos. Pensaram ser uma comemoração de anos, mas eram os números harmônicos ocorrendo em equivalentes fatoriais. Cinco anos, por exemplo, é uma calibração de 1.800 *kin* ou dias. Ora, 1.800 dias (um *holtun*) são cinco anos solares ou 1.825 (5x365) menos 25 dias com as correções. Assim, dez anos são 3.600 *kin*; e vinte anos, 7.200 *kin*. Note que cada um desses números:

1.800; 3.600 e 7.200 têm como fator base o número nove: 18=9x2; 36=9x4; 72=9x8. O nove é um dos números-chave do tempo maia. Essas calibrações harmônicas: 1.800, 3.600 e 7.200 *kin* são as medidas do padrão galáctico. Os maias conseguiram medir a radiação sincrônica a partir de 11 de agosto de 3113 a.C. até 2012 d.C. Ou seja: 5.125 anos da Terra.

— E por que abandonaram suas cidades sem um motivo?

— Aí a senhorita se engana. Havia um motivo: este período de 5.125 anos era de infortúnio e desgraças para o mundo. Haveria guerras de conquistas e a humanidade por pouco não destruiu a Terra. Os maias clássicos deixaram tudo anotado para a posteridade e foram viver na floresta, longe das cidades que seriam, inevitavelmente, conquistadas. Estava escrito. Não havia como fugir disso, entendeu?

— Sim, Juan. E a profecia para 2012?

— Vou contar uma história. Imagine uma radiação emanando do núcleo galáctico. Tal e qual a luz de um farol, quanto maior a distância, mais largo será o feixe. Suponha, agora, que um navio, lá longe no mar, atravesse essa radiação. Apesar de tanto o navio quanto o feixe de luz estarem em movimento, haverá um período de tempo em que o navio é banhado pela radiação. Imagine que este navio seja a espaçonave Terra passando pela radiação sincrônica. Esse feixe foi medido em 5.125 anos e estará atingindo seu ponto máximo em 2012, quando se iniciará um novo ciclo. A profecia, portanto, fala de um novo mundo a partir de 2012. O ciclo anterior está praticamente terminado.

— Por que estão querendo destruir o Códice K?

— Não sabemos. Talvez, os mesmos que fizeram do ciclo anterior a desgraça de tentar destruir este corpo vivo que é a Terra.

— A profecia não se cumprirá, se for destruído o Códice K? — perguntou Vicky.

— Creio que a profecia se cumprirá, mas a humanidade não terá a oportunidade de salvar-se, senhorita Virgínia...

— Ah! Se existe salvação, então não haverá uma catástrofe, Juan?

— Não, senhorita. Ao dizer salvar, quis dizer conscientizar. A conscientização para o próximo ciclo deverá exigir certos padrões de comportamento dos humanos. Os que não seguirem o padrão exigido pelo centro da galáxia deverão sofrer algum tipo de punição, mas não sei qual será. A humanidade já perdeu tempo demais se instalando aqui.

— Por que apenas se instalando? Não fizemos nada?

— Talvez, sim. O materialismo, porém, não trouxe nada de bom para o universo como um todo e já quase destruímos o planeta. Agora, receberemos nova missão da galáxia e precisaremos cumprir. É a opinião do mestre Pop Men...

— Ele é um mestre galáctico?

— Tudo leva a crer que sim, senhorita, pelo menos para mim.

Virgínia parou em um restaurante à beira de uma estrada secundária, depois de sair da autopista. Juan só indicava o caminho, pois a conversa tornara-se muito séria. Já passava da uma hora da tarde e ambos estavam famintos. O restaurante era de um amigo de Juan, Pedro Ruiz, e apesar de simples, tinha boa cozinha. O calor sufocava. A estradinha poeirenta obrigou Vicky a usar um lenço no rosto. A peruca loira, por outro lado, dava-lhe coceira. Juan achava graça naquela mulher, antes tão cheia de si, agora frágil, medrosa, como uma criança. Antes de sentar-se, Vicky olhou em torno para ver se havia suspeitos. Juan conhecia a vizinhança, já estavam próximo de sua aldeia. Não havia mais perigo, dizia Juan, fazendo o sinal de positivo com o polegar.

Virgínia foi ao *toilette* para arrumar-se, não agüentava mais a peruca. Ali havia a calma inexistente na grande cidade. Os gestos das pessoas, mais cordiais e cordatos. Onde estaria Günther? Esta pergunta martelava a mente de Vicky. Olhou no pequeno espelho da *toilette* e sentiu-se mal. Jamais estivera tão desarrumada em sua vida. Passou batom e *blush*, após limpar o rosto de poeira grudada ao suor. Sentia-se desprotegida. Leo, em Palenque; Günther, desaparecido. A paranóia teria se instalado em seu ser? Por que fugira para aquela aldeia mexicana? Parecia-lhe mais aterrador o inimigo, quando ainda desconhecido. Quase tomara banho no apertado banheiro do Comedor de Pedro Ruiz, como dizia a tabuleta. Saíra da *toilette* no exato momento em que um grandalhão dizia a Juan: "tome cuidado!".

Juan apresentou o grandalhão: "meu compadre Pedro Ruiz".

O diálogo se interrompera na chegada de Vicky que, desconfiada, exigiu de Juan uma explicação.

— Senhorita, eles estiveram aqui na aldeia. Não falaram nada, nem perguntaram. Meu compadre diz que eram dois, bem fortes, comeram e partiram. Tentaram falar espanhol, mas tinham sotaque estrangeiro. Pedro procurou conversar com eles, mas não quiseram falar.

— Já chegaram aqui? Quando foi isso, Pedro? — perguntou Vicky.

— Estiveram aqui ontem, pela manhã, senhorita — disse Pedro.

— Não fique nervosa, senhorita. Aqui estará em segurança. É um lugar pequeno, todos se conhecem e são unidos. E não gostamos de estranhos.

— A senhorita poderia ficar aqui em casa — ofereceu Pedro.

— Muito obrigada, mas já aceitei a hospedagem de Juan.

Despediram-se de Pedro e foram para a casa de Juan, na verdade uma chácara. Juan prometera terminar a conversa sobre os Mestres Cósmicos, após a ceia. Sem a peruca loira, Vicky reconquistara sua forte e fina personalidade. Precisava descansar da tensão daquele dia anormal. Sua vida fora sempre uma rotina, sem os perigos daquela aventura. Precisava de um bom banho e um bom cochilo.

Rosita, mulher de Juan, acomodou-a no quarto de hóspedes. Tinham duas filhas — Juanita e Maria — dizia Rosita, arrumando a cama. O quarto de Vicky ficava no fim do corredor, próximo ao banheiro. A casa era simples, mas acolhedora. Vicky tomou um banho, a poeira parecia ter-se entranhado em sua alma.

Ao cair da tarde, sentada no alpendre da casa, Virgínia e Juan retomaram a conversa interrompida. Vicky encontrara um novo amigo, deixando-a mais segura. Havia tempo não compartilhava de uma cena familiar como aquela. Seus estudos no México ocuparam-na demais, nem escrevera mais para sua mãe, dona Yolanda, que vivia em São Paulo.

— Bem, senhorita. Vou lhe contar a história dos maias na versão dos próprios maias, sem as deturpações. Vamos considerar o Grande Ciclo atual de 3113 a.C. a 2012 d.C. O ponto médio do ciclo os maias escreviam 6.10.0.0.0. e estava localizado no sétimo dos treze *baktuns* que formam o Grande Ciclo. Esta data corresponde a 550 a.C., data da vinda dos míticos Senhores do Tempo, pois o número maia 6.10.0.0.0. soma 936.000 *kin* ou dias, ou seja o fator-chave é 9, simbolizando periodicidade e totalidade, número que representa os Mestres Cósmicos originais. Por isso, a cidade de Monte Alban tem esculturas registrando a vinda dos Nove Senhores do Tempo e a chegada da medida galáctica ao planeta Terra.

— Tem certeza disso, Juan? — desconfiou Vicky.

— Senhorita, os números estão certos. A única dúvida é se a primeira leva cósmica, representada pelos Nove Senhores do Tempo, chegou por volta de 550 a.C. ou se a data foi escolhida para comemorar uma chegada anterior. De qualquer modo, as esculturas de Monte Alban comemoram a primeira leva de maias galácticos na Mesoamérica.

— Vamos nos fixar nessa época, Juan. O que se passava?

— Se olharmos para o cenário mesoamericano em 550 a.C., encontraremos o apogeu dos olmecas, a primeira civilização avançada da América. Olmeca quer dizer "povo da borracha". Foram os criadores do jogo ritual de pelota, usando a esfera de borracha. Esta civilização começou rumo ao apogeu em 1500 a.C. Suas características culturais são comprovadas por volumosas esculturas de jade e de pedra, retratando a figura do jaguar ou criaturas de rosto felino cobertos por capacetes.

— Já vi fotos dessas esculturas. São impressionantes. Mas, Juan, como sabe tanto dos olmecas?

— Porque foram os primeiros mestres dos maias clássicos. A base religiosa dos olmecas foi uma cultura xamânica neolítica tardia centralizada no *nagual* ou espírito do jaguar. Em seus rituais, os olmecas ingeriam um cogumelo alucinógeno, a *psilocibina*, chamada pelos nativos de *teonanacatl*, a carne dos deuses...

— Interessante, Juan. A carne dos deuses. Quantos mistérios na Mesoamérica...

— O que se especula é a provável presença de sacerdotes maias infiltrados entre os olmecas, já que os maias clássicos chamavam o sumo-sacerdote de *Balam*, que quer dizer jaguar ou sacerdote-jaguar. Mediante tais infiltrações, os maias foram capazes de introduzir o sistema de notação de barra-ponto, os números e o Calendário Sagrado, o *Tzolkin*, com as permutações intermináveis dos treze primeiros algarismos e dos vinte signos sagrados, adotadas como hieróglifos.

— E como foram edificadas as cidades? — perguntou Vicky.

— Segundo Pop Men, enquanto importantes emissários cósmicos maias foram incorporados à cultura dos olmecas, recordados como os Nove Senhores do Tempo, outros emissários da Galáxia instalaram seus treze clãs guerreiros e as sete tribos nas montanhas da Guatemala e nas selvas do Peten, entre Honduras e Guatemala. E surgia próximo à Cidade do México, Teotihuacan, outra semente galáctica.

— Outra semente galáctica? Teotihuacan surgiu em III a. C?

— Sim. Foi por volta do século III a.C. Logo se tornou importante centro ritual e civil. Depois, transformou-se no maior e mais extenso centro cerimonial de toda a Mesoamérica.

— Teotihuacan — *lugar onde os deuses tocaram a Terra*. Um nome lindo, não é Juan?

— Poético. A cidade foi erigida como recordação de outra, a primitiva Tollan ou Tullan, local de origem e passagem para este mundo dos emissários cósmicos.

— A pirâmide do Sol tem quase a mesma base da Grande Pirâmide de Gisé, no Egito... É uma beleza! — emocionou-se Vicky.

— É verdade. Seu nome saiu do idioma tolteca que traduz na palavra múltiplos significados: mestres, construtores, artistas e videntes. Teotihuacan foi o primeiro grande centro da religião de Quetzalcoatl, a Serpente Emplumada.

— Quetzalcoatl é o mesmo que o maia Kukulkan, não é, Juan?

— Justamente. Este deus está associado ao céu, às estrelas, à água, à abundância e ao cultivo de todas as artes e ciências da civilização.

— Percebi uma semelhança, Juan. Em Teotihuacan encontramos de novo o simbolismo do número treze: são doze templos de plataformas baixas cercando um décimo terceiro, o que representa o próprio Quetzalcoatl. Quando foi o apogeu de Teotihuacan, segundo os maias?

— Entre os séculos III e IV d.C. a influência de Teotihuacan estendeu-se por toda a Mesoamérica. Os videntes toltecas, sacerdotes da Serpente Emplumada, entraram em contato com os maias da selva do Peten, e houve uma união espiritual entre Teotihuacan e os maias do Peten. Este enlace deu-se em Tikal. Inspirados no novo lastro espiritual da Serpente Emplumada, os maias ampliaram o progresso de sua civilização, dinamizando-a ainda mais que o de Teotihuacan. Os sacerdotes de Tikal começaram a construir templos piramidais ainda maiores; enquanto os de Teotihuacan tinham cinco níveis, os de Tikal possuíam nove, comemorando a vinda dos Mestres Cósmicos: os Nove Senhores do Tempo.

— E tudo isso estava escrito, Juan?

— Sim, senhorita.

— Explique-se melhor, Juan. Gostaria de saber...

— Naquele instante histórico, findava o oitavo *baktun* e começava o nono em 435 d.C. A data na cosmologia maia é 9.0.0.0.0., que representava o harmônico 1296, pois tinham decorridos 1.296.000 dias ou *kin*, desde 3113 a.C. Havia uma grande agitação nos centros maias. Chegara a hora da vinda da segunda leva de emissários cósmicos. Neste décimo ciclo ocorreria a fase de máxima sincronização, um período crítico em que se registraria correlações harmônicas da radiação galáctica de *Hunabku* com o ciclo anual da Terra, do Sol, da Lua e dos outros planetas do sistema solar.

— Deveria ser uma verdadeira loucura um fato desses, não é mesmo, Juan?

— Sim. E aí os maias, revigorados pela religião da Serpente Emplumada, além de se lembrarem de sua missão cósmica, começaram a registrar em estelas e a construir templos com um fervor jamais visto. Esta atividade febril manifestou-se em todas as cidades: Tikal, Copan,

Quiriguá, Palenque, além de outros centros. No exato instante, ou seja, no momento certo da calibração harmônica, iniciaria a segunda leva cósmica.

— E como os maias sabiam desse momento exato, Juan?

— Na seqüência dos fractais harmônicos, o grande número-síntese maia era o 13 66 560, número divisível ou capaz de ser fatorado por todos os números-chave correspondentes a todos os ciclos harmônicos dos maias. O 1.366.560 era o número de dias decorridos desde 3113 a.C., resultando numa data próxima de 631 d.C. Esta data corresponde à presença do avatar Pacal, o Grande, cuja vida terrena terminou em 683, justamente quando o ciclo se finaliza. Incrível, não, senhorita?

— Inacreditável, Juan. Quer dizer que os nove andares do Templo das Inscrições de Palenque são homenagem aos Nove Senhores do Tempo?

— Exatamente, senhorita. Nada é gratuito na civilização maia. Tudo tem uma explicação lógica, desde que o estudioso saiba os valores maias autênticos e de sua mitologia. Aquelas esculturas do Templo das Inscrições são os Senhores do Tempo...

— Estou mais curiosa, Juan. Se os maias podiam prever a chegada de um avatar, como Pacal, então a profecia para 2012 é de suma importância para a humanidade...

— Por isso há forças contrárias...

5 = —

O Popol Vuh e a matemática do destino

Os três chegaram à Torre dos Ventos, outrora um observatório astronômico. A torre de três níveis lembrava, por sua arquitetura, a câmara do rei, em Gisé. Quando lá chegaram, acharam toda a bagagem roubada, à exceção do livro de Leo. A noite estrelada luzia na branca e brilhante jóia conhecida por Palenque, a cidade vermelha. Os três puderam verificar *in loco* o céu estrelado de um observatório maia. Ao passar da grande galeria para o primeiro nível, Leo tropeçara na bagagem. À primeira vista, pareceu-lhe um corpo deitado, o que lhe impressionara, a ponto de sentir calafrios. Frans, que lhe seguia os passos, riu do incidente e alegrou-se ao saber de sua bagagem completa. Não passaria frio naquela noite, seu *slipping-bag* lá estava. Hans sentiu-se premiado. Todos seus instrumentos estavam intactos. Apenas Leo se mostrava triste pela falta do livro sobre Palenque, mas tinha o mapa de Virgínia, sem o qual teria dificuldades de orientação. Hans queixou-se da escadaria, quando soube da pretensão de Leo de acampar no último nível da torre. Ali, segundo Leopoldo, seria mais fácil observar toda a cidade e as montanhas vizinhas.

Já instalados, mirando as estrelas com os olhos misteriosos dos maias, Frans insistiu com Leo para que falasse do *Popol Vuh*. Leo, sentado em trouxas de roupa daquela expedição, pigarreou, limpando a garganta:

— *Popol Vuh*: *O Livro das Coisas Ocultas*, embora escrito após a conquista espanhola, contém muitas pistas. Diz o seguinte: "Aqui apresentaremos a revelação, o depoimento e a narração de tudo o que estava oculto, a revelação e, ao mesmo tempo, o depoimento, a narração conjunta da Avó e do Avô... daremos conhecimento porque agora o *Popol Vuh*... não pode mais ser visto, o que era visto claramente do outro lado do mar... O livro original, escrito há muito tempo, existiu, mas está oculto aos olhares do pesquisador e do pensador. Maravilhosas eram as descrições e o relato de como todo o céu e toda a Terra foram formados, de como foram formados e divididos em quatro partes; de como foram distribuídos e de como foi dividido o céu; de como a corda foi utilizada para medir, tendo sido estendida no céu sobre a Terra, nos quatro ângulos, nos quatro cantos, como foi dito pelo Criador e Formador, Mãe e Pai da vida; de todas as coisas criadas, ele que dá alento e pensamento, ela que gera as crianças, ele que vela pela felicidade do povo, pela felicidade da raça humana, o sábio que medita sobre a bondade de tudo o que existe no céu, na Terra, nos lagos e no mar." — finalizou Leopoldo.

— Muito interessante — atalhou Hans, deitado num canto do cimo da torre. Mas está um pouco metafórico demais, não?

— É verdade, pai — concordou Frans.

— Vou lhes acrescentar outro texto que tenho de cor — disse Leo, buscando na memória o texto pretendido. Ah! Lembrei. Trata-se de um dos diversos anais dos maias. Este é conhecido como "Os Anais de Cakchiquels". E diz o seguinte: *do outro lado do mar viemos para Tulan... De quatro regiões vieram os povos para Tulan. No oriente, há uma Tulan*; *outra* em *Xibalba*; *outra, no ocidente, de onde viemos, e outra onde está Deus*; *portanto, havia quatro Tulans... E partindo chegamos aos portões de Tulan... então, nossas mães e nossos pais ordenaram que nos apresentássemos, nós, os treze clãs das sete tribos, os treze clãs guerreiros...*".

— Esta é uma descrição críptica — insinuou Frans.

— Por isso, temos de analisar cada passagem importante — concordou Leo. Como você analisaria "do outro lado do mar".

A pergunta dirigida a Frans, obrigou-o a pensar, mas veio de Hans a resposta.

— Creio que é um mar metafórico, um mar cósmico...

— Não sei, pai — atalhou Frans. Há uma descrição em forma de mandala, tanto das quatro Tulans quanto da divisão quaternária do céu e da Terra.

—E aquela corda para a medida, estendida entre o céu e a Terra? — inquiriu Leo. Só pode ser o *Kuxan Suum*...

— *Kuxan Suum*, Mein Gott! O que vem a ser isso? — perguntou Hans, preocupado com o seu desconhecimento de antropologia.

— Não se assuste, Hans — acalmou Leo. Gostaria de explicar. Vamos considerar uma seqüência simultânea de acontecimentos, ok? Vamos supor a galáxia como um imenso organismo, que possui ordem e consciência de tal magnitude que transcenda os limites de nossa imaginação. Como corpo gigantesco a galáxia tem sua consistência em um complexo de sistemas estelares, coordenado pelo núcleo galáctico — *Hunabku*. Ao circular energia e informação em sentido horário e anti-horário, o pulsante e denso coração cósmico emite uma série continuada de sinais, denominada de radio-emissão. Na realidade, as emissões de rádio correspondem a uma matriz de ressonância — um vasto campo cósmico de energia inteligente, cuja pulsação primária intermitente nos dá a base para as funções de ondas universais...

— E quais são essas funções? — perguntou Frans.

— São quatro: função transmissora ou informacional; função radioativa ou eletromagnética; função atrativa ou gravitacional e função receptiva ou psico-ativa.

— E como funciona tudo isso? — inquiriu Hans, atento.

— Não sou físico, mas creio que entendi isso, falando com Günther, um alemão astrônomo. Bem, o objetivo único da emissão contínua de ondas — informes, a partir de *Hunabku*, o núcleo galáctico e estação cósmica de rádio, é a coordenação superior dos organismos membros, — os sistemas estelares.

— Coordenação superior, o que seria: Deus? — perguntou Hans.

— Cada um pode chamar do que quiser Hans. Mas, por coordenação superior entenda-se a capacidade da inteligência local em chegar ao limiar da percepção do Todo, através das lentes de *Kuxan Suum* ou *Estrada para o Céu que Conduz ao Cordão Umbilical do Universo*, e se define pelos fios ou fibras invisíveis de vida cósmica que conectam o indivíduo e o planeta, através do Sol, com o núcleo da galáxia — *Hunabku*.

— O *Kuxan Suum* seria, então, a corda de que falava o *Popol Vuh*? — perguntou Frans, pensativo.

— Exatamente — disse Leo. Há também referência aos treze clãs de guerreiros e às sete tribos nos *Anais de Cakchiquels*. Estes são os números-chave da matriz maia, o *Tzolkin*, a matriz cósmica, que repetidos vinte vezes dá 260, o número harmônico. Sete é o número do centro místico.

— Quer dizer que os números chamados de cabalísticos foram captados pelos antigos pela emissão de *Hunabku*, o centro da galáxia? — perguntou Hans.

— Isso mesmo. Veja, o *Tzolkin* tem em suas extremidades o 1; o 7; novamente o 7 e, no fim, o 13. Vamos construir um para ficar mais claro — propôs Leo.

São os treze primeiros algarismos repetidos vinte vezes, os vinte signos sagrados:

Tzolkin

1	8	2	9	3	10	4	11	5	12	6	13	7
2	9	3	10	4	11	5	12	6	13	7	1	8
3	10	4	11	5	12	6	13	7	1	8	2	9
4	11	5	12	6	13	7	1	8	2	9	3	10
5	12	6	13	7	1	8	2	9	3	10	4	11
6	13	7	1	8	2	9	3	10	4	11	5	12
7	1	8	2	9	3	10	4	11	5	12	6	13
8	2	9	3	10	4	11	5	12	6	13	7	1
9	3	10	4	11	5	12	6	13	7	1	8	2

10	4	11	5	12	6	13	7	1	8	2	9	3
11	5	12	6	13	7	1	8	2	9	3	10	4
12	6	13	7	1	8	2	9	3	10	4	11	5
13	7	1	8	2	9	3	10	4	11	5	12	6
1	8	2	9	3	10	4	11	5	12	6	13	7
2	9	3	10	4	11	5	12	6	13	7	1	8
3	10	4	11	5	12	6	13	7	1	8	2	9
4	11	5	12	6	13	7	1	8	2	9	3	10
5	12	6	13	7	1	8	2	9	3	10	4	11
6	13	7	1	8	2	9	3	10	4	11	5	12
7	1	8	2	9	3	10	4	11	5	12	6	13

— Que beleza, Leo. Tão simples e tão profundo — disse Frans. Agora entendi. Os números 1, 7, 7 e 13 ficam nas extremidades e o sete, notadamente, fica na diagonal.

— Isso mesmo. Da mesma forma que se escritos em ordem crescente, assim: 1 2 3 4 5 6 7 8 9 10 11 12 13; o sete também fica no meio desse universo de algarismos e o 1 e o 13 nas extremidades. Esses são os números sagrados dos maias. E o *Tzolkin* é a constante harmônica da galáxia. Por isso, eles empregavam-na em todos os seus cálculos. Se somarmos esses algarismos em ordem crescente e decrescente, o resultado será sempre catorze.

— Como assim? — quis saber Hans.

— Simples. Vamos colocá-los nessas ordens, uns debaixo dos outros, assim:

1	2	3	4	5	6	7	8	9	10	11	12	13
13	12	11	10	9	8	7	6	5	4	3	2	1

Todos somam catorze e suas diferenças darão:

12	10	8	6	4	2	0	2	4	6	8	10	12

Creio que foi na diferença do número mítico sete que os maias descobriram o zero, uma de suas maiores contribuições para a humanidade. Sem o zero, nada faríamos.

— Estive pensando, sabe Leo — cortou Frans, com os olhos brilhando. Estamos no caminho certo. Sinto vibrações em meu plexo solar. Engraçado, jamais senti isso, nunca.

— É porque você está entrando em contato com *Hunabku*, através do *Kuxan Suum*.

Naquele exato instante, como se viesse do nada, Pop Men apareceu na Torre dos Ventos, exatamente na frente de Leo. Parecia uma imagem holográfica. Leo assustou-se. A imagem pedia calma e repetia:

— *In lake'ch!* — Eu sou um outro você.

Leopoldo não sabia se respondia à saudação. Pop Men parecia um holograma. Leo sentia-se ridículo ao responder a uma gravação, fosse qual fosse. O semblante de Pop Men estava plácido e altivo. Leo não se conteve:

— *In lake'ch!* — disse com todas as suas forças. Aos poucos, a imagem foi ficando nítida. Os átomos do corpo de Pop Men pareciam unir-se, configurando seu ser. A visão era única, entre realidade e fantasia. Estariam todos em profundo devaneio?

— Fiquem calmos. Sou eu, Pop Men. Vim porque percebi que se iluminaram da energia maior. Sou um simples emissário dos mestres cósmicos... Podem falar.

— E o Códice K? — Leo perguntou ansioso.

— Vocês o terão em breve. A profecia não deve cair na mão de qualquer um. Quando os Nove Senhores do Tempo deixaram este planeta por volta dos anos 800, o chamado *baktun 9*, a ordem por eles dada foi a de recolher o Livro das Sete Gerações, uma vez que uma época de trevas estava por vir. Por isso, tanto os maias cósmicos quanto os maias terráqueos abandonaram a missão de harmonizar todo o Universo. Estava chegando a hora do nosso retorno.

— Há ainda muitas dúvidas, senhor... — deixou escapar Hans.

— Sempre as haverá, não é mesmo? A dúvida nos impulsiona às perguntas; estas às respostas, assim caminhamos no tempo — finalizou Pop Men, voltando a tornar-se fluídico, parecendo desatomizar, novamente.

A noite esfriara, mas, durante o breve tempo da aparição de Pop Men, o calor, de sua energia radiante aquecera a mente, o corpo e a alma dos três cientistas. Ao descorporificar, Pop Men deixou um vazio cósmico. Leopoldo sentiu fraqueza nas pernas. Frans sentia queimar-se por dentro, especialmente o plexo solar, e Hans, que vivia a cochilar, tornou-se vivo e ativo, sem sono. Lá no longe, Vênus pontificava no céu de Palenque. Os maias criaram até um calendário venusiano-solar de tanto estudar este planeta.

Leo se perguntava: o que os maias não inventaram? Surpreendia-se sempre com novas teorias, à medida que estudava. Após a desaparição de Pop Men, os cientistas ouviram barulho de helicóptero lá do lado das montanhas de Chiapas, mas poderia ser o exército a caçar os rebeldes. Frans, porém, mostrou-se preocupado. Sentia-se melhor naquele instante, em que vencera a barreira da matéria, ingressando no universo calmo e permanente da espiritualidade.

Sem nem sequer dar boa noite, Leo e Frans adormeceram, deixando Hans com sua insônia. Olhava a noite como se a visse pela primeira vez. Por detrás das nuvens, antes enegrecidas, surgia a Lua, a cobrir de prata os templos mortos, marcos de uma raça, que preferiu involuir a viver na estupidez dos nossos dias. Hans se sentia maia naquela noite. Não queria dormir. Estava renascendo para uma nova Era. Queria estar acordado, quando o Sol nascesse. Era seu modo de orar. Vivera muito mais naqueles dois dias que nos seus sessenta anos de vida. Lembrou que os dois adormecidos se haviam esquecido dos perigos passados. Ficaria aquela noite de guarda. *Dormir, sonhar, quem sabe...* O céu estrelado augurava um dia de Sol forte.

Percebera, quando estivera no Templo das Inscrições, que Pop Men falara por um tubo acústico. Ora, porque alguém colocaria um tubo acústico em uma cripta? Será que Pacal falaria depois de morto? Talvez, falasse. Ou seria um canal para ser ouvido das estrelas, quando chegasse à sua terra natal, talvez nas Plêiades, talvez em Arcturus. E, assim pensando, Hans aguardou o nascer do Sol.

O dia amanheceu. O Sol irradiou-se por detrás das montanhas, obrigando ao insone Hans a semicerrar as pálpebras para enfrentar seus raios. Esperou a estrela nascer orando, agradecendo aquele instante único em sua vida. Passara todo tempo a pesquisar, sem jamais perceber o alcance daquela civilização, da qual guardara somente estatística. Ele estava conhecendo os maias navegadores cósmicos, os que ousaram olhar para o Cosmo, quando todos só se preocuparam com o materialismo terráqueo. Julgara os maias por padrões errados, como seres da Idade da Pedra. Não havia provas de terem conquistado a metalurgia ou descoberto a roda. Assim também pensou Sylvanus Morley, arqueólogo que o precedera. Os maias sempre foram considerados pela sociedade científica como uma aberração, um enigma da Idade da Pedra. Agora Hans descobriu o erro. Houve preconceito. Sentia-se mal por tê-los observado sob o olhar renascentista. Lembrou-se do texto de Mircea Eliade: *a cultura forma uma unidade orgânica... Portanto, deve ser estudada a partir de seu núcleo, não de seus aspectos periféricos*. Hans não entendia como ele se fixara em detalhes inócuos, quando havia um cerne tão rico a explorar, o núcleo cósmico.

Leo e Frans acordaram. Ambos tinham o corpo maltratado pelo piso duro onde dormiram, mas estavam felizes. Deram com Hans contrito, orando ao Sol e exultaram. Levantaram-se lépidos e o acompanharam na prece. Hans estava tomado por uma luz interior. Frans jamais vira o pai em semelhante harmonia com a natureza. Balbuciava algo quase inaudível. Frans acercou-se para melhor ouvir: "*Om-m-m*", foi ouvido por sete vezes, depois *Kin*, *Kinn*, *Kinnn*, por mais sete. Os finais *eme* e *ene* vibravam no oco de sua boca. Hans aspirava e soltava tais vibrações de forma intermitente. Frans e Leo se olharam, sem entender. Terminada a oração, Hans mirou os dois com os olhos brilhantes e disse:

— Xa / Ta / Zac / Xa / Ta / Amac. (Que possa haver apenas paz em sua presença).

— O que está havendo com meu pai, Leo?

— Encantou-se, Frans. *Om* é o nome da Terra em maia; *Kin* é Sol. Deve ser uma oração para a harmonia do Sol com a Terra...

— Pai, você está bem? — indagou Frans, sem ouvir resposta.

Ficaram em silêncio. O Sol penetrava pelo observatório, iluminando as colunas. Apesar de fria à noite, durante o dia a Torre dos Ventos era refrescante. Hans ficou mudo e meditativo, olhos perdidos no espaço. Tornara-se outro, querendo tudo saber sobre o ocultismo maia, que, para ele, tinha base científica nunca vista. Como eles conseguiram? — perguntava-se Hans, bêbado de sonhos.

Neste momento, Pop Men apareceu diante dos três, vestido como um sacerdote maia. Trazia à cabeça enorme toucado, encimado pelo pássaro sagrado, o *quetzal*. Ao seu lado, um homem forte sorria. Ficaram pasmos. Novamente, Leo sentiu o cheiro de frutas frescas adocicadas. Logo depois, o de incenso. Pop Men disse que o maia, ao seu lado, era uma yaki, versado no ocultismo, um H'Men. Chamava-se Ahau.

— Tenho de resolver alguns problemas longe daqui. Por isso, Ahau ficará em meu lugar. Todos me parecem interessados na profecia para 2012, isso é muito bom. Pop Men deixara os três abatidos com sua partida. Olharam para Ahau. Leo e Frans pegaram o yaki pelo braço, pedindo-lhe explicações sobre o Códice K. Ahau, a muito custo, desvencilhou-se. Sentou-se e cruzou as pernas na posição de Lótus e silenciou. Aos poucos ambos se acalmaram. Hans continuava a olhar o espaço, sem preocupar-se com os acontecimentos, ao redor, tomado por uma energia cósmica.

— Sabe, Frans, ainda não entendi porque há uma conspiração contra o Códice K, você tem alguma idéia?

— Eu também, não, Leo. Agora, já não importa. Temos de nos safar dessa gente. Encontrar a profecia é mais importante.

— Sei disso, Frans, mas...

— É o medo — interferiu Ahau.

— Medo de quê? — quis saber Leo.

— Para o modo científico de pensar, a idéia de os maias como uma inteligência superior, é apavorante — respondeu Ahau.

— Por quê? — insistiu Frans.

— Quando há medo dos cientistas por algo acima de suas expectativas, a reação é ridicularizar a civilização, como fizeram com os maias. Vejam como nos trataram em seus livros: Morley nos chamou de inteligentes aborígines. Thompson surpreendeu-se com a nossa matemática, mas nos colocou na Idade da Pedra. Ninguém admite uma inteligência superior.

— Isso é verdade — interrompeu Hans, saindo do torpor.

— E há outro medo maior... — disse Ahau.

— Qual? — perguntaram em coro.

— Os maias tinham uma missão a cumprir, enquanto as soberbas civilizações da Terra não possuem qualquer objetivo que as resgate do seu egocentrismo. O *Tzolkin* foi uma dádiva. A idéia era calibrar todo o Sistema Solar para o ciclo de 5.125 anos que cobrem a profecia. Assim mesmo, os cientistas nos definiram como obsessivos medidores do tempo, quando o que fizemos foi registrar, com precisão, as correlações entre o padrão harmônico cósmico e o calendário solar terrestre. O ciclo de 5.125 anos — de 3113 a.C. a 2012 d.C. — é uma calibragem exata do fractal galáctico, agindo como uma lente, a focalizar o feixe de radiação pelo qual a informação do núcleo cósmico sincroniza-se com a Terra, através do Sol.

— Gostaríamos de ter acesso ao Códice K — disse Hans.

— Há um texto sagrado maia para vocês, mas o mais importante é a liberação dos chacras para que recebam as irradiações da galáxia, através do Sol — informou Ahau.

— Que texto é esse? — perguntou Leo.

— Faz parte do Códice K, uma espécie de prólogo — disse Ahau.

— E onde está esse texto? — insistiu Frans.

— Vocês o receberão no momento certo. Não fiquem ansiosos. Se vocês viveram até aqui de forma errada, será preciso agora paciência para o ingresso em um novo tempo — disse o yaki.

— Que tempo é este? — indagou Leo.

— Estamos na passagem de um tempo para outro, da terceira para a quarta dimensão, a dimensão do espaço-tempo cósmico —

concluiu Ahau, já cansado de perguntas e deixando de rir, — mas antes de perguntarem para mim, devem perguntar aos seus chacras, que devem estar sintonizados com *Hunabku*.

O silêncio baixou entre todos. Cada um procurando um canto, onde pudesse meditar com privacidade. Ahau levantou-se e fez a saudação maia: *In lake'ch*, deixando a Torre dos Ventos.

No meio da sala, folhas de papel sacudiam ao vento. Apesar de o clima meditativo, os três se lançaram sobre as folhas. Na primeira página estava escrito: *Códice K, Prólogo*. Como eles se debruçaram ao mesmo tempo, cada um ficou com uma folha e, assim, não poderiam tê-lo todo, a não ser que se unissem. Resolveram clarear a mente. Só assim poderiam perceber o significado daquelas páginas soltas.

Aos poucos, a calma retornou. Ao longe, ouviram o ruído de helicópteros. A interrogação penetrou naquelas mentes ágeis. Seriam os caçadores do códice? Ahau retornou. Ordenou a fuga imediata para a cripta de Pacal, só lá estariam a salvo. Os três pegaram suas coisas e partiram por um caminho secreto, existente entre a Torre dos Ventos e o Templo das Inscrições, surpresos por desconhecerem aquela galeria subterrânea, unindo as duas edificações. Estavam exaustos.

Duas aventuras percorriam suas mentes no instante; a interior levava-os ao universo cósmico nunca intuído, enquanto a outra os fazia subir e descer escadas e introduzir-se por túneis úmidos, para não sucumbirem ao mundo material em plena decomposição. Ahau seguia na frente, passos cadenciados, leve como pluma de ave ao vento.

Os helicópteros sobrevoavam a cidade como enormes gafanhotos. Uma praga aérea em plena caça. Graças à interferência do yaki não poderiam ser vistos lá de cima. A Torre dos Ventos era demais devassável. Na cripta de Pacal, os quatro descansaram daquela perseguição sem sentido. Ahau deitou-se no chão, ao lado do sarcófago de Pacal, orando. Todos o imitaram, se não por fé, ao menos por medo. Leo tinha nas mãos as folhas amassadas do prólogo do Códice K. Por que em pedaços?

— O Códice K está dividido, não é mestre Ahau?

— Não. O original está no Yucatan, na pirâmide sagrada de *Kukulkan*, a Serpente Emplumada. Temos cópias espalhadas, justamente devido à conspiração dos homens das sombras...

— Por que no Yucatan? — indagou Frans.

— Os sinais dos Nove Senhores do Tempo, nossos mestres cósmicos, foram deixados em duas fases: a primeira, nesta região, onde viveram os maias clássicos; a segunda, no Yucatan, onde foi revigorado o culto à Serpente Emplumada, chamada de *Quetzalcoatl*, no idioma *nahuatl* dos astecas; e *Kukulkan*, em maia.

— Essas cópias são autênticas? — desconfiou Leo.

— Você mesmo pode comprovar. Use a sua intuição — disse Ahau.

Leo olhava com desconfiança para o papel amarelecido, conduzido com tanto ardor a ponto de amassá-lo. Suas mãos queimavam. Pelo tubo acústico da cripta ouviram vozes. Pesados passos ecoaram no piso de entrada pelo tubo de Pacal, a reverberar pela parede, lá embaixo. Ahau fechara a porta de entrada da cripta, mas ela podia ser arrombada. Não havia como fugir, se eles entrassem no sarcófago. Leo e Frans ficaram tensos. Hans e Ahau meditavam. Os ruídos de botas se aproximaram. Desciam a escadaria para a cripta. Uma voz sobrepujava as demais, de som agudo, incisivo. A certa altura ouviram, claramente:

— Se não os acharmos, o coronel não vai gostar. Procurem! — ordenava a voz.

Ahau deixou a meditação e empurrou a laje do sarcófago, deslocando-a. Uma escada íngreme assomou. Fez sinal para descerem e ficou por último. O sarcófago voltou à posição inicial. Forte penumbra havia no compartimento secreto. Ahau pediu silêncio. Não podiam acender nem lanterna no espaço. Ficaram apertados. A espera demorou quase uma hora.

— Aqui, não estão — concluiu a voz aguda. Vamos voltar para o helicóptero.

O ruído de botas foi-se afastando até sumir na escadaria. Os quatro puxaram com força o sarcófago, que deslizou no trilho de pedra. Sentiram-se aliviados. Aquele lugar debaixo do sarcófago, além de apertado, tinha pouco ar. Os três ainda retinham as folhas amassadas do prólogo do Códice K. Subiram os nove andares do Templo das Inscrições a tempo de ver o helicóptero se afastando, em direção oeste.

Leopoldo resolvera ler o prólogo do códice, uma suposta cópia do original. A linguagem lhe parecia indecifrável apesar de seus conhecimentos da língua. O mesmo se dera com Hans e Frans com suas respectivas folhas. Ahau serviria de tradutor.

— Aqui está escrito só uma passagem de advertência à humanidade. Ainda não se trata da profecia. Vamos ao texto:

"Esta é a revelação que foi velada aos humanos desde 1475. Antes da vinda dos espanhóis à América. O conselho supremo maia revela que um ciclo de calendário correspondente a duas vezes o *katun* de 260 anos teria de desenrolar-se para que a cultura solar maia floresce, em benefício da humanidade, mais uma vez. Na primavera de 1995, no hemisfério norte, e outono no hemisfério sul, este período de 520 anos se cumpriu, terminando o ciclo de sombras, trazido pelos espanhóis para a terra do Sol. A partir de 1995, ano decisivo para a escolha da humanidade e para o ingresso na trilha da luz cósmica, se a espécie humana pretender continuar pensante, terá de buscar a via da iniciação na Terra e no Céu. O corpo da humanidade poderá ser acordado por meio da iniciação solar. Só assim conseguirá ver a luz do Grande Espírito. Os emissários cósmicos voltarão à Terra e despertarão os humanos, levando os para as pirâmides. Os mestres reencarnados da Nova Era de Aquário insistem no despertar da espécie humana de modo a cumprir seu destino sagrado como legítimos filhos e filhas da Luz Cósmica. *Hunabku* brilhará como relâmpago, atravessando as trevas que envolvem o Ser Humano".

— Só isso? - perguntou Leo.

— É apenas a introdução — respondeu Ahau.

— Este documento é um apelo — aduziu Frans.

— Creio que tem valor — disse Hans. Não sabemos como se dará a profecia, mas há, logo de início, um apelo para que todos busquem a luz, a partir de agora. Assim, as trevas, trazidas pelos espanhóis para esta região do mundo, começarão a sumir...

— Por que o Códice K está em Chichen Itza? — inquiriu Leo.

Ahau olhou para os lados e fez sinal de que o perigo ainda não passara de todo. Silenciaram. Ouvidos atentos. Nada. O yaki impertigou-se e disse ser melhor mudar para o Templo da Cruz Florida, onde se orientariam com mais eficácia.

— Antes, diga-me por que a profecia está em Chichen Itza? — repetiu Leopoldo.

— A Era de Aquário para nós é a Era Itza. Ali esteve o último avatar chamado Quetzalcoatl 1 Junco que viveu na Terra de 947 a 999 d.C. A tarefa estava cumprida. E os Nove Senhores do Tempo se foram. Deixaram as marcas da harmonia cósmica no *Tzolkin*, mas a humanidade não quis ou não soube ler...

— Temos, então de ir até Chichen Itza, não? — quis saber Leo.

— A resposta está em você... — devolveu Ahau.

— Quando poderemos ir até lá? — perguntou Frans.

— Quando estiverem preparados. Agora, vamos ao Templo da Cruz Florida — insistiu Ahau.

O grupo de templos chamados da Cruz ficava do outro lado do rio Otolum, passando pelo aqueduto do Grande Palácio, no qual Pacal reinara por sessenta e oito anos. A idéia de Ahau era chegar ao Templo do Sol, atravessando uma ponte, que unia as duas margens, entre a pirâmide das Inscrições e o conjunto da Cruz, formado por dois templos: o da Cruz e o da Cruz Florida. Este grupo foi edificado, após a morte terrena de Pacal, por seu filho Chan Bhalum. Tinham de tomar muito cuidado, porque helicópteros surgiam de repente, procurando-os, exaustivamente. Leopoldo estranhara o roubo de seu livro sobre Palenque: *Uma Floresta de Reis*, de Linda Schiele e David Freidel, dois especialistas nos antigos maias. Quem o teria roubado? Ou só sumira?

Ahau mostrou como se daria o deslocamento para o Templo do Sol. Só depois alcançariam o da Cruz Florida. Um de cada vez. Se ouvissem ruído de helicóptero, deviam se jogar dentro do aqueduto, escapando da visão aérea. O encontro seria no Templo do Sol, outra pirâmide escalonada. Hans foi o primeiro. Atingiu o outro lado sem problemas, apesar de a fome que o atacara. Ahau traria frutas para a refeição da tarde. Com esforço, todos atingiram o objetivo a salvo. Não havia perigo iminente, mas pairava certo clima de tensão e medo por desconhecerem o inimigo. Uma vez instalados no Templo do Sol, Ahau resolveu dizer por que o Códice K estava em Chichen Itza.

— O fim da Era da Fé se avizinha. Entraremos na Era do Conhecimento e do Saber. Na Era Itza não mais usaremos a venda da ilusão. Ser maia no coração e no espírito, esta é a nova visão de mundo. A pirâmide de Kukulkan, em Chichen Itza, no Yucatan, está no centro das radiações cósmicas. Cada estação tem aproximadamente 91 dias. Verão, Primavera, Outono e Inverno somam 364 dias. A cada ano, o Sol se desloca ao norte, por 182 dias, e retorna ao Sul, por mais 182 dias: o solstício. No centro desse ciclo há um outro de leste a oeste: o equinócio. A pirâmide sagrada de Kukulkan está no centro exato das quatro estações. A partir do dia 21 de março, o Sol ocupa as quatro direções, igualmente. A pirâmide de Kukulkan tem quatro lados, de acordo com as quatro estações, tendo 91 degraus em cada um dos lados, representando os 91 dias de cada estação. No equinócio, o Sol cruza o ponto central das quatro estações, formando ângulos exatos de 90 graus. O templo do topo é o dia que falta para completar os 365 dias do ano e aponta para as quatro direções. O fenômeno é chamado de *a pele da serpente*. A *pele* tem sete triângulos, representando o despertar dos nossos sete chacras, e ilustram nossa conexão com as Plêiades. Isso sempre acontece e está na profecia maia — finalizou Ahau.

Novamente a mudez se fez presente entre os cientistas. Leopoldo se lembrava de que Pacal dera esta pista, mas não sabia onde teria lido: *Vim da morada das sete serpentes*. No átimo, lembrou-se da divisão quadripartida do universo maia: o Leste tinha como mentor o cérebro do réptil: *Chicchan*. O Oeste, o cérebro planetário: *Men*. O Norte era a morada do cérebro mamífero: *xaman*, e o Sul, o cérebro solar: *Ahau*. Assim, em Palenque, estavam entre Pop Men, cérebro planetário, e Ahau, mente solar. O *insight* de Leo foi percebido por Ahau, que lhe disse:

— Seja bem-vindo à morada das sete serpentes, enquanto Hans e Frans riam da palidez do colega, recém-tocado pelas energias cósmicas.

O Sol tingira-se de fúcsia. A calma inserira-se no espírito de cada um. Ao beijar as colunas do templo, o Sol se refletira como em um espelho. Todos aqueles templos nada mais eram que marcos cósmicos, onde todos só viam arquitetura e arte. Leo queria estar com Virgínia, contar-lhe tudo. Já fizera diversas ligações para sua casa pelo celular, mas ninguém atendia. Teria voltado para o Brasil? Era até natural. Filha de milionários, Virgínia não precisava mesmo estar no desconforto daquela situação. O Sol cobria os templos da cidade e espargia seus raios por sobre a antiga civilização, com a qual tivera íntima relação. O tom fúcsia tornara-se purpúreo. A cidade vermelha pintava-se tal e qual uma fêmea misteriosa.

6 = 

O *Tzolkin* e os mistérios do mundo

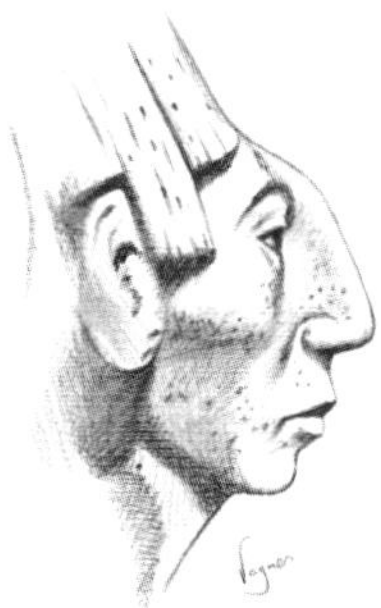

Virgínia acordou naquele quarto pobre, portas e janelas verdes, persianas de madeira, que se abriam para o quintal, onde galinhas ciscavam, e pensou: "não sou eu". Parecia ocupar outro corpo. Abandonada sobre a cadeira, ao lado da cama, a peruca loira da véspera. A má impressão passara, ao saber que aquele cômodo pertencera a Juanito, filho mais velho de Juan, que morrera no terremoto da Cidade do México, quando fora inscrever-se na universidade. Deu-lhe vontade de chorar, mas mantinha a impressão de que habitava outro corpo, embora soubesse de seu corpo esguio, das largas ancas, dos seios fartos, das pernas torneadas, um conjunto que deixava Leo aparvalhado. O pó-de-arroz, os *bibelôs*, o mau gosto da colcha de *chiffon*, tudo lhe amargurava. Estar ali marcando com seu corpo o colchão de um morto a assustava. Por que se escondera? Tinha de ir à universidade saber de Günther. Sentia-se responsável pelo alemão. Juan era gentil e atencioso, mas percebera ciúme em Rosita, quando lhe falara lá no alpendre. Tinha de ir à universidade. Não se sentia bem ali, sem nada para fazer, enquanto Günther podia estar em perigo de vida. Como fora a última a vê-lo, sentia-se responsável.

Estava tudo no lugar no apartamento do alemão, mas isso, por si só, já dava para desconfiar. Afinal, não se podia chamar a polícia e simplesmente dizer:

— Günther estava sendo seguido, quando, sem se saber o porquê, sumiu.

Passaria por louca. O policial daria um riso irônico e diria: *já procurou nas boates, senhorita?* A falta de notícia a deixava angustiada. Juan não estava à mão. Onde se metera aquele bruxo? O melhor seria procurar Pedro Ruiz, lá no restaurante da vila. Ao sair, deu de frente com Rosita toda maquiada, bem diferente daquela camponesa desconfiada que lhe recebera em casa.

— A senhorita está procurando Juan? — perguntou Rosita.

— Gostaria de me despedir. Vou para a capital. Você sabe onde ele está?

— Foi resolver um problema, mas já volta. Não gostou de nossa casa?

— Não é isso, Rosita. Tenho de voltar para dar aulas, entendeu?

— Entendi. Juan deve voltar logo, não quer esperar aqui?

— Se ele chegar, diga que estou no restaurante do Pedro, ok?

— Se quer assim, está bem, senhorita — disse Rosita, ensaiando entrar na cozinha para fazer o almoço.

Virgínia reforçou a maquilagem, usou o batom mais vermelho e saiu insinuante pelo vilarejo, recendendo a jasmim. Aquela humildade camponesa a amargurava. O restaurante de Pedro estava às moscas. A presença de Virgínia não faria sucesso. Distraído, Pedro arrumava, pacientemente, as mesas, copos e talheres. Vicky acendeu o cigarro e fez pose no balcão, cruzando as pernas e deixando a mini-saia subir. Pedro sorriu ao vê-la e cumprimentou-a com um gesto largo, a mirar aquelas pernas com volúpia. "Hoje, o restaurante vai ficar cheio" — pensou.

O Sol estava forte e a temperatura marcava trinta e oito graus. Apesar disso, o pudor das mulheres da vila as obrigava às saias rodadas e compridas, deixando de fora apenas parte da perna, os braços e o colo.

"Os homens, como sempre, gostam de ver nas mulheres alheias o que impedem nas suas próprias esposas" — pensou Virgínia, rindo para Pedro.

— Foi bom a senhorita chegar — disse Pedro, encantado.

— Por que diz isso? — perguntou Virgínia, curiosa.

— Juan me pediu que conversasse com a senhorita. Parece interessada no Códice K, não é?

— Sim, mas...

— Fique tranqüila, senhorita, está entre amigos. Fui professor da universidade, sabia?

— Nem poderia imaginar, Pedro. Por que deixou o cargo?

— Problemas com o corpo docente. Sou especialista em engenharia genética.

— Puxa! Nunca pensei ser servida por um *expert* em genética. Que tipo de problemas você teve lá?

— Uma tese aproximando o calendário sagrado e o DNA...

— Esta, não! Pode-se conhecer esta tese?

— É claro, senhorita. Não quer sentar-se com mais comodidade?

Sem esperar a resposta, Pedro trouxe uma poltrona, pondo-a no fundo do restaurante. Sentou-se diante de Virgínia em uma cadeira de palha, já gasta pelo uso.

— Tudo começou quando olhando o *Tzolkin* percebi semelhanças, por analogia, com o I Ching, graças ao empenho de Juan, que é matemático, conforme a senhora já deve saber.

— Não sabia, mas desconfiava. Ele também deixou a universidade?

— Sim. Como eu dizia tanto o calendário sagrado quanto o I Ching parecem, aos principiantes, apenas relíquias remotas em linguagem codificada. O que me levou à pesquisa foi o fato de tanto um quanto o outro serem atemporais. E valerem para sempre.

— Continue, Pedro — pediu Virgínia.

— Ora, o I Ching tem correlações incríveis com o código genético, estudos já feitos por Schöenberg, em 1973, atestam o que estou dizendo.

— Como funcionam essas correlações?

— Simples, senhorita. O I Ching baseia-se num conjunto de permutações matemáticas binárias; na combinação de oito símbolos (trigramas) de três linhas, ora contínuas, ora descontínuas, formando todas as combinações possíveis umas com as outras. Duplicando os trigramas, as permutações produzirão mais 64 possibilidades simbólicas complexas de seis linhas cada (hexagramas). Se compararmos, o *Tzolkin* baseia-se em permutações de treze números e vinte símbolos, os signos sagrados, resultando em 260 permutações possíveis. Se o I Ching está sincronizado com o código genético, fato já comprovado; o *Tzolkin* sincroniza-se com o código cósmico.

— Eles se complementam, você quer dizer, não é?

— Exato, senhorita. Se o código genético governa a informação do ciclo de vida, o código cósmico governa as operações do ciclo de energia radiante de luz. Ou seja, o *Tzolkin* está para o I Ching, assim como a luz está para a vida.

— É incrível! Quer dizer que os 64 códons do DNA têm correlação com as 64 permutações sígnicas do I Ching, não?

— Sim, senhorita. Uma identidade perfeita!

— Então, ao usarmos o I Ching, como oráculo, poderemos estar jogando com os nossos próprios códons, o código genético?

— Isso mesmo. O *Tzolkin* é um código cósmico, por isso os maias podiam saber os próximos ciclos da vida na Terra, através do núcleo cósmico — *Hunabku*. Através da luz, sabe-se da vida...

Juan entrava naquele instante, nervoso. Foi logo dizendo:

— Günther está em Chichen Itza, estudando a pirâmide de Kukulkan. É um doido por deixar-me preocupado.

— Que bom. Assim, posso voltar para casa e refletir — disse Virgínia, levantando.

— Não vai ficar para o almoço, senhorita — perguntou Juan.

— Não, vou-me embora. Tenho de pensar. Desculpem-me, mas só entre os meus objetos penso bem. Ainda estou presa ao materialismo dos meus objetos pessoais.

Virgínia despediu-se dos dois, feliz pela descoberta do paradeiro de Günther. Juan soubera por um astrônomo amigo de Günther. Segundo ele, o alemão fazia cálculos sobre a pirâmide de Kukulkan, quando percebeu o alinhamento do Sol sobre o templo maia, então, resolveu ir para o ritual da *pele da serpente*. Vicky entrou no carro e saiu, sem despedir-se de Rosita. Pediu a Juan que se despedisse da mulher, estava com pressa.

No caminho, fez exame de consciência. Se não havia coincidência, então o destino a levara a deslocar-se para aquela vila para conversar com Juan e Pedro. O que foi ótimo para a sua reeducação. Günther, porém, lhe dera muitas preocupações. No caminho, almoçaria na cidade de Toluca e pensaria em tudo aquilo.

"Pobre Rosita" — pensou — "como as mulheres eram presas de seus homens". Em Toluca compraria tequila para fazer caipirinha. "Ah! Que saudades!"

O Sol queimava, mas na capital do México a temperatura era mais fresca que no interior. No rádio do carro ouviu as últimas informações sobre a guerrilha em Chiapas. Olhou-se no espelho, quando o celular tocou agudo.

— Ola — disse em espanhol.

— Virgínia? Aqui é o Leo? Caramba! Estou telefonando há dias, sem conseguir falar. Onde você se meteu?

— É uma longa história, Leo. Você está bem? O meu celular estava desligado...

— Estou bem, mas estão nos perseguindo com helicópteros. E aí, como está tudo, Vicky?

—Parece que perseguem todos os interessados na profecia. Já sabem quem são?

— Não sabemos, ainda, Vicky. Estou com saudades...

— *Moi aussi*, *mon amour.* Quando você volta, Leo?

— Não sei, acho que iremos até Chichen Itza.

— Olha, o Günther parece que está lá.

— O Günther? Você esteve com ele?

— Uma noite, lá em casa, mas depois sumiu. Estou com medo,

Leo. Uma verdadeira paranóia, pode crer. Espero que aproveite bem sua ida a Palenque...

— Já estou aproveitando. Sabe o Hans Berg? Está aqui.

— Sei quem é. Um velhinho simpático.

— Seu filho, Frans, também veio. E você tem aprendido algo?

— Mais ou menos. Ainda estou presa à matéria...

— Venha para cá. Você só se tornara maia se estiver por aqui. A cidade grande deixa a gente com os canais fechados. Venha Vicky... Você vem?

— Vou pensar. Talvez. Um beijo. Adeus. Vou comer, oh! Fome!

— Adeus. Um beijo. Venha logo!

Vicky estacionou na lanchonete à beira de estrada. Deixou o carro com desconfiança. Havia motos paradas à porta. Subiu a pequena escada e entrou, mas não viu nem sequer um motoqueiro ali. Deveriam apenas estar usando o estacionamento. Comeu uma salada rápida e pagou. Nunca comera tão depressa na vida. Ao sair, um carro da polícia estacionava. O guarda olhou-a demoradamente. Vicky fez que não o vira. Andou mais depressa, mas o guarda abordou-a. Perguntou se havia visto o grupo de rapazes, donos das motos. Não tinha visto. Eram perigosos — disse o guarda. Vicky agradeceu o conselho de cuidar-se e partiu.

Já a caminho da capital, olhava pelo retrovisor a todo instante, mas nem sinal dos motoqueiros. Pouco antes de entrar na via principal, notou um helicóptero com homens vestidos de uniforme de campanha. A aeronave seguiu-a por um bom tempo. Depois foi para o norte, longe do burburinho e do caos da Cidade do México. Apesar do tráfego lento, Vicky sentiu-se mais segura no meio daquele trânsito louco. Para uma mulher solitária, ter pessoas ao redor dava mais segurança. Tinha de retomar sua vida e assumir tudo. Fugir, nunca mais. Estava com vergonha do papel de mulher frágil. Não tinha nada de fugir para a casa de Juan, como fizera. Sentira o quanto estava apegada ao mundo material que a cercava.

“Que coisa infantil voltar para a minha cama, o meu travesseiro, a minha casa” — pensou. Parecia uma menina carente, que corria para a mãezinha, tão logo o perigo surgisse. Reconhecia o fracasso emocional, mas não se despegara do conforto daquele tipo de vida de classe média alta.

Gostou de Leo ter ligado. Ele demonstrou sentir saudades, um sentimento tão difícil para um machão passar por cima. Ele ligara com afeição, gentil, acarinhando-a com a voz mansa, sentindo sua ausência. Contudo, não podia ir a Palenque. Estava confusa e com os cálculos de Günther, retirados de sua casa, quando lá estivera com Juan. Os cálculos do alemão se referiam à pirâmide-templo de Kukulkan, a Serpente Emplumada, divindade conhecida como a revigoradora da doutrina dos *mayax*. Os antigos maias, os *mayax*, aceitaram o destino de sucumbir por volta de 830 d.C., ao saber que o novo ciclo que viria, seria de grandes desgraças para a raça humana. Este período, porém, estava em vias de acabar. Como os maias iniciavam todas as suas contagens de zero, os cálculos de Günther apontavam para 21 de março como um sinal desse zero, justo quando, neste dia, o equinócio e o solstício se encontravam no cume da pirâmide da Serpente Emplumada, formando um ângulo de noventa graus e, assim, a possibilidade de deslocamentos no tempo/espaço ou de viagens dimensionais a partir da pirâmide.

Segundo as anotações de Günther, se o iniciado quisesse fazer essa viagem, teria de ir à pirâmide. O Templo de Kukulkan ficava no centro exato das quatro estações.

"Assim, no dia 21 de março" — escreveu Günther — "teremos o lugar e o dia certo para uma viagem dimensional, ou *a pele da serpente*, no equinócio, quando o Sol cruzará o ponto central das quatro estações, formando ângulos exatos de noventa graus no topo da pirâmide."

"Noventa graus nas quatro direções" — pensou Vicky — "quando o Sol estiver no topo da pirâmide... Esses maias!"

"Este era o ponto da Terra em que o Sol se tornava igual nas quatro direções, formando ângulos de noventa graus entre si. Agora, entendia. A pele da serpente era formada por esses triângulos da projeção do Sol sobre a pirâmide."

E continuou a ler as anotações de Günther: "Apesar de o evento acontecer em todos os equinócios, só agora acontecerá o despertar do ser humano cósmico".

Será que aquele alemão já conseguira ler a profecia ou seus apontamentos eram resultantes de seus cálculos? Vicky ficou com a segunda hipótese. Sua intuição dizia: "ninguém ainda leu o Códice K, disso tinha certeza".

O trânsito lento começou a andar. Vicky percebeu estar perto de casa. Olhou para os lados e entrou na garagem, às escuras.

"Preciso guardar essas anotações de Günther em lugar seguro" — pensou.

Ela recolheu os mapas celestes, as anotações, e saiu do carro, em busca do interruptor de luz. Sentiu-se só e com medo. Naquele dia não ficou com raiva do trânsito. Conseguiu equilibrar-se e ler as anotações do alemão. Por isso, ele sumira. Günther fora ao cerimonial da "pele da serpente". Gostaria de ter ido. Não conhecia Chichen Itza, sua especialidade eram os maias clássicos da Mesoamérica. Chichen Itza era com Leo, um *expert* nas culturas yucatecas. E concluiu: "Até nisso somos segmentados. Cada qual só sabe um pedaço da história...".

Ao subir da garagem para o hall sentiu um arrepio pelo corpo, eriçando-lhe os pêlos dos braços. Parou, à escuta. Continuou a subir, antes, pegou um martelo, caso houvesse um ladrão. Ouviu barulho na cozinha. Já em cima, procurou o misterioso invasor. Tinha certeza de ter ouvido algo.

"O medo deixa a gente vulnerável" — pensou, ao atravessar a sala, dirigindo-se à cozinha. Não viu ninguém, a não ser um gato branco, invasor de sua cozinha que, velozmente, saltou para o quintal. Começou a rir da cena, olhando para o martelo. Ela colocou na mesa as cartas celestes e as anotações astronômicas de Günther. Aquelas notas tinham o mesmo efeito de uma conversa com o alemão. Ele era detalhista, como suas notas. Vicky viu-se em pânico. Andava com medo de tudo e de todos. Talvez, fizesse parte do processo de reeducação mental por que passava. Era um processo angustiante;

fazia cada um sentir-se mal diante da verdade cósmica, negando todo o seu passado, raiz de sua formação.

"O cerne da questão maia está no tempo. Se está no tempo, está também no espaço" — refletiu.

Questões abstratas sempre lhe foram de difícil apreensão, apesar de entender. Lembrava-se da explicação de um velho professor sobre a Teoria da Relatividade de Einstein. Entendera corretamente com a cabeça, mas seu coração não aceitava o fato de um pai viajar pelo espaço, à velocidade da luz, e voltar para ser filho de seu filho. Era demais. Precisava falar com Leo ou com Günther, estava ficando doida com as energias cósmicas, que atuavam sobre si. Ela ficara com muita energia, mas louca.

— *In lake'ch!* — disse a figura, incorporando na sala.

Virgínia quase desmaiou. Pop Men passou-lhe a mão sobre a cabeça e sentou-se no chão, em posição de Lótus. A pergunta veio-lhe à cabeça, sem pensar:

— Quem é você? — indagou Vicky.

— Eu sou um outro você! — disse Pop Men.

— Pop Men? É você, não acredito. Queria tanto...

— Vim pela energia forte de teu medo, menina. Tu deves meditar e limpar a mente dessa poluição de racionalismo burguês que te invade.

— Como faço isso, Pop Men? Sinto-me frágil como a neve...

— Engano teu. A neve não é frágil, mas fluídica. Não queira passar por uma tempestade de neve. Nossos olhos só vêem ilusões. O que tu vês é só ilusão.

— Sim, Popie — disse Vicky, com carinho.

O mago galáctico riu do modo manso e morno com que Vicky disse seu nome. O medo desalojara-se de sua mente. Ressurgia a mulher forte, guerreira. Pop Men esperou a moça ajeitar-se na poltrona quando soou o telefone.

7 = ••

A energia de *Hunabku*

— Virgínia, tens muita força, mas estás em desarmonia com o Cosmo, por isso te assaltam tantas dúvidas e tens tanto medo — começou Pop Men. Atende ao telefone!

Ainda assustada com a aparição intempestiva de Pop Men, Vicky acalmou-se, tomou fôlego e levantou o fone do gancho.

— Alô. É Günther? Onde você está? A ligação não está boa...

— Em Chichen Itza. Pop Men está com você?

— Sim, como é que sabe? Aliás, você é um fujão, sabia?

— Eu queria falar com ele, pode ser?

— Sim. Eu vou passar a ligação — virando-se para o bruxo — o Günther quer falar com você, Popie.

— Diga ao Günther que não preciso de telefone, basta ele concentrar-se.

— O Popie diz que é para você se concentrar. Ele vai de telepatia mesmo, ok? — e desligou o aparelho.

— Desculpe-me, Popie... Você falava das minhas energias obstruídas e confusas e do medo.

— Exato. Tu tens de trocar a freqüência da mente, se quiseres realmente captar energias do Cosmo. Tens medo porque estás no tempo energético errado, numa freqüência equivocada de um calendário errado. Entendeste?

— Mas, como faço isso, Popie?

— Não é simples. As freqüências de energia cósmica funcionam como as ondas de rádio. Se tu puseres na estação errada, ouves programas errados. Há pouco, estavas no caminho certo, quando te lembraste de Einstein...

— Aquele bruxo da física, não é? — lembrou Vicky.

— Isso mesmo. Apesar de todas as conquistas da ciência, só duas pesquisas foram fundamentais para a humanidade: a descoberta da mecânica dos *Quanta* e a Teoria da Relatividade.

— Por que, Popie?

— Não errastes ao chamá-lo de bruxo. Einstein mostrou que o percebido por nós como matéria sólida, não passa, na maioria das vezes, de espaço vazio percorrido por um padrão de energia, incluindo-se nisso o nosso corpo físico.

— Quer dizer, nós somos energias, é isso?

— Sim. Mas não só: a física quântica revelou ainda que, se observarmos tais padrões de energia em níveis cada vez menores, maiores serão as nossas surpresas. Quando se fragmentam as pequenas partículas de energia que os cientistas denominam de elementares, a simples observação altera os resultados, como se as tais partículas sofressem influência daquilo que o próprio pesquisador aguarda, ou seja, desaparecem, onde deveriam aparecer, ocupam dois espaços ao mesmo tempo, vão para trás e para frente no tempo, enfim, fogem às normas do universo, como os cientistas haviam equacionado.

— Quer dizer que podemos manipular essas energias com os nossos desejos? — indagou Vicky.

— Mais ou menos. Desde que teus desejos não afetem o programa da galáxia para o ciclo, conforme determinou o núcleo ou *Hunabku*. Os cientistas terráqueos crêem que o universo é uma máquina e, portanto, previsível. Quando um fenômeno físico se dava simultâneo a outro, era o acaso...

— Já sei que acaso não existe.

— Isso mesmo. Agora, tu podes ver a energia dos outros, se quiseres. Somos energia na verdade, não é mesmo? Se tu és energia, precisas estar afinada com a energia maior, a que nos vem do Cosmo, notadamente a energia psico-ativa, se não entramos em caos mental e ficamos com medo...

— Como poderei mudar de tempo para mudar a mente?

— A matemática maia é da quarta dimensão e tudo está expresso no *Tzolkin*. Precisas estudar com o Leopoldo. Ele está chegando ao cerne da questão.

— Mas, ele está em Palenque...

— É verdade, mas tu deves estar com ele, tão logo estejas preparada. É preciso entrar na freqüência do *Tzolkin*, os treze números e os vinte signos sagrados. Lá está o segredo da calibração das freqüências de energias cósmicas.

Pop Men desapareceu, não sem antes saudar: "*In lake'ch*", deixando Vicky pensativa. Era uma energia pensante, agora. Tinha de entrar em contato com Leo, o *Tzolkin* era a chave de tudo. Sempre pensara no *Tzolkin* como mais um dos inúmeros calendários maias. Via agora por que os maias clássicos uniam todos os calendários ao *Tzolkin*. A idéia, então aceita, era a de que certas coincidências de datas entre os calendários sagrado e solar serviam para celebrar datas religiosas, mas não era nada disso. Os maias faziam calibrações de freqüências harmônicas mediante o uso do *Tzolkin*.

Günther deixara uma carta celeste das Plêiades, da qual teriam vindo os mestres cósmicos. Havia algumas anotações rabiscadas ao pé da carta:

"Preciso ler aquelas notas do Günther, pois têm a ver com a profecia, sem dúvida" — pensou Vicky — "onde será que estão?"

Em meio à confusão de mapas celestes e anotações, lá estavam as Plêiades: "sete estrelas agrupadas, que fazem parte do aglomerado cósmico aberto, situado na constelação de Touro" — escrevera Günther, em um canto do mapa celeste. No final de cálculos matemáticos, indecifráveis para Vicky, estava a informação que buscava:

"A Terra leva 26.000 anos para percorrer todo o Zodíaco, o mesmo tempo que as Plêiades. Então, a profecia maia deve prever os próximos vinte e seis mil anos" — pensou Vicky, impressionada. "Não estamos só no fim de 5.125 anos de tragédias, mas também no final de uma Era de vinte e seis mil anos, um fractal do calendário sagrado de 260 *kins* ou sóis dos maias. O *Tzolkin* é, portanto, um módulo cósmico e uma constante galáctica. Preciso falar sobre isso com o Leo. Como estaria se saindo o amigo em Palenque?" — indagou-se.

Sua vida mudara nos últimos dias. Não saberia explicar, se lhe perguntassem. Pensava na sua reeducação. Quando a citara para Günther, jamais poderia supor as dificuldades que seriam enfrentadas. Muito menos quão enraizadas estavam as teorias científicas do velho mundo. Lembrou-se de Einstein e de sua famosa foto com a língua à mostra. Agora entendia o seu comportamento. Somos energia, tudo é energia de certa forma. Precisava perceber as partículas de energia não visíveis, mas se sentia ainda frágil. Queria falar com Leo, ouvir-lhe a voz, mas se esquecera de lhe pedir o número do celular. Tinha saudades, mas o medo se fora. Estava só, mas equilibrada. Sabia que outros mundos lhe faziam companhia. O Sol estava no crepúsculo, avermelhando o céu à sua volta. Pouco antes, estava amarelo ouro, depois se encarnara em sangue. Sua vida mudara.

■ ■ ■

Günther estava extasiado diante do templo da Serpente Emplumada, após o ritual da pele da serpente. Uma chuva forte caíra sobre a cidade. O alemão lembrou-se de *Chac*, deus da chuva e da luz, cultuado pelos maias em seus rituais, quando faziam oferendas aos quatro *Chac* dos pontos cardeais e, secretamente, incluíam uma para o quinto *Chac*, o não nominado. A *baalché,* o espírito da árvore, era então servida nesses ritos sacros.

"Não somos rigorosos como os maias — pensou Günther. Ao dividirmos por quatro, esquecemos sempre do quinto ponto, da confluência, o núcleo da divisão; os maias nunca o esqueceram.

Consideravam este quinto ponto dúbio; tanto poderia ser benfazejo quanto aziago".

Ali estava ele na pirâmide de Kukulkan — *lugar onde mora a serpente* — ainda preocupado com o universo dos maias, formado de ciclos infinitos de tempo e de Ser. Precisava expandir a consciência, esclarecê-la e calibrar a mente, ficar em sintonia com o núcleo galáctico. Participara da visão esotérica dos maias, um cálculo perfeito.

A pirâmide produzira o fenômeno dos sete triângulos projetados pelo Sol, chamado de a pele da serpente. Ficara perplexo pela visão encantatória.

Günther admitia a possibilidade dos maias terem vindo das Plêiades, as sete estrelas da constelação de Touro, justo sete, a energia pulsante do misticismo. Sete estrelas e sete triângulos pulsando na visão da serpente alada.

"Seriam sete as dimensões da mente?" — perguntou-se em pleno enlevo. "Só mesmo uma cultura voltada para o Cosmo poderia atingir tal cosmogonia simbólica, edificando uma pirâmide em homenagem à vida cósmica."

O encontro do equinócio e solstício no mesmo ponto, o cume da serpente, o cérebro intuitivo, o instinto da serpente-pássaro da Terra, induzindo todos ao vôo para outras dimensões, ao encontro do eu cósmico. Sentia a necessidade de sintonizar-se com o Cosmo, abrir seus chacras, meditar.

A milenar Chichen Itza, vista da pirâmide-templo, que os espanhóis alcunharam *El Castillo*, por sua óbvia semelhança com um castelo, desenvolveu-se do noroeste para o sudeste, tendo como centro o templo da Serpente Emplumada. De onde estava, Günther podia apreciar as construções ao redor. Tinha quatro visões da cidade, de acordo com o portal, pois o templo de Kukulkan tinha quatro entradas, uma para cada ponto cardeal. Se o observador mirasse para o noroeste, veria, à direita, o Templo dos Guerreiros. Circundando-o, as Mil Colunas, espécie de *Palaestra* romana, onde os gladiadores passavam antes de entrar na arena. Entretanto, o Templo dos Guerreiros homenageava os bravos defensores de Chichen Itza. A semelhança com a construção romana terminava na arquitetura. À esquerda, a quadra do jogo de bola, competição ritual, espécie de *basketball* de vida ou morte. Os jogadores tinham de passar a bola por um aro de pedra, suspenso por cerca de dois metros e meio do solo. O time perdedor era sacrificado no ato.

"Talvez, por isso" — refletiu Günther — "o Cenote de Sacrifícios ficasse tão próximo da quadra".

À medida que fruía a visão física da cidade, o astrônomo riscava no papel o mapa de Chichen Itza. Entre a pirâmide da Serpente Emplumada e o Templo dos Guerreiros sobressaía, pela postura insólita, o *Chac Mool*, o padroeiro da chuva, das colheitas e da luminescência solar. Um deus nem masculino nem feminino: plexo solar aberto, mãos em concha, pousadas sobre esta cavidade. A posição chamara a atenção de Günther: era inusitada para um deus: entre deitado e sentado, pernas juntas, joelho na vertical. O rosto anguloso, virado para a pirâmide, sustentava orelhas de abano com brincos circulares. Uma touca quadrangular decorava a cabeça. A incisão na barriga era um depósito de corações de virgens, sacrificadas durante as secas prolongadas. Günther não se surpreendera. Os sacrifícios humanos no Yucatan foram introduzidos pelos toltecas, quando dominaram os maias, obrigando-os a se transferirem para a região e abandonando as antigas cidades na Mesoamérica. Lá os maias mudaram de religião: substituindo *Hunabku* por Kukulkan, a Serpente Emplumada. Os sacrifícios rituais dos sacerdotes que antes se autoflagelavam e apenas sacrificavam animais, mudaram para uma bárbara matança de seres humanos, herança dos mexica, os antigos povos nômades da Mesoamérica que deram origem aos astecas. Sem querer, começou a rir, ao comparar o mortal *basketball* daquela civilização com o da atualidade.

"Não era muito diferente, pelo menos na NBA" — pensou.

Ao sudoeste, templos desconhecidos. Sentiu que precisava caminhar até lá para desenhar o mapa da área central daquela cidade secular sem rival no seu tempo. Fazer um reconhecimento para melhor situar-se, mas havia muita gente, atraída pelo ritual.

"Turista é praga. Estão sempre tropeçando na gente, suados e tirando fotos."

Naquele instante, turistas fotografavam, misturando-se aos que ali estavam motivados pelo ritual. Se alguém demonstrasse conhecimento sobre a *pele da serpente*, os turistas faziam logo uma roda em volta do voluntário, fazendo perguntas sem sentido. Günther sabia muito sobre a pirâmide de Kukulkan, cerne da questão cósmica dos maias do Yucatan. Naquele momento, porém, seu pensamento estava centrado no telefonema para Virgínia. Agira mal, deixando a capital mexicana como um fugitivo. Vicky se preocupara, mas era o seu jeito de ser. Pop Men não atendera e lhe dera uma lição. Estava desacostumado do uso da telepatia e de todas as faculdades mentais da comunicação intuitiva. Os cientistas chamam a isso ditadura do hemisfério esquerdo do cérebro, comandante das ações lógicas, enquanto permanece adormecida, no hemisfério direito, nossa intuição.

Um arco-íris cobria as colunas do Templo dos Guerreiros. Visão estonteante. Günther sentou-se para admirá-lo e tentar entender a mensagem do arco-íris.

"O que chamamos esoterismo é apenas desconhecimento de propriedades da matéria que a nossa ignorância resolveu desconsiderar por não ser palpável" — pensou Günther, em êxtase, olhando o arco-celeste.

— Lindo, não? — disse uma voz feminina, às suas costas.

Günther seguiu o som da voz macia e deu com os profundos olhos azuis da mulher que lhe cortara o pensamento. Era de beleza exótica, mistura visível de raças: espanhola e indígena. A tez morena contrastava com o azul dos olhos. Mais parecia um pequeno céu a emergir do tom terra do seu belo rosto. Os cabelos negros e lisos completariam a visão de Günther, não fosse o talhe perfeito do corpo esguio dela preencher com soberbia e sensualidade a bata maia. Sem resposta, a moça repetiu:

— Bonito, não? — apontou para o arco-íris.

— Muito. Muito bonito! — gaguejou Günther, sem fôlego.

— Você veio para o ritual? — perguntou a voz macia.

— Sim. E você?

— Vim conhecer a terra dos meus ancestrais. Meu nome é Nakin. E o seu?

— Günther... Seu nome é bonito... O que quer dizer Nakin?

— Morada do Sol.

— Belo nome, fora do comum... Nakin.

— As mulheres maias sempre tiveram nomes assim.

— Nomes voltados para a natureza, não é, Nakin?

— Não, propriamente. A mulher maia era considerada casa do homem, ou pai, ou marido. Assim, se o pai fosse Kin, a filha se chamaria Nakin, como no meu caso.

— Entendi.

— Você já ouviu falar do calendário maia? — perguntou Nakin.

— Tem muito a ver com astronomia — acrescentou Günther.

— Falo do verdadeiro calendário maia. É um calendário para calibrar a mente com a nova ordem cósmica.

— Sim. Como é esse calendário?

— Há grupos no mundo interessados em conseguir a paz. Não se deve mais poluir o planeta, sob pena de destruir a Terra. Daí, o movimento para o uso do calendário maia verdadeiro.

— Por que verdadeiro? Há calendários falsos?

— O calendário gregoriano é falso e nos foi imposto. Temos de nos calibrar com as energias da galáxia. Há outros calendários falsos por aí. O importante é que os calendários maias — o solar ou Haab e o *Tzolkin* ou Sagrado — estão sendo usados pelos nativos maias quichés até hoje. Estamos marcando o tempo de modo errado com esses calendários falsos em relação ao Sol...

— Por isso há tanta confusão no mundo, não é, Nakin?

— É isso, Günther. Para entrarmos na quarta dimensão, temos de mentalizar o espaço-tempo cósmico, não o terreno.

— Vamos para a quarta dimensão, Nakin?

— Se quisermos continuar vivos, Günther...

— Isso está na profecia maia?

— Não sei. Isso está nos escritos maias... Os maias tinham um calendário mais rigoroso que o nosso: ano de dezoito meses, vinte dias cada mês e um mês irregular de cinco dias, o *vayeb* ou "cama do ano", no qual as pessoas só meditavam e jejuavam, à espera do ano novo...

— O calendário maia é o mais rigoroso do mundo, mas não sei se o mundo aceitará orientar-se por ele.

— É normal essa reação, Günther, mas se não seguirmos calibrados com a Terra, nem sei o que poderá acontecer...

— Parece o Apocalipse, Nakin...

— Talvez seja, Günther, nada sei da profecia, portanto...

— Seremos destruídos por nossa ignorância, disso tenho certeza Nakin, nem preciso de profecia, pode crer.

— Entramos em um novo tempo, sabia?

— Nakin, acho que você leu a profecia...

— A profecia é o ciclo de 5.200 anos. Não há uma profecia escrita, mas calculada astronômica e matematicamente pelos maias. Estes cálculos são astronômicos, um guardião maia me passou.

— Você sabe onde está o Códice K? Parece que nele estão os cálculos da profecia, já que a profecia é pura matemática...

— Só Pop Men sabe — respondeu Nakin.

— Mas há gente querendo impedir sua divulgação...

— Quem são eles, Günther? Não falo com qualquer um sobre a profecia. Como você vibrava...

— Você vê a energia das pessoas? — perguntou o alemão.

— Você também poderá ver e sentir, caso se dispuser.

— Até agora nada senti. Acha que sou insensível, Nakin?

— Seus chacras estão embotados, só isso.

— Se os maias usavam o calendário sagrado calibrado com a galáxia, por que nós não o usamos, Nakin?

— O *Tzolkin* é um módulo galáctico, com o qual os maias faziam previsões...

— Então, temos de trocar o calendário gregoriano pelo verdadeiro calendário maia para ficarmos calibrados com a Terra?

— Sim, Günther. Estamos em defasagem em relação à Terra. Não sei mais nada, o resto só mesmo estudando o calendário maia que em si já é a profecia, nele encontraremos as respostas.

Günther olhava Nakin, de voz suave, lábios carnudos, pele fina, nem alta nem baixa, corpo perfeito, mas quase não acreditava na mulher que via. Estaria sonhando? Encontrá-la fora pura sorte. Além do mais, era inteligente, sensível. Tanto admirou Nakin que acabou vendo, na contraluz, sua aura. Ou seria um sonho? Energias fluíam de seu corpo em tons arroxeados. Nunca vira uma aura, agora sentia prazer e medo, ao vislumbrar as energias de Nakin.

— Você disse que entramos em um novo tempo, certo? Como isso aconteceu?

Nakin passou a língua por sobre os lábios grossos, trazendo lembranças de Vicky. A diferença estava no grau de sensualidade: em Virgínia, total; em Nakin era natural, sem gestos estudados. Parecia vir de dentro.

— Pouco se sabe sobre a profecia. Sinto que dados estão sendo escamoteados, porque há gente interessada em destruir o Códice K. Como estamos no início de um novo ciclo, Pop Men fez questão de informar. É tudo o que sei, Günther.

— Puxa! Não sabia estar vivendo já um novo tempo...

— Pois é, a profecia já está em andamento. Se ninguém vê seus efeitos é porque estão distraídos ou não estão sintonizados, mirando seus próprios umbigos. Temos de entrar em sintonia com o *Tzolkin*, através dos treze números e dos vintes signos sagrados, ou seja, na freqüência 13:20, abandonando os falsos calendários maias que andam por aí, além do gregoriano. Foi isso que Pop Men me disse. Depois, ele calou-se.

— Nakin, estou vendo a sua aura... — alertou Günther.

— Este é o ponto de partida, Günther — disse Nakin, abraçando-o e saudando-o: *In lake'ch*.

Os dois ficaram por uns instantes abraçados, sentindo o momento único. Não acreditavam em catástrofes, o amor, que ali nascia, não temia o futuro incerto, ambos sentiam apenas o desconforto de desconhecerem a profecia em sua totalidade. Sabiam que a maior desgraça do mundo sempre foi a ignorância. Nos novos tempos, intuíam, havia lugar tão só para o conhecimento.

— Você é astrônomo, não é, Günther?

— Sou sim, como descobriu?

— Intuição, Günther — apontando para o observatório dos maias, chamado de Caracol — vamos lá, você vai gostar.

— Vamos. Parece mesmo ter pouca gente. Vamos, Nakin.

O Sol voltara forte, depois da chuva torrencial, fazendo com que os templos, antes cobertos de poeira, agora brilhassem. A estiagem fora longa. Um cheiro de terra úmida misturado a musgos, restos de vegetais e de frutas decompostas penetravam nas narinas dos visitantes. Günther, abraçado a Nakin, ia feliz por entre os passantes, enquanto ela, protegida pelo gesto, sorria cúmplice. Deixaram a pirâmide, descendo com cuidado os noventa e um degraus da face sul. O caminho para o Caracol saía das proximidades do grupo das Mil Colunas, passava por um poço, onde a água jorrava abundante, diante da tumba dos Grandes Sacerdotes da Casa Vermelha e do Cervo. Eles estavam felizes com o encontro inesperado.

8 = •••

Os maias cósmicos

Reunidos no Templo do Sol, os três cientistas e o yaki só queriam livrar-se dos helicópteros. Leo e Frans discutiam se seria melhor ir para o Templo da Cruz Florida, mais abaixo de onde estavam, ou ali permanecerem. Falavam da energia psico-ativa e a luta surda, energética, travada entre o bem e o mal pela posse da profecia. Hans estava em transe, Ahau em meditação profunda. Aos poucos, saindo de um êxtase de dias, Hans acordou e, olhando para os dois, disse em inglês, com sotaque:

— Vejo as energias de vocês com muita clareza. Notei a de Pop Men, quando nos falava. A energia do bruxo passava para nós por breve tempo e voltava ao seu corpo. Ao contrário, quando vocês discutem percebo que as energias de Leo querem engolir as de Frans e vice-versa. É essa tentativa de dominar uns aos outros a que estamos acostumados. Precisamos aprender a, nem engolir as energias dos outros, nem termos as nossas energias sugadas pelo outro, eis a questão.

— Você vê esta batalha energética, papai?

— Sim, Frans, desde o *insight* daquela noite. Entendo agora o pensamento maia e as profundas manifestações de energias ressonantes e radiantes percebidas por eles. Neste momento entendo o que querem os inimigos da profecia. Quem conseguir manipular o *Tzolkin* e criar um calendário falso em nome dos maias terá um poder incrível. Se me dissessem isso há um ano, diria tratar-se de loucura. A profecia maia tem base científica. A todo instante eu comprovo essas energias invisíveis.

Ahau deixou sua concentração e pediu silêncio. Alguém andava pelos lados do palácio. Leopoldo, porém, estava querendo saber mais sobre as energias e segredou no ouvido de Hans:

— Como você julga que podemos desenvolver tais energias?

— Só com o *Tzolkin*, nele estão contidos todos os segredos dos maias cósmicos. Vamos pedir a Ahau que nos instrua. Não queremos o poder, mas sim aprender.

A Lua estava encoberta por tênues nuvens na noite estrelada. Por isso, olhando-se da parte mais baixa do terreno, onde ficava o Templo do Sol, não se divisava quem estava ali. Com certeza, não eram os mesmos do helicóptero. Seria temeroso caminhar à noite naquela cidade morta. Ahau percebera, ao longe, ruídos de motor. Poderia ser algum cientista perdido na noite de Palenque, que viera por terra. O vulto estampado na contraluz do luar, em raro momento em que a Lua cobrira de prata a cidade, Ahau divisou uma cabeça de ovo. Não havia dúvida, era um lacandon, um maia da região.

Vestia-se à ocidental, mas aquela cabeça não negava a raça, nem a testa alta e o nariz bico de águia. Ahau pediu a todos que ali ficassem, ia ver o intruso agora parado diante do Templo das Inscrições. O intruso coçava a barba rala, como a tomar uma decisão. Ahau dera a volta pelo Templo do Jaguar para surpreender o lacandon pelas costas. Hans percebeu naquele instante tratar-se de alguém muito sofrido e sem animosidade. As energias do lacandon flutuavam equilibradas, não havia nem medo nem agressividade nele. A luz era insuficiente para Hans fazer análise mais detalhada. Por segundos o lacandon ficara debaixo do luar, facilitando a observação de Hans. Logo, as densas nuvens tornaram a tudo encobrir, desaparecendo da frente de Hans o desconhecido. O que mais interessava a Hans era a luta entre as energias de Ahau e as do lacandon, por isso ficara frustrado.

"Dois clãs maias em luta — yaki e lacandon —, outrora sábios dominadores da Mesoamérica seria muito interessante" — pensou Hans.

O silêncio deixara os cientistas ansiosos. Agora, já não viam mais nada. A Lua se apagara por detrás dos flocos de nuvens. Depois de meia hora, um homem magro, barba rala, entrava no templo, em busca de algo, pois denotava preocupação. Hans fez sinal de tudo bem para os demais e apresentou-se ao desconhecido.

— Meu nome é Hans, estes dois são Leo e Frans. E você é...

— Sou chamado de comandante Nuno. Faço parte do grupo de Chiapas. Vim avisar que estão em perigo. Há uma conspiração em curso...

— Quem são os conspiradores? — perguntou Leo.

— Não sei ao certo, governos, líderes empresariais, sei que há uma ação conjunta para nos destruir — disse Nuno.

— Mas, se há líderes podemos descobrir — disse Frans.

— Não é tão fácil assim. A idéia deles é limpar essa área de qualquer vestígio de rebeldes ou de iniciados na profecia maia. Portanto, precisamos nos unir.

— E como faremos isso? — perguntou Frans.

— Temos de lutar — respondeu enfático o comandante.

— Nós somos de paz — disse Hans — não somos guerrilheiros. Somos cientistas e...

— Vocês são uma ameaça. Se o Códice K for divulgado para a humanidade, os empresários poluidores terão os dias contados; o governo perderá os impostos e o capital internacional para novas indústrias. Nós de Chiapas lutamos contra a miséria a que nos condenaram. A situação se agravou com a descoberta do Códice K. Foi como rastilho de pólvora, a se espalhar pelas universidades e pelos meios científicos. A profecia passou a ser uma ameaça ao sistema, entenderam?

— Você já leu a profecia, comandante? — indagou Leo.

— Os lacandon, meu povo, são os guardiões das cidades maias do Peten. A profecia é antiga, só agora está sendo divulgada, pois já estamos em um novo ciclo cósmico...

— Puxa! Então, nos conte tudo comandante — pediu Leo.

— Agora? É impossível. Precisamos sair daqui, antes do nascer do Sol. Ahau já nos espera no caminhão. Peguem suas coisas — a voz de Nuno era de comando.

A idéia de Nuno era fugir para Naranjo, povoado próximo a Palenque, que também parara no tempo. Lá eles estariam seguros até as coisas se acalmarem. O caminhão de Nuno estava escondido na floresta que circundava Palenque. A trilha que ia do Templo das Inscrições até a floresta era a mais recomendada. A noite escura servia de boa camuflagem, no caso de estarem sendo observados. Ahau esperava na ponte sobre o rio Picota, saída natural para Naranjo. A trilha milenar de pedra tinha trechos desalinhados, provocando algumas quedas do grupo e riso de Nuno, que ia à frente iluminando o caminho com sua lanterna. Nuno conhecia bem Palenque. Ali passara a infância, brincando de esconder entre templos sagrados dos ancestrais. Agora, olhava com respeito àquelas ruínas. O tempo passara rápido e o menino se tornara orgulhoso do passado de sua gente, os que edificaram com pesadas pedras aquela arquitetura de beleza incomum, perdida em meio à floresta. Naquele instante, Nuno vivia o mito da memória, buscando reparar a perda daquela infância miserável, entre templos e tempos.

Leo comentara que sentira a energia deixada pelos antigos moradores, inclusive as de Pacal, herdeiro do conhecimento cósmico e ele próprio emissário de *Hunabku*. O único em plena felicidade era Hans, olhando estrelas, imaginando a Palenque de outrora, cidade voltada para o Cosmo, enquanto a Europa saqueava, matava, buscava dominar pela força. Este tempo terminava na cruel esperança de dias melhores.

A chegada até a ponte fora fácil, mas Ahau lá não estava, conforme combinara. Nuno não se surpreendeu. Ahau devia estar próximo, observando. Nem dez passos deram e o yaki já completava o grupo, sem que soubessem de onde surgira. Hans se encantava com as súbitas aparições-desaparições do yaki. Entendera o domínio maia sobre a matéria:

"Einstein tinha meia-razão" — pensou — "massa se tornava energia à velocidade da luz, mas havia muitas energias ainda desconhecidas e jamais estudadas pela ciência tradicional."

Logo desistiu de tais pensamentos, temendo voltar ao cartesianismo anterior, no qual se formara.

A noite esfriara. Hans admirava os corpos de luz que atravessavam a cidade, corpúsculos invisíveis, massas tornadas energias. Forças invisíveis, mais metafísicas que físicas. Bombardeio de luzes, de energias etéreas sobre a cidade vermelha. Para Nuno, só o mito da memória importava. E, nele, doía fundo. Havia uma criança morta naquele memorial de abismo. Uma criança que havia crescido orgulhosa de sua ancestralidade, mas que se dera conta de não passar de um miserável condenado à fome e à humilhação. Foi esse memorial da dor que o levara à guerra contra os exploradores da pobreza, não uma ideologia.

O caminhão de Nuno tinha uma péssima aparência. Leo pensou que se andasse seria um milagre, mas Nuno dizia ter um ótimo motor. Na cabine ampla cabiam quatro pessoas, mas assim sobrava um. Ahau se elegeu o passageiro da carroceria, com o vento a bater no rosto e mirando as estrelas e a Lua. Assim, sonharia com a estrela de onde viera, quando as nuvens passageiras fossem lancetadas pelos ventos. Hans disputara o lugar com Ahau, mas Frans obrigara o pai a subir na boléia, estava fraco pelo jejum que se impusera. Hans sentou-se ao lado do filho, deixando a janela para Leo. O silêncio da mata não prenunciava lances dramáticos, mas o comandante perscrutava a escuridão com olhos de águia, observando se havia algo incomum. Não demorou muito e três homens, deixaram a mata próxima, fazendo sinais de caminho livre. A viagem para Naranjo foi tranqüila e silenciosa. Ninguém falou para não ser ouvido à distância. À noite, tudo se ouve e tudo se vê como dizia Nuno aos novos amigos. A maior parte do caminho Nuno cumpriu-o com os faróis apagados. Receava encontrar patrulhas do exército, que já pusera sua cabeça a prêmio. Só o ronco grave do motor era ouvido na noite fria. Já próximo da cidade, Nuno desviou o caminhão por uma estrada secundária, onde outros companheiros do comandante deram-lhe sinal de tudo bem. O grupo chegou a uma chácara de portão alto, quase fortaleza. O guarda, postado na guarita, a vinte metros do solo, reconheceu Nuno e deu o sinal para a abertura do portão. O veículo entrou num grande pátio, onde se viam canteiros de flores e árvores frutíferas, trazendo à memória de Leo o cheiro adocicado das aparições de Pop Men. Frans queria entender melhor a história cósmica dos maias. Ansiava conversar com Nuno. Soubera pelos jornais que o comandante deixara a universidade pela guerrilha, posição difícil para um intelectual, mais acostumado à serenidade e a segurança dos livros.

Leopoldo preferia dominar o *Tzolkin*, seu objeto de estudo e paixão maior, enquanto Hans se embebedara de harmonia interior, preferindo juntar-se a Ahau e extasiar-se com miríades de estrelas dependuradas no alpendre da noite. O pátio era do tipo espanhol: fonte no centro e todos os cômodos ao redor. A chácara era a única propriedade que Nuno herdara do pai, mas doara ao movimento dos sem-terra, que ali plantaram hortas e pomares até os limites do terreno. A casa era confortável, sem luxo. Ao chegar, Nuno determinou os quartos de seus hóspedes. No mais amplo ficaram Hans e Frans, restando a Leo o menor, próximo a um alto torreão. Ao entrar no quarto, Leo viu o seu livro desaparecido sobre Palenque. O sangue subiu-lhe à cabeça. Transtornado, procurou Nuno:

— Este livro sumiu em Palenque, como veio parar aqui, Nuno?

— Não fique nervoso — pediu Nuno. — Só queria saber o que os cientistas pensavam de nós e o tomei emprestado...

— Emprestado? Eu diria roubado, isso sim.

— Perdoe-me, Leo. Pensei que o senhor já houvesse superado esse sentimento de posse...

— Está bem. É besteira minha. Sempre tive ciúmes dos meus livros. Precisei dele várias vezes...

— Não quer saber da minha visão do *Tzolkin*? — cortou Nuno.

— Quero, sim. Podemos falar agora? — indagou Leo, curioso.

— Primeiro, vamos cear, depois falaremos — determinou Nuno.

A ceia foi servida no pátio, à luz de lampiões. Salada, feijão, arroz e frango. Um banquete para aqueles que só o faziam de maneira frugal.

Notadamente, Hans, sempre a jejuar, assim aclarando idéias e abrindo os chacras.

— Um belo repasto — disse Hans, ao ver a comida caseira.

Leo contou a Frans da futura conversa com Nuno sobre o *Tzolkin*, visão de um homem da terra, embora professor universitário. A Lua cheia alcançara maior altura e iluminou o pátio, dando a sensação de paz e harmonia na noite estrelada. Hans se banqueteara. Os outros se empanturraram para a alegria do anfitrião. Após a ceia, formaram uma roda.

— Muito bem! — iniciou Nuno. — Todos concordam que o calendário sagrado tornou-se o cerne do mistério maia. Em síntese, o *Tzolkin* é uma constante galáctica, formada dos primeiros treze números inteiros de 1 a 13, em sintonia com os vinte símbolos sagrados. Vamos ver o centro dele:

1														7
	9												1	
		4										8		
				12						2				
					7				9					
						2	C	3						
						3	O	4						
					10	4	L	5	12					
				4		5	U	6		7				
			11			6	N	7			2			
			12			7	A	8			3			
				7		8	M	9		10				
					2	9	Í	10	4					
						10	S	11						
						11	T	12						
					5		I		7					
				12			C			2				
		6					A					10		
	13												5	
7														13

— É uma raridade matemática! — exclamou Nuno. Se vocês olharem com cuidado para este padrão, retirado do *Tzolkin*, verão que ele ocupa 26 unidades do lado esquerdo e 26 unidades do lado direito, totalizando 52 unidades ou 13x4 possibilidades da matriz direcional, a forma visível do código cósmico. Assim, enquanto as combinações dos treze números e os vinte símbolos produzem as 260 unidades compreendendo toda a matriz, as 52 (13x4) possibilidades de posições direcionais são refletidas no padrão que a unifica. Temos uma espécie de tear, no qual são tecidas nossas experiências sensoriais no mundo.

— Por que tear? — perguntou Frans.

— Por que parece um tear: os fios verticais são os treze números; os horizontais, os vinte símbolos. Os treze números representam padrões primários de energia radiante; os vinte símbolos representam o ciclo de possibilidades de transformação que cada uma dessas energias radiantes poderá sofrer nos espectros de freqüência. A combinação de cada um dos treze números com os vinte símbolos direcionais cria um padrão de pulsação radiante contendo um tipo específico de informação. O total de 260 pulsações simbólicas, tecidas pelo tear, cria a totalidade do campo ressonante que experimentamos como realidade.

— Quer dizer que os vinte símbolos sagrados se posicionam para as quatro direções em rotação? — indagou Leo.

— Sim, mas sempre retornando a si mesmos, repetindo posições e pulsando sem parar — concluiu Nuno.

Leopoldo ficou pensativo. Não esperava tal profundidade no *Tzolkin*. A matriz central do *Tzolkin* era surpreendente. Sabia que todo símbolo era uma estrutura ressonante, ao assumir uma forma para que nossos sentidos a captassem. Leo sabia que os nossos sentidos funcionam como radares, como receptores reverberantes. E como diferentes estações de radar, os sentidos recebiam continuamente o influxo de formas de ondas ressonantes do universo. A função da mente era fazer com que os símbolos tivessem sentido.

— Essas estruturas ressonantes não são os arquétipos? — perguntou Leo, ainda surpreso.

— Exatamente — disse Nuno. Platão e Jung assim definiram. São modelos constantes existentes num campo de consciência que transcende o tempo e o indivíduo. Por isso, chamei o *Tzolkin* de tear. Os modelos constantes são os tecidos, enquanto o próprio tear é o aparelho mágico criado do pano que ele mesmo tece. Por meio desses símbolos tecemos nossa compreensão do universo. Somos animais com símbolos, lembram-se disso?

— É verdade, Nuno, somos animais com símbolos, essas estruturas que ressoam em nós e através de nós, num ir e vir de energias, contínuas e simultâneas. Como funcionariam tais arquétipos dentro de nós? — insistiu Leo.

— Como estruturas ressonantes, os símbolos criam, informam e trabalham com nosso corpo de luz. O corpo de luz é o banco do código cósmico, eletro-ressonante, informando ao banco do código genético. Este corpo de luz é a substância a que chamamos imaginação ou inspiração, sendo ativado pelo uso consciente que fazemos dos símbolos. Assim, se os treze números são a luz que estimula a mente e o corpo, os vinte símbolos são a água que os nutre.

— O tear retirado do *Tzolkin* deve informar algo, não é? — perguntou Frans.

— Se examinarmos o tear, veremos que abrange todas as vinte posições da estrutura horizontal do módulo harmônico. Verticalmente, a sétima coluna, a do meio, é desprovida das unidades da armação ressonante, justamente porque essa coluna do meio é o eixo que define os dois lados da armação galáctica ressonante. A coluna mística sem ser refletida a tudo reflete. O tear possui 26 unidades à esquerda e 26 à direita, ou seja, fractal de 260, este o número total de permutações. O total das 26+26 unidades nos dá 52, fractal do diâmetro de 5.200 *tun* do feixe de radiação sincrônica, ou seja, os 5.125 anos da profecia, que se iniciou em 3113 a.C. e que terminará em 2012 d.C. e recomeçará também nessa data.

— E que mais nos dará o *Tzolkin*? — indagou Leo.

— Muito mais, pode crer — disse Nuno. Se fizermos a decomposição do tear em seus componentes de treze grupos de quatro unidades cada um, iniciando da periferia para o centro, veremos que todos somam 28, o número de dias de um mês lunar impreciso. Se multiplicarmos 28x13=364 nós teremos um ano lunar impreciso que, fatorado nos dará 7x52=364, ou seja, o número místico vezes o tear completo.

— Não entendi essa soma de 28 a cada quatro números... — disse Frans.

— Faça uma rotação no tear, pegando quatro números das extremidades para o centro. Assim, o primeiro grupo será: 1, 7, 13, 7; o segundo: 9, 1, 5, 13; o terceiro: 4, 8, 10, 6; até chegarmos ao centro: 6, 7, 8, 7, entendeu agora?

— Sim, Nuno. É incrível, todos somam vinte e oito. E todos pensavam que o *Tzolkin* fosse apenas um marcador de tempo, não é?

— Para ver como os cientistas se enganaram — concluiu Nuno.

O tear funciona como um espelho: os dois eixos se refletem em suas propriedades. Nas 52 unidades do tear, o 7 comparece oito vezes, sendo quatro de cada lado do eixo, a coluna mística. Onde o 7 aparece há um padrão de simetria quase perfeito. As posições do 1 e do 13 formam um padrão complementar de um para o outro.

— É inacreditável! — exclamou Leo.

— Olhemos agora para o tear como se fosse um ser humano — pediu Nuno. Os braços esticados para cima e as pernas afastadas lateralmente. Se procurarmos as diferenças entre os números do braço esquerdo de quem olha veremos que são exatamente as mesmas diferenças da perna direita. Ou seja, as diferenças entre 1 e 9; 9 e 4; 4 e 12; 12 e 7; e 7 e 2; respectivamente: 8, 5, 8, 5, 5, enquanto as da perna direita são os mesmos algarismos, porém em outra ordem: 5, 5, 8, 5, 8, como se em um espelho. E tem mais: as somas dos dois algarismos dão sempre 13. Assim, 8+5=13 e 5+8=13. Nos outros braços ocorre o mesmo: 6+7=13. Enquanto isso, as diferenças entre os algarismos da coluna mística dão sempre um.

— Tudo isso não é só matemática? — perguntou Frans.

— Não é bem assim — respondeu Nuno. Pretendo demonstrar a natureza mágica de um sistema que é reciprocamente auto-suficiente.

O tear é análogo ao holograma do princípio operante da própria galáxia. Se os números são signos, representando qualidades simbólicas e descrevendo o potencial da nossa realidade, poderemos ver que tudo é interativo, interdependente, e que todos os ciclos se nutrem de si próprios; e nada poderá ser descrito sem que se descreva tudo. Ou seja, o Todo está contido nas partes e vice-versa. O *Tzolkin* e o tear nele contido nada mais são que um teclado ressonante para sintonizarmos as freqüências cósmicas, cuja constituição, como onda, existe dentro do nosso Ser, dentro de nós — finalizou o comandante.

O silêncio baixou sobre os cientistas, notadamente sobre Leo, que jamais suspeitara daquela sofisticação matemática e sensitiva, ao mesmo tempo. Os maias haviam descoberto o princípio do funcionamento cósmico usando de intuição ou eles receberam informações vindas de fora? Como a humanidade perdera essas imensas descobertas do Ser?

Aquele grupo de cientistas estava pasmo. Como dormir depois de tudo aquilo? Leo preferira ficar acordado, não tinha sono mesmo e, se o tivesse, o teria perdido após aquela demonstração de sutileza cósmica dos maias. E aquele conhecimento todo ficara guardado por mais de cinco mil anos, sem que alguém descobrisse.

"E realmente a pior ditadura é a do hemisfério esquerdo" — pensou Leo. O excesso de racionalismo nos impôs um mundo pela metade. A humanidade progredira só cinqüenta por cento.

Leo gostou da idéia de ser um corpo de luz, mas se sentia apagado. Teria de limpar seus chacras para poder ingressar na Nova Era. Dependia só dele. Precisava calibrar-se com o calendário maia sagrado — o *Tzolkin*.

"Era um bonito nome: *Tzolkin*" — pensou — "Como deixamos escapar essa possibilidade de estudarmos os números como signos ressonantes? Onde erramos? A profecia saíra sem dúvida do *Tzolkin* e estaria mesmo no Códice K?" — perguntou-se.

— Está sim — devolveu Nuno. A profecia existe e está no Códice K. Apesar disso, a cada momento estamos lendo a profecia se estivermos atentos aos indícios.

— Você leu meu pensamento, Nuno. Quer dizer que a profecia nos está sendo passada sem que nós a percebamos? — indagou Leo.

— De certa forma, sim. Veja Leo, a profecia foi escrita no calendário, mas os que conhecem a cultura maia podem ler em cada templo e a cada tempo a profecia. Sem falar do *Tzolkin*, que ele é a própria profecia. Quando vocês estiverem preparados Pop Men explicará a profecia para 2012.

— Estamos acostumados a ler teses e ensaios, por isso imaginamos uma profecia escrita em um códice, ok?

— Há em vocês um excesso de intelectualismo, criando a soberbia do saber. De tal forma se sentem orgulhosos que fecharam a mente para novos saberes.

— Perfeito. É isso! — concordou Frans.

— Eu me sinto vazio — disse Hans — devo preencher-me de novas sensações...

— É verdade, Hans — concordou Nuno. Você está quase pronto. Já olha as estrelas com o olhar poético de um viajante cósmico. Logo, passará à quarta dimensão e dominará o tempo e o espaço. Leo está atingindo o mesmo ponto de outro modo.

A Lua cheia saiu por detrás de densa nuvem, espargindo luz por sobre a chácara guerrilheira. Energias emergiram como rosas luminosas, fazendo florescer a paz dentro de cada um. A noite era agora parte de cada qual, deixara de existir o nós e os outros, tudo se unira. Naquela noite, tornaram-se a energia pulsante da unidade, enquanto a Lua iluminava, em forma de zero, o princípio de um novo mundo acontecendo, novamente, como sempre ocorrera *ad infinitum*.

Lá fora tiros de fuzil despertaram os místicos em devaneio. Algo de muito sério se passava. Nuno correu ao portão, de onde surgira o tiroteio. Os demais se abrigaram no casarão, onde se sentiam seguros. Só Hans deixou-se estar na cadeira de balanço. Nem se mexera. Alguma coisa nele sublimara.

O helicóptero deu vôo rasante por sobre o pátio, metralhando as paredes fortificadas. Correria geral. Guerrilheiros em busca da metralhadora ponto cinqüenta, camuflada no sótão da casa grande. A libélula, iluminada pela Lua, voltava às suas incursões bélicas, atirando agora no alpendre, onde continuava a balançar-se o velho Hans, alheio a tudo. Leo correu para o sótão sem se dar conta, se de medo de morrer ou se de esperança de sobreviver. Viu a metralhadora e pegou-a, sem saber ao certo o que fazia. Algo estava preso à garganta, a impedir-lhe a respiração, agora sufocante. Deitou-se por debaixo da arma e começou a atirar a esmo. Os tiros saiam pontilhando o céu de pequenos vaga-lumes mortais. Leo supreendeu-se com as luzinhas saídas de cada bala, mostrando-lhe o caminho da libélula na noite enluarada. Jamais tocara numa arma como aquela. Os tiros saíam para cima, mas sem pontaria.

O helicóptero dera a volta nos fundos da casa e vinha agora pela frente. Leo virara a ponto cinqüenta para o ventre da libélula negra, mal a divisando por seu negrume. Lá vinha a peste a metralhar agora o sótão, querendo tirá-lo de combate. Leo olhou pela alça de mira e viu quando toda a libélula se encaixou em um ponto de sua visão turva pelo medo. Apertou o gatilho e fechou os olhos como se, ao cerrá-los, tudo se resolvesse e a paz voltasse a acampar naquela casa. Sem querer atingiu o ventre do helicóptero que, fumegando, perdeu altura e explodiu depois de certo tempo.

Leo ficou estático. Não acreditava no que fizera. Nunca tivera nenhum instinto agressivo. Agora, tudo deveria piorar. A explosão ouvida significava mortos. Pela primeira vez matava alguém e nem saberia dizer quem eram os mortos, o que lhe aliviava a consciência. Acordou de seu torpor ao ouvir tiros para o alto na comemoração dos guerrilheiros, acompanhados de vivas em sua homenagem.

O comandante mandou todos se calarem. O helicóptero abatido poderia ser apenas uma nave de reconhecimento, agora viria um exército para se vingar. A ordem seguinte fora dispersar. Tinham de deixar a chácara. Nuno vistoriou o caminhão. Não fora danificado. Viu Hans no alpendre ainda se balançando com os olhos fitos no céu. Tinha um ferimento no ombro e o sangue manchava o piso de cerâmica do alpendre.

Frans correu para ver o pai. A bala tinha-lhe perpassado o ombro, deixando um buraco, por onde o sangue jorrava denso. O perigo era uma hemorragia. Um enfermeiro jogou-lhe tequila. O ardor foi tão forte que Hans acordou sobressaltado, desconhecia o que se passara. Ao ver o sangue correndo, desmaiou. Puseram-lhe ataduras e estancaram o sangue. Quando abriu os olhos, todos riram da pergunta:

— Quem atirou em mim?

Nuno resolvera pôr-se em marcha. Sairia noite ainda. Tinha mais duas horas até o nascer do Sol. O motor custara a pegar, mas partiu ruidosamente com os cientistas e com Nuno ao volante, menos Ahau que sumira. Nem lembravam de tê-lo visto na chácara. O nervosismo tomara posse de todos; sabiam que aquela luta só começava. O destino era incerto. O comandante planejava, enquanto dirigia. Como a chácara era afastada da cidade, o helicóptero pudera realizar aquele ataque sem chamar a atenção dos moradores.

Nuno achava melhor hospedar os cientistas na cidade, ficariam mais seguros. Desta vez não haveria possibilidades de ficarem todos juntos. Nuno deixaria Leo com o compadre. Gostara da presença de espírito do antropólogo. Se não tivesse abatido a nave, estariam até agora em luta desigual. Fora um ato de sorte, mas também de sangue frio, por isso Nuno agradecera a Leo. Quanto a Hans e Frans, só o padre Gustavo poderia hospedá-los. A cidade era pobre, mas o padre conseguia sempre dar um jeito de ajudar a todos, conforme a vontade de Deus.

Nuno teria de buscar abrigo fora de Naranjo. Não gostava de colocar em perigo a população por sua causa. Tentaria Pedro Ruiz, antigo colega de faculdade, que tinha um restaurante e não tinha família. Preocupava-se com os cientistas, pois estes estavam desacostumados da batalha diária pela sobrevivência, uma rotina guerrilheira, a que fora relegada a raça maia do Chiapas. A primeira parada foi na casa de Arturo, tecelão e seu compadre. Ali ficaria Leo, bem no fim da rua principal e próximo de onde os dois Berg se hospedariam: a missão do padre Gustavo. Depois de deixá-los todos, Nuno seguiu a estrada de terra batida em direção ao restaurante de Pedro Ruiz.

■ ■ ■

Virgínia olhava o pôr-do-sol como se fora o primeiro. A cidade vivia no caos do *rush* do final da tarde. Pensava em como seria bom estar com Leo, protegida por aquele ex-cético, agora tornado um iniciado, talvez até discípulo de Pop Men. Fazia comparações entre Palenque e a poluída capital mexicana de trânsito caótico. As cidades modernas estavam doentes, as pessoas estavam enfermas, ela própria se sentia paranóica e esquizóide.

"Como estaria Günther em Chichen Itza?" — perguntou-se.

Ela olhava o poente tão distraída que não notara, do outro lado da rua, a presença do homem do jornal. Deixou o jardim e entrou na casa. Pela fresta da cortina ficou a observar o homem gordo, abraçado ao jornal, disfarçando suas intenções. Naquele dia da visita de Günther pensou que o gordo seguia o alemão. Notava agora sua casa vigiada, mas não sabia que atitude tomar.

"Será que perdi o medo? Acho que vou chamar a polícia. Não, a polícia, não." Günther lhe disse que a polícia poderia ser cúmplice dos bandidos. Depois, como daria queixa sem saber quem eram os sujeitos. Os policiais a achariam louca. Não valia a pena. Estava de mãos atadas. Faria o quê? Os bandidos sabiam disso. Estava tão feliz na casa de Juan, conversando no bar do Pedro. Por que voltara? Pura criancice de menina mimada, como diria Leo, com o seu jeito brincalhão de dizer verdades."

O gordo vigiava acintosamente sua casa. Nem mais se escondia por detrás do jornal. Precisava de uma lição. Intruso, era isso que era. Intrometeu-se em sua vida, em sua privacidade, deixou-a desconfortável, com medo.

Virgínia saiu para o jardim, ligou a mangueira no máximo e mirou-a contra o gordo. O homem correu, fazendo gestos obscenos, enquanto Vicky ria, e os passantes olhavam desconfiados para a mangueira, temerosos de igual destino. Depois de muito rir, Vicky subiu ao quarto da frente, onde tinha melhor visão. Pela janela esquadrinhou toda a rua. O gordo sumira com seu jornal amarrotado.

O telefone tocou três vezes. Vicky atendeu agressiva, pensando ser o intruso, quando ouviu a voz grave de Leo. Ele parecia nervoso, voz angustiada, respiração ofegante. Nunca ouvira Leo assim. Algo grave se passava.

— Alô. Vicky? É o Leo.

— Desculpe, Leo. Um sujeito estava aqui me vigiando...

— Um sujeito estava te vigiando? Cuidado! As coisas estão ficando complicadas. Fomos expulsos de Palenque pelos desconhecidos. Fugimos e estamos em... Espere Vicky! Não vou dizer onde estou... Seu telefone pode ter escuta.

— Não creio, Leo. Como foi essa expulsão de Palenque?

— Olha, Vicky, veja se não há escuta, depois me ligue, ok?

— Está bem. Vou ver. Qual o número do seu celular?

— Não vou dizer, Vicky. Ligo depois.

Vicky desmontou o aparelho. Parecia-lhe paranóia. O fone de ouvido: nada. Abriu o bocal, lá estava a micro-peça, quase invisível. Pela janela viu um homem alto com o uniforme da companhia telefônica mexendo no poste. Leo tinha razão. Estava sendo vigiada e ficando nervosa. Qualquer distração poderia lhe custar a vida. E era muito distraída. Sua casa vigiada dia e noite, e ela ali sem saber. Precisava ficar alerta.

O telefone tocou de novo, interrompendo seus pensamentos. Seria o Leo? O medo se instalava como vírus, sem que ela se desse conta. Dizia para si própria não ter medo, mas tudo não passava de mentira. E a mentira repetida muitas vezes tornava-se verdade. Quem disse isso? Goebbels, aquele chefe da propaganda nazista. Toda vez que fraquejava, dizia-se imbatível. O vírus do medo se instalando mais e mais. Buscava coragem para mantê-lo longe, mas era difícil lutar contra inimigos invisíveis que, pacientemente, tomavam conta de sua imaginação, fazendo-a ver perigos onde só havia a realidade da vida. Parecia-lhe que coragem nem existia, havia o medo travestido de ousadia. Um jogo psicológico entre a imaginação e a realidade. O medo criava o real com lente de aumento, ampliando a calamidade das coisas. Percebia que medo e esperança eram faces da mesma moeda:

a esperança incrementava a felicidade; o medo agravava a catástrofe. Eram antípodas, mas estavam juntas, naquele instante. Quando tinha medo de algo, Vicky se munia de esperança para que o mal se afastasse. Coragem — pensava agora — é outra forma de medo.

A campainha soou cinco vezes. Vicky acordou do encantamento e resolveu atender o telefone. Do outro lado, voz rouca, distorcida, ameaçava:

— Desista da profecia, enquanto é tempo... Se resistir se arrependerá. Sabemos onde encontrá-la, desista. Acidentes acontecem...

Foi só isso que ouviu, desligando de imediato. A voz rouquenha parecia-lhe de estrangeiro falando espanhol. Havia sotaque e era distorcida. Nem sequer poderia especular quem fosse. Desconhecia o inimigo. Encolheu-se na poltrona, como fazia desde menina, jogando as pernas por cima do braço acolchoado do móvel. Fragilizara-se ainda mais com a chamada. A voz grave e rouca não se casava com a figura do vigia gordo. Havia uma conspiração em curso e tinha de fazer alguma coisa para não sucumbir ao pânico antecipado. Mas fazer o quê?

O telefone voltou a tocar. Novamente, entre o medo e a esperança. Devia ser Leo. Espantou as sensações com gesto teatral exagerado e fugidio, atendeu:

— Alô — voz sensual.

— Sou eu, Leo. Como descobriu a escuta?

— Você tinha razão. Os dois telefones estão *grampeados.*

— Por isso, desliguei, Vicky. Procure na casa, deve haver microfones embutidos. Estou em Naranjo. Precisamos nos encontrar, entendeu?

— Sim, mas como? Não seria melhor você vir para cá, Leo?

— Agora, não dá. Procure nossos amigos daí. Seria melhor usar o computador para se comunicar comigo. Deixe o telefone de lado, poderão *grampeá-lo* de novo. Use o *laptop*.

Já instalei o meu aqui em Naranjo. Será melhor assim. O meu número é... (a ligação interrompeu-se).

— Fale Leo, qual o seu número? — insistiu Vicky, aflita.

Nem sinal de Leo. Vicky encolheu-se ainda mais na poltrona.

Leo olhava a bateria do celular, que interrompera a ligação. Estava descarregada. Usara-o em condições adversas. Como Vicky estava bem, deixou-o despreocupado. Poderia lhe telefonar mais tarde.

Naquela noite não dormira. Tudo fora muito rápido. Helicóptero, metralhadora, fumaça, explosão e a má sensação de ter matado, quando buscava a iluminação, a harmonia cósmica. Não lhe fizera bem. Apesar disso, estava mais preocupado com o *Tzolkin*. Visualizara o desenho de Nuno de tal forma que chegara a gravar na mente o módulo, como se fosse uma cicatriz. As cinqüenta e duas posições bipartidas, vinte e seis de cada lado, eram fractais dos 5.200 *tun*, medida maia para os 5.125 anos, ciclo completo, que estava no final. Por outro lado, o calendário todo tinha 260 permutações, sendo fractal dos 26.000 anos, tempo que a Terra levava para cumprir todo o Zodíaco. O tear maia era um espelho peculiar, pois seus reflexos se davam pela diagonal da coluna mística, o eixo central. Assim, a figura humana que Nuno pediu para imaginar mais parecia um ser humano a fazer ginástica: pondo a mão direita no pé esquerdo e a mão esquerda no pé direito, cruzando-se sempre em um ponto da coluna mística, o umbigo do tear.

Entendia agora porque os maias previam a vida de um homem em cinqüenta e dois anos: fractal de 5.200 *tun*, este o ciclo completo, portanto o homem era parte do todo. O universo maia era dividido em quatro partes, seguindo as direções Leste, Norte, Oeste e Sul, a partir do nascer do Sol, — o transmissor-receptor das ordens da galáxia. Lembrara-se de um professor que dissera não mais haver mudanças físicas em uma pessoa, após os cinqüenta e dois anos, mas a ciência não sabia dizer por quê. Leo percebera: o *Tzolkin* e o I Ching eram módulos harmônicos, usados pelos antigos, em forma de oráculo para profecias. O Códice K poderia conter a profecia para 2012, mas esta não dependia de estar escrita, bastaria o iniciado fazer os cálculos corretos, empregando os símbolos e os números do *Tzolkin*.

Sobre a mesa de Arturo, seu anfitrião, páginas amarelecidas pelo tempo continham os vinte signos sagrados, dispostos segundo um padrão desconhecido para Leo. A luz escassa impedia a leitura. Aproximou a luz do documento, cujo título era "Descrição Cosmológica conforme o texto profético do livro de *Chilam Balam*". Sabia ser o livro do adivinho das coisas ocultas, portanto, fazia parte da profecia irrevelada. A luz era ainda tênue. Leo aproximou o livro da janela, quando ouviu uma voz às suas costas. Era Arturo.

— Porque não vai para o quintal ler o *Chilam Balam*? — disse Arturo.

— Vou fazer isso mesmo, Arturo.

— Há uma árvore linda, a sapota, que dá o sapoti e uma madeira forte, usada como trave nas construções maias...

— Desculpe se estava lendo o excerto *Chilam Balam* e...

— Estava aí exatamente para sua leitura. Sou tecelão, sabia? Pois olhe, nada tece melhor que o *Tzolkin*, não é?

— É verdade, Arturo. Quer dizer que posso?...

— Este excerto, como diz, é seu.

— Obrigado, Arturo.

Leo deixou a sala, passou pela cozinha, área de maior convivência da casa, desceu cinco degraus e viu-se diante de um grande pomar, no centro, a sapota. Ao lado da árvore, uma confortável cadeira o esperava, tudo planejado. Sentou-se, esticando a perna no banquinho próximo. E começou a ler:

"Como os números de 1 a 13, os vinte signos sagrados são recíprocos e estão fundamentados um no outro, relacionando-se mutuamente quanto ao significado. Nesta apresentação codificada, os signos sagrados descrevem o caminho da vida: os primeiros sete signos representam o ciclo do Corpo Inferior ou Ser Físico, enquanto os outros treze descrevem a evolução do Corpo Mental Superior. Os signos sagrados são interpenetrantes e congruentes. Nenhuma das séries de signos substitui qualquer outra, já que se trata de uma evolução harmônica pela qual todo ser humano passa. O segundo nível dos Treze Signos Sagrados se divide em dois estágios: o primeiro consiste de sete signos; o segundo, de seis signos."

Leopoldo virou a página e leu: "Desenvolvimento do Ser Primário". Logo a seguir, os sete signos, numerados de um a sete:

1. **IMIX**: Dragão, Fonte da Vida, Águas Primordiais, Sangue, Seios, Nutrição, Energia-Mãe, Poder de Geração. LESTE.

2. **IK**: Espírito, Vento, Respiração, Energia Cósmica, Inspiração, Princípio Vital, Sistema Respiratório. NORTE.

3. **AKBAL**: Casa, Noite, Trevas, Corpo, Lugar de Mistério, Coração, Órgãos Internos. OESTE.

4. **KAN**: Semente, Poder Ordenador do Crescimento, Princípio Gerador, Sexo, Reprodução. SUL.

5. **CHICCHAN**: Serpente, Cérebro de Réptil, Sistema Nervoso, Integração, Realização das Funções Autônomas. LESTE.

6. **CIMI**: Morte, Revelação, Percepção da Mortalidade do Corpo Físico. NORTE.

7. **MANIK**: Mão, Domínio, Conhecimento do Poder da Integridade, Percepção da Finitude do Ser Físico. OESTE.

Leo parou a leitura, olhou ao redor, mas apenas pássaros lhe faziam companhia naquela manhã. Passara a noite sem dormir, sequer conseguira cochilar. Talvez por isso tivesse tanta dificuldade de apreender aqueles símbolos. Sua mente deveria estar em algum lugar daqueles sete signos. Não conseguia ver com clareza. Precisava de ajuda. Os sete signos iam de Leste a Sul, o caminho do Sol. Melhor pedir a ajuda de Arturo. Estava deixando de lado os escritos, quando Ahau pousou no quintal, sentando-se ao seu lado, com seu riso enigmático. Apesar das aparições de Ahau, Leo não se acostumara com aquele mistério todo, sua mente continuava lógica. Antes mesmo que perguntasse, Ahau deu qualquer desculpa para o seu intempestivo desaparecimento na noite da fuga de Palenque. Leo nem prestara a atenção naquele yaki teimoso. Por isso, apenas mostrou os escritos do livro de *Chilam Balam*. Ahau recusou, pois já o sabia de cor. E disse:

— Deve meditar sobre o que leu, partindo do princípio de que esses signos são cíclicos, rodas da memória. Estão divididos em famílias. Os primeiros quatro fazem parte da família cíclica do Leste, a Geração da Luz. *Imix* sendo a luz que se ativa em formas, fica no

Leste; depois vem *Ik*, o Vento, a purificar as formas; em seguida, *Akbal*, ou as formas que se envolvem; e, por último, *Kan,* ou a forma que gera a sua própria Semente. Depois, vem a família cíclica do Norte ou a Purificação da Luz: a Leste, *Chicchan*, quando a forma assume a aparência do Ser específico; depois *Cimi*, o Ser específico conhece e transcende a Morte; após, *Manik* ou todas as coisas são transformadas pela habilidade; e, por último, *Lamat*, ao Sul, quando surge a Harmonia Unindo Todas as Coisas.

— Este último você não chegou a ler, não é?

— Isso mesmo. *Lamat* é o primeiro signo do Desenvolvimento Superior, Fase Geradora, não é Ahau?

— Exatamente. Você só precisa entender o quinto, o décimo, o décimo-quinto e o vigésimo, os guardiões evolutivos...

— Por que, Ahau?

— Porque eles são a síntese de tudo.

— Entendo agora porque você sumiu Ahau.

— Não posso interferir no destino de vocês, mas gostaria de vê-los calibrados com a Terra e *Hunabku*, mas está havendo interferência humana nessa progressão.

— Por isso estamos sendo perseguidos?

— Tudo vem com dificuldade, principalmente se você não estiver com a mente limpa. A profecia já está em andamento, ela virá com ou sem luta, nada poderá interferir. Há gente, porém, que se sente tão poderosa a ponto de tentar sustar uma profecia calculada com todas as ciências matemáticas e astronômicas.

— Eles podem não interferir, mas podem nos ferir, não é?

— Ninguém. Nada. Esses sujeitos nada podem fazer contra vocês, pois estão do lado da harmonia cósmica. Ninguém pode vencer *Hunabku*, nem o materialismo, nem exércitos. Nada. Vocês têm medo de dores físicas, mas se acalmem, a profecia triunfará no tempo e no espaço.

— Escute, Ahau, nós somos de carne e osso, entendeu?

— Sei disso. Os maias já sabiam há séculos que os humanos não se encontravam ainda no estágio de corpo de luz, por isso o *Tzolkin* passou à posteridade como um simples registro de tempo. No entanto, é um padrão fractal que mostra os vinte vórtices galácticos em espiral, impregnados das radiações dos treze raios pulsantes do trânsito de duzentos e sessenta dias da Terra ao redor do Sol.

— E a profecia está nele contida, não está?

— O *Tzolkin* apenas apontou caminhos que o adivinho das coisas ocultas precisou reconhecer e calcular, quando estudou a Conta Grande, que se iniciou em 3113 a.C.

— Foi isso que aconteceu, Ahau?

— Isso mesmo. A humanidade está equivocada quanto aos maias. Há os maias terráqueos e os cósmicos. Os da Terra que aqui ficaram como guardiões do nosso saber. Os cósmicos estão procurando comunicação com outros universos, sempre em busca da harmonia cósmica.

— Explique-me essa história da síntese dos vinte signos, só assim entenderei o Todo, não é mesmo?

— Está bem. O quinto signo sagrado é *Chicchan*, o cérebro reptilino, governador do instinto e do sistema autônomo. Leste. O décimo, *Oc*, é Cérebro Mamífero, Mente Emocional e Conceitual. Norte. O décimo-quinto, *Men*, Cérebro Planetário, Mente Ressonante Superior. Oeste. E, finalmente, *Ahau*, Cérebro Solar, Condição Estelar e Mente de Luz. Nos textos proféticos tardios estes quatro guardiões direcionais estavam associados à imagem do Queimador, o portador do fogo primordial e intemporal, o portador da visão e da luz, o Prometeu da Cultura Maia.

— Queria saber mais sobre o Ser Superior — pediu Leo.

— Agora, não. Temos de sair daqui. Naranjo está cercada por um exército, mas vamos sair com calma.

— Cercada? Aqueles sujeitos, não é? Como faremos?

— Sair, sem causar suspeita. Você, com disfarce mexicano: sombrero de Arturo e roupas adequadas.

— Aqui estão as roupas — disse Arturo — se aproximando.

Leopoldo vestiu-se com calma. Seus pensamentos vagavam pela noite anterior, quando pela primeira vez matara alguém em sua vida. Tinha um sentimento de culpa pela explosão do helicóptero. Ao abatê-lo, percebera apenas a destruição da máquina. A presença de gente na nave deixara sua consciência pesada. Jamais se preparara para uma ação militar. Alguém dentro de si tomara o seu lugar naquela hora. Nem mesmo tivera a intenção de tornar-se herói de uma causa nunca abraçada. Os guerrilheiros comemoraram com respeito sua coragem, mas ele nada sentira, nem orgulho nem satisfação. Muito menos coragem. Medo. Sim, o medo de morrer gerara o desespero. Nunca estivera tão perto da morte. Medo, desespero e morte, a seqüência. Agora, a depressão. E a sensação de que alguém dele se apossara naquele instante, um invasor sombrio, pertencente ao mundo agressivo e materialista que imaginara ter deixado para trás. Nunca lhe fizera sentido agredir alguém ou um animal, agora se via dentro de um jogo de vida ou morte. Percebera as energias equilibradas de Ahau em oposição às de ódio do comandante Nuno. Neste, cores instáveis, aspiradas dos demais ao seu redor, lutavam para conquistar mais força.

Por último, calçara o mocassim. Sentia-se ridículo com o *sombrero*. O poncho tinha desenhos que lembravam o *Tzolkin*. Leo chamou a atenção de Arturo para a riscadura. O anfitrião riu e confirmou. Quis divulgar o calendário sagrado na peça. Despediram-se como dois irmãos. Apesar de pouco tempo na casa de Arturo, Leo se sentira em família. Arturo lhe desvendara parte do segredo da profecia. Saíram pelo portão de trás. Ahau disse que iriam para as montanhas. Lá era mais seguro. A cidade ficava em um vale escavado junto à base de uma cadeia de montanhas. Eram semelhantes às elevações de Chiapas, talvez uma continuação do mesmo acidente geográfico. Iam a pé pela vila, que parecia deserta. Na rua principal militares atestavam a ocupação.

Leo, escondido por debaixo do *sombrero*, notou tratar-se do exército regular mexicano, talvez à caça de guerrilheiros. Oculto pelo enorme chapéu, andando devagar como os locais, Leo se sentia seguro pela presença de Ahau, a seu lado. O yaki andava como se passeasse. Não havia nele o menor temor. Leo invejava a sabedoria do amigo.

Dobraram a esquina, no final da rua, sempre em passo lento e cadenciado. Dois soldados de costas para a rua carregavam metralhadoras. Leo quase não os viu, tanto se curvara por baixo do *sombrero*. Seu campo de visão era pequeno, por isso só viu as botas dos soldados que, preocupados com algo do outro lado, nem viram quando eles passaram. Faltavam duzentos metros para alcançarem a saída da vila, mas pareciam quilômetros. Para Leo os mais difíceis duzentos metros de sua vida. Tudo piorou quando tiros foram disparados no centro da vila. Ahau fez-lhe sinal de que não olhasse para trás. Leo, porém, arriscou uma mirada por debaixo do *sombrero*. Viu Hans ser apanhado e Frans escapar por uma viela lateral, correndo para a saída da cidade, passando pelos dois, ofegante, sem vê-los.

Ahau demonstrara poderes, pela primeira vez. A fuga de Frans não teria sido possível sem aquela ajuda. Conseguiu passar por dois guardas sem que o vissem, enquanto o Sol, naquele instante, deixava as nuvens, onde se ocultava, para bater diretamente nos olhos dos soldados, cegando-os com sua luz brilhante. Em seguida, uma tempestade açoitou a cidade, obrigando os militares a buscar abrigo, tal a fúria do temporal, derrubando postes e casas, inclusive um jipe, arrastando tudo para um rio de barro ali formado. O vento vergara árvores, arrancara galhos e os jogara de encontro à tropa, enquanto, no final da trilha, um arco-íris marcava a saída da cidade e do caos instalado.

Leo não acreditava no que vira: o vento não fustigara seu rosto, nem a tempestade lhe trouxera incômodos, o que lhe parecia impossível, pois ele, Frans e Ahau estiveram bem no meio da tormenta. Não fora normal. Os soldados desistiram de Frans. Hans já estava preso, apesar de resistir. Leo percebera no nome Ahau a razão do fenômeno: Senhor Solar, Mente Solar, Comando e Percepção do Corpo do Sol. Era um ser cósmico, dominava a natureza, fazia parte dela. O perigo, porém, não passara.

Ahau fez um sinal de positivo para Leo que, ainda surpreso, escondera-se ainda mais embaixo do *sombrero*. A tempestade amainara em chuva fina, mas o Sol voltara inclemente, mais forte e brilhante, energizando os que dele dispusessem. Frans subia a montanha, enquanto Ahau preferira o passo cadenciado. Leopoldo seguia logo atrás, cada vez mais mudado pela força vital que o sacudia. O braço formigava, pêlos do corpo eriçados. Só queria chegar ao cimo da montanha. De longe viu Frans transpor pedras e morretes, antes da subida mais íngreme.

Naquele momento, Leo sentira-se atraído pelo topo da montanha, como se o destino lá estivesse à sua espera querendo sua sagração. Olhou discretamente para trás. Havia feridos pela rua, talvez mortos. Um caos se criara na cidade, após o furacão. De repente, Ahau sumiu. Leo viu-se só. O medo voltou. Correu para a montanha ao encontro de Frans, que descansava no sopé, ganhando forças para a escalada. Estava desolado com a prisão do pai, cujo ferimento o deixou ainda mais preocupado. Sentaram-se ambos em silêncio, tomando fôlego e coragem.

— Como foi sua passagem pela missão do padre Gustavo? — perguntou Leo, puxando conversa.

— Olha, Leo, creio que o padre nos delatou ao exército.

— Não acredito, Frans. Foi o Nuno que indicou o padre...

— Não sei mais nada. Estamos perdendo o controle da coisa. Estávamos na casa paroquial. O exército chegou, vasculhou tudo. Saímos pelos fundos, mas também lá estavam.

— A única coisa estranha foi não me terem matado, pois houve oportunidade. Saí correndo em meio à soldadesca, mas não atiraram. Será que eles sabem quem somos?

— É provável. Descobri o telefone de Vicky *grampeado*, lá na Cidade do México. Imagine nos pequenos povoados. É melhor subirmos e nos escondermos na floresta...

— Precisamos ser rápidos, Leo. Onde está o Ahau?

— Não sei, Frans. Vinha comigo, mas como sempre escafedeu-se.

— Você está engraçado com esse *sombrero*, essa roupa...

— Idéia do Ahau e do Arturo, meu anfitrião. Ridículo!

— O padre não tinha uma batina extra, se não agora eu seria um cura. Não o reconheci, sabia Leo?

— Nem mesmo eu me reconheço, às vezes...

Os dois começaram a escalar a montanha. Não lhes parecia difícil. Havia reentrâncias, onde podiam apoiar pés e mãos. Leopoldo queria contar a Frans sobre Ahau e seus poderes, mas não sabia como começar. Ele próprio ainda desconhecia como o yaki fizera aquilo. Só tinha uma certeza: não foram causas naturais.

Se ele mesmo não acreditava, melhor calar-se. Os dois evitavam trilhas já feitas pelos passantes, preferindo as novas veredas. Poderiam ser vistos antes da primeira metade da escalada, graças à mata rasteira. Depois, a densa floresta centenária os ocultaria. O medo, que lhes apressara o passo no início da subida, cedera lugar ao cansaço do esforço da subida. Paravam de tempo em tempo para observar a cidade, que ficara para trás. Não viam soldados, escutavam apenas ruídos vagos da tropa distante. A tempestade deixara a montanha escorregadia e a terra barrenta. Em alguns trechos fortes cachoeiras despencavam do alto, jorrando água misturada a seixos e galhos arrancados pela fúria da tormenta.

Frans só falava do pai. Leo acalmava-o:

— Hans não é guerrilheiro, logo será solto — dizia Leo.

Mas Frans insistia, o pai estava ferido, maltratado na cadeia. Leo se calou, entendia a preocupação do amigo, mas o que fazer? Achava bela aquela prova de amor filial, mas temia que Frans tivesse razão: havia uma ação conjunta de várias instituições para se apoderarem do Códice K. Assim, a cada parada para tomar fôlego, discutiam quem teria interesse em possuir a profecia: os governos ou os grandes cartéis. Quem sabe, ambos.

Ao atingirem a floresta viram o caminhão militar levando Hans. Ia sentado, cercado por cinco soldados, mas sem algemas. Isso aliviou Frans; se fosse considerado perigoso, teria sido amarrado e levado em carro especial.

Leo notou, ao sair da cidade, o chefe do destacamento. Passou por ele a cinco passos de distância. Por debaixo do *sombrero*, percebeu a enorme cicatriz em cima do olho direito. Mas, não foi a cicatriz que lhe chamou a atenção, mas as botas. Tinham a cor diferente, além da farda apertada, bem menor do que seu corpanzil necessitava. Não parecia fazer parte da milícia. Tinha o ar sádico dos mercenários. Ao lembrar-se disso, Leo começou a dar razão a Frans. Havia um complot contra a profecia. A milícia poderia usar a farda do exército para impor respeito àquela gente pobre e ingênua. Seria bom tomar cuidado dali em diante.

9 = ••••

A visão cósmica

Nakin e Günther encantaram-se com o Caracol, ao sul de Chichen Itza. Günther emocionou-se e perdeu a voz, ao transpor o observatório astronômico maia de mais de mil anos. Olhavam admirados para sua estrutura singular, erigida pelos maias-toltecas em forma de um caracol marinho. O edifício ficava ao lado do Templo das Paredes Pintadas e das Monjas, em frente à Casa Vermelha e à Casa do Cervo, todos eles templos religiosos. Nakin sentiu-se em casa no Caracol e reviveu os instantes finais da civilização yucateca, da qual era herdeira, e que durara até 1450 d.C., embora já existisse mil anos antes de Cristo, na Mesoamérica. Os maias cósmicos, segundo os livros do ocultismo maia, deixaram o Yucatan em 999 d.C. retornando às Plêiades, deixando os maias terráqueos entregues ao novo destino nômade na floresta, onde se encontram até hoje. A missão dos Nove Senhores do Tempo findara.

— Aí estava o mistério todo — pensou em voz alta Nakin.

— Que mistério? — indagou Günther.

— Pensava nos Nove Senhores do Tempo quando deixaram o Yucatan...

— Por que deixaram?

— Porque sabiam da profecia: o mundo resultaria em guerras, e o lado material triunfaria sobre o espiritual. Por isso, se foram, estava escrito...

— Sim, mas eles deixaram indícios de sua passagem, não é?

— O *Tzolkin* é um deles. O *Tzolkin* instrui todos os sistemas planetários, com sua ressonância reguladora universal: o corpo de luz.

— Sabe, Nakin, quanto mais sei dos maias, menos sei da vida. Há muito mistério...

— O mistério somos nós, pois não entendemos os maias.

Abraçados, a frágil morena e o forte alemão eram exemplo de harmonia na fusão de raças e culturas, buscando a paz universal e o respeito ao planeta. Assim, enlevados pela mística das questões transcendentais, ambos se perguntavam sobre as maravilhas antevistas no calendário sagrado, enquanto passeavam no topo do Caracol.

— Nós perdemos a percepção do mundo simbólico, quem sabe o *Tzolkin* nos levará de volta — disse o alemão.

— Só quando entendermos que os símbolos são na realidade campos vibratórios, ou seja, estruturas ressonantes. Talvez, então, haja um entendimento global, já que nós mesmos somos ressonantes ao nosso próprio núcleo.

— Os símbolos são vitais para nossa integração como seres cósmicos, não é?

— Sim, Günther. Os símbolos criam, informam e trabalham com nosso corpo de luz.

— E o nosso corpo de luz nada mais é que o banco do código cósmico que passa informações ao banco do código genético por eletro-ressonância, não é, Nakin?

— Sim, Günther. O que chamamos inspiração é o corpo de luz agindo em nós e dentro de nós...

— Sabe, Nakin. O corpo de luz é a substância do saber da própria realidade ao nosso redor, nosso cognitivo em expansão.

— Bravo, Günther. Agora, me diga, os fractais, que os maias aplicaram, possuem também configuração geométrica, não é? — indagou Nakin, com os olhos brilhando.

— O termo fractal foi criado pelo matemático Benoit Mandelbrot. Tirou-o do adjetivo latino *fractus*, que vem do verbo *frangere* e quer dizer fraturar, associando-o aos cognatos ingleses *fracture* e *fraction*, criando a palavra fractal para sua geometria, hoje parte integrante da Teoria do Caos, uma nova ciência físico-matemática.

— Nem tudo está perdido. Há cinqüenta anos a humanidade nem sabia o que era a Teoria do Caos...

— É verdade. Mandelbrot dizia: "intuição não é algo dado. Treinei minha intuição para considerar óbvias formas inicialmente rejeitadas como absurdas, e creio que todos podem fazer o mesmo".

— Por isso, precisamos treinar nossa intuição perdida de maneira absurda por excesso de materialismo, não é, mesmo?

— As pessoas não querem sentir, mas entender. Quando não entendem, não são capazes de buscar no âmago do Ser as respostas da intuição. Estamos perdendo com o progresso racional o que as civilizações primitivas já sabiam por intuição. Os povos primitivos tinham o corpo de luz calibrado com o Cosmo.

— Mas, me diga, Günther, esse Mandelbrot descobriu o quê?

— Ele viajou por escalas geométricas cada vez menores, e descobriu que na geometria da natureza há dimensões infinitas dentro de uma forma finita, à medida que essas escalas tendem ao mínimo visível. E todas essas micro-partículas eram como retratos ínfimos do todo, eram fractais.

— Lembra-se do Tao, Günther? "O todo está na parte, a parte está no todo". O *Tzolkin* é um fractal da ordem da galáxia, mas nós só o vimos como mero medidor do tempo. A profecia...

Nakin parou no meio da frase. Günther captou a energia de sua intenção. A bela morena maia deixara uma fresta.

— O que diz a profecia, Nakin? — indagou Günther, sério.

— Sei muito pouco. Estou tentando compreender, Günther.

— Você não confia em mim, não é? — zangou-se o alemão.

— Não é isso. Confio, mas não sei se você está preparado para o pouco que eu sei... Um guardião me disse que entraremos no quinto mundo, chamado pelos maias de mundo da quinta dimensão em 2012.

— Puxa, Nakin, tão perto assim! Você não me dizia nada...

— Pop Men está aqui na Terra para calibrar a humanidade com o novo tempo, partindo do *Tzolkin*.

— E se não nos calibrarmos, morreremos, Nakin?

— Não creio. Os que se calibrarem trarão os outros...

—Como vêm acontecendo esses fatos misteriosos, Nakin?

— Muitos fatos já vêm sucedendo, Günther. Dia 4 de dezembro de 1994 houve, no Arizona, um cerimonial conjunto entre xamãs, hopis e monges tibetanos para receber o poder da Tara Branca, entidade feminina do budismo do Tibet. Tara Branca está ligada ao *Tzolkin*.

— Então, é inevitável essa mudança para o mundo?

— Com certeza, Günther. A biosfera foi agredida por muito tempo. Com a conscientização haverá a integração cósmica, sem dúvida.

— Está bem, mas vamos comer alguma coisa, estou faminto.

O Sol sumia nas prateleiras do poente. O casal, esquecido da vida, saiu em busca de sanduíches. Os turistas deixavam a cidade, surpresos e olhando os templos, mas ignorando o significado da civilização maia. Günther e Nakin, de mãos dadas, sabiam estar impresso nos símbolos o destino da humanidade.

■ ■ ■

Leo e Frans atingiram o cimo da montanha e se embrenharam na floresta. A cidade ficara para trás. Andavam sem destino, só lhes restaram fadiga, câimbras nas pernas e os pés em bolha. A chuva cessara e o Sol forte secara o barro úmido. A vontade era ficar debaixo de uma frondosa árvore, à espera que a mente aclarasse. Talvez o carvalho antevisto à distância, de grande copa, os sombreasse e os refrescasse na clareira inesperada. Não tinham mais bagagem. Leo só carregava o texto do *Chilam Balam* de Arturo, em troca abandonara o livro sobre Palenque na mesa da sala. Frans deixara tudo para trás na casa paroquial do padre Gustavo. Estavam sem nada, com a roupa do corpo, assim mesmo puídas, em farrapos. Leo nem sequer mais chamava de roupa os trapos que vestia. Deixara para Arturo suas botas. Restou-lhe o mocassim índio, agora em tiras.

Ao se jogarem exaustos na clareira, perceberam companhia. Visto de longe, o grosso carvalho não lhes dera idéia do que havia do outro lado. A jovem excursionista dormia encolhida à sombra na relva, também exausta pelo esforço da subida. Nenhum dos dois quis acordar a moça, que ronronava como uma gata. Sentaram-se, esperando seu despertar, enquanto Leo passava para o amigo as páginas já lidas do *Chilam Balam*.

Enquanto Frans lia, Leo resolvera meditar no topo da montanha, lugar de maior imantação. Só pensava no *Tzolkin*. Com os olhos semicerrados, na posição de lótus, Leo sentiu, aos poucos, mudanças essenciais nas energias próximas. Tudo lhe parecia mais próximo, como se ele atraísse tudo, até os espaços mais longínquos. Rochas, árvores e nuvens feridas pelo vento confluíam para sua mente. Poderia pegá-las, se quisesse. Tinha o corpo ereto, cabeça e pescoço na mesma linha vertical, como se o eixo da Terra por ali passasse. Sentia-se mais leve que as nuvens, que mais pareciam tênues flocos de algodão doce de sua infância.

De um lado, o Sol a beijar-lhe o corpo, sensório de suas energias vitais; de outro lado, a apressada Lua crescente, antecipando a noite. Percebia a secura máscula do Sol e a umidade fêmea da Lua. A visão eletrificou sua coluna vertebral, localizando-o, ao mesmo tempo, abaixo e acima da linha do equador. A Lua crescente era vista em plenilúnio do outro lado do mundo, onde ele também se sentia estar. Viajava nas dimensões do calendário sagrado. Ia de encontro ao códons do DNA, passando pelo I Ching, oráculo e destino, até sucumbir em outra viagem para mais além, talvez para Arcturus. Num átimo atravessou toda a Terra; molhou-se em mares eternos e fundos, salpicou-se de maresia e sentiu terremotos nas ilhas japonesas e no Golden Gate; atravessou num mero instante toda Amazônia, banhando-se nos igarapés de seus rios. Viajava, pela primeira vez como ser cósmico. Andou dentro de vulcões, mergulhou em lava, como num inferno e sentiu a brisa marinha do Caribe, jogando amarelinha entre o Atlântico e o Pacífico; acercou-se de Palenque e reconheceu o aceno de Pacal, o cósmico profeta maia do Códice K. O tempo convergia e divergia, vértice e vórtice simultâneos; em meio aos milhões de átomos de hidrogênio, que queriam criar a vida na Terra, mas que sucumbiam pela ordem fatal de *Hunabku*, não era a hora de hidrogenar-se; a gravidade se perdera, viajava com a leveza da pluma do quetzal, o sagrado pássaro maia, mistura de ave e serpente emplumada. Não havia passado, presente ou futuro, apenas o aqui/agora se mostrava como sabedoria dos maiores sábios, de olhos abertos para a eternidade e para o instante; iluminara-se da luz maior e em cada partícula vira Deus, a energia inteligente e poderosa. Já não se sentia o outro, nem mais passava por mares e rios, vulcões e montanhas, cidades e campos ou Sol e Lua, retornava semelhante a todos, fractal do Todo e Todo a um só tempo. Era mar, rio e vulcão, cidade e montanha e Sol e Lua; fractal do universo ilimitado, em expansão. Viu seu filho, seu neto e seu bisneto e todos os que ainda estavam por nascer de si. Vira o esperma do universo penetrar no útero da galáxia e fazer-se corpo de luz.

Não via a árvore, mas o fluir da seiva; não mirava mares, mas organismos vivos, que dele se nutriam; não enxergava o Sol, mas as energias abençoando a Terra; e não mais vislumbrava a Terra como terra, mas o planeta — vivo, mal respirando pelos raros poros restantes, tossindo tufões poluídos, desterrado do ozônio, outrora seu orgulho, Leo era a metamorfose galáctica, a semente da vida no recém-nascido, ainda sujo de sangue fértil, a semente de olhos turvos da morte na velhice cicatrizada pelas rugas eternas; era a barriga da grávida e o esperma vívido, a serpente indócil buscando a umidade da caverna. O tempo depusera seu pó em cada átomo e em cada tomo daquele corpo de luz, a viajar pelas veredas maias, pelo *Zuvuya*, o túnel do tempo cósmico. O vento a ventar, ora brisa, ora tufão, batendo contra a montanha, penetrando-a como fêmea para a geração de luz. Tornara-se fóton, perscrutava vida e morte e não via diferença, nem no tempo, nem no espaço. Era o ar a vagar, o mar a marulhar, o sopro incandescente do vulcão em erupção; a balada a embalar poetas provençais, na tragicomédia de viver; o positivo e o negativo, aqui e além, agora e nunca, infante e ancião. Tanto tecia quanto retorcia; tanto tornava quanto retornava no calendário sagrado, sagrava-se e consagrava-se para dessagrar-se e desconsagrar-se. Côncavo e convexo; vórtice e vértice. Íncubo e súcubo.

Sentiu-se tear do *Tzolkin*: pernas afastadas, braços estendidos e, ao mesmo tempo, apoiado na cintura, tinha quatro braços; pulsava energias saídas de seu plexo solar, da coluna mística. Viu-se a viajar por outros mundos em segundos. O *Tzolkin* flutuava no espaço sideral como nave, vencendo dimensões desconhecidas; seu corpo de luz era o universo; o universo, seu corpo de luz. Todo seu conhecimento transubstanciara-se em energia de diversos comprimentos de onda, ora caminhando em linha reta, ora em forma senoidal. Caos e Ordem. Viu o hidrogênio tornar-se estrela. Anfíbios, dinossauros, peixes, plantas, mamíferos, répteis, cada qual nascendo da vibração específica da luz. No final de tudo, a humanidade, o último, não menos importante dos seres. Aos poucos a viagem findava e trazia Leo de volta à montanha.

Abriu os olhos devagar, como se nascesse. Não entendeu o sucedido. A jovem de cabelos castanhos e olhos verdes olhava-o como se ele fosse um E.T. Leo procurou Frans; mas ele não estava ali.

— Você quer falar com Frans, não é? — perguntou a dona dos olhos verdes. Ele saiu, não deve demorar.

— Quem é você? — perguntou Leo, esgotado.

— Meu nome é Luara — disse a moça. Quer água?

— Obrigado. Estou sem sede e sem fome. Você é linda, sabia? Pensei que fosse um anjo...

— Já me chamaram de muitas coisas, mas nunca de anjo. Você está bem?

— Ótimo. Renascendo ou nascendo, sei lá. Luara. Seu nome combina com você...

— Você passou por uma experiência profunda, não?

— Meu nome é Leopoldo, mas pode me chamar de Leo. A maior experiência de minha vida, pelo céu, pelo inferno. Ainda sinto minhas pernas e braços dormentes, mas sem dor.

— Gostaria de passar por uma experiência assim, Leo...

— O que faz nessas paragens, Luara?

— Estou atrás do Códice K...

— Sabia, Luara, que é perigoso? Há um exército atrás de nós.

— Eu sei. Não me importo. Quero penetrar nesse mundo maia maravilhoso e da profecia. Você me ajuda Leo?

— Vou tentar. Não sei como, mas tentarei.

— Obrigada. Estou atrás de Pop Men. Você já esteve com ele?

Embora eufórico Leo lembrava-se da prisão de Hans. Poderia confiar em Luara? O melhor seria deixar o tempo fluir; depois, quem sabe.

— Luara, por que quer se encontrar com Pop Men?

— Se ele é o guardião do códice é óbvio, não é, Leo?

— Talvez. Ele é difícil, nunca se sabe onde está, mas se você tiver intenções puras, ele virá...

— Intenções puras, ora Leo, quero entrar na Nova Era com as minhas energias calibradas com *Hunabku*, você não quer?

— Está bem, Luara, bem-vinda à mansão da Serpente Emplumada.

— Você estava me testando, não é?

— Somos obrigados a isso. Olhe como eu estou, as minhas roupas, tudo perdido. Estamos em guerra e não sabemos quem é o inimigo. Nunca diga que procura o códice, sem saber com quem está falando. Você estuda Luara?

— Termino os cursos de astronomia e arqueologia. Soube da profecia lá na faculdade. Tentei ir a Palenque, mas vi o perigo naqueles helicópteros e, ontem, na chegada da tropa. Aí, me escondi aqui, nesse carvalho. Gostou do relatório, Leo?

— Desculpe-me. São contratempos. O pai de Hans foi ferido e preso ontem, pelo exército, e há guerrilha aqui perto...

— E você não confia nas mulheres!

— Não é isso, qualquer um pode ser o inimigo. A profecia está proibida...

— E o Frans, o que faz?

— É historiador. Por coincidência ou por obra do destino estamos todos juntos, todos especialistas em áreas diferentes, querendo entender os novos tempos.

— Todos são professores, Leo?

— Sim. Os professores são os que mais necessitam aprender. Estamos realizando uma pesquisa para entendermos essas energias da galáxia, ainda não estudadas pela ciência. Sempre fomos orgulhosos do saber, mas nada sabemos do Cosmo...

Frans retornava com algumas fatias de queijo e presunto. Tinha ainda ovos cozidos e um cantil cheio de água. Encontrara tudo numa fazenda próxima. A pobreza da região, como dizia, beirava a miséria. Conseguira pouco, bastava por um dia. Não sabiam o que fazer. Luara pusera à disposição seus pertences, inclusive cobertores, pois a noite se aproximava, trazendo os ventos gelados das serras. A Lua já se pusera em oposição ao Sol, e este já morria no poente. O luar logo penetraria pelas frestas da floresta, trazendo a luz feminina para o prazer da noite. Os três viviam as mudanças do dia, território do macho, onde reinava o Sol e o calor, pela noite fêmea: Lua, umidade, penumbra. Só o vento habitava os dois territórios na região de Chiapas; lancetando nuvens, durante o dia, perfurando sombras, durante a noite. Luara via o Sol perder calor, a tropeçar nas montanhas e deixando-se cair por detrás das serras, avermelhando, com os últimos raios, os seus verdes olhos. Morria o Sol em Naranjo para nascer no Tibet, tal como o ciclo da vida: morrer e renascer a cada dia.

■ ■ ■

Virgínia ouviu a campainha e olhou pela fresta. Os dois homens parados à sua porta pareciam nervosos. Tocaram a campainha vezes seguidas. Dois neuróticos, pensou, acreditando que trinta segundos fosse uma eternidade. A moça desceu de seu quarto, de onde viu os homens, para a porta da frente. Olhava, agora, pela janelinha da porta. Pareciam conhecidos, apesar dos estranhos chapéus, que lhes ocultava o rosto. Reconheceu no gesto de passar a mão pela boca, como se a limpasse, de Pedro Ruiz, e o apalpar discreto dos testículos de Juan Portero. Eram os dois. Abriu a porta e correu para o abraço de ambos, sorridentes ao vê-la. Leu em seus rostos preocupação. Fez sinal para que entrassem e lhes serviu suco de laranja gelado, o dia estava quente. Riam nervosos. A situação esquentara com o cerco da conspiração à profecia. Virgínia não transparecia preocupação, mas Juan percebera o medo gravado de forma tênue nas raras rugas de seu rosto.

— Estávamos preocupados, Vicky. Estão ocorrendo fatos estranhos. Estivemos com o comandante Nuno, em Puebla. Disse-nos que houve prisões em Palenque e Naranjo. Um tal de Hans foi ferido e preso. Seu filho Frans e o Leo desapareceram. Nuno nos pediu para avisar que todos correm perigo. Viemos só alertar...

— Entendi. Estava pensando em me encontrar com Leo, mas agora não sei... se ele sumiu de Palenque. O que faremos?

— Olhe, senhorita — disse Pedro — o melhor é conversar com o comandante Nuno; ele conhece cada pedaço daquela região e tem guarda pessoal. É mais seguro.

— Pedro tem razão — completou Juan.

— Será que esse comandante me levaria até o Leo?

— Com certeza, senhorita — confirmou Juan. É perigoso ficar aqui sozinha...

— É verdade. Meu telefone já foi *grampeado* e ontem achei um microfone na sala, debaixo da mesa de centro.

— O melhor seria vir com a gente — disse Pedro. Lá em Puebla resolveremos tudo, inclusive o encontro com Nuno. A senhorita tem as malas prontas?

— Quase. Desta vez levarei a mochila grande, sinto que iremos acampar...

— É provável, senhorita — concluiu Juan.

— Vou pegar minha mochila.

Vicky subiu as escadas. A mochila estava na cama. Na sala, os dois começaram a procurar microfones. Poderia algum ter escapado a Vicky, pois eram minúsculos. Nada encontraram. Em quinze minutos estavam no caminhão de Pedro, estacionado no fundo. Ao sair, Vicky ainda olhou por entre as cortinas da sala para a rua. Lá estava o gordo do jornal, vigiando a casa. Trancaram tudo e saíram pela garagem, que dava para a rua detrás. Antes, Vicky ligou todos os alarmes e a câmara de televisão, que seu pai instalara, mas nunca fora usada. Se alguém penetrasse na casa, seria filmado. Ligou para a Embaixada do Brasil e avisou que seguiria para Puebla. Estava sendo seguida por desconhecidos. Do outro lado, o embaixador Albertinho, amigo de seu pai, queria saber de pormenores, mas Vicky já desligara.

O caminhão de Pedro parecia peça de museu, mas o motor pegou na primeira tentativa. Ao contornarem o quarteirão, viram o gordo do jornal, andando de um lado ao outro, sempre observando a casa. Pegaram a *free-way* para Puebla. Vicky suspirou aliviada, embora tivesse à mão a trinta e dois que trouxera para eventualidades. Pensava que desta vez ficaria na casa de Pedro. Não queria problemas com Rosita, a ciumenta mulher de Juan. Pedro era um solteiro convicto. Apaixonara-se apenas uma vez; Encarnación era o nome dela. Morrera de tifo havia três anos, deixando o amado triste e solitário, sem mais querer mulher. Depois, Pedro abandonara a faculdade, onde dava aulas de genética, e abriu o restaurante, longe da capital, palco do seu infortúnio. Vicky soubera de tudo por Juan; Pedro desconversava, quando se tocava no assunto. Nem falava mais no nome da mulher amada.

A autopista tinha pouco movimento. Se fosse sábado ou domingo, o tráfego seria intenso e haveria grandes congestionamentos. Em dia de semana, era aquela maravilha. Pedro estava feliz por hospedar aquela senhorita. Desde a primeira vez que a vira, simpatizara com aquela mulher sensual e inteligente. Juan, porém, sentia-se enciumado por ter sido preterido, mas entendera as razões. Sabia que duas mulheres, quando dividem as atenções do mesmo homem, geram um difícil relacionamento. Pior ainda, se uma delas fosse a esposa. Rosita se sentira insegura com a presença da sensual Vicky em sua casa. Havia uma diferença cultural entre as duas. Vicky com suas micro-saias, belas pernas à mostra, causavam ciúme e inveja a Rosita. Além disso, tinham valores éticos diferentes, o que em Vicky se mostrava normal, em Rosita era pecado. Por isso, Rosita não poupara a rival: "os homens gostam mesmo dessas sem-vergonha, que exibem as partes mais íntimas para todo mundo", enquanto a antropóloga rira muito da ingenuidade e pudicícia de Rosita. Vicky sabia que estava no território da outra, roubando-lhe as atenções do marido, como na noite do alpendre.

Naquela noite, Virgínia vira, entre as folhagens do jardim, o vulto esguio de Rosita, esticando o pescoço para ouvir de que falavam. Nada dissera, mas entendera o recado feminino da outra. Nessas questões, as mulheres eram sutis, mas se entendiam. Como Vicky seduzira o marido, com sua natural sensualidade, apesar de conversarem de um assunto árido, Rosita insinuou-se para a rival, sem que Juan percebesse aquele jogo. Rosita não queria ser roubada sequer na atenção do seu homem, muito menos perdê-lo. Mesmo na penumbra, Vicky percebera os olhos faiscantes de Rosita, a lançar-lhe dardos de ódio. Tudo isso, Vicky queria evitar para não magoar Rosita. Não lhe queria bem nem mal, sentia pena dela pela insegurança, raiva por seus valores mesquinhos, provincianos, por agir como adolescente. Apesar disso, preferia ter Rosita como aliada. Era mais seguro, naquele instante em que se via, novamente, pedindo ajuda aos amigos.

Virgínia se concentrava na profecia. Sabia estar na companhia de dois descendentes maias, conhecedores do ocultismo e de sua base científica. Pensava o quanto os cientistas europeus subestimaram a ciência maia, por não terem visto, na época, vestígios da roda naquela cultura. Mais tarde, descobriu-se um brinquedo infantil, um cachorro com as quatro rodas, hoje no Museu de Vera Cruz.

"A raça branca é muito orgulhosa" — pensou Vicky — olhando a paisagem correr pelos seus olhos. À primeira vista, toda a civilização primitiva era burra até prova em contrário, por isso os maias foram encarados como inteligentes aborígines por Morley. Depois, descobriu-se: os aborígines faziam terraplenagem em suas estradas, usando um cilindro. Era a roda disfarçada. Como endeusavam o Sol, tinham pelo círculo respeito, daí não o terem banalizado. Além disso, para que iriam querer rodas e carros se não tinham bestas?

Surgiu-lhe a idéia, de repente, de que se eram 13 *baktun* o ciclo todo, deveria haver uma história para cada um desses *baktun*, abrangendo o período de 3113 a.C. até 2012.

"Será que Pedro e Juan saberiam explicar?" — perguntou-se.

— Algum de vocês saberia a história da cada *baktun*?

— Pedro poderá explicar, senhorita — disse Juan.

— Então, Pedro, vamos lá, me explique — desafiou Vicky.

— Esta visão ampla de todo o Grande Ciclo — iniciou Pedro — é importante para entendermos a ciência maia. Em 3113 a.C. um feixe de radiação galáctica penetrou a Terra, exatamente no número um do *Tzolkin*. Era a semente estelar percorrendo a primeira coluna do calendário sagrado de cima a baixo. Na história humana deu-se entre 3113 e 2718 a.C., correspondendo ao *baktun* zero. Segundo os maias, este feixe de radiação galáctica consolidou as culturas do alto e baixo Egito em 3100 a.C.; seguindo-se a expansão dos sumérios, em 3000 a.C. e a construção de Stonehenge, iniciada em 2800 a.C. Depois, apareceram as escritas em hieróglifos, os caracteres cuneiformes, sendo Gilgamesh a principal escritura da época. Era o início do ciclo e se escrevia: 13.0.0.0.0., que agora se repete em 2012, quando ao mesmo tempo finda e se inicia um novo ciclo. A profecia está em curso, mas em 2012 outra radiação virá.

— Outra semente virá em 2012? — perguntou Vicky.

— Sim. Um novo ciclo sempre traz novas ordens da galáxia.

— Perfeito! — entusiasmou-se Vicky. E, depois, Pedro?

— Bem, depois veio o *baktun* 1, o da Pirâmide. Neste período de 2718 a 2324 a.C. foi construída a Grande Pirâmide de Gisé, no Egito, entre 2700 e 2600 a.C. Segundo os maias, este *baktun* marcava a instauração do Corpo de Luz da Terra. É a época da dispersão de algumas culturas, como a dos sumérios, dos acadianos e de Ur, ao mesmo tempo se dá o desenvolvimento da Idade do Bronze.

— É o início da vida sedentária e agrícola.

— Exato, senhorita. Na Índia começava a cultura Harapa, o mesmo ocorrendo na China, na Mesoamérica e nos Andes. E o primeiro calendário egípcio. Escreve-se 1.0.0.0.0., em maia.

— Agora, vem a descoberta da roda.

— Calma, senhorita. Estou puxando pela memória. Agora, vem o *baktun* 2 ou da roda. Uso amplo da roda de 2324 a 1930 a.C. Início da tecnologia do transporte e das leis escritas, da metalurgia do bronze na Mesopotâmia. Sargão é o primeiro império da Babilônia. O emprego do carro de guerra, o nascimento do imperialismo com as guerras de conquistas, buscando poder territorial. Os grandes imperadores da China e o estabelecimento da civilização minóica, em Creta. Códices de leis em Ur e Namur e a presença fulgurante de Hamurabi e Menuhotep, as duas figuras importantes desse ciclo. Os zigurates, templos piramidais de Adobe, na Mesopotâmia, de vários andares. Os maias escreviam este ciclo: 2.0.0.0.0.

— O *baktun* 3 como se chamaria? — perguntou Juan.

— Eu o chamaria de *baktun* da Montanha Sagrada Ocidental. Vai de 1930 a 1536 a.C. ou 3.0.0.0.0., quando houve a demarcação do centro para a Montanha Sagrada do Ocidente, no Vale dos Reis, assinalando a decisão dos egípcios de perpetuar o governo dinástico, consolidando o padrão de defesa de seu território, norma para a vida civilizada. Houve invasões constantes em todo o mundo por hordas como os hititas e os árias. Resultado: as civilizações da Índia e Minóica destruídas. Personagens: Abraão e a rainha Hatshepsut do Egito. Obra importante: o Vale dos Reis.

— Estamos chegando — cortou Juan, vendo Rosita na rua.

Lá estava a pequena vila, próxima a Puebla, de onde Vicky fugira angustiada e com medo. Depois do encontro com Pop Men, sentia-se mais forte diante da conspiração silenciosa. Entretanto, sabia-se frágil quando se via diante de agressões psicológicas como aquela. Supunha, porém, achar forças e superá-las. Livrara-se do homem do jornal, que a deixava nervosa e impotente. Agora, entre amigos, estava bem melhor. Amigos que ela discriminara, por serem pobres e humildes, na primeira visita. Sentira-se mal com o preconceito social nela percebido. Afinal eram pessoas puras, muito mais do que ela mesma se sentia.

"A minha dificuldade nos relacionamentos sucumbiam diante de fatos que lhe eram invisíveis. Sempre julguei as pessoas, segundo meus valores, jamais questionados pelo consciente, porque eram normais na aparência" — pensava Vicky, ao descer do caminhão diante do restaurante de Pedro. Acrescentando, ao se sentir segura na calçada: "Por isso, errei tanto ao estudar os maias. Julguei-os pelos nossos valores ocidentais judaico-cristãos. E assim, os fiz como nós. Vi meus valores como sendo os deles e, em seguida, os absolvi de todos os erros, que eram, na verdade, meus. Absolvendo-os, era a mim que estava absolvendo".

Vicky correu para Rosita, do outro lado da rua, beijando-a e abraçando-a, cumprindo seu ritual de culpa. Gostaria de recuar no tempo e desfazer a primeira impressão, mas era tarde. Rosita já a perdoara, tinha boa índole. Depois da cena de desculpa, Vicky entrou no restaurante de Pedro, que a esperava com uma cerveja gelada. Era tudo o que precisava, depois da humilhação diante da rival. Abandonou a mochila em um canto do bar e procurou a poltrona imensa e confortável de Pedro Ruiz.

— Vamos continuar nossa conversa, Pedro?

— Está bem, senhorita. Onde paramos mesmo? Ah! *Baktun* 3.

— Agora, o *baktun* 4 — confirmou Vicky, atenta.

— Este ciclo é o da Dinastia Chang, na China, de 1536 a 1141 a.C. Nesse ciclo foi formulada a doutrina do Yang e Yin e grande progresso do bronze na metalurgia da China. Iniciaram-se os padrões avançados da civilização chinesa. Aparecimento dos Olmecas, no México, e da cultura Chavin, nos Andes peruanos. Akenaton e Ramsés, no Egito, primórdios da cultura Védica, na Índia. Consolidação da cultura hitita, na Mesopotâmia, além das culturas Fenícia e Assíria. Moisés em Israel.

— Como seria chamado o *baktun* 5? — perguntou Vicky.

— Poderia ser chamado de I Ching. Foi de 1141 a 747 a.C.: impérios Assírio e Babilônico. Surgimento da máquina de guerra e armas de ferro. Ascensão da Grécia micênica, no Mediterrâneo; saque de Tróia. Dinastia Chou, na China, e surgimento do I Ching. Na Mesoamérica, expansão da cultura Olmeca. O cavalo começa a ser usado nas batalhas. O governo imperial militarista e a sucessão dinástica passam a ser o modelo civilizado.

— Agora, surgem os maias, não é Pedro?

— Isso mesmo, senhorita. *Baktun* 6, mas na verdade o sétimo ciclo, pois os maias começavam sempre do zero.

— Como se chamaria este ciclo?

— Podemos chamá-lo de *baktun* dos maias, e vai de 747 a 353 a.C.: primeira leva de maias galácticos na Mesoamérica. Instauração do império da Pérsia. Surgimento do pensamento filosófico individual, ao suplantar formas coletivas de pensar anteriores. Pitágoras, Sócrates, Platão, Aristóteles, na Grécia; seis escolas do pensamento védico. Mahavira e Buda, na Índia. Lao Tsé, Confúcio, Chuang Tsé, na China. Construção de Monte Alban, no México, primórdios do sistema de calendários maias.

Naquele instante, pela porta dos fundos, entrava o comandante Nuno, fazendo sinais para Pedro. O dono do bar pediu desculpas a Vicky e saiu. Voltaria logo, ficasse à vontade. Os dois passaram para a cozinha. Nuno não queria ser visto, por isso a conversa deslocou-se para trás de uma pilha de lenha. Ele achava arriscado levar Vicky ao encontro de Leo. A região estava bem vigiada. Por terra, seria difícil. A tropa cercara as vias de acesso com barreiras. Por ar, talvez. Um pequeno avião passaria despercebido, se voasse baixo, longe do alcance de radares. Pedro queria saber por que Vicky queria arriscar-se em área vigiada, quando poderia ficar ali, bem longe da confusão e com gente confiável. Pedro não soubera responder, por isso trouxe Vicky para a cozinha, retornando ao balcão para não suscitar desconfianças.

— A senhorita me desculpe — iniciou Nuno —, mas sua ida a Palenque é perigosa.

— Estou falando com quem? — perguntou, desconfiada.

— Sou amigo de Pedro. Meu nome é Nuno. Volto a insistir: aquela região está sob guarda do exército, mas se for muito necessário, nós a levaremos lá, senhorita.

— Nós quem? — voltou a desconfiar Vicky.

— Eu e meus homens.

Enquanto Nuno falava, Vicky mirava-o com atenção. “Então, era aquele o comandante Nuno, alcunhado *el diablo*”. A idéia que fazia do comandante era outra: alto, ar romântico, barba espessa, fronte altiva, nunca a figura frágil à sua frente: altiva, talvez, mas baixa e imberbe. Sua voz, porém, era firme e forte, acostumada a comandar homens rudes. Sentia-se segura com aquele homem.

— Preciso ir a Palenque, comandante. Pela profecia e para ver um amigo meu...

— Sei, senhorita. O doutor Leopoldo também é meu amigo, mas não está mais em Palenque, talvez nas montanhas, não sei...

— Será difícil localizá-lo? — indagou Vicky, preocupada.

—Talvez, não. A senhorita poderia usar a telepatia, pois vejo que gosta muito do doutor, Leo, não é?

Virgínia avermelhou-se. Nunca pensara ser tão visível seu amor por Leo. Nuno notara seu constrangimento. Imediatamente mudou de assunto, esgueirando-se quase até a porta do restaurante. Pedro fez-lhe sinal de tudo certo. Nuno, então, voltou a conversar com Vicky.

— Em meus deslocamentos, ponho em perigo a vida de muitos homens, daí o motivo ter de ser muito importante. E continuou:

— Se a senhorita estiver só preocupada com seu amigo, posso lhe dizer que ele está bem. Se houver outra razão, gostaria de saber.

Vicky ficou pensativa. O comandante tinha razão. Arriscar-se por um desejo de garota mimada não seria bom negócio. Havia ainda a iluminação, o *insight*, sua busca interior. Como lacandon ele talvez entendesse. Então, mudou de tática, insinuando dificuldades com o esoterismo maia. Nuno entendeu o recado e resolveu pensar no assunto. Sabia que de alguma forma Vicky o estava enganando, mas era mesmo um romântico.

— Sabe, senhorita, meus homens arriscam suas vidas em cada esquina. Não posso obrigá-los a ajudar, se o motivo for pueril. Todos são descendentes de maias ou toltecas. Talvez, eles queiram ver a senhorita virar corpo de luz, quem sabe...

— Só posso agradecer, comandante, mas quero deixar claro que, mesmo sem sua ajuda, irei a Palenque.

— Entendo. A profecia tornou-se importante, não é, senhorita?

— Muito, comandante. Eu mesma não saberei dizer quanto, mas sinto a profecia como algo que irá mudar minha vida.

— Pop Men me disse que a senhorita está próxima disso. Seu amigo Leopoldo já está calibrado com a visão cósmica...

— Pop Men disse isso, comandante? Leo já chegou lá?

— Disse, sim. É mais difícil para quem foi rica desde pequena desapegar-se da matéria, não é, senhorita?

— Talvez, comandante. As facilidades, que o dinheiro traz, nos deixam sem objetivo na vida. Tudo se torna fácil demais. E, o pior, não se quer perder esse comodismo, essa ociosidade...

— Muito bem. Prepare-se, hoje à noite. A partir das dez horas dirija-se à saída da cidade. Estarei esperando. Adeus.

Pedro despediu-se de Nuno com um sinal. O comandante sumiu pelos fundos, embrenhando-se na mata atrás do bar. Vicky ficou olhando para o mato denso até Nuno desaparecer por completo. Vicky invejava Nuno. O comandante tinha um ideal, enquanto ela passara a vida toda atrás de créditos acadêmicos, sem mesmo se perguntar por quê. Estudara os maias com paixão, mas jamais percebera naquela raça o objetivo de calibrar todo o sistema solar com os demais sistemas. Aliás, o sistema solar fora o sétimo a ser estudado pelos maias.

"Harmonia era a palavra-chave. A tecnologia fez o mundo progredir, mas o ser humano permaneceu mesquinho e materialista. Os líderes religiosos nos venderam um mundo falso e finito, em troca de uma eternidade discutível e irreal. Valeu a pena tanto progresso, à custa da destruição da biosfera por poluentes cada vez mais eficazes?" — pensou Vicky.

Pedro percebera as interrogações no rosto franzido de Vicky. Energias desnorteadas saíam e entravam no seu corpo em total desequilíbrio. Acercou-se.

— Senhorita, lamentações não nos levam a lugar algum. O mundo teria de passar por isso, estava escrito. As mudanças cósmicas são lentas e se eternizam em longos ciclos. Sua iluminação virá quando estiver em harmonia com o Cosmo, não em luta contra o progresso material da Terra. Só quando virar estrela da constelação galáctica — brincou Pedro.

— Gostaria de ser uma estrela, Pedro, um corpo de luz.

— Vamos continuar a visão histórica?

— Vamos lá!

— Paramos no *baktun* 7, que se escreve 7.0.0.0.0. e abrangeu de 353 a.C. a 41 d.C. Tivemos a civilização helênica. Alexandre, o Grande; ascensão de Roma e início do império romano; celtas na Europa, avanços na metalurgia do ferro; união dos Estados da China por Chin Huang Ti, primórdios da Dinastia Han e a construção da Muralha da China. Expansão do Budismo da Índia para a Ásia. Jesus Cristo. Aparecimento dos Zapotecas, Olmecas no apogeu e a fundação de Teotihuacan, no México. Os maias iniciam sua escalada no México. Júlio César reina em Roma. É o *baktun* helênico.

— E o oitavo ciclo, como foi, Pedro?

— O *baktun* 8 assinalou a construção da pirâmide do Sol, em Teotihuacan. Alguns o chamam de *baktun* da Serpente Emplumada, pelos primeiros ensinamentos da Serpente Emplumada, um ciclo que vai de 41 a 435 da Era Cristã ou 8.0.0.0.0. Culturas Moche e Nasca, em Tihuanaco, nos Andes peruanos. Figuras da Ilha de Páscoa, expansão e colapso do Império Romano e ascensão do Cristianismo e expansão do Budismo na China e sudeste asiático. Dinastia Gupta, na Índia.

— Agora, o *baktun* dos maias.

— Sim, o *baktun* 9, segunda visita dos maias galácticos, compreendendo o período de 435 a 830 d.C. O aparecimento de Pacal de Palenque e o apogeu da cultura maia. Maomé e a ascensão do Islã. Oposição entre a Europa Ocidental e Cristã Romana e a Europa Oriental Cristã Bizantina Ortodoxa. Ascensão do hinduísmo, na Índia, e expansão do Budismo no Tibet, Coréia e Japão. Dinastia Tang, na China. Ascensão dos reinados do sudeste asiático, Indonésia — Borobadur e Java. Domínio de Tihuanaco, nos Andes. Civilização polinésia, na Oceania, e primórdios da cultura nigeriana.

— Puxa, Pedro, cansei! Vamos continuar noutra hora — disse Vicky, fatigada — preciso me arrumar para a viagem...

— Suas coisas nem foram desarrumadas, senhorita. Está bem, a profecia nos dirá sobre o *baktun* 12, que ora chega ao fim. Em 2012 começará outro grande ciclo de vinte e seis mil anos, divididos em outros de 394 anos cada um. A profecia dirá qual a qualidade de vida planetária que teremos.

— Obrigada Pedro, mas vou descansar um pouco. Tenho de estar em forma, logo mais...

Vicky subiu ao quarto, em cima do restaurante, que parecia ter parado no tempo: fotos de Encarnación com Pedro, Encarnación a cavalo, no balneário, sempre a eterna Encarnación. Vicky sentiu inveja daquele amor *post-mortem*. Pedro parado à porta evitava entrar. Sempre se emocionava ao ver as fotos da amada. Deixou sua hóspede olhando as imagens de seu passado e correu para atender os fregueses que chegavam para o almoço. Vicky deitou-se na cama da saudosa Encarnación, esticando-se por cima das cobertas sem tirar as botas. O comandante determinara que, a partir das dez horas da noite, ela fosse para a saída da cidade. Eram ainda seis horas e Vicky resolveu tirar um cochilo.

Preferia os perigos de Palenque, mas estar ao lado de Leo, que a pasmaceira daquele vilarejo. Por que Leo não lhe telefonara? Pensando em Leo e na profecia, adormeceu. Situações de tensão sempre a derrubavam, a pressão caía, moleza no corpo, sintomas típicos de situações limites. Não tinha fome, só queria dormir, esquecer a profecia. A viagem inesperada daquela noite, porém, lhe tirara a paz conseguida com muito esforço. Um cochilo só, dali a quatro horas teria de se encontrar com Nuno. Mas nada de o sono vir. Depois de muito virar na cama da falecida, sem que o sono chegasse, resolveu ir até a casa de Rosita, "jogar conversa fora," como dizia Pedro. Assim esqueceria suas preocupações. Avisou o dono do bar onde estaria, caso Nuno aparecesse. E na casa de Juan e Rosita procurou ser a mais superficial das mulheres, falando apenas de banalidades: roupas, *lingerie*, cosméticos, perfumes e, obviamente, "como estava tudo caro". Rosita encantou-se com a nova Vicky, por isso mostrou-lhe o guarda-roupa provinciano, pedindo muitas desculpas pelo ar campesino das vestes, enquanto a antropóloga elogiava o bom gosto da mulher de Juan: "você tem um corpinho lindo, Rosita, tudo lhe cai muito bem" — dizia Vicky. E Rosita fez as pazes com Vicky. O carrilhão da sala, que Juan herdara de seu pai, batera dez horas. Vicky desculpou-se, mas tinha de partir. Rosita quase implorou de joelhos diante da amiga, tentando impedi-la de seguir aquela perigosa aventura. Por fim concordou e até ofereceu Juan à amiga como companhia até o encontro com *el diablo*.

— A noite esconde perigos onde menos se percebe — dizia Rosita, demonstrando cuidados.

Às dez horas, Vicky despediu-se chorosa de Rosita, que também soluçava. Foi com Juan até o final da rua, onde ficava a saída da vila, local do encontro.

O comandante Nuno chegou uma hora atrasado, quando Virgínia já pensava em desistir e voltar para a casa de Rosita. Nuno vinha com Ahau, que surgira na vila de repente. O comandante assobiou por três vezes, sons pausados, intermitentes, diante do restaurante de Pedro, que cochilava junto à lamparina do balcão. Pedro assustou-se ao ver Nuno ali esperando a senhorita. Dormitava, quando ele acercou-se do balcão, acordando-o e fazendo-o queimar os pêlos do braço no calor do lampião. Abriu os olhos e deu com o riso irônico de *el diablo* e a cara amarrada de Ahau.

— Então, Pedro, dormindo tão cedo... — brincou Nuno.

— A senhorita já foi para a saída da cidade, conforme combinado...

— Puxa, Pedro, estou atrasado. Vamos Ahau!

O comandante perdera a hora, dormira demais. Era seu primeiro sono em dois dias, vivia ensonado. Correra ao encontro de Vicky, que já retornava, achando ter sido esquecida por Nuno. A cidade silenciara. A última porta a ser fechada fora a do bar de Pedro. A vila era um dormitório de peões que trabalhavam em Puebla, ali só dormiam. Às dez horas da noite nem mesmo almas penadas andavam nas ruas sem calçamento. Qualquer ruído era notado de imediato, graças ao silêncio assustador da "vila-beliche". Nuno e Vicky se encontraram no meio da rua principal, cuja única testemunha era o busto salpicado de cocô de passarinho de um antigo prefeito, imortalizado no bronze. Vicky estava nervosa. Não gostara de esperar uma hora além do combinado. Nuno apresentou Ahau para Vicky, temendo a ira da moça.

— Este é Ahau, senhorita — apresentou Nuno.

— Muito bem. Prazer. Podemos ir, já ficou tarde...

— *In lake'ch!* — disse Ahau.

— *In lake'ch!* — devolveu Vicky.

Os olhos do yaki brilhavam como dois diamantes feridos pela luz do lampião de rua. A moça lembrara-se que Ahau era um título esotérico dos maias, o senhor solar; mas também o nome do Sol. Havia mesmo algo naquele ser solar que o fazia do outro mundo. Nuno tentava explicar a Vicky que a distância até Palenque era grande e os perigos maiores, mas ela estava só preocupada em analisar Ahau, detidamente.

— Sabe cavalgar, senhorita? — indagou Nuno.

— Com certeza — respondeu Vicky — recordando as aulas de equitação, no bairro de Santo Amaro, em São Paulo, quando o professor passava as mãos por suas partes mais íntimas, tentando ajudá-la a montar.

— Faremos a cavalo um bom trecho, senhorita, até o caminhão.

— E onde estão os cavalos, comandante?

— Perto, senhorita. Iremos até lá a pé. Depois, pegaremos os cavalos e iremos a passo, nada de trote nem galope. Meus homens estarão por perto...

Ahau andava à frente na noite estrelada. Lua crescente, escondida por densas nuvens. O comandante trazia uma lanterna, com a qual fazia sinais para a penumbra da densa mata, recebendo respostas intermitentes de fachos de luz. Espécie de código Morse indígena. Começava assim uma longa jornada a Palenque; atravessariam serras, montanhas, florestas tropicais, ultrapassando rios, cachoeiras, planícies e planaltos, observados pelas estrelas e pelo Sol, além da cadeia de montanhas Madre de Deus, a maior da região mexicana. Ahau sumira, como sempre, no meio da mata. "Os cavalos deviam estar longe — pensou Vicky — como também estava longe o seu querido Leo". Seu coração começou a bater mais forte, tentando acompanhar seus passos. A jornada em busca da profecia só começava. A profecia estava lá em algum lugar do passado.

10

O fim do Grande Ciclo

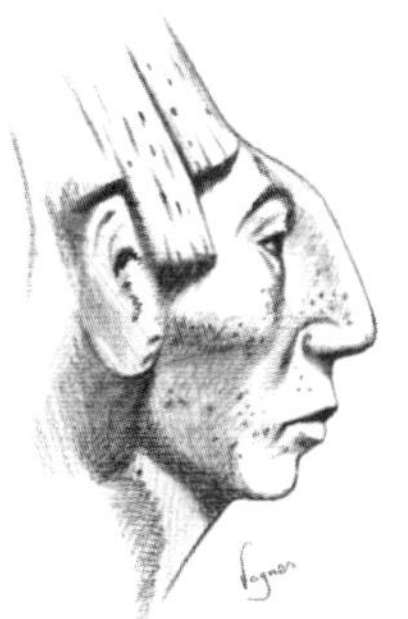

Ao acordar, Leo dera com uma cena familiar: Luara fazia o café em uma trempe de pedras e Frans, impregnado pelo cheiro forte e sugestivo da rubiácea, resolvera ajudá-la a compor uma espécie de *déjèuner sur l'herbe*. A moça usara galhos secos para o fogo, evitando fazer fumaça e denunciar o esconderijo. Frans esperava o momento de perguntar a Leo como fora sua experiência mística de expansão da consciência. Só Luara acompanhara de perto a experiência de Leo. O resultado fora um Leo mais leve e equilibrado, vivendo calado, nas nuvens. Tornara-se introspectivo. Frans estranhou sua maneira de olhar, parecendo atravessar os objetos que tinha sob sua mira. Como se perscrutasse cada coisa, cada ser ou animal ou planta, átomo por átomo. Agora mesmo penetrava o bule de café fumegante com seu olhar forte e luminoso, observando cada átomo da fumaça expelida, cada grão de café torrado e moído, cada gota d'água fervida e devolvida ao espaço. Parecia olhar cada coisa como se fosse a primeira vez. No entanto, eram coisas banais como bule, água, plantas e mosquitos.

— Como foi a expansão de consciência? — quis saber Frans.

— É difícil dizer, Frans. As imagens foram muito rápidas. Foi como se o universo se formasse ali, diante de meus olhos, em instante de total intensidade. Meus sentidos vibravam na freqüência cósmica, algo impossível de descrever, você deixa de ser massa para ser energia. Tenho a certeza de que nunca mais serei o mesmo...

— Será que eu também consigo?

— Sim, basta entrar no Tzolkin com toda a força de seu coração. Creio, porém, que o momento não é escolhido por você, mas por forças do além. É uma experiência sem volta, única.

— Vou tentar agora, Leo.

Frans seguiu direto para a pedra onde Leo meditara. Luara observava-o com certa dose de inveja, no instante em que Leo recebia mensagem telepática de Ahau de que Vicky seguia por terra para as montanhas do Chiapas. Leo sentia as vibrações de sua consciência agora com nova configuração. Estava em uma nova dimensão de tempo. Esta nova realidade se apoderara de seu Ego, transformando-o em um novo Ser da Nova Era.Tornara-se uma projeção cósmica do outro, mas modificado, um duplo do ser anterior. Ainda tinha muito da terceira dimensão, mas o novo ser era da quarta, com certeza. Parecia-lhe estar no meio do caminho, não mais pertencendo à terceira, mas ainda não tendo alcançando a quarta dimensão. Sua consciência lhe dissera estar no Juízo Final do décimo terceiro ciclo, véspera do início de um novo mundo e de uma Nova Era; para uns, Era de Aquário, para os maias: Era Itza. Palavras não podiam descrever sensações vindas do núcleo galáctico. O Juízo Final era o acerto de contas da Terra com a humanidade. A raça humana nunca entendera este simples enunciado: todos nós fazemos parte do mesmo universo e da mesma harmonia cósmica. Portanto, poluir o planeta significava produzir desarmonia com o Todo e, óbvio, o Todo tudo faria para o retorno da harmonia.

Luara recolhera os restos de comida e os enterrara. Falava com a mãe-terra como se fosse sua própria genitora. Pedia desculpas pelo incômodo de abrir o seu ventre e depositar os dejetos recolhidos do desjejum. Agia como maia. Leo sorrira com a cena incomum. Certas manifestações de carinho para com a natureza são consideradas exageradas.

"Talvez por isso o planeta tenha-se tornado uma grande lixeira. Todos esqueceram que a Terra é um ser vivo, respira como nós e é a nossa casa, pois aqui moramos. Uma casa pode ser tratada ou como mansão ou como mansarda. Infelizmente, a humanidade preferiu tratar a Terra como mansarda, jogando todo tipo de material radioativo, bombas atômicas, torturando com o desmatamento, destruindo o ecosistema. E diz que só quer viver em paz com a natureza. Quanta ironia" — pensou Leo.

Luara observava Frans meditando, quando Leo lhe dissera que o comandante Nuno, Ahau e Vicky estavam a caminho de Palenque. A jovem percebeu que a notícia viera por meios paranormais, e não fez perguntas. Leo lhe parecia em alumbramento, sentidos aguçados, feliz, em harmonia com o Cosmo. Não havia, pois, como duvidar de sua percepção aguda. Alcançara o equilíbrio interior e se comunicava com a quarta dimensão, tudo exatamente como ela queria para si. A Conta Grande estava terminando, viviam os últimos sóis da Velha Era, a do quarto mundo dos maias. Agora, o limiar da Nova Era, a do quinto mundo prestes a emergir. Qual seria o vaticínio para essa Nova Era?

— Leo, como você explica o fim do Grande Ciclo?

— Olhe, Luara, vou tentar uma tese abrangente. Quero que você veja o Grande Ciclo como um círculo de 5.125 anos de diâmetro (5.200 *tun* dos maias). O feixe de radiação, que dera entrada em 3113 a.C., está se encerrando. Quando isso se der, receberemos nova calibração da galáxia e um novo feixe de radiação sincrônica incidirá sobre a Terra, trazendo-nos um novo destino por mais vinte e seis mil anos, novamente divididos em ciclos ou *baktun*. Quando atravessamos o feixe de radiação, nosso DNA é submetido a uma aceleração semelhante à sofrida pelas partículas atômicas nos enormes aceleradores. Esta aceleração cria uma sintonização galáctica, sendo um harmônico de onda diminuto, mas bem proporcionado fractal do processo de evolução da galáxia. Assim, em 2012 haverá uma grande progressão evolutiva do processo radiogenético de luz-vida que o planeta representa. Só não sabemos se haverá um Armagedon, como no Apocalipse...

— Entendi, Leo, mas quando se lê o Livro do Apocalipse percebe-se uma justiça implacável condenando ou salvando os seres humanos. Será que a profecia maia também será implacável, Leo?

— Não tenho conhecimento da profecia, mas você me lembrou de algo interessante: há semelhanças entre o Apocalipse e alguns números harmônicos dos maias.

— Quais, Leo?

— Na Santa Ceia havia treze à mesa, o número cósmico maia, energia da transcendência; o número sete comparece no Apocalipse diversas vezes e sempre como base mística de toda revelação ali contida, da mesma forma nos códices maias. Além disso, Luara, os eleitos do Apocalipse são 144.000, o mesmo número de dias ou *kin* de um *baktun*. Como coincidência não existe, logo...

— É muito estranho, Leo. Será que a profecia maia coincide...

— Não, Luara, não são coincidências. Os números cabalísticos são os mesmos e também as representações simbólicas. Será que a Nova Jerusalém, o Novo Céu e a Nova Terra do Apocalipse representam o ingresso no novo ciclo, a sincronização galáctica de 2012? Coincidência ou consciência cósmica? — perguntou-se Leo, olhando para Luara.

Emudeceram por instantes. A intuição lhes dizia que no fim de um ciclo cósmico todas as visões religiosas confluíam para o mesmo ponto. Nenhum pensamento visionário poderia escapar da verdade galáctica. Sabiam que a visão ocidental não estava acostumada a dividir o tempo em ciclos, muito menos em ciclos astronômicos. Só os orientais tinham a mesma visão dos maias quanto aos ciclos; suas crenças eram dosagens bem equilibradas de fé e filosofia.

— Será que não estamos caindo em um mundo ilusório? Maia no hinduísmo significava ilusão, não é, Leo?

— Não é bem assim, Luara. Maia nunca significou que o mundo é uma ilusão. O ilusório está em nós, na nossa forma de ver e pensar. Ao especularmos criamos conceitos para além do objeto, distanciando-nos de tal forma deste que o tornamos irreconhecível. Aí reside a ilusão: tomar tais conceitos pela realidade, confundindo continente com conteúdo, o mapa de um país pelo seu território real. Há um *koan* que ilustra bem isso, quer ouvir?

— Sim, Leo, me conte... O que vem a ser *koan*?

— É uma breve história, ilustrando uma situação-limite no Zen, criando uma ponte entre mestre e noviço, visando à iluminação do discípulo.

— Adoro essas historinhas.

— Um mestre Zen estava morrendo e tinha de escolher seu substituto. Então, resolveu fazer um teste com todos os moradores do templo. Reuniu todos ao redor de um vaso muito valioso, e perguntou a cada um o significado daquele vaso. Cada um realizou o seu conceito: um disse que o vaso era o corpo onde jazia a alma das flores, o espírito humano; outro disse que o vaso representava a vida a conter a água da sabedoria, coisas assim. Aí, entrou o jardineiro do templo, analfabeto. Pegou o vaso e o cheirou, passou a língua por sua superfície, ouviu o ruído da água e tateou todo o vaso, jogando-o, por fim, contra a parede, fazendo-o em pedaços. E o mestre, quase moribundo disse: "Este será o novo mestre."

— Você quer dizer: o jardineiro foi direto ao vaso, sentindo-o em sua plenitude, é isso, Leo?

— Exato, Luara. Os outros idealizaram o vaso, quando lhes bastava olhar e pegar. Tinham uma ilusão sobre o vaso. Por isso, maia no hinduísmo é a ilusão de tomar o conceito por realidade. Na busca que estamos empreendendo para conhecer a profecia maia a ilusão também está presente, por isso temos de perceber a profecia maia com a mente e o coração bem despertos. Quando descobriram a civilização maia, os arqueólogos pensavam ser o *Tzolkin* um mero marcador de ritos religiosos. Não perceberam estar diante de um módulo harmônico calibrador de sistemas cósmicos. Os cientistas pensaram que os maias eram obsessivos na medição do tempo, quando queriam calibrar o sistema solar com outros sistemas. Ironicamente, os arqueólogos estavam entrando no mundo da ilusão...

— Gostaria de ter essa consciência.

— A consciência está dentro de você, Luara. Sabe, no *Mahabharata*, texto épico popular da Índia, está contido um belo poema espiritual — o *Bhagavad Gita* — um diálogo espiritual entre o deus Krishna e o guerreiro Arjuna, angustiado por estar em guerra com membros de sua própria família. O conselho de Krishna, demonstrando que sua batalha era espiritual, na busca da iluminação: "Mata, então, com a espada da sabedoria a dúvida nascida da ignorância, que jaz em teu coração. Fica em harmonia contigo mesmo, em *Yoga*, e ergue-te grande guerreiro, ergue-te".

— Você acredita, Leo, que todas as visões neste fim de milênio irão convergir?

— Sim, Luara. Isso já está acontecendo, mas o mundo ainda se preocupa mais com a bolsa de valores do que com a vida. Quero acrescentar um fato desconhecido dos cientistas...

— Que fato?

— Pois bem. Valmiki, poeta hindu do século IV a.C., considerado o autor do *Ramayana*, dizia que os maias tinham sido excelentes navegantes. Ora, só se foram navegantes galácticos, pois na Mesoamérica ninguém os viu como navegadores...

— Incrível esses dados sobre os maias em textos tão antigos, não é?

— É verdade, Luara. A mais antiga citação talvez seja a do *Rig Veda*, entre 2000 e 2500 a.C. Diz o seguinte: "Nesse ovo estava reproduzido o intelecto do Ser Supremo, sob a forma de Buda, através da união com a deusa Maia, a boa mãe de todos os deuses e do homem...".

— Você acredita que os maias sejam tão antigos assim, Leo?

— Difícil dizer sem provas. Se forem seres de outras galáxias, então, jamais saberemos. Há quem diga que a civilização maia tem 47 mil anos, mas o que sabemos são dos maias ocupantes da Mesoamérica, nada mais. Agora, civilização com um saber tão profundo como os maias, isso na época da pedra polida, ninguém encontrará, seja na matemática e na astronomia, seja na escrita e no ocultismo de base astrológica. Por isso, creio que a profecia é importante para a humanidade.

— Para mim dá-se o mesmo. Tenho certeza que a profecia se cumprirá como já ocorreu com os vaticínios maias anteriores.

— Temos de achar Pop Men. Só ele poderá nos passar a profecia. Antes, temos de resolver nossa vida aqui. Ahau poderá nos tirar da situação de reféns dessa gente estranha, que nos ataca com helicópteros.

■ ■ ■

Havia dois dias que Virgínia cavalgava um alazão, cuja cor amarelo-avermelhada lhe parecia ridícula, bem diferente do puro sangue inglês de sua infância. Nuno não lhe contara que cavalgaria tanto tempo. Fora de sua melhor forma, suas coxas ardiam em contato com a sela mexicana, tirando seu bom humor. Preferia a sela inglesa, bem mais confortável, deixando os gestos mais livres. Estavam próximos à fazenda de um amigo de Nuno, onde pernoitariam. Nesses dois dias quase não se falaram, não queriam ser ouvidos nem cansar-se inutilmente. Guardavam energias para a segunda parte da viagem e não entendiam como Ahau conseguia ter mais destreza a pé, em meio ao matagal, do que eles a cavalo. Ahau era incansável naquele seu passo miúdo, mas firme.

Ao atingirem o portal da fazenda, Vicky estava no seu limite, completamente exausta, mas mantinha a pose. Nuno gostou de ver o esforço de Vicky nos dois dias de viagem. Fizeram apenas refeições frugais e frias. Não acenderam fogo para não serem localizados. Nuno levara poucos homens como guarda pessoal, assim mesmo alguns estavam descontentes: não gostavam de ver mulher se intrometendo em seus negócios. Os mais supersticiosos diziam que mulher dava azar e batiam três vezes na madeira mais próxima.

Logo depois de penetrar o portal da fazenda, Vicky começou a sentir uma dor aguda no frontal, ao mesmo tempo em que as pernas tremiam e os pêlos do corpo eriçavam, uma sensação incontrolável. Aos poucos as pernas adormeceram e já não sentia mais as coxas doloridas. Sua mente rodava em círculos, ora à direita, ora à esquerda. Não conseguia controlar a cabeça. Nem sentia mais os pés nos estribos. Seu corpo parecia estar sendo controlado por uma força externa e estranha. Delirava. Imagens ilógicas tomavam conta de sua imaginação, como se sonhasse de olhos abertos.

Viu-se no Egito, como Nefertite e, simultaneamente, na antiga Suméria, vendo apontamentos em pequenas tabuinhas e depois participando de ritual esotérico em Stonehenge. A velocidade dessas imagens era estonteante. Entrava agora em novo turbilhão: o feixe de radiação adentrava a pirâmide de Gisé e percorria toda a estrutura da construção, transubstanciando-se em escrita cuneiforme do rei Gilgamesh, que se tornava Sargão na Pérsia, passava pela Babilônia e entrava no carro de guerra a saudar Menuhotep e Hamurabi. Via agora Abraão e passeava por Creta, tornando-se, de repente, a rainha Hatshepsut, no Vale dos Reis, lutando contra os hititas. Voava para a China e voltava ao Egito para cumprimentar o rei Akenaton e ganhar uma jóia de jade de Ramsés, por serviços prestados ao império. Discutia com Pitágoras o famoso teorema e com Lao Tsé sobre o Tao que nunca lera. Via Buda meditando, mas ele estava em Monte Alban, discutindo com Confúcio e com Platão sobre os destinos da Nova Era. Chegava a Palenque, vestia roupa cerimonial e ia à coroação de Pacal, o Grande, filho da Senhora Zac Kuk, que o colocara no trono aos doze anos, em 602 d.C. Pacal olhava-a com curiosidade, vivera oitenta anos para cumprir seu destino profético e Palenque fora o lugar em que aportou sua nave. Viera de Valum Chivim, sua terra natal, mas ninguém sabia onde ficava. Como não pudera dizer nos anos 600 que era um alienígena, Pacal resolvera apontar o céu e eleger sua mãe, a Senhora Zak Kuk, como descendente direta dos deuses cósmicos. O turbilhão se acalmara e as imagens sucessivas e rápidas diminuiram de intensidade e começaram a parar pouco a pouco. O furacão de significantes passara a denso nevoeiro, deixando no rosto de Vicky a sensação leve de brisa em tempo fugidio. Aos poucos a jovem mulher foi-se inteirando de seu corpo, antes tenso, ora retomando a languidez, a sensualidade erótica se esparramando pelas dobras da pele, das coxas, das frinchas de seu corpo. Vicky se sentia estuprada pela história humana. Uma história de sangue e dor tecida pela morte. Voltara ao corpo como quem encontra seu *habitat* natural. Sentira o primeiro orgasmo cósmico. Parecia-lhe estar úmida do esperma quente de *Hunabku*, que penetrara em sua caverna, expelindo estrelas como sêmen. Caíra tonta do cavalo. Via o turbilhão saltar para o último ciclo, o da Transformação da Matéria: Descartes, materialismo científico. Aceitou visitar a China, sob a dinastia Ching, para ouvir música barroca e discutir a revolução industrial e a revolução francesa, tendo ao fundo a Marselhesa; a revolução russa estava em curso, bombas e tiros nas estepes silenciosas. A bomba atômica explodia em Hiroshima, ceifando vidas, deformando corpos, o terrorismo mundial viajando. Acordou perturbada.

Deitada no alpendre viu Nuno e Ahau olhando-a com rugas de preocupação. "Onde estivera realmente?" — perguntou-se.

Não tinha resposta. Sabia ter revivido, em grande velocidade, a discutível história humana. Ainda não sentia seu corpo; se caíra do cavalo, nada doía, nem ossos quebrados. Sabia agora que a história da humanidade virara outra coisa, só não sabia o quê. Aquele mundo retrospectivo não mais existia; estava moribundo, decadente em seu leito caótico de morte. Descobriu ali, no alpendre, tão desconhecido para ela como o mundo por vir, o cerne da profecia irrevelada. O quinto mundo era uma coisa nova, realmente inédita, jamais vista pela humanidade, daí a dificuldade em sua aceitação. A visão que tivera naquela fazenda nos confins da Terra dava-lhe esta resposta: nada mais de impérios, nem poderes a serem conquistados, nem colonialismo entre nações nem dinheiro, nem bolsa de valores, nem roubos. Outras serão as regras dominantes, o sistema não mais será o mesmo. A humanidade talvez tenha de abandonar algumas de suas tecnologias poluidoras em prol da sobrevivência do planeta. Virgínia quedou-se pensativa no alpendre, quando Ahau aproximou-se.

— A senhorita está bem melhor agora, não? — indagou Ahau.

— Sim, Ahau, estou ótima.

— Sua cabeça estalou, não foi?

— Estalou, sim, Ahau.

— Sabe senhorita as formas de expansão da consciência são bem diferentes de pessoa para pessoa.

— Como assim, Ahau?

— Cada um tem um tipo de estalo diferente. Quase sempre a pessoa descobre, na nova visão, algo da verdade camuflada em sua percepção anterior. Como foi sua visão?

— Do tipo histórico. Todas as imagens da história humana, em alta velocidade, passaram pela minha mente.

— Aí residia a sua visão distorcida anterior. A senhorita via a história de maneira errada, agora calibrada poderá entender melhor a profecia.

— Profecia... Será que ela existe mesmo, Ahau?

— A senhorita acha que estamos todos brincando?

— Não é isso, desculpe... devo ter cavalgado demais, tenho as costas doendo, vou dormir, amanhã conversaremos.

— Descanse, senhorita. *In lake'ch*.

■ ■ ■

Günther e Nakin resolveram dormir em Chichen Itza. Para não serem vistos, ocultaram-se no templo das Monjas. Chichen Itza não tivera rival à altura no Yucatan, fora a maior de todas as cidades, com uma arquitetura diferenciada, inclusive no uso de um tipo de cimento armado inédito entre os maias. As Monjas seguiam um projeto artístico e religioso e formavam um complexo pétreo, trabalhado em baixo relevo, parecendo matriz de gravura. O projeto artístico seguia a tradição maia, mas o religioso mudara: agora a deusa maior era a Serpente Emplumada e não *Hunabku*.

Como política e religião estavam intimamente ligadas, os yucatecas deixaram de registrar seus feitos em estelas a cada cinco, dez e vinte anos. Estas estelas, comuns na época clássica, não foram mais produzidas no Yucatan. As cidades yucatecas se tornaram cidades-estado, obedecendo a um poder central: a Liga de Mayapan, não sendo mais independentes como o foram na Mesoamérica. O

Tzolkin, o calendário da profecia, foi pouco usado no Yucatan. Os yucatecas seguiam os calendários dos seus ancestrais, mas desconheciam o ocultismo dos maias clássicos, possuidores de uma escritura cifrada: os *Chilam Balam*, ou o Intérprete Jaguar, o adivinho das coisas ocultas.

Unidos pela religião e pela política, os maias-toltecas do Yucatan tornaram-se fortes novamente, mas os toltecas impuseram os sacrifícios humanos, apesar da reação negativa dos maias, que acabaram cedendo.

As Monjas ficavam no fim da cidade, caso o visitante se deslocasse no sentido norte-sul. Lá, Nakin entrara em transe, enquanto Günther pensava nos amigos, principalmente em Vicky, que mal conhecera. Deixara tudo para trás, depois de sentir-se atraído por uma força irresistível, que apontava para aquela cidade. Simpatizara com Vicky, mas Nakin o tirara do eixo, apaixonara-se. Não sabia mais viver sem aquela mulher que, dias antes, nem sequer sabia de sua Existência. Depois daquele encontro na pirâmide de Kukulkan, uniram-se para sempre. Iam casar, mas não havia data certa.

A moça tinha de avisar sua mãe, Maria, lá na Cidade do México. Seu pai recém-falecera, vítima de enfarte. E ela estava ali cumprindo um ritual, já que nunca dera muito valor à sua ascendência maia, herdada de Kin, seu pai. Com sua morte, Nakin resolvera resgatar sua porção indígena. A mãe, espanhola de Granada, amara seu pai com tanta paixão, que adoecera ao vê-lo morto.

A noite se debruçava sobre a cidade. Os turistas embarcavam nos ônibus de volta aos hotéis. Também o fariam Günther e Nakin, se não tivessem mudado de idéia. Passariam a noite em Chichen Itza, desfrutando das emoções de uma noitada em uma cidade morta. Como Günther alugara um carro, ora escondido na mata, ninguém daria pela falta dos dois. Era só esperar o último comboio e deixar a cidade para tê-la inteira só para si. Günther ligara para a universidade alegando doença, dizendo-se impossibilitado de dar aulas, e requerendo, de imediato, licença de quinze dias, concedida após muita burocracia. Para tanto, elegera Juan como seu mui hábil procurador.

Estava livre para amar Nakin. Naquele dia ambos deixaram o hotel com o plano pronto. Faltava só o Sol, agora, cumprir seu destino indo desfalecer no horizonte, entre as montanhas, como sempre o fizera, para que ambos penetrassem naquele mundo desconhecido dos fantasmas de Chichen Itza. Enquanto Nakin meditava, Günther resolveu dar uma volta pela cidade.

Seguiu em direção ao templo dos Painéis, onde estava retratada toda a dinastia de Chichen Itza. Günther não sabia ler os hieróglifos, por isso seu interesse desviou-se para as formas plásticas e o talento do pintor. Se soubesse lê-los, descobriria estar ante a representação de uma dinastia na qual a mulher tivera um papel essencial. Ainda hoje os especialistas não sabiam dizer o porquê de tantas rainhas desde a instauração da cidade. Na verdade, Chichen Itza nascera da necessidade dos itzas, um clã tolteca, de possuir a própria cisterna, já que a falta de água era ali um problema eterno. Chichen Itza queria dizer Poço dos Itzas. Este povo se dizia guerreiro-navegante e armara o projeto de dominar todas as cidades yucatecas. Para isso, tinham de possuir um grande poço, senão sucumbiriam. Construiram, então, o grande *cenote* ou *chichen* e assim nasceu o nome da cidade, cujo porto de escoamento de suas mercadorias — inclusive cerâmica — era a Ilha de Cerritos.

Chichen Itza fora a maior cidade yucateca, verdadeiro império político, religioso e econômico dos anos 800 a 999 da Era Cristã. Seu grande segredo sempre fora o cosmopolitismo de suas governantes. Sua dinastia foi marcada por matriarcas, como a Senhora Tu-Kul-Tok, que a iniciara. Usando de diplomacia e charme feminino, essas senhoras permitiram crenças estrangeiras nas comunidades que dirigiam, evitando a perseguição aos costumes e às religiões alienígenas. Apesar de maioria tolteca, a cidade de Chichen Itza nunca deixou de ser maia em sua arquitetura e artes, muitas vezes misturando estilos arcaicos com modernos.

O Sol já se deitara no poente, ensejando a penetração da noite e seus mistérios. Nakin retornara da meditação e se embrenhara cidade adentro atrás de Günther, mas este se perdera atônito ante a majestade dos templos milenares. Ao se encontrarem na periferia, resolveram voltar ao centro da cidade, onde estavam as edificações mais notáveis.

"Uma cidade guerreira, sem dúvida" — pensou Günther — "já que parecia ter sido a única a homenagear os seus soldados com um templo apenas a eles dedicado: Templo dos Guerreiros", com suas mil colunas erectas, uma honraria bem mais significativa do que o túmulo do soldado desconhecido.

Caminhavam abraçados de volta ao centro, passando de novo pelo Caracol, pegando a estada que ligava o observatório ao conjunto dos guerreiros. A escuridão se adensava no lusco-fusco da tarde quase noite. Günther já acendera a lanterna, antecipando-se à noite, que teimava em cair vagarosamente, como sempre o fizera. Os reflexos dos raios solares ainda se faziam sentir nos templos, causando sombras e assombrações nas paredes sagradas. À medida que o Sol se esvaía em vermelho no horizonte, a cidade passava da penumbra à escuridão total, criando hórridos desenhos no piso em que ambos andavam. Acontecia de, às vezes, um templo projetar sua silhueta sobre outro vizinho, como se o projetante pousasse sua sombra fugaz sobre o projetado, desenhando neste os signos de um passado de mistério. Günther vislumbrava monstros nesse jogo de luz e sombra. Para ele, o frontispício tornara-se um *hospicium*, a hospedar os fantasmas antecipados de sua imaginação.

Os raios de Sol davam agora rasante na cidade coagulada pelo tempo. Nakin apertava, a cada passo, mais e mais, o braço do companheiro. A visão se tornava tétrica, horror incrementado pelo pio da coruja solitária, única testemunha dos mortos agora revivendo pela ação imaginativa do casal. O facho de luz pousava agora, já noite, sobre a superfície dos templos, descobrindo aqui e ali fendas insuspeitadas e criando desenhos outros, diferentes dos produzidos pela luz natural. Sombra e penumbra davam o ar fantasmagórico, insistindo em penetrar na mente dos dois, mas não os fazia perder a fruição do assombro. O estalar das botas de Günther no calçamento da urbe morta causava a lúgubre sensação de solidão e morte, vindas do medo. Parecia-lhes que a qualquer momento fantasmas yucatecas das seculares dinastias emergeriam das sombras para o cenário exposto da noite.

"Era questão de tempo" — pensava Nakin, escorando-se no amado.

Cada vez mais lhe parecia estar nas profundezas do rei das trevas, território de *Ahau Puch*, deus da morte e das nove camadas subterrâneas, onde dormitavam os minerais. Passavam agora em frente ao Templo dos Guerreiros e do Grupo das Mil Colunas, ruínas de remotos dias festivos e delirantes naquela praça, onde ainda se sentia as energias das mil almas, ao redor do monumento, em honra ao bélico poder dos guerreiros de Chichen Itza.

O monumento era em si mesmo seu momento de glória. Agora, tudo se arruinara pelo tempo, este cruel destruidor das glórias passadas e crítico mordaz da história humana.

Günther sentia a praça enorme ocupada por milhares de pessoas gritando para a boca aberta do Templo da Serpente Emplumada, onde a rainha emocionada e perplexa saudava seus combatentes, sua reserva de poder, ainda salpicados de sangue das batalhas. Restara do império somente ruínas. Para onde foram as energias fugidias, emocionais do grande dia?

Andavam agora em silêncio. O eco dos ruídos plantados no arcaico calçamento parecia romper a dignidade dos guerreiros. Só o silêncio lhes daria o clima solene ali exigido. Cada coluna, um guerreiro. Günther iluminava cada uma, como se a conversar com o guerreiro abatido. Sentaram nos primeiros degraus da pirâmide da Serpente Emplumada, antes que fossem engolidos pela cobra sagrada, mistura de pássaro e réptil, quando adentrassem o templo.

Tinham visto no Templo dos Guerreiros vários lintéis, representando guerreiros maias aprisionando nobres cativos de outras cidades. À luz da lanterna, parecia a Günther ter-se tornado demais sinistra aquela nobreza maia-tolteca ora vista, causando a Nakin espanto e medo. A moça começava a ficar arrependida de ali passar a noite, uma cidade fantasma assimiladora das energias negativas, talvez fruto de crudelíssimos sacrifícios humanos: o coração da jovem era arrancado com uma faca de obsidiana, a frio, sendo depositado ainda quente no ventre de *Chac Mool*, deus da chuva, ou no altar de *Tlaloc*, deus da fertilidade. Nakin tentava entender o ritual que ceifava vidas de jovens, como ela, em honra a deuses tão omissos. A região sofria de secas constantes, chovia pouco, por isso as virgens sacrificadas em honra de *Chac Mool* deviam ser numerosas. As figuras exibidas nos lintéis, contudo, eram de nobres. Não havia cena de sacrifícios nos templos visitados. Só de pensar naquela crueldade, Nakin sentia calafrios. A própria Serpente Emplumada era, à noite, visão medonha. A cidade se tornara caliginosa, apropriada aos festejos dos mortos.

"*Ahau Puch* apareceria a qualquer momento, o terrível deus da morte e das profundezas, com suas fuças medonhas, impondo medo e terror a quem dele se acercasse" — pensou Nakin, encolhida cada vez mais nas dobras do casaco de Günther.

O cheiro de incenso espargia clima místico pela cidade, principalmente ali, na pirâmide de Kukulkan. Abraçado, o casal tomado pelo sentido místico, resolveu meditar, ali na Casa da Serpente. A imantação da noite parecia querer eternizar-se nos cheiros de frutas adocicadas, no incenso límbico, purificador dos mortos, nos ruídos provocados pelos mil guerreiros, a bradar palavras de ordem, véspera da guerra total pela iluminação e pela entrada na Nova Era.

Sonhavam a realidade ou realizavam um sonho? Günther e Nakin entraram em transe, em Yoga, como aconselhara Krishna a Arjuna. A Serpente-Pássaro lhes apareceu e começou a recitar o *Popol Vuh*:

"No princípio, não havia uma só pessoa, nem animais, nem pássaros, nem peixes, nem caranguejos, nem árvores, nem pedras, nem abismos, nem barrancos, nem matagais, nem milharais. Só o céu existia. E não era visível a superfície da Terra; só existia o mar tranqüilo e tudo o que existia no céu. Não havia nada que estivesse junto, que repousasse; nada que se movesse que tivesse semelhança com o já existente e feito no céu. Nada havia em pé; só existia a tranqüilidade das águas e o silêncio do mar; unicamente a calma das trevas e da noite — aí Tzakil, Bitol, Tepeu, Kukulkan, Alom e

Caholom começaram a conversar para a criação de algo com vida palpitante e útil."

"Primeiro, se formaram os povoadores da terra, dos montes, das montanhas, das costas e dos vales. Logo pensaram como fazer o caminho das águas e estas começaram a deslizar ao pé e por entre as montanhas. Assim foi como se formou a Terra, quando foi criada e povoada pelo Coração do Céu, pelo Coração da Terra, segundo disseram os que primeiro a encheram, os que estavam no céu, e também os que estavam na Terra e em meio às águas. Desta maneira se encheu a Terra, quando a formaram e povoaram. Então, meditaram e resolveram como terminar sua obra, a que fora feita por eles. Depois encheram com seus animais as colinas e as montanhas como guardiões dos matagais e de seus habitantes foram, desde então, os pássaros, leões e tigres; e as abelhas, as cobras e as víboras."

Günther e Nakin tiveram o mesmo *insight*, estavam vinculados pela mesma energia cósmica e pela cosmogonia esotérica do *Popol Vuh*. Formavam assim a dualidade do panteão maia, que perfazia o UM. O Avô e a Avó da ancestralidade. A bocarra de Gocumatz, dos maias quichés; de Quetzalcoatl, dos astecas; de Kukulkan, dos maias, expelia em golfadas o princípio do mundo:

"Tu, besta selvagem do campo, beberás dos rios e dormirás nas barrancas; na palha repousarás teu corpo, coabitarás e procriarás entre os matos e as florestas, e andarás sobre quatro pés, que te servirão para levar a carga. E vós pássaros estareis nas árvores e arbustos, como nós em nossas casas; ali fecundareis e vos multiplicareis entre os ramos das árvores e entre os ramos dos arbustos. Gritai, uivai e gorjeai para vos fazerdes entender: não permaneçais em silêncio; separai-vos por grupos, segundo vosso modo de falar e segundo vossa espécie. E assim foi dito aos animais, bestas e pássaros, leões, tigres e cobras."

Nakin e Günther viajaram pelos treze céus e pelos nove subterrâneos — reino de Xibalba — da mitologia maia até encontrarem o Casal Primordial e os Espíritos do Céu — os Arcanjos — e os Mestres Gigantes, os civilizadores da Terra. Os dois amantes tornaram-se, então, um só casal, uma energia só.

■ ■ ■

Depois de três dias de cavalgada, finalmente chegavam às proximidades de Tierra Blanca, onde estava o caminhão de Nuno. Por fim, Vicky descansaria as pernas. Trotar naquele alazão fora demais para seus membros exaustos. O comandante andara por trilhas indígenas desconhecidas e esburacadas, tentando encurtar a jornada, mas o efeito se fez sentir na *derrière* da senhorita. Apesar disso, Vicky gostou de excursionar pelo interior daquele México desconhecido, contornando área de lavoura, subindo montanhas, refrescando-se em cascatas e repousando em grutas secretas, talvez abrigo de raças anteriores aos mexicanos, civilizações primevas. Dormiram pouco naquela derradeira noite. O comandante queria chegar logo a Tierra Blanca. Nada disseram nessa última fase do trajeto, apenas ouviram o som longínquo das cidades, quando ultrapassadas, e o barulho dos cascos dos cavalos contra o solo duro, seco. Vicky já não sentia as pernas, adormecidas pela pressão dos músculos e nervos contra o ventre do alazão. Nuno ia à frente, buscando vias de menor tráfego, enquanto Ahau escolhia veredas apropriadas a um andarilho, serpenteando entre obstáculos naturais.

Vista do alto da colina, Tierra Blanca parecia um presépio incrustado no fundo do vale. Antes de adentrá-la, Nuno preferiu se certificar de não correr perigo. Não sentira ninguém a persegui-los. Dois homens foram ver, mais à frente, se não havia perigo. Vicky estava desconjuntada, quando desmontou do alazão. A musculatura doía, como se tivesse sido surrada a pau. O comandante encontrara uma clareira no meio da mata ideal para um breve repouso. Ahau olhava curioso para Tierra Blanca, alva como espuma marinha, pequenas casas de taipa e ruas tortas, sem se dar conta do monge tibetano, que alheio a tudo, meditava a dez passos de onde estavam. O comandante viu-o e já se encaminhava ao seu encontro, quando o monge se apercebeu e logo se apresentou. Seu nome era Taro e procurava Pop Men e a profecia, pois sentia ser a Coisa Única do final do milênio.

— Estava mesmo esperando-os. Dizemos palavras diferentes para a mesma coisa, como Completo, Abrangente e o Todo. Essas três palavras referem-se à Coisa Única, como dizia Chuang Tsé. Gostaria de encontrar Pop Men, o mestre galáctico.

— Como sabia de nossa vinda? — indagou Nuno, desconfiado.

— Todas as sendas levam ao mesmo lugar ou a lugar nenhum. Tudo depende da intuição do viajante...

— É verdade, mas Pop Men não veio. Como pretende encontrá-lo?

— Se não vier, importância não terá, mas esse aí ao lado é outro emissário da Coisa Única...

— Quem? Ahau? — perguntou Nuno.

— Senhor Solar, não é? — perguntou o Lama.

Vicky aproximou-se de mestre Taro. Percebera em seu *insight* profundas convergências entre as questões maias e chinesas, inclusive os idiomas, que pareciam saídos da mesma origem. Ahau mantinha-se sentado, olhando a cidade alvacenta.

— A senhorita gostaria de cruzar as histórias das duas civilizações, não é? — quis saber mestre Taro, falando com suavidade.

— Sim, mestre — respondeu Virgínia.

— Vou tentar traduzir as culturas chinesa e maia: o que as duas têm em comum é serem *yin* ou lunares. Os dois povos são conservadores e avessos às mudanças. Cuidado, pois: ser *yin* de forma preponderante não quer dizer eliminar a porção *yang* que há em todos nós. A filosofia chinesa teve sua culminância durante o período Chou, entre 500 a 221 a.C., a idade dourada. Apesar de o pensamento chinês estar voltado para a vida em sociedade, relações humanas, ética e formas de governo, sempre foram místicas. O objetivo do sábio chinês era o de transcender o social e o cotidiano, alcançando um plano elevado de consciência, a iluminação. Iluminado era o que alcançou a unidade mística com o universo, mediante o uso de sua inteligência intuitiva e o conhecimento prático ou a contemplação e a ação social. Dizia Chuang Tsé: “sábios pela tranqüilidade, reis pelo movimento”.

— Os maias tinham esta visão, mestre Taro... — disse Vicky.

— Porque pertenciam à mesma energia cósmica — disse Taro. Durante o século VI a.C. o pensamento chinês bifurcou-se em Confucionismo e Taoísmo; o primeiro, prático, voltado para o senso comum e para a organização social; enquanto o Taoísmo dirigiu-se para a observação da natureza e a descoberta do Caminho Perfeito, o Tao. Ambas as filosofias se completam.

— Sempre pensei que se opunham. As convenções sociais não nos tiram do caminho natural? — indagou Vicky.

— Tiram dos fracos, jamais dos fortes...

— Não pereceremos, então, em caso de fim de mundo, mestre?

— Perecerão os que tiverem de perecer e renascerão os que assim se definirem. Ninguém ficará impune ao destino cósmico, pois todos são iguais diante da natureza e do Cosmo...

— Por que o senhor quer falar com Pop Men?

— Quero apenas confirmar umas coisas, entendeu, senhorita?

— Que coisas?

— Umas dúvidas a respeito do destino da humanidade. Veja: durante milênios países como o Tibet ficaram à margem da ambição desenfreada que motivou o mundo. Enquanto a indústria trazia riquezas para poucos, o Tibet meditava, pois sabia ser uma condição ilusória. O planeta sofreu todo o tipo de agressão, em nome de um progresso material, mas o Tibet continuou vivendo como há milênios, fiel à natureza. O mesmo aconteceu com a Índia e com os descendentes dos maias. Penso que o mundo do materialismo ruirá, não por sua culpa, mas porque o ciclo desse progresso encerrou-se para dar lugar ao novo mundo. Os dias dos chamados poderosos estão contados, não dependem deles, mas do equilíbrio cósmico. E, creia, senhorita, isso já vem acontecendo...

— O capitalismo terminará, mestre?

— Como aconteceu com o socialismo. Vamos olhar para a história: onde estão as grandes civilizações grega, romana, egípcia, sumeriana, caldéia, hitita e babilônica? Todas submergiram no tempo. Entretanto, dominaram o mundo ao seu tempo. Já as culturas ligadas ao Cosmo, como a da Índia, do Tibet, da China, do Himalaia e dos maias permanecem perenes no tempo...

— Mas os maias não mais existem como civilização...

— É verdade, senhorita, mas nunca estiveram tão vivos. Há hoje uma visão maia que nos chegou atrasada, mas está aí. Todas essas civilizações nos legaram ciência e arte, mas o que nos deixará o capitalismo? A especulação? A riqueza de alguns à custa da miséria de muitos? De que poderão se orgulhar os capitalistas?

— É a diferença entre civilização e progresso.

— Sim, senhorita. Os países capitalistas enriqueceram e deixaram o povo pobre. Hoje se governa de forma abstrata, pois todas as pessoas viraram números estatísticos. Perderam seus perfis, são números, quantidades.

Naquele instante Ahau levantou-se e disse ao mestre Taro que o levaria à presença de Pop Men. O monge tibetano já estava preparado para partir. Seu único bem terreno era uma pequena trouxa, amarrada por cordéis dourados, combinando com o alaranjado das vestes. Despediu-se com um aceno de mão, deixando Vicky emocionada; começava a gostar daquele velhinho simpático. Ahau e Taro, de repente, sumiram no matagal. Nuno explicou a Vicky que precisava entrar na cidade para resgatar o caminhão. Ela ficaria só por algum tempo, mas nada temesse, ele voltaria logo, e havia sempre os homens de sua guarda pessoal. Vicky assustou-se com a solidão imediata. Naquelas paragens o silêncio induzia à reflexão, mas também conduzia ao medo. Qualquer ruído de motor, mesmo ao longe, dava-lhe sempre a impressão de caçadores, sendo ela própria a caça.

A dor da perna passara. Estava feliz, a próxima fase do percurso não mais seria a cavalo. Estava com o *dérrière* em brasa, mas não tinha intimidade com Nuno para lhe dizer. Assim, limitou-se a sorrir, quando o comandante partiu em direção a Tierra Blanca. A espera seria angustiante, mas Vicky já perdera aquele ar de burguesa, que reclamava dos mosquitos, que lhe chupavam o sangue, deixando hematomas pelo corpo todo. O encontro com o mestre fora importante para o entendimento de que a profecia maia não era a única que falava de um novo mundo, mas fazia parte de uma convergência universal de crenças e de seres sensíveis, tentando descobrir a nova ordem para o Terceiro Milênio.

Vicky sentia-se no cerne da mudança e consciente de compor parte da pequena parcela da humanidade, que ficou à deriva do processo histórico materialista dos conquistadores. Percebera o quanto houvera de ilusão nesse processo. As cidades estavam decadentes pelos excessos. Havia habitantes demais, ruídos demais, doenças demais, poluição em demasia. Não via saídas para tais crises, se a humanidade não invertesse todo este processo.

Vicky queria estar com Leo, sentia muito sua falta; ansiava por sua companhia, fazer parte de seu destino. Em vez disso, estava ali com medo do ataque de algum animal selvagem ou de um assaltante, temerosa de cada ruído naquela mata densa, ou o pior: ser atacada pelos ocupantes do helicóptero que investiam sem razão. Ahau se foi, levando o simpático mestre Taro, e Nuno foi à cidade; Vicky via-se só, tendo só o alazão que montara e o zaino de Nuno como companhia. Ainda faltavam pelo menos uns cinco dias para chegar a Palenque, onde estaria Leo, seu único desejo naquele instante de solidão. Não tinha mais como negar: amava Leo. Sentia sua falta a cada momento, tudo faria para tê-lo ao seu lado. Por isso resolvera participar da perigosa aventura. Os cinco dias que faltavam eram uma eternidade para o seu desejo reprimido.

Esperar era sua tortura; ansiar, seu desespero. Sem ter com quem desabafar, resolveu falar com o alazão, que pisoteava o mato, a pastar o raro capim para saciar a fome. Olhava para sua montaria sem saber seu nome. Tentava adivinhar. Os cavalos quase sempre recebem nomes relativos à postura física. Às vezes, um defeito. Há os feios e os bonitos, conforme a aparência. Ao alazão não chamaria “Bonito”, se da beleza dependesse seu nome, mas também não seria o “Feio”, pois não atingira este grau negativo de formosura. Tentava adivinhar o nome do alazão, quando o sono cerrou seus olhos cansados.

O comandante voltara meia hora depois do combinado. Vicky cochilava quando Nuno a sacudiu para que acordasse. Despertou assustada, sonhava com Leo e, ao abrir os olhos, deu com o rosto tenso de Nuno. Quis saber onde estava o caminhão, pois não ouvira o motor. *El diablo* dissera que estava oculto na garagem de um amigo. Para não serem vistos, sairiam camuflados pela noite. Anoitecia devagar para a ansiedade de Vicky, trazendo mistérios e medos em seu manto de sombras.

Nuno nada vira de estranho na cidade. Apenas gente humilde, desempregada, vagando pelas bodegas, à cata de um serviço esporádico, embriagando-se para apagar os sofrimentos. Soubera que alguns de seus homens teriam tido uma refrega com o exército, mas longe dali. Em Tierra Blanca tudo vivia na modorra, na rotina cansada da desgraça. A realidade do vilarejo era cinzenta, não se via riso na boca dos passantes, só conformismo e mau agouro. Apesar de sentir-se entre os seus, Nuno não quisera maior aproximação com aquela gente, temendo ser reconhecido e delatado à polícia, já que havia um prêmio por sua captura.

Os habitantes desconfiaram daquele homem magro, de barba rala, fazendo perguntas na cidade. Por isso, deram-lhe a recepção apropriada a qualquer forasteiro: o desprezo. Nuno percebeu o desencanto daquele povo, esperando chover na pequena lavoura, chuva que não vinha. O comandante estava acostumado a sofrer maus tratos dos sofredores, e sempre os perdoava. Aquele povo sabia-o um estranho naquele ninho de miséria.

11 = 

A Era Solar se aproxima

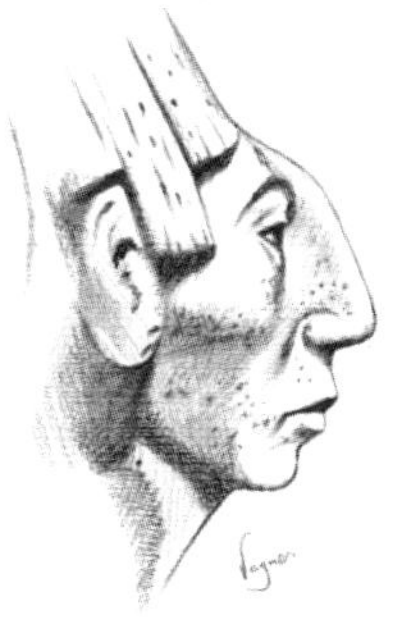

Virgínia visualizava a região de Palenque, sua velha conhecida. Ali pesquisou, anos a fio, os antigos maias clássicos. Sentia a energia da floresta a circundar a cidade e a energia ressonante das coisas, quando eram olhadas com amor. Depois de cinco dias na cabine de um caminhão, sacolejando por estradas cheias de buracos, ela queria mesmo era ver Leo e dormir em seus braços. Saudade e desejo a transformaram em uma selvagem fera cúpida.

Ao volante, Nuno nem se dava conta dos suspiros contidos de sua colega de viagem. Como um jaguar em posição de caça, dirigia o veículo com atenção redobrada aos acontecimentos à sua volta. Viajavam dia e noite, porque as distâncias eram grandes, e as estradas não favoreciam a pressa dos viajantes. Quase nada falaram durante o trajeto; Vicky absorta nas energias recém-descobertas; Nuno sempre tenso, por ser o rebelde mais procurado de todo o país. Amanheceram no caminhão como dois estranhos, hipnotizados pelas grandes distâncias por completar e pelo balanço regular e dormente do comboio. Por vezes, Vicky acordava Nuno com safanões, impedindo que dormisse sobre o volante. Nessas horas, riam muito, mas nada diziam, como se aquela jornada fosse um rito de passagem para outra dimensão que exigia silêncio.

Ao passar por uma curva, a caminho de Naranjo, Nuno percebeu o sinal de um velho amigo, à beira da estrada. Fulgêncio sempre fora dos mais leais camaradas da luta em Chiapas. Estacionou o caminhão com dificuldade no erodido acostamento e olhou para fora. Fulgêncio trazia o rosto franzido de preocupação:

— *Buenos dias*, comandante. Cuidado! O exército colocou barreiras a cinco quilômetros daqui, melhor ir a pé...

— Tem razão, Fulgêncio. Esconda o caminhão — e olhando para Vicky — temos de descer. Vamos ver se eles sabem onde está o doutor Leo...

Perceberam rebeldes saindo do matagal; um deles tomou a direção e levou o caminhão. Vicky sentiu-se segura em meio ao pequeno exército ali formado. Andar a pé era até bom, já se cansara do balanço do comboio desengonçado. Fulgêncio e Nuno falavam, à beira da estrada, em alguma língua arcaica. Vicky identificou, após uns minutos: era *chol*, idioma maia que a antropóloga não dominava e, por isso, não gostara. Uma ou outra palavra solta era entendida por Vicky.

— Vamos Nuno, estou cansada de esperar.

— Um *momentito, señorita* — respondeu, calmo, o comandante.

Nuno passava ordens a Fulgêncio naquele idioma antigo, depois, sorrindo, acercou-se de Vicky:

— Está tudo bem, senhorita. Já sei onde se encontra o doutor Leo. É perto. O caminho é sinuoso e há uma pequena floresta.

— Não tem importância Nuno, vamos logo! Por que vocês falam nessa língua...é *chol*, não é?

— A senhorita identificou muito bem! Desde menino só falo *chol* com Fulgêncio.

— Quem está com Leo? Você sabe? — indagou Vicky, curiosa.

— Fulgêncio disse ter visto um homem e uma moça, além do doutor. O homem deve ser Frans, mas a moça eu não sei quem é...

A presença da moça perturbou Vicky, aumentando-lhe ainda mais a vontade de chegar, até apressara o passo, embrenhando-se na mata, seguida por Nuno. Fulgêncio destacara mateiros para abrir o caminho, enquanto outros cobriam a retaguarda. A pequena floresta era nativa, com espécies em extinção que Nuno reconhecia e definia para Vicky. Após duas horas de caminhada, ouviram vozes e estancaram o passo. Nuno pediu silêncio e andou sozinho mais cem metros. De lá gritou: "pode vir, senhorita", já abraçado a Leo. Ao seu lado a bela Luara, a rival que Vicky temia: "como era bonita,a miserável!" — exclamou para si. Logo suas suspeitas caíram por terra. Luara só tinha olhos para Frans, que meditava no cimo da montanha, concentrado em sua viagem mítica profunda.

— Puxa, Leo, você não sabe as dificuldades que passamos... disse ela, pendurada no pescoço de Leo, como a anunciar "este homem me pertence".

— Imagino — retrucava Leo. Logo levantaremos acampamento. Vamos a Chichen Itza, lá se encontra o códice, sabia?

— Desconfiava, Leo. Precisamos ter cuidado, o exército ronda perto...

— Captei energias negativas. Estão procurando o comandante, com certeza. O Hans já foi preso, pobre velhinho iluminado...

— Iluminado, Leo? Conte-me tudo...

Os dois saíram para a floresta, enquanto Luara se preocupava com Frans, que estava sem comer havia três dias; e Nuno consultava um mapa da região, na tentativa de falar pelo rádio emprestado por Fulgêncio. Para comunicar-se só usava o dialeto *chol*, desconhecido na região, que só falava yucateca. E para que o exército não captasse suas transmissões, usava um dos dialetos mais antigos dos maias clássicos, pouco falado. Só numa estreita faixa de terra, que dividia o Yucatan da Mesoamérica, os maias eram bilíngües. O comandante dominava os dois dialetos, mas preferia o *chol* ou *cholan*.

Frans retrocedia no tempo a fim de expandir a consciência, realizando uma retrospectiva desde o *baktun* 1, o da Semeadura Estelar, até atingir o *baktun* 12, o da Transformação da Matéria. Via passar por sua mente a ascensão e o triunfo do materialismo científico e a conquista do mundo pela Europa: a revolução industrial e as revoltas democráticas da América e da Europa, mas também o colonialismo na

África, na América Latina e na Ásia. A industrialização do Japão e a ascensão do comunismo na Rússia e na China, a primeira e a segunda guerras mundiais; bomba atômica em Hiroshima, a Era Nuclear em pleno apogeu. A ascensão das potências do Terceiro Mundo: Islã, Índia, México e Brasil, mas também o colapso da civilização tecnológica e a respectiva regeneração da Terra, a Era da Informação e da Tecnologia Solar. A Era do Sol se aproximando para a sincronização galáctica. Uma grande estrela o energizava. Não era o Sol, mas uma estrela misteriosa de luz muito forte, que viajava dentro de sua cabeça, desarrumando tudo, até derrotá-lo pela fome e pela própria iluminação acontecida.

Luara correu ao ver Frans caído, como se atingido por algo: a heliopausa. Não eram estrelas, mas manchas solares no processo de inspiração-expiração, em seus movimentos binários, ora positivas, ora negativas, pulsando para dentro de posições de 30 graus ao norte e ao sul, em direção ao equador solar. A cada onze anos e três meses, mais ou menos, as duas manchas se encontram no equador solar e revertem a polaridade, reiniciando, assim, o processo. Todo o movimento das manchas solares tem ocorrido em um período de pouco menos de vinte e três anos. Frans percebera o campo mórfico do Sol, ao viver os vinte e três anos de seu deslocamento. Emergira da respiração solar, a surfar sobre as ondas do Sol, as tais manchas tão discutidas. Aquele simples vislumbrar do corpo físico do Sol esgotou-o.

— Você está bem, Frans? — perguntou Luara, com voz doce.

Franz olhava fixamente para a moça, como se despertasse em outro mundo. Havia dormência na ponta de seus dedos e os braços pesados, a cabeça a rodar, as pernas bambas. Estava exausto, depois de dias sem comer; purificara-se sim, mas à custa de sacrifícios pelos quais jamais passara. Desconhecia Luara, como não reconhecera nem o lugar onde estava. Uma energia fortíssima habitava-lhe o ser, queimando-lhe o plexo solar, aquecendo-lhe os neurônios e imprimindo-lhe uma lucidez tão forte que doía.

Ao despertar pensou no pai. Hans aparecia em sua imaginação numa masmorra medieval, sofrendo as mais terríveis torturas. Uma situação difícil para quem fora preso tão logo se iluminara. A liberdade que agora sentia seu pai não a tivera. Frans sentia-se livre pela primeira vez em sua vida. O mundo começava agora a ter sentido. Estava cansado e precisava de um banho, mas havia pouca água e uma seca prolongada. Como se em transe, Frans dissera que sabia onde tinha água em abundância, deixando Luara sem ação: seria uma visão paranormal ou uma miragem? Frans tinha os olhos esgazeados, quase saltando da órbita, estava ainda em desvairio. Para acalmá-lo Luara resolveu seguir-lhe a intuição, deixando-se levar morro abaixo, atrás da fonte antevista por ele. Uma caverna, oculta pela floresta, destacou-se na paisagem. Sua entrada, em diagonal, dificilmente seria percebida do ângulo em que se encontravam, caso Frans não tivesse o *insight*. Luara não acreditara, mas sentiu-se feliz por poder tomar um banho naquelas águas tépidas, que se despejavam em cachoeira para o nível inferior da caverna.

Frans nem se dera conta da descoberta. Ainda em transe, nem bem entrara na furna e já se sentia um autêntico cavernícola, tirando a roupa e pulando rápido para o leito do rio subterrâneo, a espargir água para todos os lados. Luara estranhara aquela nudez, que a deixou ruborizada e desejosa. Enfeitiçada pelo gesto, acompanhou-o naquele ritual de felicidade, mantendo o mínimo de roupa sobre si. Gemidos de prazer, provindos do outro lado da cave, fizeram-na mais desejosa e indócil. Os ruídos cúpidos vinham do nível mais baixo do rio, quando ele se debruçava em cascata.

Luara chamou a atenção de Frans para os gemidos, mas este deu de ombros e só disse: "É o Leo", com a maior naturalidade. E, de fato, Leo e Vicky acasalavam-se ali, onde o rio era mais fundo. Por pudor, Luara se escondeu numa das curvas naturais da primeira piscina, enquanto Frans escorregava pela cascata, provocando ondas nas águas calmas. Exatamente ali, Luara vira os dois amantes entrelaçados, metade dentro da água, metade na terra úmida; Vicky de olhos semicerrados, coxas pinçando o ritmo de Leo, ventres a rimar íncubos e súcubos, simultaneamente. Havia algo de animal no casal, cujos gemidos competiam com o murmurar das águas, que se desmanchavam em catadupa. Os sons do amor minaram as defesas de Luara; forte calor subiu-lhe pelas pernas indefesas, acariciando suas coxas até sucumbir na região pubiana, onde plenamente se instalou. Luara jamais sentira impulso tão forte para que cometesse o ato tão temido: cabeça a rodar, pernas bambas como se em vertigem. O calor agora atingia o seu plexo solar, buscando fímbrias em sua pele tesa, deixando os bicos dos seios túmidos, a apontar para a direção onde Frans a aguardava. Sem pestanejar, Luara despiu-se e partiu ao encontro dele. A antiga luta entre Eros e Thânatos irrompia, o triângulo amoroso entre Vida e Morte e Amor.

Frans descobria a evolução de seu pênis de punhal a facão e de facão a espada, a buscar a bainha, seu estojo quente de energia. Os dois amantes se reuniram na curva do rio, antes de a corrente virar cachoeira. Uniram-se na terra úmida, sêmen e sangue.

Leo se apercebeu da iluminação de Frans e do primeiro prazer de Luara e deles se acercou. Vicky ria do doce pudor de Luara, sua meiguice de menina, a participar de algo novo, como uma bacante. Uma réstia de Sol penetrava na ante-sala da furna e deixava sombras nas paredes laterais, onde Frans e Leo conversavam.

— Sabe, Leo, surfei nas ondas do Sol — descreveu Frans.

— Surfou, como? — quis saber Leo.

— Sei lá! Descobri aquilo que Kepler intuiu, mas como se estivesse lá, entendeu Leo? Ao vivo!

— Não estou entendendo onde entra Kepler...

— Ora, Leo, Kepler intuiu que as órbitas tinham uma relação harmônica entre si, daí a descoberta do cinturão de asteróides entre Marte e Júpiter...

— Entendi, Frans, e daí?

— Ora, se o Sol é a inteligência coordenadora, os planetas são como giroscópios harmônicos, cujo propósito é manter a freqüência da órbita que o Sol executa. Por isso, a Terra gira em torno de seu eixo. A finalidade é manter a freqüência ressonante representada pela órbita do Sol. Assim, o corpo solar, o heliocosmo, é um sistema auto-regulador e, ao mesmo tempo, um subsistema do campo galáctico superior. Logo, sua inspiração consiste de forças cósmicas ou freqüências galácticas, provindas diretamente do núcleo galáctico — *Hunabku*. A exalação solar, por sua vez, representa os fluxos de energias transmutados, ou seja, informação retornando ao núcleo. Os planetas auxiliam nessa medição do fluxo para o núcleo e vice-versa.

— E o que você descobriu surfando nas ondas solares, Frans?

— Descobri que a inspiração corresponde a um fluxo de movimento solar; e a exalação a um fluxo galáctico-lunar. Os maias já sabiam disso, pois há uma correlação entre os nove planetas mais o cinturão de asteróides e os vinte signos sagrados. Aí está também o princípio do *yang* e *yin*. Vou citar: *o yang retorna ciclicamente ao seu início, o yin atinge seu apogeu e cede lugar ao yang.*

— Quem disse isso, Frans?

— Kuei Ku-Tsé no século IV a.C.!

— Puxa, Frans! Acho que involuimos...

— Às vezes, também tenho essa impressão, Leo...

As moças conversavam animadamente à beira da cachoeira. Vicky simpatizara com Luara a partir do nome; a jovem devolvera-lhe a afeição, assumindo-a como uma confidente irmã mais velha. Como comadres, lavaram toda a roupa suja e puseram-na a secar ao Sol. Pareciam duas amigas em lua-de-mel que, de repente, se encontraram por acaso no mesmo balneário. Vicky contara seu plano de fisgar Leo para a nova amiga, enquanto esta esboçara um remoto desejo de um dia ter Frans ao seu lado; mormente após a prazerosa união de corpos nas águas tépidas da caverna. Pareciam duas estudantes, à saída do colégio, à espera dos olhares cúpidos dos rapazes sobre seus dotes físicos mais visíveis. Vicky contou seu *insight*. Luara sentiu um misto de ciúme e inveja.

Os dois casais resolveram colher frutos silvestres no mato próximo à caverna, enquanto as roupas secavam. Havia um silêncio cúmplice da natureza com aqueles aprendizes de feiticeiros, que tentavam adentrar a ciência maia para melhor entender a profecia por vir. As roupas dos homens estavam em frangalhos. Pensavam como arrumar outras, talvez com o comandante. Nesse aspecto as moças estavam em melhor situação, embora sentissem falta do conforto da cidade, quando podiam usar perfumes e maquiar-se para seus homens.

O ruído de helicóptero na manhã não fora ouvido por ninguém. Amavam-se uns aos outros, como um silvícola, quando as naves sobrevoaram o acampamento. Ocultos pelas árvores da floresta, tentavam divisar o tipo de helicóptero. Os sem identificação eram os mais perigosos, tinham, com certeza, uma missão excusa. Se fosse do exército, estava à caça de rebeldes. Notava-se, do lado de fora da aeronave, a metralhadora ameaçadora, manipulada por um atirador, que se equilibrava na própria arma para não cair da libélula mortal. Vicky lembrou-se das roupas estendidas no varal e rezou para que não as vissem. Depois de algumas voltas, a nave sumira da visão dos quatro, permitindo que alcançassem as roupas quase secas e as vestissem, antes de novos rasantes.

Nuno e os homens de Fulgêncio haviam deixado o acampamento, metendo-se na floresta, cobertura natural em caso de ataque. O comandante vira dois helicópteros no horizonte e se embrenhara mata adentro, cada vez mais, para ocultar-se. Granadas lançadas da nave explodiram entre as árvores, fazendo as primeiras vítimas entre os rebeldes que, desesperados, cavavam trincheiras cada vez mais fundas. Dentro de cada uma, cinco rebeldes se safaram dos obuses, enquanto Nuno pedia reforço pelo rádio a Fulgêncio, acampado mais ou menos próximo do local bombardeado. O comandante sentia a morte próxima pela primeira vez, em meio ao barulho infernal de bombas e motores. O medo apossara-se de Nuno. A morte parecia subir pelas pernas até alojar-se na garganta seca. Com muita dificuldade ouviu Fulgêncio dizer que também estava sob ataque, a uns dez quilômetros adiante.

Os casais, já vestidos, perceberam o ataque sobre o grupo do comandante, mas nada podiam fazer, também buscavam onde ocultar-se. Na área da cachoeira havia pouca mata, por isso, pensaram voltar à gruta, que ficara quinhentos metros atrás. Foi quando viram o padre Gustavo indo em direção à missão. O padre garantia segurança para todos. Segundo ele, nem governo nem exército passavam dos estritos limites da lei, quando se tratava da igreja. Frans desconfiava do padre. Continuava achando que fora ele que os delatara à polícia, resultando na prisão de seu pai, depois da *blitz* na cidade. Ele mesmo não saberia dizer como escapara do cerco. Sentia-se cansado, não queria discutir; por isso seguiu com os demais pela trilha que findava na missão.

À primeira vista, a missão era um paraíso: pomares e plantações de legumes sem agrotóxicos. O padre cultivava comida com alto grau de pureza;

— Só assim poderemos abrir nossos canais sensoriais e ganhar intuição, hoje embotada pela alimentação imprópria no mundo todo — dizia o padre.

Leo sabia da importância da alimentação para a abertura dos chacras, embora desconhecesse qualquer interesse da igreja pelo assunto até entrar na missão.

— Não entendo, padre, a Igreja está contra a profecia, mas o senhor parece estar a favor, como é isso?

— Tenho permissão para pesquisar o ocultismo maia. E esse fato não coloca a igreja nem contra nem a favor desse misterioso Códice K que, afinal, ninguém sabe se existe...

— O senhor não crê em sua existência, padre? — indagou Leo.

— Não sei, doutor Leo. Há muito mistério nisso tudo. Nosso bispo — Dom Diego Sebastian — deixou-me pesquisar, mas isso não o coloca a favor da divulgação de uma profecia, possivelmente contrária aos ensinamentos da igreja.

— Escute, padre — interrompeu Frans — mas o senhor sabe onde está meu pai? Afinal, ele foi preso dentro de sua casa.

— O doutor Hans passa bem. Vejo-o sempre na prisão. Como se tornou um iluminado, todos lá o tratam como se fosse um louco, a dizer coisas desconexas. Por isso creio que irão soltá-lo logo. Todo dia levo sua comida, feita aqui na missão.

A resposta do sacerdote emocionou Frans, que ficou sem ação, constrangido e culpado pelo que pensava do padre.

— Desculpe padre, pensei...

— Eu entendo, doutor Frans. Esta roupa — apontou sua surrada batina — traz à tona preconceitos ocultos no mais recôndito da alma, mas, acalme-se, estou do seu lado...

— Gostaria de visitar meu pai, quando levassem a comida...

— Eu mesmo a tenho levado, mas não sei se o doutor deve ir até lá, é perigoso, mas... — estalando os dedos — tenho uma batina velha por aqui, em algum lugar dessa minha bagunça!

— Olhe, Frans, não acho boa idéia — disse Leo — se eles descobrem, você também será preso.

— Vou arriscar, Leo. Meu pai não pode ficar sem esperança...

— Mas é perigoso, Frans - cortou Luara, temerosa.

— Eu sei, mas não posso deixar de ajudar meu pai.

— Como estará o comandante Nuno? — interrompeu Vicky, com a testa vincada de preocupação.

— O comandante se arranjará — devolveu o padre —, sinalizando ao cozinheiro que pusesse a mesa — ele tem muitos amigos na região e conhece essas trilhas como ninguém.

A fome abateu-se sobre o grupo; o cheiro de tempero, vindo da cozinha, torturava-os, deixando todos mais famintos. O padre, percebendo a situação, insistiu para que todos fossem até a horta, enquanto esperavam a comida. A horta alternativa, como definia padre Gustavo, era um grande espaço, o maior da missão.

Helicópteros sobrevoaram a missão,quando visitavam a horta, mas Leo reparou que eles não tinham metralhadora nem artilheiro, sinal de vôo de reconhecimento e não de ataque. Nesse instante, Vicky se aconchegou ao peito de Leo, o mesmo acontecendo com Luara em relação a Frans. A simples presença das naves desencadeara forte onda de medo no grupo, desequilibrando as energias de cada um. Depois de meia hora as naves se foram e a paz voltou ao grupo que, agora, olhava curioso aquelas hortaliças de onde emergiam incríveis energias. O padre explicava como fora realizada a pesquisa: tratava-se de descobrir métodos alternativos para melhorar a colheita e aumentar a energia positiva em cada área de plantio. Algumas descobertas já se achavam catalogadas. Uma delas dizia respeito ao aumento de energias positivas, quando o plantio fora realizado com amor. O plantador passava sua energia à verdura até o seu desenvolvimento final. O padre notara que as verduras, assim tratadas, cresciam mais e melhor, e se tornavam mais saborosas e nutritivas que aquelas tratadas pelo método tradicional.

— Vocês não sentem a diferença? — perguntou o padre.

— Sinto, sim, padre, no potencial de energia — explicou Leo. As áreas tradicionais têm menor intensidade de energia do que as tratadas com amor e sua coloração é diferente.

— Muito bem, doutor Leo. É isso, exatamente.

— Incrível, padre! Como isso acontece? — indagou Frans.

— Venho trabalhando com departamentos de genética de várias universidades, talvez ainda hoje chegue um especialista do exterior. Muitos não acreditam e vêm aqui testar nossos resultados...

— Sabe, padre, conheço alguém que ficaria muito feliz em vir ver sua plantação — disse Vicky enfática.

— Quem é esta pessoa? — perguntou o padre.

— Pedro Ruiz, expulso da universidade por ter provado semelhanças entre o I Ching, o DNA e o *Tzolkin*...

— Onde está esse homem, senhorita? — quis saber o padre.

— Lá para as bandas de Puebla — respondeu Vicky.

— Quer dizer que se comermos essas verduras ficaremos aptas à iluminação, padre? — indagou Luara.

— Talvez, a senhorita terá mais chances de iluminar-se...

— Gostaria de experimentar, padre.

— Então, deve colher as verduras e os legumes dessa área aqui — apontou o padre. Todas foram tratadas com amor...

— Muito bem, padre — disse Luara, já colhendo cenouras.

■ ■ ■

No outro lado do morro, uma guerra se instalara. Nuno não conseguira reforços e ainda teve seu grupo isolado e metralhado sem dó nem piedade. O rádio não funcionava, e ele perdera parte de sua tropa desacostumada das batalhas aéreas. Seus guerrilheiros eram imbatíveis na guerra de guerrilha, as emboscadas na selva. A pobreza de ambos os lados fixava tais batalhas em terrenos sólidos e poeirentos, jamais no uso de tecnologias sofisticadas como aqueles helicópteros informatizados. Por isso desconfiavam das multinacionais.

Os guerrilheiros que deixavam as trincheiras eram metralhados, abatidos como se fossem moscas. Os dois helicópteros, pintados de preto, sem identificação, traziam pequenos foguetes usados por forças aéreas internacionais, o que lhes dava a certeza de uma conspiração com a participação de órgãos internacionais de segurança. Nuno esperou ajuda de Fulgêncio, mas o amigo não aparecera com armas pesadas. Agora, os ataques se concentravam apenas no grupo de Nuno, como se soubessem onde estava o líder. Os rebeldes não tinham armas de grosso calibre para rechaçar o inimigo, assim a situação tornava-se angustiante, estavam à mercê dos desconhecidos. Só um milagre os salvaria, mas Nuno não contava com isso. Até a posição do Sol ajudava os inimigos, já que os raios solares os cegavam, quando disparavam contra as naves.

Ahau descia o morro na direção de Naranjo, quando viu o ataque dos helicópteros. Tomou de imediato a posição de lótus e iniciou meditação. Sabia que não deveria interferir na vida dos terráqueos, mas poderia ajudar, se trabalhasse com meios naturais. À medida que Ahau, o Senhor Solar da mitologia maia, mais e mais meditava, uma nuvem escura cobria o céu de Naranjo, espécie de eclipse solar, deixando tudo às escuras. Naquele momento, Nuno e seus homens saíram do buraco e penetraram na parte mais densa da floresta, onde não mais seriam vistos. Os helicópteros se afastaram, temendo uma colisão no ar pela escuridão ali processada. Voltaram à base, outro mistério. Onde seria a base desses mercenários? Quem seriam eles, afinal?

Nuno escapara ferido no braço. Sangrava muito, mas, apesar de tudo, tivera sorte. A bala resvalara seu bíceps, formando uma protuberância assemelhada a um vulcão, todo aquele sangue denso e volumoso em erupção. Nuno ficava a cada momento mais fraco e pálido, parecendo um morto recente. Pedira aos amigos que chamassem o padre lá na missão, enfermeiro amador, mas competente. Hospital? Nem pensar. Se entrasse em um hospital seria preso. Havia um prêmio por sua captura: vivo ou morto. A polícia vasculhava os hospitais à procura de rebeldes; os médicos sempre os acobertavam. Como a missão ficava próxima, um dos homens de Nuno foi até lá, chegando no exato instante em que todos almoçavam.

— Padre Gustavo, o comandante sangra como um porco! — disse Timóteo, com a sutileza que lhe era peculiar. Precisamos do senhor, venha comigo. É perto.

Padre Gustavo só teve tempo de pegar a maleta de primeiros socorros, partindo com Leo, que fez questão de acompanhá-lo no resgate. Vicky ficou cismada, temia que algo acontecesse a Leo, embora soubesse o quanto *el diablo* significava para seu amado. Um silêncio perturbador tomava conta da região que havia pouco fora palco de uma batalha sangrenta. Os mortos foram enterrados rapidamente na floresta. A polícia vivia à procura de guerrilheiros não-identificados nos cemitérios, desconfiando de cada morto naquela área.

Enquanto isso, as famílias dos rebeldes estavam acostumadas a desenterrá-los no silêncio da noite, levando-os para seus túmulos definitivos. Só assim ficavam livres da vigilância e das pressões das autoridades, com seus relatórios, questionários e depoimentos infindáveis.

Apesar do forte torniquete, Nuno ainda sangrava. O padre viu que a artéria se rompera no bíceps e, ali mesmo, costurou-a a frio. Nuno não gritou; apenas crispou os músculos do rosto à espera de dores maiores e mais profundas. Leo ajudava o padre nos mínimos detalhes da primitiva operação. Enquanto Nuno, orgulhoso, dizia-lhe "meu artilheiro", referindo-se ao episódio do helicóptero abatido por Leo na chácara. Leo sorria amarelo; nem de leve queria mais lembrar-se daquele fato acidental em sua vida. Os homens ali presentes, testemunhas do "heroísmo" de Leo, davam-lhe tapinhas nas costas, como se aprovassem o sentimento de amizade que o acontecimento gerara entre aqueles dois homens tão diferentes.

— Precisamos levá-lo para a missão — disse o padre. O corte poderá romper a qualquer momento. Vamos fazer uma maca.

Os guerrilheiros estavam acostumados a improvisar todo o tipo de artefato. A maca era mais fácil e comum. Logo ficou pronta com duas varas de bambu e palhas de coqueiro. Nuno, tão logo descansou seu corpo na maca improvisada, ordenou aos seus fiéis para que procurassem Fulgêncio e o informassem do sucedido. O rádio estava mudo, e os rebeldes sem comunicação com os demais grupos de Chiapas. Um cavalo fora providenciado e um carrinho de mão, improvisado em carreta, levou o comandante com desconforto à missão.

Leo olhava o céu à espreita de aeronaves, mas só havia o límpido azul, sem nuvens, e raros pássaros distraídos a comer dos frutos da floresta. O caminho de volta estava livre. Leo e o padre iam à frente do cortejo, com a finalidade de prepararem a acomodação do novo hóspede e desarmar o espírito das mulheres, cheias de cuidados e preocupações. O comandante vinha bem atrás, cautelosamente, pois os ferimentos foram graves e o padre-enfermeiro fizera só uma sutura provisória.

O Sol já se ia pondo detrás das montanhas, quando Ahau fez sua aparição. Leo sabia o porquê daquele escurecer fora de hora: Ahau, o Senhor Solar, ali estava. Todos comentaram na missão sobre a penumbra em pleno dia, mas ninguém dera uma razão plausível. Ahau cumprimentou o padre e Leo, mas deixou-se ficar para trás de propósito, à espera da chegada de Nuno, *el diablo* de Chiapas.

Na missão, as moças estavam ansiosas, esperando notícias do resgate de Nuno, mas nada souberam até a chegada de Leo e do padre. Uma hora mais tarde chegava o comandante. Vicky estava impressionada com as feridas de Nuno; julgava-o inumano e indestrutível. Passara dias e noites na boléia daquele caminhão sem que ele mexesse um músculo, demonstrando sempre grande força interior, um ser imbatível. A chegada do comandante, uma festa. De alguma maneira Nuno seduzira cada um a ponto de criar fortes laços fraternos.

Leo tinha-o em grande estima. Ele o salvara das garras dos desconhecidos, o mesmo ocorrendo com Frans, gratos por tudo, inclusive pelos ensinamentos maias. Vicky orgulhava-se de tê-lo como amigo; tanto por sua luta em defesa daquele povo miserável quanto pela ajuda que lhe dera no tocante à profecia maia. Afinal, todos ali se prepararam para melhor perceberem o vaticínio para 2012, a profecia que a cada dia se aproximava mais e mais de sua revelação. O padre Gustavo via Nuno como um filho. Vira-o crescer na região e, embora não acatasse suas idéias revolucionárias, acreditava em suas boas intenções. Sabia ser difícil escapar da miséria a que todos estavam condenados em Chiapas.

Todos respeitavam *el diablo* em Chiapas. O diabo de seu apodo prendia-se muito mais ao carinho do povo e reconhecimento de suas façanhas contra o inimigo comum daquele povo: a fome, do que por algo negativo. O diabo, assim posto, era mais um substantivo comum. O povo não o julgava um deus, mas seu inverso, graças às suas proezas e peripécias, um demônio a infernizar as autoridades tão cônscias de seus poderes e tão néscias no uso que faziam deles. Se não faltou boa acolhida a Nuno, a presença dele na missão trouxe problema ao padre que se via também ameaçado de prisão, sob o pretexto de ter dado guarida a um fora da lei. O padre, porém, não se importava de sofrer represálias; admirava Nuno por seus conhecimentos maias e mais ainda por sua ação em defesa dos desvalidos, além de saber, lá no seu inconsciente, dos sutis pecados de sua instituição, sempre em nome de Deus.

Na sacristia da capela o padre vestia Frans para seu encontro com o pai na prisão. Conseguira a batina que antes fora do padre Friedrich, já falecido, um alemão tão alto quanto Frans. A batina sobrava na largura, o padre morto era bem mais gordo. Vicky fizera alguns reparos: o novo *padre* já estava pronto para levar o jantar do "velho louco", como Hans era chamado na prisão. Iam no jipe do padre, herança da Segunda Guerra. Estudavam como enfrentariam o diretor do presídio, o mal-encarado Ranulfo, e suas perguntas capciosas, enquanto o jipe balançava pela estrada esburacada como um navio em plena tempestade.

A prisão ficava afastada da cidade, e o jipe percorreu um caminho tortuoso até chegar às portas de uma quase fortaleza. Ao ver o padre, o sentinela deu ordem para que abrissem o grande portão de ferro, mas olhou com desconfiança aquele padre novo, que ali nunca estivera.

— O senhor entra, padre, mas este aqui fica - disse a sentinela, apontando para o "padre" Frans.

— Está bem — disse o padre, mas nós vamos falar com o diretor, avise-o já!

A sentinela interfonou para a direção do presídio e ambos entraram em um enorme pátio, mais parecendo uma praça de armas. Lá do alto um artilheiro os seguia com as mãos nervosas no gatilho da metralhadora. Frans memorizava os pontos principais daquela prisão-fortaleza: dois artilheiros no alto, em torres cobertas, ambos na diagonal do quadrado formado pelo pátio. Na eventualidade, fariam fogo cruzado. Afora isso, a prisão perdia em segurança: uma série de salas, onde burocratas preguiçosos deixavam o tempo passar, esperando a mísera aposentadoria.

Ranulfo estava sentado na sua cadeira giratória, pés na mesa, dólmã aberto e se refrescava do calor através de um velho ventilador cujas pás pareciam hélices de helicópteros. Riscava o ar com seu bastão de comando, enquanto falava. Padre Gustavo explicava, em pormenores, o porquê da presença do novo padre ali: viera exorcizar o demônio que habitava o "velho louco". Como Hans também falava alemão, trouxera-lhe o padre Frans para que melhor se entendessem na língua *mater*.

O diretor apertou os olhos, sinal de desaprovação, e resmungou entre dentes: "não estou gostando nada disso, padre". Depois, levantou-se e rodou em torno de Frans, como se quisesse descobrir segredos recônditos apenas por passear ao redor de sua vítima. Frans fazia-se de desentendido, perguntando: "*was saget er*?" (que diz?), e o padre Gustavo Müller respondia em dialeto bávaro, ainda mais gutural que o próprio alemão de ambos. O diretor fingiu acreditar, desconfiado de um ardil que, infelizmente não conseguira ainda descobrir. Sabia-se enganado, mas, jogador de poker, preferiu pagar para ver o jogo do parceiro:

— Por que o senhor mesmo não faz o exorcismo, padre Gustavo? — inquiriu o diretor, batendo com o bastão nas botas.

— Porque não sou exorcista, diretor. O padre Frans é o especialista. Só ele poderá tirar o doutor Hans de seu transe demoníaco...

— Está bem, padre Gustavo, podem ir — concedeu Ranulfo.

Havia corredores amplos, infindáveis. Escuridão e umidade. O lugar era tétrico, fantasmagórico. Causou horror a Frans que vira seu pai iluminar-se sem poder gozar de plena liberdade, desde então. Insetos percorriam os corredores disputando espaço com os roedores. E, entre baratas, aranhas e ratos descansava Hans na sua enxerga, quando viu seu amado filho, vestido de padre, entrar na cela. Percebeu no átimo que não poderia abraçá-lo, como gostaria, mas apresentar-se como se a um desconhecido. Frans, então, piscou-lhe os olhos marotos, mas fez sua parte, falando em alemão o tempo todo.

Como desconhecia as normas do exorcismo, Frans inventou o mais que pôde, ofertando aos presentes um ritual ao qual não faltou nem dignidade nem honradez, mas deixou o verdadeiro padre com o riso estancado na garganta. Hans olhava o filho com amor; havia perdido a esperança de vê-lo novamente, quando entrou naquele imundo caminhão que o trouxera à fétida prisão onde estava.

Padre Gustavo fazia às vezes de acólito, naquela desvairada pantomima. Entre dentes, disse a Hans para ir-se acalmando, demonstrando assim estar retornando à lucidez, de novo senhor de seus pensamentos. Ranulfo notou a mudança e se felicitou, poderia arrancar-lhe os segredos sobre o misterioso Códice K e um não menos enigmático vaticínio.

Apesar de fingirem não tê-lo visto, os três perceberam a presença de Ranulfo no fim do corredor, analisando aquele ritual de doidos, na mais pura representação. O diretor quase os aplaudiu em cena; e se não o fez foi por credulidade. Em momento algum daquela atuação Ranulfo julgou tratar-se de simulação. Os atores, porém, sabendo-se no melhor desempenho, comemoraram, ao final do ato único, pela expulsão do demônio daquele corpo antigo, mas cristão. Hans agradeceu beijando o filho, enquanto padre Gustavo apressava a partida.

Ao passar pelo diretor, padre Gustavo disse que voltariam no dia seguinte para ver se Hans continuava livre das pérfidas investidas do capeta. Ranulfo coçou a barba, mas não criou empecilho à volta do padre loiro e alto, que obtivera a sua confiança. O diretor intuíra algo errado, mas nada detectara. Seria paranóia continuar pensando daquela maneira de padres tão pios e cordatos.

Logo à saída da prisão, os dois padres notaram o revoar de um helicóptero por cima do presídio. Frans perguntou ao soldado de guarda quem eles eram: "são do serviço secreto" — foi a resposta do soldado, mas padre Gustavo não gostou de Frans ter-lhe falado em espanhol, pois até aquele instante o padre novo só falara alemão. Teria o soldado percebido?

A volta dos dois foi feliz. Padre Gustavo insistia em jamais ter visto exorcismo mais perfeito e digno. A frase do padre, proferida com naturalidade e graça, provocou forte acesso de riso em Frans até às portas da missão, enquanto o padre o imitava, gargalhando e dirigindo o velho jipe, com todo o cuidado para não sair da estrada.

Na missão havia um recado de Dom Diego Sebastian, bispo do Yucatan, para que o padre Gustavo se apresentasse na Casa Paroquial, com urgência. O padre ficou apreensivo, nunca recebera convocatória naqueles termos de Dom Diego Sebastian, seu antigo confessor no seminário. Tinham lá suas divergências, era verdade, mas sempre resolvidas de maneira civilizada. Uma delas dizia respeito ao Códice, que o bispo julgava melhor que fosse queimado ou colocado no *Index* da igreja. Dom Diego tinha medo do que poderia acontecer ao mundo cristão, se a profecia fosse divulgada. Falava como se fosse o fim do mundo. Muitas vezes padre Gustavo tentara passar-lhe a importância daquele códice recém-descoberto, um verdadeiro tesouro para a humanidade, mas Dom Diego Sebastian discordava sempre.

"Talvez," — pensava o padre — "se ele tivesse penetrado a alma do povo maia, percebesse as intenções daquela grande civilização e de sua importância na calibração de todo o sistema solar com o restante do universo."

Para o padre, o bispo envelhecera cedo. Além disso, para manter-se no trono episcopal tinha de ser conservador: *in medio stat virtus*, dizia sempre. Padre Gustavo refutava: se a virtude estava no meio-termo, a mediocridade também lá ficava. Apesar das divergências, o bispo admirava o padre, sabia-o íntegro e puro. O pavor da profecia só se instalara no seio da igreja pelo desconhecimento. O bispo ignorava a reação dos fiéis diante do vaticínio maia e, por questões mais políticas que religiosas, resolvera boicotar a profecia desconhecida. O temor do bispo centrava-se, principalmente, na possível perda da igreja na manipulação de seu rebanho.

Leo notara a preocupação do padre e se aproximara com o intuito de dar-lhe ajuda. O ambiente na missão estava calmo, até alegre, depois de Frans ter feito o relato de seu desempenho na prisão.

— Posso ajudar, padre? — perguntou Leo, em voz baixa.

— É o que me pergunto. Creio que sim, como antropólogo terá mais êxito junto a Dom Diego, mas tenho medo.

— Parece que quem tem medo é Dom Diego Sebastian, não é?

— Talvez ele tenha medo de perder o controle de seu episcopado e, por extensão, da igreja perder seu poder mundial.

— Mas esta é uma idéia falsa, padre! Este controle não mais existe, o mundo mudou. Será que o senhor...

— Eu sei, doutor Leo, mas para os conservadores nada mudou. No fundo, todos olham, mas ninguém quer ver. O pior cego...

— Justamente, padre. Vou junto com o senhor à audiência, está bem?

— Ótimo doutor, me sentirei mais forte e o bispo terá mais dificuldade de roubar energias de dois opositores. O doutor será minha energia de reserva...

Vicky e Luara estavam na horta colhendo verduras e conversando com o doutor Henry Land, recém-chegado da Universidade de Berkeley. O biólogo não se apresentara mais cedo, porque chegara à missão no exato momento em que Nuno aparecera ferido. Land veio à missão para ver as pesquisas do padre sobre alimentos energizados. Estava maravilhado com as descobertas ali alcançadas. O biólogo era um *yoguine* e estudava as antigas doutrinas da Índia. Esta era uma das razões do convite do padre a Land, além de publicações do americano sobre nutricionismo alternativo, que deram ao padre Gustavo a certeza de que Land poderia dar grande contribuição às pesquisas da missão.

Land nascera em São Francisco e vivera sempre voltado à engenharia de alimentos e ao nutricionismo. No momento fazia experimentos com energias alternativas. E, naqueles canteiros poderiam estar as soluções de muitos dos seus problemas nutricionais, além da beleza extrema do lugar, uma maravilha, o que lhe deixava com a plena energia de estar realmente vivo.

— Aqui tudo é belo! — exclamou Land — sem medo de ser piegas.

— Beleza para você é fundamental, não é? — indagou Vicky.

— Fundamental para alcançarmos uma energia de freqüência menos densa, interiorizando-nos.

— Quer dizer que a beleza não é relativa? — indagou Luara.

— Sim, a beleza é relativa — disse Land —, mas quando as pessoas a percebem, ela nos dá sensações semelhantes. Se você também acha este lugar lindo, ele representará para nós dois a mesma coisa: ele tornar-se-á mais vívido, mais nítido, mais brilhante. Ou seja, mais luminoso e numinoso, não é?

Vicky assentiu com um leve menear de cabeça. Luara interrogou-se, sem achar a resposta que lhe parecesse cabível.

— Na verdade — continuou Land — a beleza é a energia fluindo e equilibrando tudo ao redor. Quando sentimos o belo, percebemos uma energia poderosa, mais calma, deixando-nos mais leves, mais sensíveis. Relaxamos diante da beleza, ainda que fiquemos ansiosos e nervosos, às vezes.

— A beleza para você é uma energia calma, mas há belezas que nos fazem sentir o contrário, obras de arte até — alfinetou Vicky.

— Sim. Pode-se ter obras de arte com energias negativas. Isso só prova a relatividade das coisas. Você conviveria com uma obra que lhe causasse nojo?

— Claro que não! — exclamaram as duas, em coro.

— Então, senhoritas, o objeto pode ser uma obra de arte, mas deve ter a beleza interior que nos completa o ser.

— Não havia pensado nisso, Henry — disse Vicky reflexiva.

Leo conversava com o comandante no jardim da missão, onde Nuno se recuperava, sob os olhos dos homens de Fulgêncio. Em breve *el diablo* voltaria a Chiapas, retomando a liderança na região. Ao saber da convocação do bispo, sentiu-se culpado por ter-se ali homiziado justo naquela hora em que o bispo punha seus olhos sobre a missão. Deixara o padre Gustavo em má situação diante de Dom Diego. O episcopado sabia de tudo o que se passava em Chiapas; logo, o bispo sabia que o padre ocultava o líder rebelde na missão. Talvez punisse o padre por homiziar um fora da lei, mas Leo dera outra diretriz à conversa: sugeriu que talvez a convocatória se devesse ao apoio do padre ao códice maia, pondo em perigo o destino futuro da igreja, mas Nuno não aceitou a versão, preferindo sentir-se culpado por se ter tornado um estorvo.

O medo parecia ter abandonado o grupo. Se aquele incidente se desse dias atrás, quando da batalha entre helicópteros e rebeldes, todos teriam fugido para algum lugar longe dali. E o medo sempre fora a forma mais cruel de se perder energia.

Vicky, Luara e Land desceram para outra área da horta, onde havia um pomar e uma plantação especial, que se notabilizava pela altura alcançada de algumas espécies de leguminosas, como o feijão. Estavam deslumbrados e Vicky, que sempre fora apegada às coisas da terra, era a mais entusiasmada. Por isso, ficara horas a fio energizando aquelas trepadeiras, daí o feijão ter crescido tanto, apesar do pouco tempo dedicado. Todos os dias, de manhã cedo, Vicky escavava conversando com os feijões como se fossem velhos amigos. Notara que esse simples cuidado dera ao feijoeiro um aspecto de maior vigor, além de terem crescido muito acima do normal. Faltava agora a pesquisa de laboratório e a medição da quantidade de proteínas e carboidratos, vitaminas e sais minerais.

Henry Land coçava os cabelos vermelhos e, com o corpo estendido, colhia amostras com alguns aparelhos que trouxera dos Estados

Unidos. A missão não tinha verbas suficientes para levar adiante qualquer tipo de experimento, por menos sofisticado que fosse. Land estivera na Índia e conhecera casos semelhantes de aumento do poder nutriente de plantações previamente tratadas por energização humana. Agora esperava realizar igual experiência na missão. Dizia que a energia recebida pela planta era devolvida em forma de nutrientes, às vezes até com acréscimos. Para Henry a energia vinda do núcleo da galáxia e retransmitida pelo Sol à Terra, em movimentos de inspiração-expiração, era ainda desconhecida; tudo fazia crer: a intervenção humana aumentava o grau de intensidade dessa força ainda desconhecida.

Vicky percebera grande concentração de energia ao redor de Henry, flutuando e passando para aqueles que estavam à sua volta, principalmente para Luara. Era uma forma de amor percuciente, que percutia no mais profundo do ser, mas quase imperceptível para os atuais seres humanos insensíveis. Pena que Luara não desfrutasse daquela visão e muito menos controlasse suas energias a ponto de devolver aquela profunda dádiva.

“Havia algo de misterioso em Henry Land” — pensava Vicky — “Por que estaria se doando daquela maneira para Luara? Nem sequer a conhecia, por quê? Seria este o tipo de amor de que falavam os bruxos?”. Vicky ficou de confirmar com Land, mas lhe faltava intimidade.

Enquanto o Sol se finava no poente, espargindo sua luz iridescente por sobre aquelas florestas milenares, os hóspedes da missão resolveram reunir-se para discutir a profecia. A idéia partira de Vicky e Leo, que queriam aproveitar a presença de Henry Land, um homem versado nas ciências das doutrinas védicas.

O encontro estava marcado para as nove da noite e Vicky, saudosa das antigas recepções, exigiu trajes de gala ou semelhante, pois a reunião tinha a importância de uma celebração. Por isso, Fulgêncio, recém-chegado à missão para visitar Nuno, levara Frans e Leo a uma loja da cidade, simpatizante da causa guerrilheira, onde acharam roupas novas, embora curtas. As mulheres fizeram o mesmo em outra *tienda*, onde havia perfumes, sais de banho, artigos de toucador e maquiagem, o paraíso das fêmeas. Festa para Vicky e Luara, havia tempo que não se vestiam como civilizadas.

À noite, no amplo avarandado da missão, todos se encontrariam para fazer o balanço das conquistas interiores, aquilo definido como reeducação para entender a profecia. Além disso, seriam colocadas questões práticas, como a convocação do padre pelo bispo, motivo da maior preocupação dos hóspedes para com seu hospedeiro. No final, o mais importante: a viagem a Chichen Itza, onde haveria enfim a revelação da profecia para 2012; terminando com Hans, que continuava preso sem que alguém fizesse algo, acusado de absolutamente nada.

Quinze minutos antes do início dos trabalhos, sob o comando de padre Gustavo, eis que aparecem no avarandado três figuras inesperadas: os mestres Pop Men, Ahau e Taro. Foram festejados por todos, menos por Luara que se encolhera atrás de uma coluna, curtindo sua timidez. Desconhecia Pop Men, o mais velho deles e de presença radiante, além do motivo de sua viagem a Palenque, quando para Luara tudo começara. A moça se retraíra por excesso de humildade diante de tantos mestres. Reprimira-se de tal forma que as primeiras palavras de Pop Men foram-lhe dirigidas:

— *In lake'ch* — saudou o sacerdote.

— *In lake'ch* — respondeu Luara contraída.

— Não tenhas medo, menina — insistiu Pop Men — quem possui tua pureza deve ser altiva.

Luara enrubesceu, mas nada disse. Guardava o calor daquela frase, que lhe queimava o ser como brasa. Os demais respeitaram o silêncio e a peculiaridade do instante.

— Tu queres atingir a iluminação, não é? — indagou Pop Men.

— Sim, mestre, é só o que quero.

— Pois então, fica atenta aos acontecimentos de hoje...

Pop Men olhou o pequeno auditório à sua frente e explicou que estava ali para dar sua última lição. E começou a falar:

— Como todos perceberam, a ciência maia reconhece a existência de distintos níveis do Ser e de diferentes dimensões de consciência. Além da existência há a coexistência tanto de diversos níveis do Ser quanto das inúmeras dimensões de consciência que, juntos, passam por fases de desenvolvimentos interativos nos diversos ciclos evolutivos. O surgimento do *homo sapiens* representa determinado estágio do ciclo evolutivo de um sistema estelar, no qual a integração dos quatro níveis de consciência torna-se apenas uma definida possibilidade planetária. O estágio denominado *homo sapiens* durou 26.000 anos e, agora, estamos vivendo os últimos instantes desse ciclo que se encerra.

— E quais são as diversas dimensões da consciência? — perguntou Luara, curiosa.

— Elas estão representadas pelos signos já conhecidos: *Chicchan*, cérebro de réptil, símbolo do revestimento físico metabólico e vegetativo; *Oc*, a inteligência emocional, conceitual e estratégica; *Men*, a mente superior, inteligência vertical analógica, ressonante com a evolução da Terra; e, finalmente, *Ahau*, mente solar, mente de luz, esfera dos guias evolutivos da Terra, que nós chamamos de *Ahau Kin*, os Senhores Solares.

— E como funcionam as quatro consciências? — indagou Luara.

— *Chicchan* e *Oc* são para o uso físico e tridimensional do planeta. São interativos no uso desse corpo matérico. *Men* é o equivalente ao Ka egípcio, o corpo de luz ou sonda eletromagnética da quarta dimensão, fazendo do corpo físico tridimensional seu instrumento. *Ahau* é a mente solar de cinco dimensões, na qual o tempo não existe. Esta mente ativa-se pelo *Zuvuya*, processando informações interdimensionais em nome do planeta.

— O culto ao Sol aqui na Terra — interrompeu mestre Taro — foi muito poderoso, quando utilizaram a semente, a energia inicial desse ciclo que agora está terminando tanto no Egito, na Mesopotâmia e na Índia quanto na China, no México e no Peru. Entretanto, o materialismo cortou essa mobilização planetária do culto solar e os seres humanos passaram a acreditar apenas em seus corpos tridimensionais e quase nada em seus corpos de luz quadrimensionais. Por isso, as comunicações entre os terráqueos e os Senhores Solares retrocederam.

— A profecia tem a ver com a retomada de contato com os Senhores Solares? — perguntou Leo.

— Sim — disse Pop Men — essa é a nossa luta, agora. O advento dos grandes avatares, como Buda e Cristo; e, na América, de Pacal e da Serpente Emplumada deu-se para manter viva a memória evolutiva superior, a evolução cósmica.

— Infelizmente — atalhou Ahau — como vimos ao final do décimo segundo ciclo ou *baktun* 11, a luminosidade do culto solar planetário havia se ofuscado e a sombra da matéria ocupou seu lugar, em definitivo, como a nova ciência. Houve o eclipse da religião solar. Tanto as forças positivas quanto as negativas possuem seus *insights*. O mundo das sombras materialistas forjou seu estalo, nascendo a ciência do materialismo mecanicista. E, no final da conquista espanhola de 1697 d.C. deu-se o eclipse total. Este ciclo está no fim, por isso temos de nos calibrar novamente com as energias cósmicas, se não seremos destruídos pelo materialismo, criado pela própria humanidade, ao reinar na sombra.

— No começo do atual ciclo evolutivo, portanto há vinte e seis mil anos atrás — disse Taro — auge da última Era Glacial, os Senhores Solares foram contemplados com as sementes evolutivas. O intuito era o de ativar os diferentes estágios do atual ciclo, agora em vias de encerrar-se. Essas sementes são formas essencialmente eletromagnéticas dos arquétipos do ciclo evolutivo. Ou seja, quando o corpo físico se sincroniza com o corpo de luz, formas arquetípicas adequadas são acionadas, mas isso só se dará quando houver uma necessidade de sincronização da terceira com a quarta dimensão.

— Quer dizer, se a humanidade quiser? — interrogou Frans.

— Exatamente. O livre arbítrio existe sempre — disse Pop Men.

— E o nome mítico da quinta dimensão é *Shambala*, onde vivem os guardiões dos arquétipos do ciclo evolutivo, os *Ahau Kines* — explicou o monge tibetano, concluindo — Tudo se deu depois do nascimento de Buda, filho da rainha Maia, justamente no ponto médio do Grande Ciclo — 16.10.0.0.0. Foi quando o rei *Suchandra* de *Shambala* pediu a Buda que revelasse os ensinamentos sobre a Roda do Tempo ou *Kalachacra*.

— Onde fica *Shambala*? — perguntou Vicky.

— Agora, está na esfera interdimensional, ocupada por milhares de guerreiros espirituais prontos para descer sobre a materialista Terra atual — concluiu Taro. Antes *Shambala* era aqui. O rei *Suchandra* levou os ensinamentos de Buda ao seu reino, onde floresceram sob sete reinados de sete reis do *dharma*. Depois do sétimo, a rainha *Visvamati*, *Shambala* retornou à quinta dimensão.

— Os Senhores Solares — disse Pop Men — estão vigilantes e sintonizados. O Senhor Solar do Egito teve grande proeminência em 3113 a.C., sob nome de Ra, consagrado na décima terceira câmara da Grande Pirâmide. Ra foi a semente de tudo, a luz pura a iluminar o início do ciclo, evocando na memória da humanidade propósitos evolutivos superiores.

— Quer dizer que perdemos o comboio da história cósmica? — perguntou Leo, irônico.

— Ainda, não — disse Pop Men, com um sorriso de fora a fora. Na verdade, o único fato patente disso tudo foi a industrialização global da Terra, orgulho maior de uma humanidade cega, ufanando-se daquilo que irá destruir. Sabemos ser difícil para uma humanidade que pensa o mundo como se fosse uma máquina, perceber no Sol uma inteligência cósmica. Muito menos que este Sol, que os humanos pensam ser um mero relógio, seja um transmissor-receptor de ordens vindas do núcleo central da galáxia. Haverá tempo, contudo...

— A profecia traz em si uma catástrofe? — indagou Frans.

— Não precisamente — informou Pop Men —, mas se alguém, em meio a um oceano, não quiser nadar...

— Os antigos astecas chamavam as forças das trevas de *Tezcatlipoca* — o Senhor Negro do Tempo — disse Leo. Segundo antigos relatos, foi este Senhor Negro que travestido de Serpente Emplumada encarnou-se em Cortés, em 1519 d.C., quando invadiu o México, será isso?

— Exatamente — disse Ahau. Os mexicanos pensaram tratar-se de um deus, mas era o diabo em pessoa, que matava, ironicamente, em nome da fé Cristã.

— É muito estranho — cortou Nuno — que o poder faustiano da bomba atômica em Hiroshima e Nagasaki deu-se pela liberação do átomo, o mesmo poder que gerou o Sol... Será que a humanidade aprendeu a lição? Não parece. Há arsenais atômicos espalhados por todo o mundo...

— E agora temos também vírus mortais — disse Leo.

— E a profecia, Mestre? — indagou Luara.

— O Códice K está em Chichen Itza, precisam ir até lá — respondeu Pop Men. Quanto a Hans, que sinto presente na mente de todos, não se preocupem, ele logo voltará. Ahau dará um jeito...

Pop Men despediu-se e sumiu na escuridão da noite. Ninguém tivera coragem de deixar a varanda onde minutos antes se discutira o destino da humanidade.

— Esta resposta de Pop Men não foi metafórica — disse Nuno.

— Que resposta? — perguntou Vicky, distraída.

— Aquela do afogamento, se o sujeito não quiser nadar...

— Por quê? — perguntou Luara.

O comandante ajeitou-se na cadeira e iniciou uma outra fase da reunião:

— Quero lembrar que vivemos num oceano eletromagnético. Os maias acreditavam que o plano físico da Terra é o leito desse mar eletromagnético e multidimensional. Há os nadadores em correntes mais acima e outros para além da superfície terráquea. Se quisermos sobreviver neste mar eletromagnético devemos usar o nosso circuito bioeletromagnético. O que a humanidade vem desprezando é este radar. Um único ser humano pode ser co-autor de um campo eletromagnético de grande intensidade, enquanto permanecer calmo e em ressonância com o planeta. Este fato foi comprovado por Nicolas Tesla, em seu laboratório de Colorado Springs.

— E como isso funciona em nosso corpo? — quis saber Leo.

— É simples — disse Nuno. Primeiro, o radar sensorial, composto pelos sentidos e pela mente; depois, os canais neurológicos, a transportar os impulsos elétricos dos sentidos para serem processados no computador central: o cérebro. Afinal, os centros psicofísicos, associados ao sistema glandular, chamados *chacras* e sua rede de fluxos de energia.

— E como se completa esse circuito? — indagou Vicky.

— Com as correntes que fluem como transmissão ressonante do sistema de *chacras*, atravessando o *Kuxan Suum* (a corda cósmica do *Popol Vuh*) e daí para as amplas correntes do mar eletromagnético que nos conecta aos planos dos Senhores Solares e Guias Solares, depois até o Sol e deste para o núcleo cósmico.

— Podemos fazer isso com os nossos chacras? — indagou Luara.

— Sim, senhorita — respondeu Nuno.

O repentino silêncio parecia querer pôr as coisas no lugar e a noite cheia de estrelas insistia para que todos fossem conhecer o grande oceano eletromagnético que não vemos a olho nu. Na missão, padre Gustavo estava mais preocupado com o dia seguinte, quando teria de discutir cara a cara com o bispo. O padre estava muito preocupado; não queria perder a direção da entidade missionária, pois a construíra com tanto desvelo e dificuldade. Não estivera no encontro do alpendre. Preferiu meditar e orar para que o bispo não o punisse. A presença de Leo poderia ajudá-lo a dobrar o bispo e suas teses retrógradas.

Henry Land maravilhara-se com as idéias maias e com a presença de Pop Men, que jamais pensara encontrar em uma missão católica. Sua iluminação dera-se por um encontro com o meio natural, no meio de frutos, verduras e legumes, isso há três meses. Desde então buscava provar as teorias, vivenciando-as diretamente nas pesquisas. O grupo continuava perturbado com a prisão de Hans, mas Ahau e Taro diziam que sua liberdade era apenas questão de tempo. Hans não cometera crime, nem infringira leis; estava sendo discriminado por parte das autoridades por ser um adepto da profecia e das idéias maias. A humanidade muito sofrera por idéias obscurantistas, que sempre acabaram por cegá-la. Igreja, governo e poderosos sempre quiseram o povo na ignorância para melhor manobrá-lo. Apesar disso, a intuição desses senhores do poder estava incerta: o tempo do materialismo escoava depressa como areia por entre os dedos dessa mão reinol.

Em momento algum o padre viu-se ameaçado em sua fé. O que chamavam de esoterismo maia não passava de ciência, empírica talvez, mas ciência, na qual não faltavam cálculos matemáticos e o emprego da astronomia. O que a igreja temia, desde os primeiros contatos com aquela civilização, eram certas coincidências entre os ritos católicos e os maias: o uso de incenso, a adoração da cruz (para os maias, a cruz eram os pontos cardeais), o batismo e a crisma, enfim rituais desconcertantes para os missionários católicos que se julgavam os únicos donos da Verdade e da Fé. Padre Gustavo, ao contrário, percebera o quanto os chamados civilizados se tornaram selvagens. Os fatos estavam diante de todos, mas ninguém desconfiava que o excesso de materialismo conduzisse a humanidade a lugar algum. O padre esperava que as mudanças do fim do milênio trouxessem tudo de volta ao eixo natural, mas Leo sabia-o ingênuo e desculpava-o por mais esse pecado de esperança cega. As mudanças só poderiam ser radicais, não havia mais tempo para a recuperação de cada ser humano. O planeta estava ameaçado por todos os lados. O padre pensava estar vivendo uma espécie de Juízo Final sem as ameaças do Apocalipse. Por isso, estudava a ciência maia como um arauto de um novo tempo por vir, os descobridores do Grande Ciclo ou Conta Longa. O Grande Ciclo estava no seu final: cinco mil cento e vinte e cinco anos se passaram e ninguém conseguira vislumbrar uma saída honrosa para os humanos. O materialismo só acenara com progresso, deixando de lado a espiritualidade, única salvação possível.

12 =

O Juízo Final

Leo e padre Gustavo acordaram cedo. Era o dia da audiência com o bispo, que os receberia na Casa Paroquial, pois a cidade era pobre e não possuía palácio episcopal. Depois de um desjejum rápido, despediram-se dos demais e partiram no velho jipe da missão. Não se falaram durante o trajeto. Ao chegarem próximo do local, soldados do exército faziam barreira, pedindo documentos a todos os veículos. Leo sentia algo estranho no ar. Aquela atitude era anormal, pois o país não se encontrava em estado de sítio. O jipe foi barrado a cem metros da Casa Paroquial.

— Documentos! — ordenou o soldado de metralha em punho.

— Sou o padre Gustavo e...

— Eu sei quem você é! E esse outro aí, quem é?

Leopoldo pegou seu passaporte no jaleco e passou-o ao guarda, que o verificou exaustiva e demoradamente, enquanto o padre, nervoso, chamava a atenção do soldado para a audiência com o bispo, tinha hora marcada. Leo, querendo puxar conversa, perguntou ao soldado o porquê de todo o aparato.

— Não tenho de dar satisfações a estrangeiros! — disse rispidamente o soldado, devolvendo o passaporte e ameaçando:

— Seu passaporte expira em quinze dias e não será prorrogado. Por isso, é bom comprar sua passagem de volta já! — e deu-lhes as costas.

Leo nada entendera. Como um simples soldado saberia se o seu passaporte seria ou não prorrogado, fato tão banal em se tratando de turista. O padre sentiu a situação tensa, mas buscou equilibrar-se, respirando fundo e pausadamente. Chegara a hora da verdade.Pedia a Deus que iluminasse o bispo.

O prédio era velho. Um sobrado corroído pelo tempo e por diversas reformas que o descaracterizaram, deixando cicatrizes de restauros mal-feitos. Apesar disso, tinha um ar mestiço das edificações iniciadas pelos espanhóis, mas terminadas pelos índios locais. Leo caminhava atrás do padre, que ia abrindo as portas das diversas salas até chegar à principal, onde o bispo concederia a audiência. Percebia-se que a presença ali de Dom Diego Sebastian transformara a vida daqueles padres todos; inclusive do seminário ao lado, com sua clausura cheia de noviços de rostos infestados de acne e imberbes, alcunhados "padrecos" pelo populacho. Um corredor estreito unia a Casa Paroquial ao seminário.

A sala de audiência estava ricamente ornamentada por tapetes e quadros nas paredes, retratos de todos os antecessores do gordo Dom Diego Sebastian, que não se levantou para cumprimentar padre Gustavo. Tinha a voz mansa, mas firme; as pernas curtas e a barriga proeminente, que o impedia de normalmente abraçar alguém. Dir-se-ia, se houvesse coragem para tanto, que o perspicaz Dom Diego era um glutão. Seus olhinhos faiscavam; iam e vinham do padre a Leo, e deste de volta ao sacerdote, velozmente. Não perdia um só gesto de ambos, nada lhe passava despercebido. Exalava perfume francês, demonstrando vaidade e orgulho do alto cargo eclesiástico. Padre Gustavo apresentou-lhe Leo e, logo, o bispo quis saber o que Leo fazia naquelas lonjuras. Leo contou-lhe de suas pesquisas sobre os maias, mas parou ao perceber que as sobrancelhas de sua Eminência Reverendíssima levantaram-se; sinal de perigo. Dom Diego Sebastian disfarçou sua revolta, insistindo em uma audiência a sós com padre Gustavo.

— O doutor Leopoldo haverá de entender que temos assuntos interditos aos laicos, não é mesmo, doutor?

— Nada poderei fazer de mal à igreja, Dom Diego, mas quem sabe posso traduzir o mundo maia de modo mais correto, além da rara oportunidade de ter conhecido sua Eminência o que me é já uma subida honra...

A vaidade, irmã do orgulho e do egoísmo, instalara-se como se vírus fosse naquela alma de clérigo carente de elogios fáceis. Dom Diego Sebastian fitou Leo com afeição, mas sua mansidão era só aparente. Ele não queria mais ver padre Gustavo em meio a "fantasias maias", como era definida por Sua Eminência a profecia irrevelada que estava contida no códice blasfemo.

As energias na sala saltavam de um para o outro, mas a ortodoxia do bispo era demais obsessiva para resolver-se em um só encontro. Padre Gustavo tentou de tudo, mas as conveniências da igreja impediam o bispo de sucumbir aos seus apelos.

— Sei que ambos são bem intencionados, mas tenho de defender a fé cristã. Não posso aceitar essas crendices maias e pôr em perigo meus fiéis. Essa profecia poderá destruir o nosso passado e, quem sabe, até o nosso futuro. Sua missão, padre Gustavo, é seguir as leis canônicas. Além disso, o governo não vê com bons olhos esse Códice K. Vocês já o conhecem?

— Infelizmente, Eminência, ainda não — disse Leo.

— Felizmente, o doutor quer dizer. As escrituras sagradas já tudo disseram. Não há nada de novo, senão superstições.

— Eminência — disse o padre — minha fé está intacta e quero manter as pesquisas, se Vossa Excelência permitir.

— Vou pensar, padre. Darei a resposta dentro de alguns dias. O governo está pressionando a igreja para que lute ao seu lado contra essas diabólicas blasfêmias esotéricas. Vamos ver como tudo se ajeitará. A primeira coisa a fazer, meu caro padre Gustavo, é tirar a profecia da cabeça. Sua missão é ensinar a palavra de Deus. Por enquanto, faça suas pesquisas, mas cuidado há gente muito poderosa querendo interferir nesse processo; e que Deus o abençoe, doutor Leo.

Audiência terminada. O padre estava feliz. Nada lhe fora proibido e a presença de Leo lhe dera forças para, pela primeira vez, enfrentar o bispo, que recuara diante da força espiritual de Leo, que reproduzira na audiência parte do *insight* de sua iluminação. O padre viu as energias de Dom Diego Sebastian derrotado pela espiritualidade de Leo, ao devolver com fraternidade as forças energéticas tiradas ao bispo.

O retorno fora alegre e relaxado, mas nem Leo nem o padre quiseram tocar mais naquele assunto. A conspiração dos poderosos, porém, fechava o cerco em torno do grupo. A presença do exército nas ruas comprovava a tese. Por isso, Leo resolveu que a partida para Chichen Itza devia ser imediata.

Ao entrarem na missão, perceberam certo alarido, grupos discutindo e certa apreensão. Vicky correu ao encontro de Leo contando-lhe sobre a fuga de Nuno. O padre se arrependeu de não ter ido falar com Nuno, antes de sair.

— Quando acordamos Nuno já não estava mais na missão. Deve ter fugido à noite — disse Vicky.

— O comandante sentia-se mal, pois trouxera problemas para o padre com sua presença na missão — acrescentou Leo.

— É uma pena — disse o padre — espero que esteja bem.

A conversa mudou de rumo. A viagem para Chichen Itza deveria ser antecipada; havia um exército atrás deles e, em breve, estaria às portas da missão. Havia só um problema: como tirar Hans da prisão. Frans não queria deixar seu pai prisioneiro do “crápula” do Ranulfo. Luara também não se sentia preparada para a profecia, embora os outros dela discordassem. O padre convidou todos para uma reunião na cozinha. Queria preparar a refeição de despedida, porque eles tinham resolvido partir naquela noite, encobertos pela escuridão. Foi quando Ahau entrou na cozinha e deixou todos pasmos, ao afirmar:

— O velho Hans não precisa de ninguém para sair da prisão, basta usar seus novos poderes — disse rindo.

— Que poderes, Ahau? — quis saber Leo.

— Os do *Tzolkin*, ora.

— Como se faz isso? — indagou Vicky.

— Vocês são por demais teóricos. Sabem tudo, mas nada colocam em prática. O velho Hans já saiu daquela cela várias vezes, usando seu corpo de luz...

— Como assim? — perguntou Frans, curioso.

— O velho Hans não quis sair da prisão para ver se descobria quem está por detrás dessa conspiração. Se ele quiser, sai agora mesmo...

— E porque não nos disse isso, Ahau? — perguntou Luara.

— Pensei que soubessem. Hans estará aqui à noite...

— Quem lhe disse que partiremos à noite? — insistiu Frans.

— Vocês partirão à noite, porque a missão será cercada pelo exército exatamente à meia-noite, só por isso...

A notícia explodiu no meio do grupo. Uma forte energia fluía ali, assustando Luara, que nunca vira tal concentração de forças, indo e vindo de um para o outro. Ahau sumira, talvez em busca de Hans, lá na prisão. Frans pediu a todos que se mantivessem concentrados, pois aquela energia poderia ajudar Hans a fugir. Por telepatia, enviou mensagem a Hans que a devolveu de imediato, dizendo estar pronto para partir. Precisava de alguma coisa para desviar a atenção da soldadesca, talvez uma tempestade, daquelas de Ahau, talvez um incêndio. Poderiam deixar, que ele se arrumaria. Padre Gustavo começou a preocupar-se com aquelas forças desconhecidas, sobrenaturais, jamais vistas, mas Leo buscou acalmar o padre, pois eles mesmos desconheciam aquele poder; ninguém ali tinha domínio sobre aquilo. O Sol aquecera o milagre energético, trazendo-lhes a mensagem dos Nove Senhores do Tempo, por isso todos saíram para o pátio comemorando a sua aparição. A energia pousara como um pássaro raro sobre a energia cósmica de cada um.

Ninguém conseguira demover padre Gustavo de sua idéia de ficar; um pouco porque não podia deixar a missão sozinha, outro tanto porque tinha suas ordens e o bispo poderia puni-lo, tirando-o da missão, se viesse a descobrir sua conivência com aquele grupo naquela aventura.

— O senhor será preso, padre, ainda hoje... — disse Vicky.

— Não tem importância, o bispo me libertará. Vocês, sim, terão a grande responsabilidade de divulgar a profecia, sei que o farão e espero estar na lista de contemplados...

— Traremos a profecia aqui para o senhor, padre — disse Leo.

— Então façam suas malas. Eu estarei rezando na capela...

O grupo se desfez, depois da comida pronta. Aquele almoço tardio seria servido ao ar livre, entre as árvores do pomar onde Henry Land distraia-se pesquisando seus legumes energéticos. O pesquisador não participara da reunião. Não foi encontrado; se embrenhara na mata em busca de plantas silvestres, como a *Achras Zapotea*, a sapota, de cuja seiva se extrai a goma de mascar, já conhecida dos maias. A sapota produz o sapoti, fruto muito apreciado. Henri ficara extasiado diante do paladar do sapoti, tão diferente da banalidade do chiclete. Ao saber da expedição a Chichen Itza, para a revelação da profecia, o ruivo Henry Land entristeceu-se, pois não poderia deixar suas pesquisas naquele instante. Talvez, seguisse depois, alcançando-os a tempo de ouvir a profecia por Pop Men. A tranqüilidade e o silêncio da missão seriam trocados em breve pela alegria e os folguedos das crianças carentes, que voltariam das férias, alegrando o ambiente com seus brinquedos.

Fulgêncio aparecera à tarde, quando todos arrumavam suas mochilas para a viagem. Colocou-se à disposição para transportar o grupo; seria uma viagem longa. O comandante Nuno enviara Fulgêncio para levá-los por terra em um micro-ônibus que, na Segunda Guerra Mundial, pertencera à Cruz Vermelha, cujo símbolo ainda estava pintado nas laterais e na capota do veículo. O comandante pensara em usá-lo como um disfarce, caso os helicópteros aparecessem. E, para tornar a dissimulação mais real, os homens de Fulgêncio trouxeram-lhes aventais brancos.

A idéia era escapar à noite, sem chamar a atenção de observadores. Andavam todos desconfiados de tudo e de todos. Leo tinha certeza de que exército, polícia e igreja estavam unidos naquela perseguição aos defensores da profecia, pois esta poderia mudar os destinos do mundo, desalojando-os do poder. Havia pressões muito fortes e a operação devia estar sendo subvencionada por multinacionais poluidoras.

Hans e Ahau apareceram no final da tarde. Hans estava mais magro e com uma imensa barba de profeta. Com a chegada de ambos o grupo completou-se, por isso, Leo os reuniu no alpendre.

— É melhor irmos já. O Hans já chegou e nada mais nos prende aqui. Não tenho bons pressentimentos. Vamos embarcar e esperar que o Sol se ponha no horizonte.

Meia hora depois, o Sol recolheu-se por completo e o comboio partiu pelas portas do fundo da missão, pela estradinha de terra batida em direção ao Yucatan. O padre acenava do portão, tendo ao lado Land, a balançar seu chapéu de Panamá, ambos frustrados por não partirem com o grupo. Fulgêncio resolveu dirigir o ônibus, recordando-se dos tempos passados na Cidade do México, onde fora motorista de uma empresa de transporte. Sabia, porém, que a viagem ia ser difícil, pois havia muitos obstáculos no caminho, além da grande distância. "Se ainda vierem os helicópteros, a coisa ficará feia" — pensou o fiel escudeiro de Nuno.

No fundo do veículo, o mestre Taro dizia a Luara como se dera o encontro da mente chinesa com o pensamento indiano, sob a forma de Budismo. O monge tibetano referia-se ao século I de nossa era, quando a tradução dos *sutras* budistas estimulou os pensadores chineses, levando-os a interpretar os ensinamentos de Buda à luz de suas próprias filosofias. O apogeu desse processo de intercâmbio deu-se na Escola *Hua-yen*, chinesa; em sânscrito, *Avatamsaka*, e na Escola *Kegon*, no Japão.

— O aspecto pragmático da mentalidade chinesa respondeu a apelos do Budismo indiano na prática e desenvolveu uma forma de disciplina espiritual, que recebeu o nome de *Ch'an*. Esta disciplina espiritual foi adotada no Japão em 1200, sob o nome de *Zen* — explicava mestre Taro a Luara.

— Quer dizer que o *Zen* é uma combinação única de três culturas diferentes, Mestre? — indagou Luara.

— Exatamente, senhorita. Trata-se de um modo de vida típico japonês: refletindo o misticismo indiano, o amor taoísta à natureza e à espontaneidade, e o pragmatismo sólido da mente confucionista. Em sua essência, porém, é budista, pois o seu objetivo é a iluminação ou *satori*.

— E como se encontra o *satori*, mestre? — quis saber Luara.

— Respirando e vivendo, senhorita; vivendo e respirando...

O ônibus dava saltos em balanços ritmados. A viagem para o Yucatan não favorecia quem fosse por estrada, só de avião. Aqui e ali pequenos pueblos miseráveis, herdeiros orgulhosos da nação maia, aquela que séculos antes ali plantara cidades sem fim.

Debruçados sobre o grande mapa cedido pelo padre, Leo e Vicky procuravam os mais curtos atalhos para Chichen Itza. Havia um impasse: teriam de penetrar pela selva do Peten, se quisessem lá chegar por terra; uma floresta impenetrável de oitocentos quilômetros em linha reta, território pantanoso, aberto aqui e ali por lagoas insalubres, recortado por rios largos de furiosas correntes. Fulgêncio cortou a conversa de ambos, informando que tinha um compadre morando no caminho, que era piloto profissional. Chamava-se Pepe e vivia do aluguel de seu piper. O único problema era o número de passageiros; cabiam só seis no piper de Pepe. No ônibus, Leo contou oito, com Fulgêncio, mas o motorista foi logo dizendo que não ia. Sete sobravam, um a mais da lotação do piper. Mestre Taro e Ahau preferiam ir pela floresta e se uniriam a Pop Men nessa caminhada. Portanto, restavam os dois casais, Hans e Pepe, o piloto, número ideal do piper.

Fulgêncio contava dos perigos do Peten. Quando tinha dezoito anos fizera uma incursão por aquela floresta, cheia de mosquitos transmissores de doenças mortais. Se ali tivera o prazer de desfrutar da beleza de belos espécimes, como os barulhentos papagaios de plumagem azul e dourada, ou os engraçados macacos-aranha, que lhe atiravam paus e frutos, raivosamente, defendendo seu território; havia lá também jacarés, cobras, aranhas e morcegos, dos quais Fulgêncio nem queria lembrar-se. Sua memória acusava uma densa folhagem, formando uma abóbada verde natural de uns cinqüenta metros de altura que, de tão cerrada, deixava tudo por baixo imerso na mais espessa penumbra. Árvores gigantescas, cujos grossos troncos formavam um enorme emaranhado, amálgama de vegetais, flores e frutos; impossível distinguir uma só fragrância, uma forma mais nítida, uma simples mancha colorida em todo esse caos de folhas e ramos que, de tão fechados, perdiam identidade, formando um teto de verdor intransponível. Fulgêncio lembrava-se de milhares de parasitas, que se incrustavam nos troncos para sobreviver, sugando a vida do seu ingênuo e generoso hospedeiro. Entre essas, a *matapalo* era a que mais o fascinara, a partir da tradução de seu nome: mata-árvore, trazendo já no nome a função assassina. Leo lembrou que Peten significava *lugar isolado*. Nada mais exato comentou Fulgêncio, que se sentia emocionado ao voltar a dirigir um ônibus, depois de tanto tempo, trazendo-lhe recordações da capital com seu trânsito confuso, outro tipo de selva. Fulgêncio dirigia com os faróis apagados para que não fossem descobertos pelos helicópteros. Como lembrança puxa lembrança, o velho Fulgêncio recordava-se de algumas histórias contadas por sua avó — *Encarnación*, *la Vieja* —, como era chamada. O Peten tinha muito a ver com Cortés e com sua avó.

La Vieja tinha voz fanhosa e rouquenha, mas de sua boca desdentada saíam histórias memoráveis, todas recontadas pelo neto. E quase todas sobre o Peten, pois *La Vieja* era uma itza da região. Uma das histórias mostrava os perigos do Peten: "Corria o tempo devagar, naqueles tempos antigos — dizia a velha — e Cortés já tinha conquistado *Tenochtitlan* (atual Cidade do México), em 1524. Sem o que fazer, Cortés buscava alcançar Honduras por terra, embrenhando-se na selva do Peten. O objetivo oficial da expedição era surpreender o dissidente capitão Cristóbal de Ollid e puni-lo. Cortés teria de vencer aquele território impenetrável, pantanoso e mergulhado em espessa selva, tentando vencer rios e lagoas insalubres, sofrendo ataques desde mosquitos mortais até feras. O grande conquistador estava diante de um inimigo mais poderoso que os astecas recém-conquistados. A viagem durou dois anos de marcha para cobrir dois mil e quinhentos quilômetros, dos quais oitocentos eram só de floresta virgem. Fora uma marcha de famélicos com cenas comuns de canibalismo, pois os espanhóis levaram uma vara de novecentos e sessenta porcos para alimentar cento e quarenta soldados e três mil astecas. Os historiadores citam canibalismo só do lado indígena, mas *Encarnación*, *la Vieja* não acreditava nisso e cuspia para o lado, enojada da mentira oficial. Na marcha Cortés levava preso o príncipe Cuauhtémoc, herdeiro de Moctezuma. Este fora sacrificado por seu próprio povo por mostrar-se servil aos espanhóis. A expedição foi uma grande mentira. Cortés quis ir por terra porque sabia da existência do tesouro de Moctezuma e esperava que Cuauhtémoc o levasse diretamente àquela riqueza. Até hoje não se sabe — cuspia a velha de novo enojada — porque Cuauhtémoc foi enforcado por Cortés, mas desconfio que o príncipe não contou onde estava o tesouro de Moctezuma, barras e barras de ouro até hoje escondidas em algum lugar no Peten".

O comboio corcoveava como mula, enquanto Fulgêncio contava as histórias de sua avó. A predileta era a da princesa *Sak Nite*, que *la Vieja* dizia com requintes de terror só para assustar o neto: "Todos os itzas já tinham deixado o Yucatan um século antes de Cortés ali chegar, mas levaram cento e setenta anos para dominarem os itzas do Peten". E a velha cuspia de orgulho; riso na boca sem dentes.

"Nessa época de declínio havia uma princesa chamada *Sak Nite*, filha do rei de Chichen Itza e pretendida por *Kanek-Ta*, um chefe humilde, naquela época de pobreza e infortúnio. Este chefe sem linhagem nobre ambicionava casar-se com *Sak Nite* para reforçar sua posição social com a união. Esta pretensão desagradara o rei, que já havia decidido casar a bela filha com o príncipe *Ulmil Itzahal*, ao mesmo tempo que enviava o embaraçoso pretendente para Tocul, aldeia longínqua. Tomado de fúria, Kanek-Ta raptou a princesa na cerimônia de casamento, apesar dos riscos de represália que sofreria tanto do rei, com sua superioridade militar, quanto do noivo ofendido, que ampliava o poderio militar com seus soldados. O raptor decidiu se refugiar na região mais profunda da selva, fixando-se na Ilha de Tayasal, no lago do Peten. A lenda nos diz — explicava

Encarnación — que a infeliz princesa preferiu atirar-se às águas do lago a ceder. Anos depois, suas ossadas foram encontradas na margem, junto de uma maravilhosa flor branca, que recebeu o nome da princesa, símbolo de pureza e fidelidade. *Sak Nite*, hoje, tornou-se símbolo do Peten."

Fulgêncio ainda se lembrava de como sua avó contava essa história, à beira da fogueira, deixando-o aterrorizado com o tremeluzir tétrico do fogo, criando na criança pesadelos infernais. À noite, o guri sonhava com a princesa, que mais parecia uma bruxa, a dizer-lhe: "Vem meu menino, vem ser o filho que não tive". Leo levantou-se e deu um safanão em Fulgêncio, que dormia ao volante, sonhando com *La Vieja*.

Estavam próximos de Penosique. Já se ouvia o ruído das águas do Usumacinta. A manhã brilhava com os primeiros raios do Sol. O colorido era intenso. As verdes águas do Usumacinta, que pareciam uma enorme esmeralda, misturavam-se ao vermelho do Sol, salpicando nas águas cor de jade tons de amarelo e carmim.

Vicky acordara com o safanão de Leo em Fulgêncio e este despertara estremunhado e assustado; dirigira a noite toda sem despregar o olho da estrada escura. Meio ensonado ainda, puxou a direção para a esquerda, evitando bater nos calombos de terra do acostamento esburacado. Rezava para Pepe estar em casa quando lá chegasse. Orava com fé, pois ali só ele sabia o que era penetrar na selva do Peten com neófitos. Se o grupo não fosse de avião, Fulgêncio achava que não sobreviveria, daí sua reza forte.

A estrada seguia paralela ao Usumacinta, o rio imperial dos maias clássicos, por cujas águas da cor do jade viajaram gerações pescando peixes e mariscos e recolhendo o sal marinho que se misturava às suas águas, servindo de tempero. Estavam próximo à desembocadura do rio na baía de Campeche, Golfo do México. As narinas de Leo percebiam resquícios de maresia misturada ao ar puro dos arredores da cidade. Leo olhava tudo com saudade de um tempo não vivido. O rio de margens barrentas e fortes correntes, a destruir tudo à sua passagem, tirando de sua frente todo obstáculo ao seu destino flutuante de desaguar no golfo. O Usumacinta fora, em remotas eras, o rio Nilo dos maias, fertilizando a terra com seu húmus benfazejo, fora o rio da unidade imperial dos maias, não o divisor de fronteiras entre o México e a Guatemala, como é hoje conhecido. Não havia nações naquela época, apenas cidades independentes: Palenque, Piedras Negras, Bonampak, Quiriguá e Copan. Leo julgava melhor a estratégia dos maias clássicos, que viveram sempre cercados por rios e cachoeiras, e não entendia os maias-toltecas do Yucatan, lugar seco e úmido, onde a água sempre fora escassa até para a sobrevivência. Com a mudança de costumes, vieram também modificações nos cultos religiosos e a implantação de uma deusa — a Serpente Emplumada —, em substituição a *Hunabku*, o deus-núcleo da galáxia, a energia dona dos destinos humanos. Até então ninguém soubera provar porque os maias clássicos abandonaram suas cidades, demolindo uma civilização de mil e oitocentos anos — de 1000 a.C a 830 d.C. —, tentando revivê-la no Yucatan, depois desse período.O fim da cultura maia no Yucatan fora devido a uma seca terrível, com séculos de duração e revoltas no interior do império. Mas, mistério mesmo fora o fim dos maias clássicos da Mesoamérica, onde as cidades dispunham de aquedutos e água em abundância. Apesar das inúmeras explicações, o mistério continuava. A não ser que a humanidade acreditasse que o povo maia tinha uma missão esotérica que só poderia realizar-se, agora, com a profecia.

Viajavam em direção a Chichen Itza, a mais importante cidade do Yucatan, graças ao esforço dos itzas, pois a cidade escolhida para sede do império fora Mayapan, que acabou dando seu nome à Liga, reunião das cidades-estado. Leo relembrava suas lições de história, precisava cumprir seu destino em Chichen Itza, Cisterna dos Itzas, onde por ironia estava o novo destino da humanidade no Códice K. Ironia porque nessa cidade se cultuou a morte, sacrifícios humanos de milhares de jovens, mas que agora tornava-se o lugar da renovação da vida, de um novo ciclo por vir. No pensamento de Leo o Códice K só poderia ser uma síntese das duas vertentes da cultura maia, uma perfeita simbiose entre os clássicos e os maias-toltecas do Yucatan;

fusão de Palenque e Chichen Itza, ou ainda entre Pacal e Quetzalcoatl, os dois mais importantes avatares ou enviados cósmicos.

"Teotihuacan: este era o nome da palavra-chave das religiões da Mesoamérica" — pensou Leo. "A central ecumênica de Teotihuacan, para onde confluíam todos os ritos de todas as raças americanas, cerne de todas as ansiedades cósmicas de todos os desejos universais. A própria tradução de seu nome: *Lugar onde os deuses tocaram a Terra* dava-lhe a sensação de que fora a central de comunicação dos Nove Senhores do Tempo, os Mestres Cósmicos. Por isso, foram achados em Teotihuacan artefatos de todas as raças e civilizações mesoamericanas. Sabia agora que a Serpente Emplumada não era apenas uma deusa, mas uma deidade múltipla; não um ser humano, mas uma coletividade de seres; não uma só religião, mas um complexo místico, a estrutura mental esotérica. Tinha mil feições, formando constelações de formas místicas com sua presença múltipla e multiplicada, ânima da cultura maia do Yucatan. Kukulkan, a serpente-pássaro, associada à estrela da manhã ou da tarde, ou mais precisamente ao planeta Vênus. Fora em Xochicalco, tinha certeza, o 'lugar da Casa das Flores', onde se dera o encontro das elites maias, após o abrupto declínio da era clássica. Lá nascera o Quetzalcoatl histórico, na primeira metade do século X; a mesma Serpente Emplumada que agora se fazia exibir sob a denominação de Códice K, trazendo à tona das profundezas do Ser a profecia para 2012."

O ônibus entrara na chácara de Pepe. Fulgêncio dera um longo suspiro de alívio ao perceber o piper no hangar.

"Graças a Deus" — pensou — "não tenho de passar pelos perigos do Peten". Marialba, a mulher de Pepe, veio à porta da cozinha: "Pepe foi até Penosique, mas volta para o almoço. Fiquem à vontade".

Os viajantes desceram do ônibus e puderam esticar as pernas quase entrevadas pelo tempo em que estiveram dobradas entre os bancos do comboio. Não longe dali podiam ouvir o Usumacinta, correndo ansioso para desembocar no mar. Leo dera a idéia de passear pelas margens do rio enquanto esperavam Pepe. Hans animou-se.

Conhecia o Usumacinta desde as primeiras pesquisas em Palenque, mas jamais o vira naquela região, onde suas fortes correntes lutavam contra a fúria do mar, chocando-se rio e mar, em tal demonstração de força que só resultava na união das duas águas, após muita luta. Uma batalha que trazia à população ribeirinha o privilégio de desfrutar ao mesmo tempo de duas faunas, a de água doce e salgada. Penosique ficava à entrada da zona pantanosa, lugar de ecosistema peculiar onde viviam répteis, sáurios e peixes estranhos.

As notícias de Marialba não eram boas. Padre Gustavo fora preso naquela mesma noite. Ranulfo soubera que Frans falara com a sentinela em espanhol, no dia do exorcismo, apesar do padre Gustavo ter-lhe garantido que o outro "padre" só falava alemão. O diretor do presídio agora desconfiava de tudo relativo ao padre, detendo-o para averiguar a realidade dos fatos. A notícia pior, porém, ficara para o fim: o comandante teria sido morto numa refrega com o exército. Fulgêncio não acreditava, talvez fosse erro de comunicação. Marialba não confirmava, nem desmentia. Soubera por dois homens que por ali passaram: Juan e Pedro.

— Será que são Juan Portero e Pedro Ruiz? — indagou Vicky.

— Não sei os sobrenomes, senhorita. Os dois estavam fugindo para o Yucatan e não me dariam os sobrenomes verdadeiros.

O grupo entristeceu-se, ficou pasmo. O modo primitivo como as notícias circulavam, na região, davam-lhes esperança de que poderia ter havido uma falha de comunicação. Nessas horas perde-se a intuição em meio ao pesar. Embora o destino de um guerrilheiro fosse o encontro com a morte, ninguém quis crer. Leo era o mais sentido. Percebera algo estranho, como um choque elétrico, quando dera aquele safanão em Fulgêncio, que dormitava ao volante. Teria sido naquela hora? A amizade entre Leo e Nuno era profunda, respeitavam-se como só dois líderes são capazes de fazê-lo. A morte do comandante poderia fazer ruir o movimento guerrilheiro em Chiapas. Fulgêncio ficara em profundo silêncio, o silenciar respeitoso de quem perde no líder um filho. Era a segunda vez que sentia aquele nó enroscado na garganta. A primeira fora a morte de *Encarnación*, *La Vieja*. Supunha a avó imortal, como as histórias que contava. Agora, o desamparo de perder um filho, pois acompanhara aquele menino crescer na miséria de Chiapas até subir ao posto de líder da guerrilha pelo voto dos companheiros, tornando-se uma espécie de pai espiritual de todos os necessitados. Notadamente de Fulgêncio, com quem falava *chol* desde criança. Nuno tinha trinta anos e, depois de dar aulas na universidade, desesperançou-se. Sabia que nada iria mudar. Por isso, lançou-se naquela vida de fugitivo, desafiando "as leis imorais de um sistema podre e corrupto", como gostava de dizer.

— Morrem jovens os que os deuses amam — sussurou-lhe Hans.

A resposta de Fulgêncio foi uma lágrima que escorreu pelo rosto vincado, pingando na terra. Fulgêncio gostava de Hans, talvez empatia das pessoas vividas, sofridas, indomáveis. A velhice era uma maneira de se entender a vida. Se não, só a morte poderia acabar com a angústia de viver aquela crueldade ali fincada. *El diablo* vivera apenas o sonho de tentar mudar o mundo, o mesmo mundo que finava para dar passagem ao novo ciclo. Nuno jamais entendera o sentido da vida, se é que havia um. Lembrava-se sempre do verso de Fernando Pessoa: "Viver é não conseguir". Mesmo assim, abraçara o movimento rebelde por incapacidade de entender aquele mundo hostil aos desvalidos, sempre a premiar os mais espertos, os mais corruptos, os imorais. Fulgêncio queria falar do amigo para desabafar, desencravar aquele estrepe enorme cravado no coração. Lembrava-se de Nuno dizer:

— O inferno é aqui, Fulgêncio. Não há nada mais terrível do que viver. Quando você sabe tudo da vida, você morre.

Fulgêncio entendia agora a frase de Nuno; justamente ele que não envelhecera, mas amadurecera na lida guerrilheira, tornando-se sábio por precisão, a lucidez da antevéspera da morte.

"Um rebelde não vive, sobrevive; morrendo a cada instante pela bala perdida do destino..." — dissera certa vez.

Pepe chegara para o almoço. E, de longe percebera que havia hóspedes em sua casa. Aquele micro-ônibus com aquela cruz vermelha não lhe era estranho. Aquela cabeça oval e nariz bico de águia já eram conhecidos de Frans, Hans e Leo.

— É você o piloto? — indagou Leo, reconhecendo-o.

— Sim, sou eu, Pepe, aquele que te levou a Palenque, lembra-se?

Todos riram da incrível coincidência. Fulgêncio custava a crer que Pepe já tinha voado com Hans, Frans e Leo. As últimas notícias, porém, deixaram todos tristes; esquecidos até do passeio ao Usumacinta que Leo sugerira. A prisão do padre era prevista, por isso não causara o mesmo impacto da morte de Nuno. A má notícia, quando imprevista, amargura mais. A fome, porém, chamara todos à realidade da vida.

Marialba cozinhava e chorava a morte de Nuno, mas só Pepe sabia o motivo. Viuvez. Marialba namorara Nuno, mas seu pai, ao saber que *el diablo* abraçara a causa rebelde, proibira o noivado, sem saber que a filha engravidara. Tudo sucedera entre os grãos de milho do paiol de Nuno. Pepe criou o filho do comandante como seu; Nuno jamais soubera, nem Juanito que pensava ser filho de Pepe. O casal nunca mais tocou no assunto. Por isso, todos estranharam aquelas lágrimas mais que sentidas da mulher de Pepe, notadamente Vicky, que vira nas feições de Juanito o rosto do pai e contara a Leo. As mulheres mexicanas só casavam virgens, por isso Marialba se ausentara durante o período de gravidez e unira-se a Pepe nos Estados Unidos, voltando já casada e sem problemas junto à comunidade. Marialba era púdica e se vestia como as demais mulheres dos *pueblos*: vestido comprido até as canelas, decote redondo, onde se via apenas um riacho de carne a correr por entre os seios pontiagudos. As mangas compridas terminavam em folho pregueado de rendas, como rendadas também eram as aplicações no busto, cintura e barra da saia. Embora o vestido escondesse as delícias de sua silhueta esguia, mas farta, seu talhe impunha-se querendo saltar das vestes. Aquelas formas de fêmea no cio foram a perdição de Nuno na adolescência, quando o seu sangue quente e arisco derretera-se nas dobras daqueles trajes. Leo via-lhe a beleza, por trás das saias, a mostrar-lhe o talhe esguio. Pepe ficava enciumado quando os homens esticavam olhares cúpidos sobre o corpo de Marialba, cobiçando-o. Apesar disso, Pepe nada fazia, preferindo silenciar a qualquer tipo de agressão.

Almoço pronto, todos à mesa. Havia naquele instante o pudor de comer demais diante da morte de Nuno; como se almoçar fosse um ato de desamor ao comandante. Fulgêncio perdeu a fome; a morte de Nuno era fardo pesado demais, como se tivesse perdido um filho. Os demais olhavam para o prato e comiam sem vontade.

— Olha, minha gente, vamos comer. Nuno não gostaria que vocês passassem fome por sua causa — disse Hans, cortando o peito de frango com farofa.

O grupo sorriu de nervoso, mas aliviou a tensão. O melhor seria que todos descansassem, disse Pepe, pois na manhã seguinte partiriam bem cedo. Naquela noite a casa acomodaria bem o grupo, pois tinha oito quartos, todos com portas dando para o jardim interno, onde uma fonte de água cristalina ocupava o centro. As mulheres falavam de seus filhos.

— As mulheres sempre conversam sobre filhos — disse Hans, ironizando — enquanto os velhos, à espera da morte, só falam sobre Deus.

E continuava a trinchar o frango com a destreza de um *gourmet* faminto. Os homens se afastaram para o terraço, deixando a cozinha livre para as mulheres, essas milenares donas desse território alquímico, pleno de sabores e aromas. Vicky tentava convencer Marialba a seguir com o grupo para Chichen Itza, mas a anfitriã só pensava em Nuno, seu primeiro amor, agora morto. Depois de hora e meia de conversa, Vicky desvendou o mistério:

— Juanito era filho de Nuno — confessou Marialba.

Fulgêncio resolveu partir de volta a Chiapas. Todos estavam em segurança, como prometera ao comandante; nada mais havia para fazer ali. Precisava saber como morrera o comandante.

— Vim me despedir — disse Fulgêncio a Leo. Nada mais me prende aqui. Pepe os levará amanhã a Chichen Itza. Desejo-lhes que aprendam bastante com a profecia.

— Vá em paz, Fulgêncio — devolveu Leo, emocionado. Represente-nos no funeral do comandante. E não durma ao volante...

Fulgêncio deixou a chácara triste, olhando para as pedras do caminho, a mesma viagem de volta, agora ele ia sozinho. Ao se despedir de Hans, o abraço amalgamou os dois velhos, que choravam. Ambos sonharam participar juntos da aventura da leitura da profecia em Chichen Itza, mas a morte de Nuno mudou tudo. Hans sabia o que Nuno significava para Fulgêncio. Perder um filho, mesmo que não de sangue, era cruel. Nuno fora seu filho e, como líder, um pouco seu pai. Hans sabia que a vida era assim mesmo: os pais ensinam aos filhos os primeiros segredos; depois aprendem, com os filhos, os últimos. Fulgêncio lutou ao lado de Nuno para escapar da miséria; agora sentia-se mais pobre. A riqueza estava na luta, não nos resultados políticos da batalha. O coração de Fulgêncio era só sofrimento. E a despedida dos novos amigos também doía. Talvez, não se vissem mais nessa dimensão, mas sem dúvida se veriam em outra. Os dois velhos abraçados caminhavam até o ônibus, cumprindo o ritual do desencontro a que todos estão condenados nessa vida. Aquela cena ficaria para sempre impressa na memória de cada um, como um coágulo.

Como nada tinham a fazer, resolveram passear pelo rio Usumacinta, tomar um banho, refrescando-se do forte calor. Hans queria pescar e Pepe emprestou-lhe a única vara que tinha; enquanto Vicky e Luara punham os biquínis, deixando Marialba muito constrangida pelo pouco pano das peças. Pepe foi reabastecer o piper para a viagem e levou Juanito para o ajudar. O menino era muito esperto, aprendia rápido tudo o que Pepe lhe ensinava. O piloto se sentia culpado por não ter contado ao guri da morte do pai, mas não podia romper o segredo que não lhe pertencia. O garoto entenderia? Um pai do qual jamais soubera e, de repente, surge já morto? Será que lhe perdoaria? Talvez fosse melhor contar-lhe tudo na volta, quando houvesse mais tempo para uma conversa séria e profunda. Assim, Pepe tirou o peso de seus ombros, fixando-se só na viagem e no avião.

O Usumacinta possuía forte correnteza e as moças banharam-se apenas em suas margens, preferindo mais o banho de Sol, a refletir sua luz amarela sobre a lâmina jade do rio. Hans desistiu da pesca. Com as moças na água não havia mais chance. Leo olhava o Sol com a sensação de que seu corpo de luz carregava as baterias diante da estrela.

— Sabe, Frans, sinto que meu corpo físico nada mais é que a projeção de minha realização interior. É meu corpo de luz, com seu radar sensorial, canais neurais, computador central, sistema nervoso dos chacras e fibras radiantes, o verdadeiro esqueleto do corpo físico.

— Por que você pensa nisso, Leo?

— Porque as pessoas têm desprezado seus corpos de luz...

— Isso é verdade, Leo, mas o que podemos fazer?

— Vivemos numa era que se poderia chamar de Juízo Final. Temos de nos preparar. Estamos no instante da pacificação da espiritualidade cósmico-terrestre.

— O quinto mundo vem aí, não é, Leo?

— Está chegando, Frans. Em 2012 deverá ampliar-se, creio eu.

— Você acredita que até o ano 2012 chegaremos à convergência espiritual, Leo?

— Assim espero, Frans. As pessoas estão céticas e cada vez mais materialistas...

— As mudanças são lentas, precisamos de paciência, Leo.

— Precisamos seguir o *Tzolkin* para expandirmos a consciência e fazermos ruir as barreiras dimensionais do tempo e do espaço.

— Como vamos fazer isso, Leo?

—Os maias sempre usaram a linguagem cifrada. Veja o *Tzolkin*: os vinte signos sagrados são tipos de Sol, portanto temos vinte sóis que definem as intenções criativas do que colocamos em ação, enquanto os treze números são o espírito do calendário sagrado. Os vinte sóis e os treze números operam em conjunto, fundindo espírito e forma.

— Quer dizer que esses vinte sóis têm função específica?

— Isso mesmo, Frans. Os maias dividiam sempre o mundo em quatro partes, os quatro *Chac*. Se você divide os vinte sóis por quatro, terá cinco sóis para cada ponto cardeal: os sóis do Leste, os do Norte, os do Oeste e os do Sul, na direção anti-horária, como os maias faziam.

— Estamos errados, não é, Leo? Nunca começamos pelo Leste, onde o Sol nasce...

— Isso mesmo, Frans, estamos descalibrados, inclusive com o nosso tempo. Se não nos calibrarmos com o tempo real cósmico, talvez sejamos cuspidos do planeta...

— Como isso poderá acontecer?

— Sinto que a profecia para 2012 não é nem catastrófica nem benfazeja, depende da calibração de cada um, individualmente, entende, Frans? Se você estiver calibrado com o tempo real cósmico, sobreviverá, caso contrário...

— E isso tem a ver com os sóis sagrados?

— Sim, Frans. Os cinco sóis de cada direção sustentam uma intenção, enquanto as quatro direções ou pontos cardeais desenvolvem o ritmo criativo da vida de modo cíclico, começando pela força iniciadora e criadora do Leste. Para os maias, o Leste tem a cor vermelha; o Norte, branca; o Oeste, azul; e o Sul, amarela. No Leste tudo se inicia.

— Quer dizer que o Leste cria a intenção, não é, Leo?

— Mas, não é só isso. O Sol do Leste dá vida a essa intenção e a impulsiona em direção ao Norte. Aí, a intenção flui para o interior do Norte com a energia e a intenção do Norte. Depois que o Norte a interioriza, a intenção é liberada em direção ao Oeste, que integra e transforma a informação numa idéia refinada, intenção criativa. O Oeste acaba por fundi-la com a reunião de informações recebidas do Norte e, aí, a intenção move-se para o Sul, com a ascensão e o surgimento dos frutos e do poder bem mais amadurecidos. O Sul completa o ciclo, a intenção está completa, perfeita.

— Na prática, como funciona, Leo?

— É simples, Frans: dentro das quatro direções nós vivenciamos essa força evolutiva da ascensão percorrendo o ciclo das direções, a cada quatro dias do planeta Terra. As quatro direções movem-se num ciclo incessante, cada uma se baseia na outra e usa o ciclo completo anterior como fundação do ciclo seguinte. Essas direções estão vivas — com força e intenção — e são a energia impulsionadora de nossas criações...

— Os dias do Leste são os mais poderosos, não é?

— Sim, Frans. No Leste nasce o Sol, é a direção do poder, do nascimento e da renovação da vida. O *Likin*, como os maias o chamavam, tem a cor *chau* (vermelha). Os sóis do Leste são: *Imix*, *Chicchan*, *Muluc*, *Ben* e *Caban*. É sempre bom iniciar projetos nesse Sol.

— Gostaria de examinar esses sóis — disse Frans —, enquanto banhava as pernas nas verdes águas do Usumacinta.

Vicky e Luara se acercaram interessadas na questão dos sóis sagrados dos maias. Vicky só estudara o *Tzolkin* sob o ponto-de-vista da medição do tempo e não imaginava que o calendário sagrado ocultava o funcionamento de forças cósmicas desconhecidas pela ciência. Estava ainda mais curiosa com a mudança de Leo; antes, um cético, agora um iniciado nos mistérios esotéricos maias. Realmente, o mundo mudara.

— Vamos lá! — exclamou Leo, como se acordasse alguém — *Imix*, que se pronuncia *Imish*, é representado pelo dragão. Vive pelo instinto no mundo físico. Inicia e dá luz às novas criações. Contribui por ser um informante e transmite muito bem as informações recebidas. É regido pelo chacra da garganta. É o poder que se esconde por trás de sua natureza informadora. É o Sol da água e sempre lida com grande profusão de sentimentos. É governado por Netuno, tendo espírito paternal: enérgico, criativo, protetor e dominador. *Imix* é um Sol sensível.

— E agora, vem *Chicchan*, a serpente, não é, Leo?

— Calma, Luara. O segundo Sol do Leste é *Chicchan*, a serpente que também vive pelo instinto e representa o Sol aquático na astrologia maia. As coisas sempre funcionam para este Sol, mas ele não sabe bem por quê. Como sucede com os sóis do Leste, gera idéias e criações, recorda e recebe conhecimento. É regido pelo chacra da coroa. É Sol de vontade forte, dado a extremos, poderoso, carismático. Tem uma energia penetrante, áspera, e produz emoções fortes que afetam intensamente os outros. É governado pelo cinturão de asteróides. Este Sol é sempre desafiado a experimentar enormes transformações de maneira consciente

— Agora é a vez da Lua? — indagou Luara.

— *Muluc*, a Lua. Vive pela mente, pela razão. É um Sol bastante mental. Inicia e gera idéias, mas também formula e transmite o impulso criativo. É regido pelo chacra da raiz e, como os demais, é um Sol aquático. Por isso, é emotivo, criativo e psíquico. Pode ser romântico, dado a fantasias. Regido por Mercúrio, é sempre desafiado a dominar o ser e a assumir a responsabilidade pelo que iniciou.

— A seguir é a vez de *Ben* — disse rindo Frans, abraçado a Luara.

— *Ben* representa os Pilares da Luz. Vive pelas emoções e pelo psiquismo. É muito expressivo e induz à sabedoria. Regido pelo plexo solar, este Sol aquático é governado por Marte, sendo popular, conhecedor, completo e competente. É um lutador por princípio, adora assumir desafios, mas sempre é desafiado a dominar sua natureza obstinada e dar flexibilidade a suas atitudes rígidas. *Ben* suaviza sua natureza de combatente ao perceber melhor a natureza humana e ao desenvolver habilidades sociais.

— Agora vem a Terra, meu signo maia — interrompeu Vicky.

— *Caban*, a Terra, vive nos reinos espirituais e está centrado no coração. Como os demais sóis do Leste gera idéias, mas também se auto-governa, necessitando pouco do mundo exterior. Tem capacidade de decodificador da informação cósmica e centra-se no chacra do coração, sendo o último Sol da água do calendário sagrado. Regido por Urano, é muito ativo mentalmente, racional e racionalizador, esperto e prático. Costuma ser liberal e progressista, mas controvertido.

— Isso é um horóscopo, Leo? — indagou Frans.

— Você pode chamar assim, se quiser. Os sacerdotes maias levantavam-se antes da aurora e se preparavam para o instante em que os primeiros raios solares os atingissem; aí o *H'men* anotava todas as informações da galáxia que vinham pelo Sol. Isso é justamente o que precisamos fazer amanhã e todos os dias, nos preparar para receber a profecia.

■ ■ ■

Günther vivia no mundo dos mortos. Havia quinze dias que ele tinha visões, em Chichen Itza, com rainhas milenares e desaparecidas dinastias. Balbuciava nomes como Senhora Tukul-Tok ou Senhora Ton-Ahau ou ainda Senhora Ton-Multum-Kul-Na, deixando Nakin preocupada, temendo por sua saúde mental. As duas últimas noites foram passadas em diálogos vívidos com os mortos. Desde suas primeiras experiências, Günther se apaixonara pelo desfile dos soldados diante das Mil Colunas do Templo dos Guerreiros, que Nakin também vira como se tudo fosse real e palpável. Depois, Günther telefonou para a universidade e pedira mais uma licença para pesquisar Chichen Itza, mas nem se importou se, de fato, a licença lhe fora dada ou negada. Ele acampou na pirâmide da Serpente Emplumada e começou a ter visões do antigo império maia-tolteca, vislumbres que Nakin jamais conseguira. Günther se dirigia aos mortos como se estivessem ali presentes, deixando Nakin de lado, como se ela, sim, fosse a visão e continuou a falar com suas rainhas mortas. Nakin já não sabia mais o que fazer para retirá-lo daquela obsessão mórbida. E chorou em silêncio.

No dia seguinte ao pranto, Günther parou de falar com os mortos, avisando-a da chegada do grupo, inclusive de Pop Men, de um yaki e de um monge tibetano, embora os dois últimos fossem desconhecidos. Nakin suspirou aliviada. E Günther disse mais: Pop Men e os dois homens santos vinham pela selva do Peten, enquanto os outros, por via aérea. Só então Nakin percebeu que Günther se tornara uma espécie de sacerdote maia, ao conviver com os mortos daqueles templos silenciosos. Günther falava agora de rituais, como se estivesse diante deles. E dizia muito dos ciclos passados. Nakin sabia que os maias foram os únicos — em toda a América pré-colombiana — a escapar do conceito retilíneo de um destino prometido à catástrofe final, pois o tempo maia era circular, e seus ciclos infinitos.

Os maias clássicos possuíam um panteão de nove deuses, os Nove Senhores do Tempo, substituídos no Yucatan por um panteão tolteca de treze deuses. Por isso, Günther preparava uma cerimônia que honrasse as duas fases civilizatórias dos maias. Precisava purificar a pirâmide de Kukulkan para a revelação da profecia, antes da vinda de Pop Men, o guardião do Códice. Sempre que um novo ciclo se iniciava, deveria haver a *khatarsis* do corpo e da mente, perecendo somente os que não participariam do novo mundo, os involuídos.

Günther não comia há dois dias. Dizia-se em contato com o *Chilam* ou áugure jaguar e com outros sacerdotes videntes, uma legião de iluminados formadores do *Ah-Kin*, as *pessoas do Sol*. Nakin chegou a ver, enquanto Günther lhe contava detalhes da cerimônia, os tímbalos de braços compridos, símbolos da clarividência, à frente do cortejo de iluminados: cabeça achatada, olhos de pupilas dilatadas, luz do espírito das trevas de Chichen Itza. Os videntes faziam os defuntos retornarem à vida. O sacerdote sangrava pelos lábios, narinas e lóbulos das orelhas, esguichando sangue pelo nariz, enquanto exibia bochechas esverdeadas pela dor, em transe solar. Chegava à orelha o vaso sacrifical, ao mesmo tempo em que dialogava com *Chac Mool*, deus da chuva.

À sangria se devia o êxtase de que era possuído; enquanto a ascese levava-o ao estado de dolorida lucidez. Para os maias, o mundo era vermelho como o sangue. A sangradura do *Chilam* defluia, ao mesmo tempo, do espírito de sacrifício de toda religiosidade, bem como do esgotamento físico do êxtase, provocado pela oferenda simbólica da vida aos deuses, a fim de conseguir as divinas dádivas.

Günther explicava a Nakin que os defuntos ficavam prisioneiros do mundo sublunar vermelho, e o sacrifício sangrento, notadamente a imolação, contribuía para evocá-los, apressando o renascimento dos mortos. Dizia tudo isso à beira do Cenote de Sacrifícios, onde fora buscar artefatos apropriados à cerimônia de purgação. Nakin também entrara em êxtase e compreendera o que se passara com Günther em relação aos mortos. Tornara-se um sacerdote ritualista, um *tzab-can* ou *serpente com guisos*. Ambos aguardavam Pop Men, guardião do Códice K, mas também da sabedoria, dos ritos, dos sacrifícios, da adivinhação, da astronomia e da escrita sagrada. Pop Men era um sumo-sacerdote maia. Günther dissera a Nakin que Pop Men era a reencarnação de Pacal, que voltava à Terra para participar da inauguração da Nova Era. O sumo-sacerdote maia só exercia suas funções xamânicas nas tarefas supremas, delegando as demais para subalternos. O sacerdote que abria o peito das vítimas — o *nacom* —, cargo perpétuo e pouco honorífico, era menosprezado como carrasco, demonstrando que mesmo entre os maias-toltecas os sacrifícios humanos não contavam com a aprovação do lado maia. Por tudo isso, Günther assumiu a tarefa menor de purificar o templo antes da cerimônia da apresentação do Códice K e da leitura da profecia para 2012.

O *Moan*, pássaro mítico, tinha poder semelhante ao Espírito Santo nos rituais cristãos, mas só cuidava dos mortos na mitologia maia. O *Moan* preparava e concluía a reencarnação do defunto. O signo que o representava era uma pomba. Günther desenhava-o como o faziam os antigos maias: cabeça reduzida a um círculo, com duas circunferências para os olhos e um terceiro ponto à guisa de bico. No ventre, a roda solar, anunciando a clarividência ou o êxtase do sacerdote. O *Moan* era o portador do fogo sagrado.

Günther preparava a cerimônia com esmero, ajudado por Nakin, que entrara no clima esotérico maia. Um altar fora erigido na pirâmide da Serpente Emplumada. Na cisterna de sacrifícios, Günther descobriu muitos apetrechos rituais. Notadamente cinco cabaças necessárias à cerimônia, bem como a trompa cerimonial e pequenos pedaços de copal para o incensamento, além de cascas de *baalché*, a bebida sagrada, que levava sacerdotes e acólitos às nuvens de tão excitante.

Pop Men e Ahau pressentiram a cerimônia purificadora de Günther na selva, onde penetraram tão logo se despediram do grupo. Sabiam da facilidade de Günther na comunicação com os mortos, desde a primeira vez que o viram. Por isso, fora ele o primeiro a receber informações sobre a profecia, o que deixara Vicky enciumada. Além disso, Pop Men só aparecia para o alemão, deixando os demais desconfiados de que o bruxo simplesmente não existia. Vicky cometeu um deslize, quando tentou mostrar a Leo que era íntima de Pop Men, no encontro do aeroporto; na verdade sabia do paradeiro do bruxo maia através dos outros, inclusive de Günther, que um sacerdote maia tinha intimidade com as estrelas, pois se integrara mais ao Cosmo do que à Terra.

No fundo da floresta impenetrável do Peten, Pop Men colhia copal e cauchu para o incensamento, e casca de *baalché* — a árvore sagrada —, para a cerimônia em homenagem aos mortos. A mente do sacerdote voltara-se totalmente para o ritual, por isso pretendia mandar seu duplo etérico ajudar Günther e Nakin nos preparativos e, com sua presença dimensional, honrar o cerimonial. Para tanto, viajara pelo *Zuvuya*, o décimo terceiro céu superior, circuito dimensional por onde tudo retorna a si próprio, ponto planetário de entrada. Fora pelo *Zuvuya* que Pop Men viera de Arthurus, e por causa dele podia estar em dois lugares a um só tempo, usando seu duplo dimensional.

Por isso, Leo não entendera, quando Vicky lhe dissera que Pop Men poderia estar em Palenque e, ao mesmo tempo, ter ido ao aeroporto ao seu encontro. Ela própria não entendera porque dissera aquilo. A única saída fora apelar para a magia inerente ao sumo-sacerdote maia. Na verdade, segundo Pop Men, todos os seres cósmicos tinham um duplo dimensional. Assim, quando os terráqueos superassem a fase de *homo sapiens*, alcançando a quarta dimensão, a do *homo cosmicus*, entrariam em contato com seus duplos etéricos ou anjos da guarda.

Günther e Nakin, integrados no ritual esotérico maia, receberam o recado de Pop Men quase ao mesmo tempo. A imagem do bruxo se formava diante deles, ali no templo. O duplo de Pop Men trazia na mão a ceiba, a árvore do início da vida, que havia desabrochado no mais profundo do céu. Atrás dele, os quatro *bacabs* ou atlantes, sustentadores dos pontos cardeais, cada um com sua cor específica: *Likin*, vermelho; *Xamã*, branco; *Chikin*, azul escuro; e *Nohol*, amarelo. Um quinto atlante, meio escondido, pequeno como se fosse anão, ficava no centro da rosa dos ventos, vestido de verde. *Ahau-Kin*, o Senhor Solar, ocupava o centro do templo, o cerne do céu, o *Yaxkin*. O *bacab* do Norte tinha o corpo de javali, enquanto o *bacab* do Sul, o da águia; o atlante do Leste era humano sentado de braços cruzados sobre os joelhos, enquanto o do Oeste, o homem-pássaro: rosto de homem, crista de pássaro e garras de ave, em lugar de mãos; labaredas saiam de sua boca.

Günther não se surpreendeu com a chegada dos duplos de Pop Men e Ahau, mas Nakin assustou-se com as representações dos *bacabs*. Principalmente o quinto: rosto de gente, corpo de serpente, verde como jade.

— *Evam maya e ma ho!* (Todo louvor à harmonia da mente e da natureza!) — disse o duplo de Pop Men.

— *Evam maya e ma ho!* — respondeu Günther.

Pop Men garantira a Günther que uma legião de maias viria para a cerimônia, incluindo a Senhora Tu-Kul-Tok, rainha fundadora de Chichen Itza, sacerdotiza-líder da legião de mortos. Viriam ainda os mil guerreiros, simbolizados ali, no templo ao lado, o das Mil Colunas. Günther ficara feliz, o ritual cresceu em valor e honraria, embora tivesse nascido humilde. Feliz pela presença de Pop Men, representante de Pacal de Palenque, além da fusão dos rituais dos maias clássicos com os dos maias-toltecas. Por fim, *Hunabku*, o deus-energia da galáxia, se fundiria à Serpente Emplumada. Isso abriria a via de entrada, o *Zuvuya*, o décimo terceiro céu, retornando aos maias puros à religião primeva, exorcizando-a das crenças toltecas. Não haveria mais os sacrifícios humanos, mas só o incensamento e a intenção de se calibrarem com as forças cósmicas. O ritual em honra aos deuses seria no dia seguinte, tão logo nascesse o Sol.

Naquela noite Günther não dormiu. Nakin apenas cochilou, assaltada pelo pesadelo do quinto *bacab*, meio homem, meio serpente, pois o sabia uma dualidade. Além da mistura pavorosa, a porção homem era anã, olhos esbugalhados, língua bipartida, obrigando-a a um grande esforço para não correr da visão horrível do homúnculo-réptil. Ao seu lado, Günther estava ansioso pelo ritual mágico de olhos bem abertos, traçando planos para o ritual no ar.

Pela manhã, uma hora antes do nascer do Sol, Pop Men, com cetro e escudo de guerreiro cósmico, e Ahau, com sua trompa, já esperavam os primeiros raios para o início da cerimônia. Pop Men vestia túnica branca, tendo à cabeça o toucado da Serpente Emplumada, e o jaguar no escudo, preso ao cinto. Naquele instante Pop Men era o áugure-jaguar, o *Chilam Balam*, o vidente-mor. O silêncio foi quebrado quando Ahau começou a tocar a lúgubre trompa, logo à primeira penetração dos raios solares nas tênues nuvens do horizonte. Pop Men ofertava a *baalché* aos quatro cantos do céu, com uma comprida colher de madeira; a *baalché*, bebida sagrada dos deuses, mistura da casca tóxica da árvore com o mesmo nome, fermentada em mel silvestre. Em cada ponto cardeal um *bacab*, representando ali os quatro *Chac*, para os quais seguiam as preces do sumo-sacerdote em maia arcaico. O quinto não era nomeado, embora fosse citado em voz baixa, pois o sacerdote atirava-lhe a poção sagrada sem citar seu nome. Nesse momento, Günther trouxera o turíbulo branco de terracota, bojudo, encimado pela cabeça do *Moan*, o pássaro porta-voz dos mortos. Para cada prece, o turíbulo correspondente ao deus chamado. No fundo do turíbulo, pedaços de copal ardiam em chamas junto com folhas de milho. O incenso desprendia-se lentamente em fumo odorífero e espesso. Com um leque feito de penas de *quetzal*, o pássaro sagrado dos vivos, Pop Men ritmava a fumaça, deslocando a nuvem de fumo para cada um dos deuses do panteão maia. Todas as divindades recebiam sua parte da oferenda. Recitava, então, longa melopéia incompreensível, à medida que o turíbulo riscava o ar no seu balanço ritual de ir e vir. Então, o sacerdote começou a beber a bebida sagrada, cujo efeito, alucinógeno e excitante, causava a embriaguez dos sentidos. A *baalché*: *baal*, sagrada; *ché*, árvore; era a bebida sagrada do Yucatan, mas interditada às mulheres. Nakin não pôde bebê-la, o que a deixou furiosa. A bebida sagrada fora empregada pelos maias em todos os rituais, mesmo os de menor valor, como alguns agrícolas. Aquele ao qual assistiam era em homenagem aos mortos, por isso não se surpreendeu quando uma enorme legião de estranhos personagens de olhos vazios começou a encher o templo, trazendo nas mãos archotes metálicos milenares e riscando o calçamento de pedra com as sandálias de cobre e latão.

O longo cortejo tinha à frente a Senhora Tu-Kul-Tok, seguida de alguns nobres e, cerrando as fileiras, os mil guerreiros, com escudos emplumados, lanças e adagas, pisando o chão com suas sandálias de cobre, que soavam como címbalos no calçamento pétreo do templo, passos firmes, cadenciados, militares. A rainha trazia um cetro de madeira trabalhada, representando a Serpente Emplumada. A procissão tornou-se terrífica, com archotes a tremeluzir, criando sombras fantasmáticas nas paredes. Uma cantilena estranha e monocórdia enchia os ouvidos de Nakin, que não conseguia entender uma só palavra do que diziam aqueles zumbis-cantores, acompanhados por tambores e guisos de cobre de diversos tamanhos. Nakin vira alguns dos guisos no Cenote de Sacrifícios, quando lá estivera com Günther. Contudo, ficou impressionada com um turíbulo feito de crânio humano, carregado por um dos guerreiros: tétrico; as cavidades dos olhos estavam oclusas por duas bolas pretas de borracha, bem como as do nariz. Os dentes intactos, menos dois ou três, arrancados. O crânio, cortado atrás, também fora preenchido por bola de borracha escura, feita de *cauchu*. A face da caveira era pintada de vermelho.

Nakin se assustara ao ver a caveira, vertendo fumaça de incenso pelos orifícios da cabeça, como se fumasse o tabaco dos deuses por todos os poros. Guerreiros traziam animais-totem com os ventres abertos, de onde saiam o fumo do incenso, incomum demonstração teatral de zoomorfismo fantasmagórico.

13

A profecia revelada

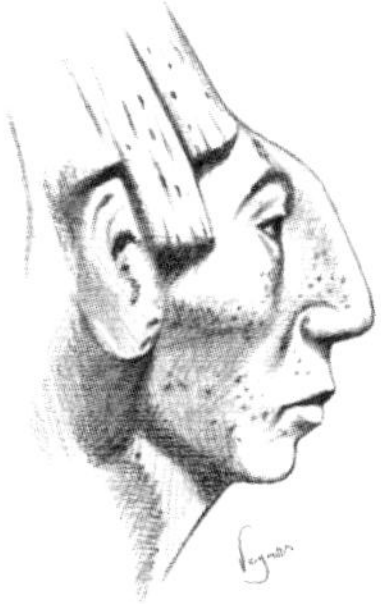

Mestre Taro percebeu ao longe, o piper a sobrevoar parte da floresta do Peten, fugindo dos helicópteros. O piloto devia estar desesperado para invadir o território guatemalteco sem permissão. Acompanhara o avião até este sumir por detrás das nuvens. O monge tibetano encontrava-se numa rara clareira da selva, caso contrário não teria visto a aeronave, impedido pelas densas árvores da floresta. Para Taro o piloto fora exímio pela manobra difícil: um *looping* e, ao sair, fingira estar em queda brusca, quando na verdade, ardilosamente, escapara do inimigo, soltando a grossa fumaça do pulverizador agrícola. O ardil surtira efeito. Os helicópteros deixaram a perseguição, confiantes de que o tinham abatido. Se de fato caísse no Peten, não haveria salvação; mas, assim, voando baixo, rente ao lago Tayasal, o piper se salvara. Depois da visão aérea, Taro voltou a procurar plantas medicinais na selva, feliz, pois os amigos estavam sãos e salvos. Pop Men e Ahau meditavam profundamente, enquanto seus duplos participavam do ritual em honra aos mortos em Chichen Itza.

Não longe dali, Juan Portero e Pedro Ruiz tentavam penetrar a selva fechada, enfrentando perigos inimagináveis para ambos. Para comer, eles pescavam no lago Petexbatun. Os dois tinham abandonado tudo devido à perseguição de tropas não-identificadas, que fizeram uma varredura nas cidades próximas à capital mexicana. O restaurante de Pedro fora fechado, mas Rosita abrira-o, pois contra ela nada constava. Naquela altura acontecera o pior: a morte do comandante Nuno. Fugir fora tudo o que lhes restara. Nem sequer foram certificar-se da veracidade da notícia que se espalhara como vírus por todo o México.

Juan e Pedro não tinham barco, por isso tentaram pescar às margens do lago, onde jacarés dormiam ao Sol. Como era época de seca, os dois entusiasmaram-se pela fauna aquática e terrestre ali presente: animais sedentos vinham beber às suas margens, pois as águas baixavam de nível e ficavam mais límpidas. Cardumes eram visíveis, buscando comida ali na beirada, tornando a pesca ou a caça mais fácil. A correnteza era quase imperceptível e nas poças menos profundas as águas eram plácidas e, de tão quentes, obrigavam os peixes a vir à tona, em busca de ar. Com o calor, o peixe-jacaré, abundante naquelas águas, flutuava imóvel, sendo presa fácil. Pedro conseguiu até abater um com sua catana, mitigando a fome de ambos. A carne dura, branca, deliciosa, lembrava a do crocodilo, ao qual o peixe se assemelhava na forma. Aquela fora a primeira refeição em dois dias. Nenhum deles tinha prática de sobrevivência na selva, mesmo assim preferiram estar ali, pois se ali passavam fome e levavam picadas de mosquitos, pior seria se fossem presos e mortos pela organização misteriosa que atuava contra a profecia; antes discreta, mas agora atacando com toda a força os defensores do Códice K. Juan e Pedro preferiam morrer a se entregar.

O piper aterrou em Mérida sem problemas. Pepe conseguira despistar o inimigo, salvando a vida de todos, por isso foi aplaudido. As mulheres davam-lhe beijos; os homens, tapas nas costas. Depois de muita celebração, resolveram pagar-lhe uma cerveja, para comemorar o feito, deixando o tímido Pepe sem graça. Há vinte anos pilotava aviões, mas nunca passara por situações como aquela. O piper estava com alguns furos na fuselagem, mas nada grave. O importante era estar vivo.

Em Mérida, o grupo dirigiu-se a uma empresa de carros de aluguel, em busca de um jipe, veículo mais apropriado às estradas do Yucatan. Mérida, a capital do Yucatan moderno, ficava a cem quilômetros de Chichen Itza. Poderiam ter voado até Valadolid, cidade bem mais próxima, mas naquelas paragens a segurança era quase nenhuma. Os helicópteros certamente estariam sempre por perto, ameaçando-os. Além disso, o piper precisava de alguns reparos, e Pepe já se despedira, pois só queria voltar para casa após abastecer. Deixara sua bela Marialba entregue às lembranças amorosas com seu rival — o comandante Nuno, estivesse ele morto ou não. Vicky lhe pagara à vista, em nome do grupo. Como nada tinha a fazer na cidade, Pepe apressou os mecânicos. As notícias de que o exército estava na região do Usumacinta deixou-o inquieto.

O grupo achou uma van confortável para cinco pessoas mais bagagem. Estavam exaustos, mas queriam chegar logo a Chichen Itza e adentrar o clima profético. Assim, partiram tão logo encheram o bagageiro com as tralhas. Leo ia ao volante e sentia a caminhonete com boa suspensão, pois corcoveava, mas permanecia na estrada yucateca. Hans mal sentou no banco detrás adormeceu profundamente, roncando forte. Chichen Itza ia ficando cada vez mais perto. Com ela, a profecia para 2012 ainda não revelada.

■ ■ ■

A cerimônia de reencarnação dos mortos no Templo da Serpente Emplumada atingira seu clímax. Nakin estava deslumbrada com a pompa daquele ritual sagrado: os mil guerreiros formavam a guarda de honra da rainha, carregada em seu trono por quatro soldados em trajes de gala, enquanto Pop Men, cantando aquela mesma melopéia gutural, chamava Pacal, o sumo-sacerdote de Palenque para cumprir o destino de amalgamar as duas crenças maias — a de *Hunabku* e a de *Kukulkan* — em uma só. Pop Men representava ali a figura do maior *Chilam Balam*, o intérprete dos deuses e o guia dos mortos.

Naquele momento solene, Pacal, o avatar de Palenque, descia à Terra com sua legião de sacerdotes, atendendo ao chamado de Pop Men, agora transubstanciado em *a boca dos deuses*, oráculo-mor, deitado no chão, num canto onde a penumbra se havia instalado. Pop Men tornara-se o êxtase dos êxtases, o renascimento da civilização, o cerne do espírito maia, o *médium* cósmico; evocava os mortos em letargia, dirigindo as preces para o alto, sempre observando a luz que os mortos emitiam, comunicando-se plenamente com o mundo sublunar, a revelar a consciência dos defuntos. Os mortos purificados ouviam o *Chilam Balam*. O templo da Serpente Emplumada tornava-se uma espécie de bússola, orientando os mortos e assegurando o retorno das almas.

Segundo crenças maias, quando a alma tomava consciência de seu estado incorpóreo voltava ao mundo, no terceiro dia, e permanecia nas proximidades de sua antiga casa, até o sétimo dia. Durante esse período, não se devia varrer a casa, porque a alma, no instante da morte, deixava seu corpo em estado de pureza total, mas para ser julgada, devia voltar para buscar os pecados, deixados como nódoas no corpo do cadáver, nas suas vestes e na sua cama. Como a alma devia retirar seus pecados dessa sujeira, a casa não podia ser varrida.

"Ao *Chilam Balam* prosperidades serão pedidas, ao *Chilam Balam* serão concedidas as nuvens e a semente humana" — dizia a prece dos mortos, ouvida por Nakin, enquanto Pop Men rezava: "Evocai no mundo sublunar a criança morta. Ouvia suplicar para ver a Terra renascer do túmulo. Realizai sacrifícios para a purificação. Orai pela descida do Senhor. Pedi ao *Moan* que leve a alma às entranhas fecundadas."

Nakin sabia que não se devia chorar pelos mortos, senão a alma se atrasaria na sua caminhada rumo ao Limbo. Leu essas noções no *Livro dos Mortos dos Maias*, de Paul Arnold, mas a maioria de suas convicções vinha dos ensinamentos de Kin, seu pai.

O grupo chegou a Chichen Itza antes do fim do ritual, quando Pop Men incensava os últimos espíritos e se aproximava de Pacal, o ser que vaticinara a profecia para 2012 no século VII d.C. ao explicar a matemática do *Tzolkin* e o ciclo de 5.125 anos que estava por findar.

— Sumo-Sacerdote Pacal! Este grupo aqui está para ouvir a profecia para 2012 do Códice K ainda não revelado. Gostaria que nos contasse sobre a profecia, vós que sois o maior *Chilam Balam* de todos os tempos — disse Pop Men, reverenciando o áugure.

A aparência frágil de Pacal contrastava com sua voz forte, cavernosa e abaritonada que, ao deixar o pequeno corpo, ribombou pelas paredes do templo.

— *In lake'ch!* — disse Pacal, iniciando seu discurso. Todos me parecem preparados para ouvir a profecia, que por mim foi confirmada nos anos seiscentos dessa era. Uma profecia, digo-lhes por precaução, não deve ser entendida ao pé da letra. Por isso, obriga o ouvidor a ter audição tão sensível quanto a do leitor. A profecia está encerrada em uma caixa de ouro, sendo todo o conteúdo do Códice K, um manuscrito que se julgava perdido, mas só fora ocultado dos inimigos dos maias pelos Nove Senhores do Tempo, na quinta dimensão, onde os humanos jamais o alcançariam. Pop Men, seu guardião, pede-me que lhes conceda o maior tesouro de nossa raça. Espero, pois, que façam o melhor uso possível da profecia, pois ela se cumprirá apesar dos homens; está acima e além de qualquer mortal. A ciência dos terráqueos um dia entenderá que nós deixamos a Terra porque este planeta passaria por misérias inomináveis por mais de cinco mil anos. E estamos de volta para que percebam: *Hunabku* ou *Borboleta Galáctica*, o núcleo da nossa galáxia, sempre foi e será o senhor de nossos destinos. A vida é cíclica, jamais retilínea, como sempre fora concebida pelos cientistas da Terra.

Silêncio total. As últimas palavras de Pacal nem sequer foram pronunciadas, mas inscritas na mente de cada um. Leo sentia-se tocado por forte energia. O templo vibrava. A vibração era tão forte que todos ficaram estáticos, ninguém conseguia locomover-se. Nunca se vira nada tão estranho. A legião de mortos de Chichen Itza uniu-se à de Palenque; duas faces da civilização maia frente a frente: *Hunabku* diante de *Kukulkan*; a Galáxia ante a Serpente Emplumada. A religião científica dos maias clássicos cara a cara com o esoterismo mágico dos maias-toltecas.

Leo entendia agora a grande confusão que sempre fizeram em relação aos maias: eram duas civilizações distintas; a da Mesoamérica, cujo êxodo se deu em 830 d.C. e a do Yucatan, que findara no século XV, destruída por uma longa seca, por revoltas no interior do próprio império e, depois, pela ocupação espanhola. O que mais chamava a atenção de Leo era a infalibilidade das profecias maias: entre os clássicos, a profecia da invasão tolteca e a descoberta do Grande Ciclo (há mais de cinco mil anos) por Pacal; enquanto no Yucatan a profecia pertencera a Ahau Xupan, que no século XII previra a chegada de Cortés ao México, em 1519, numa sexta-feira santa, para destruir os astecas. Os espanhóis só acabariam com os últimos itzas da Ilha das Flores, no Peten, em 1697. Ao todo, os maias ocuparam de modo civilizado a Terra por mais de dois mil anos, civilização em quase tudo assemelhada à egípcia.

— Tenho certeza, Leo — dizia Vicky — a profecia não falhará, seja favorável ou desfavorável. Aliás, já está em andamento...

— É possível — respondeu Leo, com certo ceticismo na voz. Os maias realmente mantiveram dons que perdemos como intuição, premonição, deslocamento dimensional...

— Mais que isso, Leo. Os maias fizeram desses dons sua maneira científica de ver o mundo.

— Posso entrar na conversa? — indagou Frans.

— A conversa é livre, diga lá, Frans — replicou Leo.

— Nós perdemos a intuição ao escolhermos o progresso material como norma de conduta. Ao mesmo tempo, nos afastamos da natureza, destruindo-a. Ao contrário, as raças primitivas abusavam da intuição. Estavam em comunhão com o planeta, a galáxia e a terra onde pisavam. Sempre nos julgámos superiores aos que adoravam o Sol, a Lua e as estrelas, porque pensávamos ser o centro do universo. Racionalizamos demais, deixamos nossos sentidos embotados.

— Eu também penso assim — disse Leo, sério. Os maias viviam em cidades, mas cercados por florestas, em comunhão com o Cosmo.

Por isso não perderam seus poderes sensoriais. Se a Era Itza está chegando, temos de limpar os chacras...

— Um novo tempo virá, privilegiando o saber. Novos comportamentos irão instaurar-se diante da vida — disse Hans sorrindo. Uma coisa me preocupa...

— O que é pai? — indagou Frans, abraçado a Luara.

— Se Cortés era o poder cristão e este está no fim, quem ficará com o novo poder?

— Ninguém! — disse a voz grave atrás de Hans — o poder virá do interior de cada um, se estiver calibrado com o Cosmo. O calendário maia será a proposta fundamental para esse novo tempo — disse Pacal, profético. No século X, esta pergunta também nos foi feita pelos astecas. A resposta foi idêntica. Os astecas não acreditaram, por isso foram destruídos, enquanto nós — os maias — ficamos no Yucatan por mais alguns séculos. Na ocasião, dissemos aos astecas que a saída seria abandonar o calendário, que nos calibrava com o planeta e com o universo, mudando, assim, completamente de vida. Nosso calendário era de 18 meses de 20 dias, totalizando os 360 dias do ano solar, e mais um mês de cinco dias, o *vayeb*, considerado nefasto, no qual se meditava. Nossos sacerdotes-astrônomos chegaram à conclusão de que não iríamos sucumbir se mudássemos de vida e de calendário. Assim foi feito. Os toltecas nos invadiram nos anos 800 d.C. e juntos criamos a nova era do Yucatan, com a renovação da Serpente Emplumada, a harmonia entre a nova Terra e o novo Céu — a Serpente-Pássaro, mítica e mística. Não mais marcamos o tempo pelas estrelas e mudamos os nossos costumes. Agora, vivemos o fim de um ciclo e o início de outro, e a proposta da galáxia é bem... Vocês saberão quando for lida a profecia para 2012...

Pacal estava ali imortal, o cósmico sumo-sacerdote de Palenque, ali, ao lado de Hans. O grupo meditava nas últimas palavras dele. Havia, porém, uma pergunta sem resposta: bastaria mudar de calendário para a transformação da vida no planeta?

O calendário gregoriano foi imposto em 1582, pelo Papa Gregório, com seus doze meses irregulares. A Igreja Católica tinha tanta força na época que ninguém se opôs a um calendário impreciso, que comete o erro grosseiro de seis horas por ano e, por isso, tem de criar um dia, a cada quatro anos, para corrigi-lo.

— O calendário solar maia era bem mais exato que o gregoriano, embora os índios não tivessem instrumentos de medição — disse Günther, entrando na conversa. O calendário maia marcava para o ano solar 365,2420 dias, e o gregoriano: 365,2425. A medição atual com aparelhos de precisão é de 365,2422. O erro dos maias é, portanto, menor; apenas de dois décimos de milésimo em relação à medição mais exata.

Enquanto isso, Vicky e Leo discutiam se o novo calendário tinha a ver com a Serpente Emplumada, por ser a Nova Era chamada de Itza ou por o códice ter sido descoberto ali em Chichen Itza, cidade dos itzas. Resolveram tirar todas as suas dúvidas com Pacal, inclusive a que mais os angustiava: teriam mesmo de trocar de calendário? Leo acercou-se de Pacal e lhe fez a pergunta. O sacerdote riu:

— O tempo da Terra — disse Pacal — está em desarmonia com o tempo cósmico, em relação às medidas dimensionais, resultando uma irregularidade mental nos seres humanos, criando o caos coletivo. O ser humano deixa de ser uno com o Cosmo, não há unidade entre o que *o espírito sente, a mente pensa e a vontade induz*. A anarquia do Ser está formada.

— O calendário canônico foi importante para o materialismo, não foi *Chilam*? — indagou Luara.

— O calendário papal apressou o materialismo terráqueo com a imagem metafísica errada de que o mundo funcionava como um relógio, daí a frase *time is money*. A revolução industrial deu-se logo depois da aceitação do calendário gregoriano e por duzentos e cinqüenta anos a humanidade destruiu o meio ambiente, a biosfera e, ainda não contente, criou a bomba atômica, matando seus semelhantes em Hiroxima e Nagasaki. Eticamente, o progresso não eliminou o crime de genocídio, a maior expressão do progresso a qualquer custo. A pergunta é simples: será que Cristo estaria de acordo com os cristãos que perpetraram esse holocausto atômico? Acredito que não; como também não aceitaria os cristãos que enviaram Cortés para destruir as raças da Mesoamérica. Genocídio virou rotina na Terra, banalizou-se o crime. O progresso só é válido quando não polui nem assassina...

— E quando entraremos em contato com a profecia, mestre? — indagou Vicky, ansiosa.

— Amanhã — respondeu Pop Men, acercando-se do grupo.

Naquele instante dois esmolambados se acercaram do templo, pedindo água. Vicky logo os reconheceu:

— Meu Deus! Juan! Pedro! O que aconteceu?

Os dois esfarrapados não tinham forças para falar. Estavam exaustos, sujos, quase mortos. Fugiram das forças policiais, mas tiveram de enfrentar o perigo natural da selva do Peten, de onde poucos saíam com vida. Depois de descansarem, Vicky perguntou-lhes como souberam da morte de Nuno, já que haviam contado a Marialba e a Pepe.

— Todos só comentavam isso em todo o México — disse Juan.

— Você obteve a notícia de alguém confiável? — inquiriu Leo.

— É difícil confiar em alguém, hoje — retrucou Pedro. Ouvimos a notícia de gente ignorante e de gente culta. Como o exército varreu a região, sabíamos que cedo ou tarde seríamos presos, daí a nossa fuga. Não houve tempo para a confirmação da morte de Nuno.

— Essa história está estranha — disse Leo. Parece mais boato introduzido pelo inimigo no meio do povo, visando ao desestímulo da guerrilha. Uma bomba de efeito moral...

— Eu também acho — disse Vicky. Conheço o comandante muito bem, não se deixaria pegar assim tão fácil.

— Olha, eu só acreditaria na morte de *el diablo*, se Fulgêncio me dissesse — acrescentou Frans.

A dúvida se instalara no íntimo de cada um em forma de esperança. Ninguém queria crer na morte de Nuno, uma realidade muito dura. Surgira a idéia de perguntar aos sacerdotes ali presentes, mas quando os buscaram, já ali não estavam. O mesmo ocorrera com a legião de mortos. Günther propusera uma concentração de energia, talvez a resposta viesse através de outra dimensão, em forma de energia. Hans, entretanto, interrompeu a discussão:

— Podem acreditar, o comandante está vivo e bem.

— Como você sabe? — indagou Frans.

— Nuno vem chegando pela selva do Peten. Fugiu do México e entrou na Guatemala. Os soldados cercaram sua tropa em Naranjo, houve tiroteio e morreu seu irmão caçula, Alfonso. Por isso, Nuno largou a guerrilha. A morte do irmão mexeu muito com ele. Alfonso queria entrar na guerrilha contra a vontade do comandante, que o queria estudando. Logo na primeira refrega, o caçula foi morto, daí o sentimento de culpa de Nuno. Alfonso era muito parecido com *el diablo*, daí a confusão... Só não sei se Nuno sairá com vida do Peten...

Houve um alívio geral após o relato de Hans. O arqueólogo dissera cada frase como se a vivenciasse, como se testemunhasse o fato. Frans ficou emocionado com a percepção extra-sensorial do pai e percebeu que Hans tornara-se um bruxo maia.

A tarde chegara trazendo mais surpresas: mestre Taro, de andar suave, como se deslizasse, desligado do mundo e desjungido da canga materialista, só agora chegava a Chichen Itza. Não quisera participar do ritual em homenagem aos mortos, pois já o fizera no Tibet. Ao lado do monge, o comandante Nuno, trôpego e triste, magoado com a vida. A morte de Alfonso, uma tragédia. Sacrificara-se pelo irmão a vida toda e acabara por deixar o irmão matar-se por um ideal que não lhe pertencia. Nuno sempre tivera o dom de recuperar para os desprotegidos a fortuna dos poderosos. Seu idealismo, porém, sofrera sempre restrições da sociedade. Nuno sabia o quanto a sociedade era hipócrita: batendo no peito nas igrejas, roubando e matando na intimidade.

O encontro de Nuno com o grupo foi um sacrifício. Não sabiam que máscara deveriam usar, se a de felicidade por ele ainda estar vivo, ou a da amargura de estar morto. Sim, pois aquele Nuno que ali estava era um morto vivo. Ninguém foi efusivo, nem mostrou ar de velório, apenas um cumprimento seco, como se Nuno realmente não estivesse ali. Havia um clima de pesar subjacente, íntimo demais para revelar-se.

Por sua vez, Nuno entendera o constrangimento dos amigos. Hans orava pela morte de Alfonso, deixando-o feliz pela lúcida sabedoria do velho amigo. A morte sempre traz lucidez aos vivos. Mesmo Nuno só entendeu aquela guerrilha inglória com a perda de Alfonso, o irmão que tanto amara. Então percebeu que para o mundo materialista não havia solução, nem mesmo a luta armada. O tempo sempre fora a grande revolução da humanidade, pois tudo apagava: desespero, medo até felicidade. O apocalipse resolveria? O tempo de mudar nunca fora tão necessário como agora. Novo padrão de tempo significava limpeza do memorial passado, mas seria preciso a mudança a partir do tempo, só assim os homens não mais cometeriam os erros passados. Esquecer o passado poderia dar novo alento ao incerto futuro, criando novas energias. A humanidade, que não tinha um passado honrado, merecia um futuro mais glorioso que a morte?

O grupo alçou barracas e criou uma área de acampamento em Chichen Itza. A ansiedade tomava conta, pois estavam a poucas horas da maior revelação do milênio: a profecia. Apesar disso, o aprendizado lhes valera paciência e calma para esperar o tempo que fosse preciso pelo vaticínio que mudaria suas vidas. Enfim, tornaram-se pacientes e calmos diante do escoar do tempo. Em Hans isso era mais visível. Seus chacras se abriram, espargindo tanta energia, que todos tinham certeza de que ele já sabia da profecia antes mesmo de ser revelada. Para Leo, Hans atingira a quarta dimensão, era um *homo galacticus*. Em diferentes graus, os demais estavam entre a terceira e a quarta. Se houvesse uma escala para medir essa passagem, poder-se-ia dizer que Luara estava bem na metade entre a terceira e a quarta dimensões. Por isso, fora a mais atingida pela cerimônia dos mortos. Tivera a impressão de estar em outro mundo, quando sentira a energia radiante de Pacal. Quisera, então, saber mais sobre esse personagem ímpar da civilização maia. Vicky, que adotara Luara como irmã caçula, veio em seu socorro:

— Pacal — disse Vicky — nasceu em Palenque ou desceu na antiga *Xibalanqué* (Cidade Vermelha), em 26 de março de 603, tendo ascendido ao trono aos doze anos, em 615 d.C.

— Espera aí, Vicky. Como é a história de nasceu ou desceu? — quis saber Luara, curiosa.

— Bem, hoje já não estou tão certa. Os arqueólogos dizem que nasceu, mas os bruxos maias acreditam ter vindo de *Valum Chivim*, sua terra-natal estelar...

— E você, Vicky, no que acredita?

— Nas duas hipóteses — respondeu Vicky, misteriosa.

— Nas duas? Como assim?

— É tudo muito simples — iniciou Vicky. Pacal era um ser cósmico que tomou forma humana, pois se dizia filho dos deuses ou filho da Primeira Mãe, apontando sempre para o céu. A inscrição da tampa de seu sarcófago, em Palenque, tem o desenho de um ser cósmico dirigindo a árvore da vida...

— Qual seria a visão esotérica? — indagou Luara, ansiosa.

— Teria de contar uma história; você quer ouvir?

— Claro, Vicky! Vamos lá! — exclamou Luara, eufórica.

— *Valum Chivim* era a base estelar dos maias cósmicos, não se sabe ao certo, se em Arthurus, ou nas Plêiades. Esta base monitorava a missão maia na Terra, desde que os Nove Senhores do Tempo semearam os primeiros conhecimentos no planeta.

— Qual era a missão dos maias galácticos?

— Olha, Luara, a missão dos maias sempre foi a de calibrar a Terra com os demais sistemas estelares e...

— Qual era a finalidade dessa calibragem, Vicky?

— A evolução dos terráqueos dentro de um projeto cósmico...

— Puxa, Vicky! É demais! Foi isso que veio fazer Pacal?

— De certa forma, Luara. Pacal, mestre cósmico, veio à Terra para cumprir a missão iniciada pelos Nove Senhores do Tempo, e deixou sinais que deveriam ser reconhecidos pelos terráqueos: Templo das Inscrições de nove andares, homenagem aos Mestres Cósmicos, representados nas paredes do templo; sarcófago, onde se pode ver um ser cósmico dirigindo a árvore da vida como se fosse sua nave, demonstrando assim que não morreu em 683, como todos pensaram. Está tudo assinalado em sua cripta...

— O que aconteceu, então, Vicky?

— A viagem de Pacal, através da Morada das Treze Serpentes, indica claramente a passagem intergaláctica por meio do *Kuxan Suum*, a corda vital que une as várias dimensões. O número treze indica ter vindo do mais elevado dos céus ou níveis do Ser, aquele mais próximo de *Hunabku*, o núcleo da galáxia.

— Puxa, até me dá medo de falar com Pacal, agora...

— Deixe de bobagem, Luara. Você fala com seu duplo, espécie de projeção de Pacal, seu anjo da guarda, entendeu?

— Mesmo assim dá medo, mas entendi, sim.

— Medo é ignorância do que se é. Nasceu com o medo da morte. Já tive medo, Luara, agora sei que não passa de insegurança, pois perdemos a intuição das coisas do mundo.

As moças ficaram em silêncio. Luara sentia medo do desconhecido, do que se escondia por detrás do mistério da vida. O medo fragilizara-a, ainda não pusera seus chacras de acordo com o Cosmo, não se sintonizara com as energias emanadas do espaço sideral, através do Sol. Aos poucos, Luara trocava a euforia e a ansiedade pela calma da respiração profunda. O caminho a percorrer parecia-lhe imenso, mas já o tinha como primeira missão.

A noite encostou-se nas montanhas, ao longe, trazendo a lua cheia para o lugar mais alto da cidade. A escuridão espaventava os vivos, derrubando sobre a urbe arcaica os fantasmas de tempos ainda mais remotos. As mulheres, sobressaltadas, tinham a impressão de que em cada sombra havia uma visão fantasmática, embora tudo fosse só imaginação. A lua banhava a escada do templo da Serpente Emplumada, criando nas sombras os teclados de um piano fantasmagórico e irreal. No Templo dos Guerreiros, onde se assentavam as Mil Colunas, o silêncio se tornara a lápide dos bravos, respeitando o desaparecer de uma raça. O grupo só atentava para o nada, este habitante solitário da penumbra. Só a lua deslumbrava. O vento assobiava por entre as frestas das pedras milenares, mudas testemunhas do tempo passado. Havia um doce sibilar de flauta, quando a brisa leve ousava tocar os galhos mais altos das árvores centenárias, palco da procissão dos mortos. A noite desenhava no céu de Chichen Itza hieróglifos de ansiedade e de esperança.

Na manhã seguinte chegou Henry Land, com grande bagagem de frutas e legumes naturais. O grupo rodeou-o, em busca de notícias de padre Gustavo. Nuno animou-se, mostrando-se também interessado em saber do padrinho. Pela primeira vez se interessava por algo desde que chegara. Henry Land, apesar de cansado da viagem exaustiva, atendia a todos com seu sorriso gravado na face como uma permanente máscara.

— Como está o padre? Já saiu da prisão? — insistia Vicky.

— Calma, gente. Vou contar. O padre Gustavo já voltou às suas pesquisas na missão. Esteve preso por três dias, mas se saiu bem do interrogatório. Dom Diego Sebastian retornou a Mérida, aliás, cheguei a vê-lo agora mesmo, ao desembarcar. As crianças voltaram das férias. A missão parece um pombal, alegre e caótico. Nuno...

— Estou aqui, mister Land — apresentou-se *el diablo*.

Henry Land empalideceu até ficar lívido. Só poderia ser uma armadilha dos sentidos, cansaço de viagem ou miragem:

— *Unbelievable!* — foi tudo que conseguiu dizer.

Aos poucos seu rosto foi-se colorindo de vermelho, voltando ao seu natural.

— Mas me disseram que o comandante estava morto, *my god*!

— Teria sido melhor — disse Nuno — infelizmente, meu irmão morreu no meu lugar, mr. Land.

Todos se comoveram com a cena, percebendo que o sentimento de culpa ainda habitava a mente e o espírito de Nuno, tirando-lhe a vontade de viver. O clima era de condolências e o constrangimento de Land foi-se esvaecendo, apesar de seu rosto, a cada instante, mais e mais se avermelhar.

“O pior de tudo” — pensava Land — “era não haver na língua inglesa nenhuma palavra que pudesse confortar Nuno.”

Nessas horas, o silêncio é a melhor sabedoria. Aos poucos, cada um dirigiu-se para um canto, tornando a situação ainda mais constrangedora para Land. A partir dali, Pedro e Juan passaram a tomar conta de Nuno, temendo que o ex-guerrilheiro, estressado pelo idealismo derrotado, atentasse contra a própria vida. O ambiente só desanuviou quando Juan começou a falar *chol* com Nuno. Pedro não falava direito o dialeto, mas se expressou mais para alegrar Nuno, que acabou sorrindo para os dois, lembrando de sua infância, quando brincava entre as milenares ruínas de Palenque. Juan fora o grande descobridor da magia, que fizera o grupo voltar ao clima maia. Vicky sentia-se melhor, depois da cumplicidade entre o quase morto e os arautos de sua morte.

As mulheres foram tratar do almoço, enquanto os homens iam à floresta buscar lenha necessária à fogueira. Cozinhariam o feijão de soja para fazer bolinhos, depois de coarem o leite denso e esbranquiçado do *shoyu*.

Hans e Land distanciaram-se dos outros, falando sobre a profecia a ser revelada naquela noite, o mesmo se dava com Juan, Pedro e Nuno. Todos tinham consciência de que a profecia mudaria o destino de todos e, ao que parece, já mudara o de Nuno, desvinculando-o da luta armada. Foi quando notaram a ausência dos sacerdotes. Onde estariam? Mesmo Günther, agora um acólito, não sabia dizer aonde foram Pop Men, Pacal e Ahau. Este aparecer-desaparecer constante dos bruxos dava a Luara o pavor de que ela também se tornaria fantasma, quando alcançasse a iluminação. Não queria ser um corpo que aparecesse aqui, desaparecesse ali, para voltar a existir acolá. Era-lhe difícil entender que ao deixar um plano, ao mudar de tempo, iria também mudar de espaço, adentrando outra dimensão. Não desentendia a teoria, mas sim a prática.

Como se a mente percebesse com clareza o que o corpo se negava a entender pelos sentidos. Havia em Luara um divórcio entre tempo e espaço, bem como entre mente racional e espírito sensível. Não lhe fora fácil apreender a idéia de Kukulkan. Aos poucos, a energia ressonante do *Quetzalcoatl* fixara o *imprimatur est* em sua alma. Sentia a serpente, mas não a racionalizara. A Serpente Emplumada passara, assim, a ser uma tatuagem sígnica na sua doce alma de menina. A pergunta que sempre fazia a Vicky:

— Como entender o que se deveria sentir?

— Um mistério — retrucava Vicky — deveria permanecer enigma até que fosse absorvido pelas energias ocultas da mente e dos sentidos...

Luara, porém, ainda lutava para compreender o mistério da vida, o maior de todos para ela, porque, sem sentido palpável, tornava-se, a cada dia, mais cruel. As perguntas a assaltavam a todo instante, quase sempre sem respostas, apenas confusão entre sentimentos e o sentido das coisas. Sua primeira conclusão foi: o sentido oculto das coisas e dos seres não deveria ser entendido, mas intuído. Frans havia muito desistira de mostrar-lhe que o próprio entendimento fazia parte de uma lógica e, por isso, nada se conseguia ante as questões esotéricas, senão percebê-las com a intuição. A bela Luara teimava em compreender mistérios, quando deveria intuí-los com toda a força do seu doce coração.

Os homens trouxeram lenha para o braseiro do almoço. Havia lenha para uma semana, mas ninguém usou machado, apenas recolheram madeiras secas pela própria natureza. O grupo tentava afastar a enorme ansiedade em torno da profecia, que seria revelada, a partir do dia seguinte. Mestre Taro veio ao acampamento, situado na quadra do jogo de bola, próximo ao templo do Jaguar, para dizer a que horas seria lida a profecia. Estavam todos nervosos e o monge tibetano tentou acalmá-los, sem êxito. Todos falavam ao mesmo tempo, querendo detalhes da cerimônia da manhã seguinte.

— Gostaria que se acalmassem — pediu o monge — a cerimônia começará assim que o Sol nascer, no templo da Serpente Emplumada. Pop Men nada mais me disse, por isso meditem para que o ritual seja tão importante e sério quanto a profecia.

— Onde está Pop Men, Mestre? — perguntou Vicky.

— Não me disse aonde ia, mas creio que está em outro plano, junto com Ahau e Pacal.

— Em outro plano? Não acredito — disse Nakin — que nos deixe assim na maior ansiedade...

— Minha filha — replicou Taro — já está na hora de você saber conter-se. O dia será memorável, mas não será o fim do mundo...

— Não sabemos se não será o fim do mundo — retrucou Leo.

— Sabem, sim, doutor Leo. Não devem ter medo da profecia, pois será apenas uma mudança de ciclo, nada mais — finalizou Taro.

Leo sabia que não era bem assim, haveria o apocalipse. Tinha consciência da profecia, tornara-se um *luk'an tumen can* ou *portador da serpente*, um iniciado, justo ele que outrora fora um cético. A profecia seria proferida na linguagem *Zuvuya*, a língua da harmonia cósmica. *Zuvuya*, circuito por onde todas as coisas retornavam a si próprias. Fora o nome dado ao décimo terceiro firmamento, o céu superior. *Zuvuya*, a língua dos *katun*, dos ciclos cósmicos.

O Sol da véspera do dia memorável parecia espargir uma luz mais dourada. Leo, sentado nos degraus do imenso estádio de pelota, parecia ver jogadores maias, daquele esporte mortal, em plena atividade. Não podiam usar as mãos nem os pés. Os perdedores eram sacrificados no ato, no Cenote de Sacrifícios. Leo imaginava a Liga Mundial de *Basketball* usando as mesmas regras. Riu da idéia impossível, apesar de que a liga sacrificava muita gente, embora não as matasse, diretamente. A profecia mostrava-se semelhante àquele jogo de bola maia, no qual os vencedores se salvariam, mas os derrotados não teriam a mínima chance. Para Leo não havia profecia boa ou má, apenas o *fatum*, o destino. Uma profecia se impunha à vontade humana, tinha de cumprir-se. E aquela para 2012 salvaria apenas os eleitos, os que viviam em comunhão com o Cosmo. Seriam poucos. A maioria maltratou o planeta. A ambição fora a mola mestra da destruição do planeta; o materialismo, a mola propulsora.

Leo deixou-se ficar no Sol, em busca de *Kinan*, a energia espiritual superior, através da energia solar, para atingir o *Tin Kinantah*, a energia solar superior responsável pela paranormalidade. Vicky foi-lhe fazer companhia, depois de aprontar o almoço. Todos haviam perdido a fome, assim como não dormiram à noite, exceção feita a Hans que roncara de ouvir-se ao longe. A mistura era explosiva dentro da psique de cada um: ansiedade, esperança, medo e morte. Um *cocktail* depressivo. Não era à toa que Leo e Vicky tomavam aquele banho de Sol, tentando recompor as energias desgastadas com as tensões pré-profecia. Todos viviam a mesma situação:

— Vivemos o Juízo Final — disse Hans. Este momento da passagem de ciclo é o Juízo Final de que nos fala a Bíblia.

— É verdade — concordou Henry Land.

— O ciclo iniciado em 11 de agosto de 3113 a.C. só findará em 2012, mas as mudanças já se fazem sentir — disse Hans. A humanidade ainda está sedenta de progresso material, mas será por pouco tempo. O *yin* está sobrepujando o *yang*. O poder feminino será o novo caminho, depois de mais de cinco mil anos de domínio masculino sobre a Terra. Este é um dos indícios...

— Mas haverá muita resistência, não é mesmo, Hans?

— Sim Henry, será uma luta inglória, contudo...

Os dois velhos meditavam sobre a Nova Era sem ansiedade. Sabiam da inexorabilidade do tempo e da morte. O destino era isso: o implacável tempo a condenar todos à morte. Morte para renovar. O mundo materialista estava podre. Tornara-se um cadáver adiado e seria enterrado sem pompas em 2012. Henry e Hans, pela idade avançada, eram *experts* em tempo. Perderam a fatal ansiedade da juventude, substituindo-a pela sabedoria do equilíbrio; eram conhecedores das armadilhas do tempo e da morte. A profecia talvez nem os atingisse em vida, mas ambos faziam questão de viver em plenitude o Juízo Final, com ou sem profecia. O tempo já não os incomodava, era-lhes quase dispensável. Eles viviam o tempo que ainda lhes restava. Ao contrário, os outros tinham planos para o futuro, notadamente Leo e Vicky, cujo destino foi-se construindo ano após ano, ora sublimado por longas ausências, ora estimulado por curtas convivências. O mesmo acontecia com os outros casais. O comandante Nuno vivia no limbo, culpando-se pela morte do irmão, mas logo colocaria um objetivo em sua vida. O mistério da vida era o de justamente não haver mistério algum. Ninguém vive como quer, mas como o destino distribui. A vida jamais seria a mesma, depois da profecia. Disso ninguém ali duvidava.

Leopoldo lembrava-se da mitologia grega: “Um novo tempo estava por vir e Cronos, este titã acostumado a derrubar impérios e inverter perspectivas, o que faria desta vez? Cronos, filho de Urano (o Céu) e de Gaia (a Terra) mataria seus filhos agora, como fizera antes, em fúria infanticida? E Zeus, filho de Cronos, obrigaria o pai a vomitar os irmãos ao lhe dar uma misteriosa beberagem?"

Leo tirou tais pensamentos da mente. A única coisa em comum entre Cronos e a Serpente Emplumada era a de serem ambos filhos da união entre o Céu e a Terra, resultando num panteão de deuses por demais complexos e humanos. Leopoldo chegara ao fim de sua pesquisa. Ao se deter no estudo do *Tzolkin*, nem sequer imaginava que o calendário sagrado era na verdade a constante galáctica, um módulo para medir os desejos do núcleo da galáxia, o deus maia *Hunabku*, além de fractal do zodíaco. Sua busca terminara.

A noite jogara seu inconsútil manto escuro sobre seres e coisas. Os animais-totem daquele reino morto já haviam se recolhido às origens primevas. Os sacerdotes voltaram de um além desconhecido e enigmático. O Códice K estava sendo decifrado como parte de outra obra: *O Livro das Sete Gerações*, este sim um mistério irrevelado.

O grupo reunido ansiava pela descoberta, um renascimento daqueles mesmos seres e coisas, sobre os quais a noite se debruçara eterna e docemente. O vento não mais assobiava por entre as frestas dos milenares templos; só soprava em forma de brisa suave e breve, sem deslocar, à sua passagem, os detritos deixados pelos visitantes daquela cidade morta. Chichen Itza era só memória, reminiscência e reflexão de um tempo de galas e pompas, da passagem efêmera da humanidade sobre a Terra. O tempo e o ser humano dois destruidores de dinastias, sempre lado a lado, um sempre diante do outro.

Hans contara ao grupo sua aventura noturna pelos caminhos do *Zuvuya*, a perscrutar espaços dimensionais onde a matéria se tornava pura energia. Ali, onde a profecia se instaurara, Hans fora o viajante cósmico e dera de frente com seu duplo, muito mais engraçado do que ele próprio. O velho Hans descobrira um novo mundo, mais poderoso, no qual os átomos se amavam em profundezas cósmicas, nos buracos negros da consciência galáctica. Provara das brisas energéticas do calor da matéria incandescente em pleno ato de viver o tempo infinito e a grandeza do Cosmo.

— Lá o tempo inexiste — disse Hans. Sua memória é estar lá. Estive onde havia Nada e Tudo, onde as energias estão concentradas em padrões desconhecidos, onde Ter é Ser e Estar é Haver. Dimensão incomensurável de espaço-tempo infinito.

— Aonde é isso, pai? — indagou Frans.

— Na quinta dimensão...

Todos se perturbaram com a história de Hans. Ninguém atingira tal grau de domínio cósmico. Não fosse o velho Hans, desacreditariam. Estavam em jejum havia um dia. Assim ficariam até a leitura do vaticínio. Os cabelos de Hans branquearam ainda mais, assemelhando-se a flocos de algodão que a brisa desmanchava. O grupo rodeava o velho Hans, tentando aferir a nova energia, da qual ele era o único possuído ali. Leo ficou desconcertado com a revelação de Hans:

— Quer dizer, Hans, que você surfou na quinta dimensão?

— Sim, Leo, estive lá, mas a sensação é a mesma de nunca ter estado. Onde não há tempo, não há memória. Lembrei-me da filosofia hindu: *mahaprajnaparamita*. *Maha*, quer dizer grande; *prajna*, sabedoria; *paramita*, outra margem alcançada. Creio que estive na outra margem sem sair do lugar. É uma viagem por dentro...

— Incrível, Hans — cortou Vicky — isso é maravilhoso. Como se sente agora?

— Bem mais leve, como se não tivesse massa, só energia.

Os preparativos para a leitura da profecia estavam findos. Ao amanhecer, todos vestiriam suas batas brancas, cedidas por Pop Men e enviadas por Ahau, o interlocutor da cerimônia. Apesar de estar em jejum, o grupo estava disposto, já que a fome fora substituída por grande ansiedade. O dia amanheceu com Sol de luz nítida e clara, quando Ahau e Taro surgiram no acampamento. O grupo só ansiava ouvir a profecia naquele dia, por isso Ahau pediu que se mantivessem equilibrados, condição necessária e única para fluir em intensidade e clareza a linguagem do *Zuvuya*. Eram quatro horas, quando deixaram o acampamento e se dirigiram ao templo da Serpente Emplumada, onde a profecia seria revelada. Instante único para aqueles iniciados no ocultismo maia. Principalmente para Hans, visivelmente tomado por incríveis energias. Uma corrente intensa dessa força deixava seu corpo e migrava para os demais, passando-lhes uma sensação de calma e paz. Estavam preparados para o ritual.

Antes da leitura, Hans receberia o cinturão do jaguar, tornando-se oficialmente um áugure, a prever o futuro. O grupo enveredara por uma pequena via, tornando-se cortejo, depois seguindo da quadra de pelotas até o templo do Jaguar, onde Hans se faria *Chilam Balam*. A cerimônia foi simples: Pop Men deu-lhe o cinturão de áuspice. Uma luz fortíssima cingia-lhe a cabeça, aureolando-a. Hans era agora um adivinho das coisas ocultas. Em procissão, todos se encaminharam para o templo da Serpente Emplumada. Uma luz difusa iluminava *El Castillo*. Na mesa central, a caixa dourada, onde jazia o Códice K. Um forte cheiro de incenso, que a tênue brisa levava ao teto, impregnava o ambiente sacro. Nos quatro cantos do altar, velas de dois metros de altura decoravam o cenário. A cerimônia começou: Pop Men ofertou, de início, incenso aos quatro deuses *Chac*, sempre sem se esquecer daquele quinto, o mais temido e não citado. Desta vez, porém, o sacerdote deteve-se mais no quinto *Chac*, talvez porque a humanidade seguia para o quinto mundo ou ciclo, o do *homo galacticus*. O *Chilam* pedia orientação aos deuses dos pontos cardeais, da chuva e da colheita. Depois de incensar todos os deuses, o sacerdote orou aos mortos, sob mediação do *Moan*, canal entre o mundo dos vivos e o dos desencarnados. Leopoldo notou na face de Pop Men tranqüilidade e paz; estavam ante o verdadeiro, não de seu duplo. Por fim todos perceberam a presença do verdadeiro Pop Men, sentindo-se honrados por sua presença.

Vicky vivia seu momento supremo. Conhecia agora a fundo a ciência maia e não a mal-traduzida pelos cientistas, como Sylvanus G. Morley, que os considerou aborígines inteligentes. Apesar de ter-se desenvolvido pela mesma bíblia cartesiana, Vicky sempre vira a civilização maia como das mais brilhantes. Agora, sentia-se feliz pela amplitude tomada por seus estudos da ciência empírica maia, na qual, ler o futuro tinha base na astronomia e na matemática, jamais em crendices.

Nesse item havia divergências entre os cientistas: havia os ortodoxos, que aferiam uma cultura a partir da descoberta da roda e os demais, que viam nos maias os descobridores de fenômenos psicofísicos desconsiderados pela ciência oficial. Apesar de o esoterismo de base científica ainda soar estranho para Vicky, ele definia os estudos dos ciclos cósmicos daquele povo genial.

Pop Men findou o ritual com uma cantilena ao modo oriental e requisitou Hans para a roda, formada por ele, Taro, e Ahau. O quarteto iniciou uma profunda meditação. Todos olhavam para a mesa, onde a caixa dourada pousara. Frans foi o primeiro a notar a ausência de fechadura ou de qualquer tipo de lingüeta. A superfície era lisa, não havia por onde abrir a misteriosa caixa. Frans, que se mostrara ansioso pela leitura da profecia, mudou seu humor para a curiosidade. Não atinava como abrir aquela caixa totalmente lisa. Mistério. Os outros também perceberam o problema, mas não se importaram com a solução do enigma. A curiosidade suplantava agora a ansiedade no grupo.

Os sacerdotes, em posição de lótus, combinavam os números sagrados maias de um a treze com os vinte signos sagrados do *Tzolkin*. Esperavam a aurora para o início das permutações entre os números e os signos do Leste: *Imix*, *Chicchan*, *Muluc*, *Ben* e *Caban* (Dragão, Serpente, Lua, Pilar da Luz e Terra). A aurora só se daria às cinco horas.

Quando os primeiros raios do Sol criaram a prateleira de luz no horizonte, o quarteto iniciou as permutações de números e signos do *Tzolkin*, se comunicando por telepatia. A idéia era acertar o mesmo número e o mesmo signo pelos quatro, de modo simultâneo. Quando isso se desse, algo seria liberado.

Passados alguns minutos, a lingüeta embutida ergueu-se, oferecendo um sol maior. Naquele instante, Vicky olhou para Juan. Lembrava-se da conversa em sua casa, quando lhe dissera das propriedades dos fractais e do *Tzolkin*; os números ressoando em diferentes oitavas, numa espécie de matemática musical. Juan lhe dissera que:

se déssemos tons e semitons aos treze números e aos vinte símbolos, teríamos a canção do universo. No instante, ambos ouviam a música das esferas tornar-se realidade. O som produzido pela caixa tinha uma incrível vibração cósmica, como se fosse tocado por estrelas. Todos provaram do êxtase e se sensibilizaram pela energia desprendida pela nota sol, ressoando no íntimo de cada um. Harmonia. Equilíbrio. Paz. Amor. Todos em contato com *Hunabku*, através do Sol, cujos raios esbatiam sobre o templo, desenhando estrelas como sombras.

Luara sentira aquela vibração de modo especial. Aquela força misteriosa ecoara no seu âmago, fazendo vibrar todos os chacras. Frans percebeu as mudanças na amada. A energia pulsava bem no fundo de cada um, como nos códons do DNA. Vicky recordava-se de outra conversa, desta vez com Pedro Ruiz, sobre genética. Sentiu que não se passava para outro ciclo sem transformações profundas. I Ching, DNA e *Tzolkin* eram sinais do permanente, do imutável. Alguma coisa devia ser perene no ser humano, marcando a alma como tatuagem cósmica. A música voltara a percutir no espírito de cada um. Agora dois tons em uníssono; depois, cada qual em separado, uma harmonia inigualável se oferecia naquela partitura cósmica. Não só para os ouvidos, como para todos os canais sensíveis do corpo e da alma. Sons que penetravam a alma, como uma sinfonia estelar, fazendo vibrar fibras e nervos do corpo, iluminando-o serena e harmonicamente.

O segundo fecho se abrira em sustenido. Nakin sentira a criança mexer-se dentro de si, embora não fosse ainda tempo e buscara a mão de Günther para um afago amoroso, a segurança. Uma semente vibrava em Nakin, a Casa do Sol. Havia ali um ser da Nova Era, ou quem sabe um desbravador de novos universos. Günther acarinhou ternamente a barriga de Nakin.

A música sensibilizara o grupo, preenchendo o templo de sustenidos e bemóis, um som harmônico e tépido. Possuía o dom de não ser *molto andante* nem *molto moderato*. No solo ouvia-se um órgão contrapondo-se às flautas. Frans lembrou-se de Bach e Mozart. Não era religiosa a música cósmica, só harmonia. Luara a comparou à música oriental. Havia algo de ecumênico, uma espécie de fusão de mundos. Alguns trechos de flauta soavam à moda andina, mas quando o som do órgão prevaleceu, parecia mais música de capela. Ao término da liberação das treze fechaduras, Pop Men disse:

— Vamos saber a profecia para 2012 e a leitura será feita em sete dias. Teremos de decifrar a linguagem ocultista do maia arcaico e o próprio vaticínio está dividido em partes, sendo a primeira relativa ao perfil do Ser do Terceiro Milênio. As sete leituras serão sempre ao nascer do Sol, e interrompidas ao ocaso. Gostaria de lhes dizer que esta profecia não traz em si catástrofes, mas apenas o rumo da vida no planeta a partir de 2012. A catástrofe, se houver, será individual, escolha do indivíduo que não quiser partilhar do destino cósmico traçado coletivamente para a raça humana. Toda profecia é agônica, assim aconteceu antes, assim sucederá agora. Os incrédulos perecerão por sua livre escolha e vontade, assim como se salvará aquele que acreditar na profecia. Este sempre será o grande desafio humano sobre a Terra: crer ou não crer, eis a questão. Vivemos o Juízo Final período que antecede a Nova Era. Toda a profecia é um encontro antecipado com a morte.

Por instantes, Pacal folheou o Códice K retirado da caixa dourada. Estava intacto, apesar de ter mais de mil anos. Ele fora pressentido antes da morte de Pacal, em 683 d.C., quando beirava os oitenta anos de idade. Leo percebeu, com naturalidade, o aspecto agônico da profecia como pano de fundo de todos os vaticínios. Este caráter agônico sempre se mostra quando a humanidade se depara com os augúrios — talvez por isso os maias tivessem abandonado as cidades intactas, sem razão aparente, ao saber que não havia futuro para sua civilização. A grande catástrofe introjetara-se no íntimo de cada maia como uma cicatriz genética: a elite maia impusera-se a missão cósmica de calibrar o sistema solar com os demais sistemas da galáxia. E, cada vez que expandiam esta missão, mais se aproximavam da decadência e do final da Era de Paz, mas só os sacerdotes sabiam disso. Depois de calibrarem a Terra com os demais planetas do sistema solar, deram por finda a missão e partiram, deixando o povo condenado a viver no nomadismo. Os chamados maias cósmicos voltaram para o espaço sideral, enquanto os maias terráqueos ficaram até serem invadidos pelos toltecas. As cidades viraram marcos dessa ocupação, e o *Tzolkin*, o módulo para as viagens interdimensionais. Leopoldo olhava Pop Men que, agora se desembaraçara das páginas do Códice, iniciando solenemente sua leitura:

Ó terráqueo, às vésperas do Terceiro Milênio, que o regozijo te habite e te instrua. Os Nove Senhores do Tempo dispuseram-se a dar-te o rosto do Ser da Nova Era por vir. O Quinto Mundo não mais admitirá uma humanidade sem consciência cósmica. Não haverá mais tempo para aprender neste planeta. Teu tempo esgotou-se. Só o conhecimento profundo poderá te tirar do caos onde te meteste. O planeta Terra, tua casa por milênios, cansou-se de tuas fraquezas e promessas. Agora, o tempo é zero. Não mais haverá condescendência contigo. Está na hora de passares à Quarta Dimensão e perderes essa idéia errada de tempo agonizando em ti. Esgotaste teu tempo sobre a Terra. Somente os eleitos viverão a plenitude da Nova Era de Paz e Fraternidade Universal. Nenhuma religião prevalecerá sobre o Conhecimento, todas sucumbirão. O caminho da fraternidade foi violentado pela mentira que tu és, ó terráqueo. O novo Ser será íntegro, por dentro e por fora, fazendo ressoar as energias cósmicas benfazejas, provindas de Hunabku, *o Deus Único Galáxia.*

Não mais mancharás o teu planeta. Terás de limpar a Terra de teus dejetos, se quiseres encontrar a paz que perpetuará o Ser da Nova Era. O Mundo, ai de ti, terráqueo, jamais terminou, como sempre pensaste, pois não existe o Mundo, mas o Ciclo Temporal, por onde caminha a Consciência. O Ciclo Cristão já cumpriu o seu destino e, agora, dará lugar ao Ciclo Ecumênico Pleno de Luz. O Novo Ser será cósmico e trocará informações com os demais seres do Cosmo. Por isso atenta tu, ó terráqueo, para os verdadeiros mistérios da Vida e da Morte, pois não mais será possível te calibrares por esse calendário falso que usas. Se não te calibrares com o tempo certo, cairás nas profundas cavernas de Xibalba. Só tu poderás decidir. O novo tempo exigirá o calendário maia verdadeiro. Não escaparás do Novo Tempo; quem fugir perecerá. A Nova Humanidade será de paz e fraternidade, buscando fazer parte do Todo, deixando a idéia de mundo para trás. O Cosmo é um só, assim todos farão parte do Todo.

A calibragem deverá ser feita com o Tradicional Calendário Maia que, em uma primeira instância, poderá ser o Tzolkin, *o calendário sagrado de 260 dias, acoplado ao Haab, de 365 dias. A Nova Era será Solar, mas também Lunar, tendo a Mulher, a Mãe, a Terra, enfim a percepção maia como centro do novo milênio. O tempo e o espaço yang terão de equilibrar-se com o espaço e o tempo yin, com o novo espaço — mais calmo e mais terno. Os que não estiverem dentro dessa concepção cósmica yin e yang na Nova Era dificilmente vingarão.*

Viverás um momento de Juízo Final, antes de atingires o Novo Ciclo, que terá início no dia 21 de dezembro de 2012 do calendário gregoriano. Antes, a Terra e as Legiões de Guerreiros Maias limparão o planeta de espíritos menores e da poluição dos humanos. Os terráqueos que adotarem a nova ordem deverão ajudar no aprimoramento da Terra com a concentração mental e a Nova Consciência. Não deverás temer ó terráqueo. O medo não te trará as energias necessárias ao teu conhecimento. Precisarás desenvolver a mente da Quarta Dimensão e da Sexta Consciência Cósmica. Nós, os Senhores do Tempo, voltaremos para te ajudar, mas a principal ajuda deverá vir de ti. Este Códice K é só o início do que virá. Muitos perderão suas vidas inutilmente, porque de inutilidades as construíram. Outros serão recompensados no Novo Tempo, no Tempo Itza, no Tempo Atlante, porque souberam comportar-se com pureza e espiritualidade. Não haverá lugar no Novo Tempo para o mundo material. O que vês hoje, terráqueo, é pura ilusão, por isso passarás pela agonia do fim da Conta Grande. A mudança exterior só se dará com a transformação interior. A purificação virá e muitos perderão suas forças vitais por terem posto a matéria no ápice de suas vidas. O Novo Tempo exigirá novos sacrifícios para as purificações do planeta e da humanidade. Nós, os Senhores do Tempo, somos também os Senhores da Noite, encarregados de levar para as mansões da penumbra os descalibrados com a Nova Era. Se não alcançares o dom de te tornares Corpo de Luz, viverás nas Trevas ou em outro planeta ainda mais atrasado do que este.

Pop Men parou a leitura e olhou pela porta leste do templo. O Sol começava a dormitar no horizonte yucateca. Fechou as páginas do códice e recolocou-o na caixa dourada. A leitura daquele dia tivera diversas interrupções, não anotadas aqui, para que o leitor não se aborrecesse com pormenores supérfluos.

A figura pequena e frágil de Pop Men crescia com a luz que dele emanava. Todos ficaram calados. Pensavam na missão que lhes cabia na leitura profética: ajudar os humanos a alcançarem a iluminação e, assim, conquistarem o Novo Tempo. O Ciclo Cristão daria passagem ao Ecumênico, e o calendário gregoriano deveria ser trocado pelos dois calendários maias, mudando a calibração mental da humanidade de acordo com a Nova Era. Pop Men colocou-se à disposição do grupo para discutir a profecia. Estava exausto. Sacrificara-se demais, ao queimar energias profundas naquela leitura cármica. No final disse:

— Pacal determinara: o Juízo Final começou no dia 13.0.0.0.0 do calendário maia verdadeiro, ou seja, no dia 13 de agosto de 3113, tido como ano zero, e terminará exatamente 5.200 *tun* depois, ou seja, em 13.0.0.0.0, no dia 21 de dezembro de 2012. E alertou: cuidado, há muita gente propondo calendários maias falsos. É preciso combater os falsos profetas.

— Há falsos profetas, mestre?

— Há muitos propondo calendários maias falsos, sincronários que marcam apenas a própria vaidade.

O grupo resolvera meditar, jejuando até o dia seguinte, quando seria lida a segunda parte da profecia. Hans fora o mais afetado pelo jejum e pelo esforço de abrir a caixa. Comportara-se como autêntico sacerdote maia, superando-se. Agora seria a vez de Günther, que participaria da segunda leitura. Pop Men deixou-lhe um aviso, antes de abandonar o templo. Nakin ficara feliz. O amado se tornara um *Chilam Balam*, mestre em ocultismo. Nakin sentia uma semente a germinar em seu ventre como uma esperança de um tempo melhor, embora não soubesse bem o que isso queria dizer.

Fechada a caixa, Pop Men explicou que a profecia deveria ser trancada após cada dia de leitura. E acrescentou:

— A energia de cada ser cria uma harmonia distinta. A música das esferas depende sempre dos músicos da orquestra universal de seres puros em comunhão com o Todo.

Pop Men deixou o templo com Ahau e mestre Taro. Naquela noite ninguém dormiu, graças à insônia fruto da ansiedade. A segunda leitura ia referir a fragilidade em que se encontrava a Terra, depois de poluída à exaustão. Não havia inocentes.

Antes de sair, Pop Men informou que um mistério seria revelado no segundo dia de leitura, um enigma descoberto pelos maias havia mais de mil anos, mas jamais revelado.

Hans absorvera a primeira parte da profecia com incomum lucidez. Percebeu o seu cerne no vazio cosmológico

— A profecia vagava em algum lugar entre a Verdade e o Símbolo — explicava ao grupo, que se formara ao seu redor. Diversos gnósticos se propuseram a explicar o ecumenismo esotérico por meio do Conhecimento ou Gnose, mas estou tentando lembrar o nome do vazio entre a Verdade e o Significado. Lembrei: *kenoma*. Este era o nome. A humanidade vive hoje o *kenoma*, o vazio entre o fim de um ciclo e o início de outro. O Juízo Final é um *kenoma*.

Todos sentiam aquele vazio, exatamente como intuíra o velho Hans. O vazio definido pela inocente culpa do pecado, cicatriz provocada pelos deuses, emergindo com força no eloqüente silêncio meditativo da profecia a ser revelada. A sensação paradoxal habitava a mente de todos, como se fossem culpados por algo que não sabiam sequer a causa, ou o efeito. Com essa sensação de ausência, todos recolheram-se às barracas, antes de a Lua surgir no alto da floresta, fazendo noite sobre Chichen Itza.

No segundo dia, o ritual se manteve: ao raiar do Sol, todos estavam no templo, esperando a abertura da caixa. Pop Men mudara de vestes, mas conservara o cinturão do jaguar. Sua bata era vermelha, enquanto os demais estavam de branco. Günther era a única novidade entre os sacerdotes. Land filmara a leitura do dia anterior, tinha dúvidas e esperava rever tudo com mais calma. Depois da abertura das treze fechaduras, Pop Men abriu as páginas da segunda parte do vaticínio:

Deverás abrir a mente ao Tempo Real, só assim chegarás à Quarta Dimensão. A matemática maia é da Quarta Dimensão e abrirá as portas da percepção dos números cósmicos. O tempo da Mente Cósmica chegou e tu, terráqueo, não te deste conta: Tempo é mental; espaço é físico. Se o calendário é um marcador de tempo, então, é um calibrador da mente. Se adotares o calendário maia verdadeiro, o do Tempo Real Cósmico, tudo será mais simples: a porta de entrada do Quinto Mundo se abrirá para ti e receberás ajuda de Pacal. Não te iludas, terás de te ajudar muito para alcançares a graça de seguir na Nova Era. A porta de entrada do Quinto Mundo abrirá o portal da Quarta Dimensão. Lá só entrarás se rechaçares o falso calendário maia, pois não marca tempo algum.

Abre tua mente, ó terráqueo, estás no final do Grande Ciclo de vinte e seis mil anos. A Terra percorreu todo o Zodíaco, enquanto tu a manchavas; sujavas tua casa com teus detritos, conspurcando-a de todas as formas. Cuidado! Tu poderás ser eliminado pela Terra, se a continuares maculando, se sujares a biosfera, como vens fazendo há tempo.

Haverá crises nas instituições mundiais e a matéria será aviltada: até 2012 grandes empresas sucumbirão para sempre. A Terra já entrou na Quarta Dimensão e, se tu não a seguires nesta rota, perecerás. O planeta expulsará aquele que não cumprir o destino cósmico. Os sinais estão chegando: cataclismas, terremotos, doenças incuráveis, vírus mortais. A Terra não perdoará quem não alcançar o saber cósmico. Por isso, terráqueo, eleva tua freqüência para a Quarta Dimensão, a freqüência do Tzolkin, *duzentos e sessenta kins ou sóis, o fractal galáctico. Esta é a tua oportunidade de limpares a tua Casa e fazeres vibrar tua mente na freqüência galáctica e da natureza.*

A pacificação do que tu chamas mundo só virá com teu auxílio. A profecia já está em andamento, mas o seu andar é lento. Espera-se a pacificação do mundo, quando será estabelecida a Nova Espiritualidade Cósmico-Terrestre. Se houver cooperação, tu receberás de volta teus dons, teus poderes adormecidos por tua ganância e estupidez.

Antes de chegares a 2012, todos os caminhos espirituais irão convergir e haverá mudanças radicais no planeta, que irá adquirir sua dimensão mental e todos se sintonizarão com a mente coletiva. Terráqueo, estás à beira da Verdade, basta vibrares na freqüência 13:20 do Tzolkin, *os treze números do tempo e os vinte signos sagrados. O tempo urge ó terráqueo, correste tanto para ganhares a falsa moeda, agora terás de correr ainda mais para salvares teu planeta e tua própria vida.*

Pop Men lembrou que, infelizmente, o mistério a ser revelado ficaria para o dia seguinte, pois o Sol já adormecia nas montanhas, ao longe. O sumo-sacerdote não queria deixar a platéia mais ansiosa, mas enfatizou que se tratava de um perigo inevitável para a Terra. Houve insatisfação entre os participantes; ouviu-se aqui e ali murmúrios de descontentamento. Todos saíram calados, em um silêncio constrangido, mas respeitoso. Agora o mistério tornara-se enigma na alma de cada um. Hans podia ajudá-los a descobrir do que se tratava, mas o velho iluminado sumira tão logo findara a sessão. O grupo reuniu-se, então, com Günther, mas ele nada sabia sobre o perigo misterioso proferido por Pop Men, embora sentisse a energia negativa ameaçando o planeta, quando pensava sobre o assunto.

— Uma energia cósmica inferior se abaterá sobre o planeta, mas não sinto mais nada — confessou.

Vicky fora a mais insistente, mas Günther dera de ombros e se calara. Luara sofria perplexa ante a ameaça desconhecida, mas resolvera ficar silente. Vivia uma grande experiência no momento, não valeria a pena incomodar-se com um segredo que seria revelado no dia seguinte. Preferiu estudar o calendário maia verdadeiro. A profecia até ali fora clara: calibração com o tempo na freqüência 13:20, a do

Tzolkin. Naquela noite o grupo resolvera fazer uma grande fogueira para afastar os maus espíritos, aquecer os corpos cansados e driblar a fome, pois jejuavam desde o início da leitura da profecia.

Leo se recostara na árvore sagrada em busca de *Te-Otl*, Espírito da Árvore. Tornara-se um *luk'an tumen can*, portador da Serpente Emplumada, um iniciado, mas lhe faltava algo para alçar à condição de sacerdote. Talvez, do seu ceticismo antigo ainda lhe restasse algo, uma ironia subjacente na alma ainda por conquistar. Sabia ser o *Tzolkin* muito mais que um calendário, era a matriz harmônica universal e o módulo do campo de memória da Terra. Assim, se o planeta entrasse na Quarta Dimensão, seu campo de memória se expandiria. E os terráqueos teriam de acompanhá-lo, senão seriam cuspidos da Nave-Mãe. Esta era a principal parte do que fora revelado naqueles dois dias. Na verdade os humanos teriam de calibrar-se na freqüência 13:20 e seguir os calendários maias verdadeiros, tanto o *Haab* de 365 dias quanto o *Tzolkin*, de 260 dias, apagando o passado violento e ambicioso de se considerar como o centro de tudo. A violência se exacerbara justamente porque as mentes não estavam calibradas com a nova ordem universal. Daí, o vazio entre a Verdade e o Significado; ao mesmo tempo, o caos na Terra.

O som da música das esferas criou impacto sobre o grupo; não por ser música acalentadora da memória recôndita da sensibilidade, mas por fazer emergir, das profundezas do Ser, algo misterioso. As energias adormecidas foram sensibilizadas naquele despertar inaugural e inédito. Por isso, o som foi mais do que música, porque tem o condão de envolver regiões da memória do ouvinte, enquanto o som ali inaugurava um novo ser dentro do Ser. Se eles lembraram de Bach e de Mozart, foi porque estes geniais autores estiveram possuídos do dom de acordar esse mistério incontido, deslocando a memória para outro plano mental, outra esfera, outra dimensão.

O grupo se preparava para dormir na véspera da terceira leitura. A lua brilhava alta e trazia mistérios numinosos, acolchoando de luz a cama da noite. O romantismo derramara-se sobre todos. A meditação e o jejum contínuos acordaram nos seres o sentimento cósmico que os habitava. O som silente do Universo a tudo amalgamava e a Serpente Emplumada voava altiva.

Ao nascer do Sol do terceiro dia, o grupo dirigiu suas orações para o Sol e para a Terra, *Kin* e *Om*, no alto do templo. Leo liderava o grupo e pediu, respeitosamente, a *Hunabku* para reingressar em sua memória, com a finalidade de recordar como eles deveriam andar de novo sobre a Terra de maneira sagrada. Depois, dirigiu-se ao Cosmo para que os ajudasse a recordar do antigo saber do futuro, rezando por *Om* e pelo Ser Humano Cósmico que despertava. Pediu ao grupo que contemplasse o porvir da humanidade e a parte de cada um dentro desse novo mundo. Quando o Sol alçou, todos, de pé, o miraram diretamente por segundos, fechando os olhos em seguida. Depois, cada um pôs as próprias mãos diante do rosto, como se amparasse uma esfera. Ao proferir o nome do Sol, depuseram o próprio espírito em suas mãos. Eles podiam, assim, sentir a própria energia espiritual nas mãos acordadas. Por sete vezes cada um disse *Kin* pelo seu corpo, mais sete vezes pelo espírito e mais sete pelo despertar do Ser Humano Cósmico, sempre anasalando o ene final da palavra *Kin* e se demorando um pouco mais a cada vez: *Kin, Kinn, Kinnn*. Só assim conseguiram sentir a vibração solar nas mãos, escutando o som fundo e silente do Sol. Depois, puseram a palma da mão sobre a terra, penetrando-a e abençoando-a espiritualmente, ao enviar seus fluidos e intenções de caminhar por ela com respeito, pronunciando: "*Xa, Ta, Zac, Xa, Ta, Amac*" (Que possa haver só paz em tua presença).

Pop Men, que tudo observava, entrou no templo tão logo terminou o rito dos iniciados. De novo todos se postaram diante da caixa dourada e o supremo sacerdote maia chamou Leo e Frans para participarem do rito de abertura. Desta vez, eram sete os participantes do ritual, em círculo: Leo, Frans, Günther, Taro, Hans e Ahau, tendo no centro Pop Men. O som saído da caixa percutiu na consciência de cada um fortemente. Tornara-se bem oriental, harmônica, uma espécie de sabedoria cósmica, música percebida mais pela alma que pelo ouvido. A expansão dos sentidos fora nítida em cada um, e a energia de Pop Men abraçou todos no seu sacrifício de unir o separado e apartar o mal jungido. A leitura, então, começou por revelar o mistério.

O Códice K traz agora e sempre o vaticínio de vários Chilam Balam, *embora o principal seja Pacal, o Grande. Atenta, pois, terráqueo: um corpo celeste misterioso se aproximará da Terra antes de 2012. Este corpo celeste iludirá os mais sábios astrônomos; alguns pensarão tratar-se de um cometa enorme, outros de objetos espaciais de outras galáxias. Este grande corpo celeste passará próximo da Terra e causará danos aos terráqueos. A missão desse corpo celeste, contudo, será a de limpar o planeta de todas as impurezas, humanas e inumanas.*

Aqueles que não estiverem calibrados na freqüência 13:20 poderão ser banidos da Terra. O astro fará a Terra tremer, os mares invadirem continentes, vulcões acordarem, territórios sumirem, prédios despencarem. Este corpo celeste não poderá ser evitado, pois este será seu destino jamais modificado. Atenta, pois, o Juízo Final não manda aviso. Todos deverão pedir perdão por seus atos contra a Natureza, só o arrependimento te salvará, ó terráqueo. Não haverá salvação, contudo, para os descalibrados com o Tzolkin. *Depois da passagem do corpo celeste, a Terra gozará de um período de paz e harmonia. Antes disso muitas desgraças acontecerão. Sempre haverá céticos, mas estes não terão tempo para se arrepender. Uma mudança radical te espera, terráqueo, atenta para o Novo Tempo. O Novo Tempo será o fim da Era da Fé Cega e da Crença; e o início da Era do Saber e do Conhecimento. A Era Itza não será mais uma Era de Ilusão. E todos serão maias, porque ser maia não mais significará raça ou cor da pele, mas ter amor no coração e no espírito. A Cultura Solar Maia irá de novo florescer em benefício da humanidade. O Ciclo da Escuridão já terminou, ó terráqueo, virá agora a Era Itza e todos deverão entrar na Trilha da Luz Cósmica, se quiserem permanecer como espécie pensante. A raça humana terá de buscar o caminho da iniciação na Terra e no Céu; só assim conseguirá vislumbrar a luminosidade do Grande Espírito. Os mestres reencarnados da Nova Era Itza imploram que a sagrada espécie humana desperte para o seu Destino Cósmico, como um filho e uma filha da Luz Cósmica.* Hunabku *brilhará como o relâmpago e atravessará os chacras dos terráqueos para fazer de cada humano um ser de luminosidade eterna.*

Nesse momento, o céu escureceu e o Sol não mais iluminou o templo. Pop Men encerrou a leitura e fechou o códice na caixa dourada, deixando-a com Ahau, o Senhor Solar. Antes, Pop Men disse que o mistério da Gênese da Terra seria revelado no dia seguinte. O grupo estava perplexo com a vinda do corpo celeste maldito, mas sabia que a toda mudança de ciclo correspondia uma catarse cósmica. A humanidade teria de passar por mais essa purgação para entrar na Era Itza; assim fora com os antigos atlantes, e assim seria com os seres do Novo Ciclo. Paz e Harmonia só se alcançam com a purificação das mentes. O novo ser só se tornará Corpo de Luz, se arrepender-se do passado predador e alcançar a condição de Ser Cósmico da Quarta Dimensão.

Leopoldo preocupava-se com as revelações da profecia. Aos poucos, aquele vazio entre a Verdade e o Significado tornava-se mais Verdade e mais Significado. A profecia não era catastrófica, mas os humanos entenderiam? Nem mesmo ele, um iniciado, percebera direito o alcance das palavras ditas na língua sagrada dos antigos maias. Pop Men se esforçava para passar aquele pensamento enigmático, traduzindo números e signos da forma mais simples possível, mas parecia difícil entender o porquê de tudo aquilo.

Os cientistas trataram o mundo como um relógio, uma máquina, marcando dias, meses e anos de maneira incorreta. Os astrônomos aceitaram o calendário gregoriano, sem reservas. Havia lógica em tudo aquilo? No entanto, usaram sempre de lógica para reprovar qualquer teoria que não lhes agradasse, mas se esqueceram de usá-la no calendário. O calendário sagrado *Tzolkin* tinha sua lógica, estava calibrado com o Universo, longe dos interesses terrenos. A Terra nunca estivera só, sempre fizera parte de um sistema cósmico. Se a mente humana cometera disparates, fora porque não estava calibrada com o Todo. A hora da verdade chegara e do significado da vida no Universo.

Os homens não deveriam mais permanecer na ignorância. Esta era a mensagem da profecia. Todos deveriam expandir a consciência, do mesmo modo que o Universo se expandia fisicamente, dando origem a novos e infinitos mistérios. Humildade era o que faltava. A Terra sempre fora uma gota d'água no Oceano Cósmico.

Vicky interrompeu de repente os pensamentos de Leo, assustando-o. Depois do terceiro dia de leitura da profecia, havia um misto de apreensão e esperança: temor, pelas ameaças contidas no códice e ao mesmo tempo expectativa de um futuro melhor.

— O que você acha Leo desse corpo celeste?

— Não sei lhe dizer, Vicky. Li algo sobre esse corpo celeste no jornal. Parece que vem vindo mesmo, ou se chocará com a Terra, ou passará muito perto...

— Sinto-me impelida para um mundo realmente novo em tudo. Há em mim uma coragem interior estranha. Sinto-me frágil por fora; uma sensação de vazio, de espera, se opondo à plenitude do acontecimento. Nunca estive tão certa e tão confusa, ao mesmo tempo. Assim, como estar aqui e pertencer a um outro lugar...

— Talvez, seja isso mesmo. Estamos em meio a uma mudança tão essencial que a impressão é de se estar perdido na própria casa...

O casal dirigiu-se ao acampamento, onde ambos meditariam sobre as palavras proféticas ditas naquele dia. Nem mesmo a noite estrelada, que se debruçava sobre todos, conseguira retirar, com sua beleza, a impressão de desalento do grupo. A profecia produzira desesperança. Por isso, Pop Men fizera questão da reeducação. Todos sofriam de angústia antecipada pelo destino incerto. O futuro terá sempre cem anos, ou seja, a duração de um humano sobre a Terra. O vazio se dera pela falta de perspectiva individual diante daquele fado coletivo. Uma profecia podia gerar psicoses tão reais quanto o acontecimento em si.

— E esta sensação nunca resolvida, que me corrói, de sermos ao mesmo tempo indivíduos e povo, nos faz vazios e angustiados — disse Leo a Vicky, beijando-a ternamente. E a Lua parecia brilhar mais alta e prata.

■ ■ ■

No quarto dia de leitura Pop Men explicou que, a partir dali, a profecia iria apresentar a Viagem da Nave do Tempo Terra 2012, nascida do Dragão, instruída pelo Símio, pai das artes, e impulsionada pela Lua: a Gênese da Terra. Naquele dia não haveria leitura, mas uma explanação realizada por Pacal, o próprio áugure do vaticínio. Por isso, quando o sumo-sacerdote iniciou seu discurso, todo ele pleno de metáforas, a caixa dourada se abriu, ao reconhecer o oráculo na voz do seu *vata*. Pop Men nem sequer a mirou, pois ali estava o oráculo vivo da profecia. Pacal, o Grande, iniciou:

Ó terráqueo, tu tens que te calibrar com a mente da Serpente Emplumada. Teu tempo se esgota. Não poderás te arrepender se não seguires a verdade cósmica, o Tempo Natural. Assim como o condor, ao realizar seu vôo circular, o faz para a frente sem olhar para trás, um Kin, ao adentrar o Portal de Kukulkan, já não mais poderá retornar, devendo permanecer a girar pelos ápices sem fim da Terra. Teu acesso dar-se-á pela via em espiral da Gênese da Terra. Nascido de Hunabku, *os Kins aparecerão de novo na nova Terra. Serão ensinados pelo Símio, patrono das Artes, e os terráqueos aprenderão a magia que guiará a Nave Terra com êxito após 2012. O lançamento cósmico da Nave Terra tornar-se-á o destino dos terráqueos, agora tornados cósmicos.*

A Nave Terra é formada por cinco Moradas, uma para cada Chac direcional, sempre juntos girando na Geração do Tempo: a Morada Vermelha, a Leste; a Morada Branca, ao Norte; a Morada Azul, a Oeste; a Morada Amarela, ao Sul; e a Morada Verde, ao Centro, este tem o Chac mais importante. Cada Morada tem quatro portais, tal e qual o Templo de Kukulkan. Tens, pois, ó terráqueo, quatro portais para penetrares na Quarta Dimensão: o Portal Magnético Vermelho abrirá o quadrante do Leste; o Portal Branco, o quadrante do Norte; o Portal Azul, o do Oeste; e o Portal Amarelo, o do Sul. Tens que te calibrar com o Tzolkin, *só assim haverá o retorno dos vinte signos solares, através da Nave do Tempo Terra, pois foram quase 260 séculos, há 26.000 anos, desde que a Terra entrou em sua primeira Gênese: a do Dragão Primevo, que semeou até às profundezas da Terra, originando a viagem humana. O Dragão Primevo penetrou pela Morada Vermelha do Leste, nascedouro do Sol. Em seguida, poderosas ondas de luz foram invocadas: primeiro, os treze séculos da Onda de Luz do Dragão, seguidos pelos treze séculos da Onda de Luz do Mago. Ainda que grande parte da Terra estivesse coberta de gelo, o Dragão a todos nutriu, oferecendo ao mundo um lugar dentro da Onda do Nascimento. E tudo na Terra cresceu a partir da Morada Vermelha do Leste. O mundo ascendeu em poder e atemporalidade. O Mago provocou o Saber, abrindo o terceiro Portal, e ofertou a cura de todos os males pela imposição das mãos. Depois, foi invocada a luz do fogo universal para que todos pudessem conhecer a fonte vital de calor. Apesar de o Manto Gelado cobrir a Terra, com a Onda de Luz do Sol completou-se a Morada do Leste. Cinqüenta e dois séculos de mudanças primevas haviam-se passado...*

Nesse momento, Pacal parou o discurso. O Sol desfalecia no poente. A caixa dourada deu seus últimos acordes da música das esferas, fechando-se, abruptamente. Ficara acertado que só Pacal falaria dali em diante.

■ ■ ■

No quinto dia, Pacal apareceu com seu escudo simbólico, no qual se via o signo de *Hunabku*, com o toucado do jaguar e o cinturão do mocho. Assemelhava-se a um holograma, pois seu duplo era um ser só energia. E iniciou a narração:

Ó terráqueo, assim foi feito o mundo, a tua casa. Depois de o Mago te dar o Saber, chegará a hora de cruzar a Morada do Norte, mansão que brilha com a aura da aurora, emergindo alva e majestosa, austeramente ascética, a completar a viagem pela Era do Gelo. A Nave da Terra teve de viajar ao Norte Cósmico e ali construir a

Morada do Através. Ao se preparar para cruzar, o Caminhante Celeste invocou primeiro a quinta Onda do Espaço Infinito, onde todos os Kins eram livres de explorar. Encontrou-se com o Enlaçador de Mundos, Ser Imortal, Navegador tanto do reino da Morte quanto do reino do Espaço. Assim foram criados o Espaço e a Morte. E, depois, aos poucos, tudo o mais.

Desde a Gênese da Terra, representada pelo Símio, os Kins viveram praticando a magia do Tzolkin, *pois eram descendentes das vinte tribos solares e viviam de acordo com a freqüência lunar-solar 13:20. Esta é a base em que opera o ciclo da Nave da Terra. Se os Vinte Kins Solares, formadores do* Tzolkin, *vivessem em harmonia, haveria sustentação da Nave Terra em sua órbita ao redor do Sol. Ao chegar a hora em que os Kins completassem a Gênese da Lua, os Kins deveriam receber o dom da expansão mental da freqüência 13:20, correspondente à Morada Verde, território do quinto Chac. No espaço profundo, entre a Gênese da Terra e o princípio da Gênese da Lua, houve usurpação de poder: uma armadilha fora perpetrada por Júpiter e Saturno, conforme se verá. A Nave da Terra aproxima-se do fim de vinte e seis mil anos dessa usurpação, ou seja, o tempo em que a Nave Terra percorreu todo o Zodíaco. O que aconteceu? Um planeta foi destruído: MALDEK, o quinto a partir do Sol, hoje conhecido por cinturão de asteróides. Sua história foi perdida. Porém, os seus despojos mantêm a posição orbital de Maldek. Por outro lado, uma catástrofe também ocorrera em Marte, o quarto planeta, a partir do Sol. As energias que animavam Maldek e Marte foram absorvidas e usurpadas por Júpiter, o sexto planeta, controlado por Saturno, o sétimo a partir do Sol. Enciumados pelo crescente poder adquirido pelos Kins, caso entrassem na freqüência 13:20, as forças de Júpiter e Saturno conspiraram contra esse dom, que seria dado à Terra, o terceiro planeta, em conexão com Urano, o oitavo a partir do Sol.*

Assim como a Terra é o terceiro, a partir do Sol, Urano é o terceiro, a partir da Galáxia. Juntos, Terra e Urano mantêm o equilíbrio orbital do Sistema Solar. Ambos têm duas órbitas planetárias de cada lado...

Pacal findou o seu discurso daquele dia, porque o Sol já começava a desaparecer no horizonte. A profecia causara certo mal-estar, fazendo o grupo só pensar na morte. Hans lembrara-se de Sêneca, o filósofo estóico, nascido no século I a.C., em Córdoba, Espanha, e autor de "Brevidade da Vida", que continha a seguinte frase: "Deve-se aprender a viver por toda a vida e, por mais que te espantes, a vida toda é um aprender a morrer."

Depois da ansiedade, era a idéia da morte que os transtornava. A morte trazia o desconforto de ser verdade absoluta. E a idéia de morrer penetrava como vírus, instalando-se cada vez com mais intensidade no pensamento de cada um. Depois de cinco dias, o grupo já sentia a morte como uma rotina de vida. Mais cedo ou mais tarde haveria apenas os eleitos. Havia os 144.000 eleitos do Apocalipse, mas os sacerdotes maias não faziam predição sobre o número de pessoas que se salvariam, no caso de uma catástrofe planetária. A profecia só se referia à passagem de ciclo, nem sequer falara em fim de mundo. Apesar disso, o grupo se alarmara com a idéia da morte pairando sobre suas cabeças. A morte era a face visível da desesperança que se abatera sobre todos.

A descoberta de enjôos em Vicky, na manhã do sexto dia, dera vida nova aos casais do grupo. A gravidez estimulara novas esperanças, melhorando o astral que caíra, ao saberem da existência de desonestidade até no Cosmo; assim definiram a armadilha criada por Júpiter e Saturno contra a Terra e Urano. Esta armadilha poderia repetir-se na Nova Era, daí a insatisfação de todos naquela hora. Júpiter e Saturno poderiam atacar novamente? A idéia parecia saída de um filme de grandes efeitos especiais, mas a profecia maia diria ainda mais. O grupo se dividira: os casais davam força à vida; os demais sofriam uma espécie de síndrome da profecia, pensando só na morte.

Pacal iniciou a sexta parte da profecia para 2012:

Júpiter e Saturno continuaram mantendo o poder de Maldek e Marte, enquanto o túnel do tempo entre a Terra e Urano se fechava para sempre. Só a freqüência 13:20 da Nave da Terra poderia resolver a conexão entre a Terra e Urano. Naquele momento crítico, em vez da freqüência 12:260, armazenada no núcleo de cristal da Terra, os Kin receberam a freqüência 12:60, um poder obscuro que condenou o mundo ao tempo histórico, trazendo à Terra guerras de conquistas, a bomba atômica, pestes, poluição, vírus mortais, a extinção da fauna e flora, o caos. A promessa de magia do Tempo Galáctico e do Ser Cósmico fora roubada dos Kin. O propósito da freqüência 12:60, doze meses irregulares e 60 minutos da hora, fora o de apagar a memória da Gênese do Símio. Quanto aos Kin, homens e mulheres, iguais em poderes, que viveriam de acordo, acabaram como dias extras no calendário irregular de doze meses. A transformação em doze meses foi considerada evolução pelos sacerdotes impostores, hipnotizados pelos poderes combinados de Saturno e Júpiter; este um planeta que leva doze anos para completar sua órbita ao redor do Sol, e ambos levam sessenta anos para uma conjunção.

Assim, doze meses vezes cinco moradas, igual a sessenta: a sexta parte de um círculo de trezentos e sessenta graus. A diferença entre doze e cinco, é sete. Por isso, os sacerdotes da antiga Babilônia desterraram o poder do Tzolkin, *trocando-o pelo poder místico do número sete. E como o poder do Treze fora diminuído em uma unidade, mas, em troca, o poder dos vinte signos aumentou (três vezes) para sessenta, houve um aparente aumento do poder geral, mas tudo isso no mesmo plano tridimensional, onde ficaram confinados os Kin.*

Naquele instante Luara iluminou-se. Ao saber como se deu o nascimento da Terra, na visão dos maias, Luara simplesmente cresceu em energias cósmicas, como se aquele saber estivesse impresso no seu DNA, à espera só de ser chamado à iluminação. Os chacras em brasa, notadamente o plexo solar, onde sentiu um ser iluminar-se no seu ventre. Frans, ao lado, tudo percebera beijando-a com ternura.

O Sol em sua rotina cósmica já escoara pelas fímbrias do horizonte, acercando-se, então, a noite com seu manto de solidão, quando Pacal deixara o templo. Os casais reuniram-se para uma comemoração da vida contra a morte, apesar do ceticismo dos outros, certos de que a Terra passaria novamente pelo roubo da freqüência 13:20 (treze números e vinte signos do *Tzolkin*) e não iria para a Quarta Dimensão. Leo interveio, ao perceber os comentários negativos.

— Parece haver uma dúvida entre vocês — disse Leo.

— Estamos convencidos de que a Terra não passará para a Quarta Dimensão — replicou Nuno.

— Nuno, a Terra já está na Quarta Dimensão, nós é que não estamos. O problema é de defasagem entre nós e o planeta. Nossa freqüência continua 12:60, enquanto a da Terra já está em 13:20, para fins de calendário, e de 13:260 para fins cósmicos.

— Será isso mesmo? — perguntou Land, desconfiado.

— É o que a profecia diz. Podemos ser ou não um *Kin*, tudo dependerá de nós...

A dúvida ficou no ar. Todos ficaram pensativos, sem saber o que dizer. Haveria mesmo esperança de um mundo melhor? E se houvesse, haveria ali eleitos da Nova Era? Os homens que passaram do primeiro para o segundo milênio se angustiaram tanto? "Provavelmente, não — pensou Leo. Havia tantos calendários e tantas superstições, que ele acreditava até em caos, mas não naquela agonia por que passavam. Havia uma outra forma de contar os dias nos anos mil, por isso deveriam estar confusos, mas não angustiados, se é que pensaram no fim do século."

Leo tinha certeza de que a humanidade dos anos mil era despreparada, por isso não sofrera a síndrome da passagem de século, como ocorria agora, às vésperas do terceiro milênio. Pensava que a atual angústia era uma espécie de memória daquela perda anterior, só agora revelada pela profecia. Leo procurou discutir com Vicky essas questões:

— Por que será que estamos tão pessimistas? — perguntou Leo.

— Eu não estou, Leo. Você está? — indagou Vicky.

— Não estou falando em meu nome. Sinto as pessoas tão frágeis, o que está acontecendo, Vicky?

— A humanidade está fragilizada por excesso de poder, o progresso...

— Como assim, Vicky?

— Ora, Leo, nunca nós humanos fomos tão poderosos e tão ricos, tão donos da natureza e tão dominadores, tão sábios e tão geniais e, paradoxalmente, tão frágeis e tão pobres, tão afastados da natureza e tão dominados, tão descrentes e tão infelizes, resultando em solidão, desesperança, medo da morte e, literalmente, desnorteados e sem bússola...

— Fracassamos, Vicky, esta é a dura realidade.

— Em todos os sentidos, Leo — disse Frans, entrando na roda. A filosofia, ou seja, o fundamento da civilização ocidental está morrendo dia a dia...

— Como aconteceu isso, Frans? — indagou Vicky.

— O nosso sistema lógico se foi por água abaixo. Desde a racionalidade de Aristóteles até o "Penso, logo existo." de Descartes, tudo está sendo destruído. E tudo isso se deve ao esplendoroso triunfo da ciência e à genialidade do ser humano.

— Nós, os astrônomos — disse Günther, acercando-se — estamos com o mesmo problema. Os limites do Cosmo recuam a cada mês e estamos hoje a bilhões de anos-luz destes limites, o que já não tem mais qualquer sentido. E o pior: este universo, definido pelos gregos como bem organizado, é um verdadeiro caos, lugar de guerra entre galáxias, de explosões e colisões mortais.

— O mesmo ocorre com as micro-partículas — disse Land, como quem pensasse alto — à medida que entramos na estrutura microscópica da matéria. As leis da física tradicional nada valem, quanto mais nos aprofundamos no estudo do átomo.

— Tudo mudou demais e rapidamente — concluiu Leo. O Ocidente foi edificado sobre a idéia do Eu, do destino pessoal e personificado do Ego. O século XX que findou foi narcíseo em seu âmago, jamais o Ego foi tão divinizado.

— Além disso — disse Vicky — a tecnologia violou nossos hábitos mentais, já que tudo isso acontece simultaneamente em todo o planeta. Se você usar fax e computador sua noção de tempo muda, pois torna contemporânea uma informação que, outrora, demoraria dias. As noções de tempo e de espaço tornaram-se ubíquas; o que nos chega aqui, neste instante, também alcança, ao mesmo tempo, qualquer outro lugar, quase anulando a noção de tempo-espaço. Por isso creio na ida para a Quarta Dimensão da mente, já estamos quase lá...

— Esta é a grande questão forjada — disse Hans. A ciência nos fez de bonecos circulando em um mundo mecânico, estreito, cheio de regras. Nossos parâmetros implodiram, quando descobrimos o verdadeiro mundo: infinito, múltiplo e caótico.

A noite caiu sobre o acampamento, densa neblina, deixando-os ensimesmados, refletindo sobre o universo e sua metamorfose. Era a véspera da última revelação da profecia. A ansiedade arrefecera, mas o sentimento de impotência diante do destino crescera muito. O mundo havia sido idealizado pela humanidade. Portanto, seria normal a decepção, quando o viram como sempre fora: ambíguo e caótico. As filosofias orientais, como o Zen, sempre condenaram o egocentrismo, obrigando seus adeptos a eliminarem o Ego, se quisessem iluminar-se. Os ocidentais, ao contrário, estimularam o narcisismo, daí a sua angústia diante das questões apocalípticas.

Naquela noite todos custaram a pegar no sono; cedo já estavam de pé para o último ritual da profecia. Taro se preocupava com alguns elementos do grupo, notadamente Nuno, que se sentia um Quixote, achando ter lutado por uma causa inútil, moinhos de vento, como a personagem de Cervantes. A culpa pela morte do irmão impedia-lhe de tomar decisões em sua nova vida. A morte era o assunto, rondava as conversas, umas vezes como desesperança, outras como desamor ou solidão. Nem sempre percebiam as figuras das três parcas: Cloto, Láquesis e Átropos, que fiavam, dobavam e cortavam o fio da vida. As três travestidas de Medo, Solidão e Morte. A pergunta era simples: quem se salvaria do Apocalipse?

Pergunta simples, resposta complicada, diria mestre Taro. O grupo deixava a quadra do jogo de bola como se fosse para o cadafalso, exceção feita aos casais. Notadamente Nuno, Juan e Pedro, os que mais pareciam preparados para a profecia. Estavam agora plenos de questionamentos, mas que se cingiam a uma pergunta-clichê: seria a nova vida como aquele *basketball* mortal dos maias-toltecas? Esta pergunta, com variações, penetrava nas mentes dos iniciados como uma lâmina afiada. Os casais escapavam de alguns itens da seqüência psicológica ali mantida: medo, solidão, morte e desesperança; como solidão e desesperança, mas do medo e da morte ninguém estava livre.

Pacal mirava o horizonte à espera do nascer do Sol. O dia estava nublado e nuvens altas cobriam o céu de Chichen Itza, afetando diretamente a psicose do grupo, cuja tensão se mantinha. Todos tinham o espírito nublado. Aos poucos, o Sol furou o bloqueio das nuvens cinzentas jogando sua energia sobre a praça central. Só então, Pacal, com trajes amarelos, em homenagem ao *Chac* do Oeste, iniciou o ritual.

Com o desaparecimento do Tzolkin, *a magia do Tempo da Quarta Dimensão converteu-se em propriedade apenas dos sacerdotes. Instauraram-se governos e religiões só para manter os Kin circunscritos à Terceira Dimensão. Os mais sensíveis que conseguiram passar para a Quarta Dimensão, foram assimilados pelos governos ou pela religião, ou destruídos. Uma vez que a freqüência 12:60 da Terceira Dimensão fora convertida em símbolo da História, os Kins Cósmicos ficaram defasados em relação à Nave Terra, que operava na freqüência 13:20. Durante a passagem da História só a Mesoamérica, longe dos sacerdotes da Babilônia, manteve o* Tzolkin, *graças aos sacerdotes maias, que também guardaram a memória de Vênus, portal inaugural do vôo estelar cósmico da Gênese da Lua. Mas, há cerca de quinhentos anos, sacerdotes e guerreiros portadores da freqüência 12:60 destruíram tudo dos maias, tanto do conhecimento quanto da memória da proporção 13:20. Depois disso, a missão da Nave Terra estacionou. E, com o triunfo da freqüência 12:60, o tempo pôde ser mecanizado. Em troca, ofereceram riqueza material e conforto aos Kins Cósmicos, definidos pelo lema: "tempo é dinheiro".*

Apesar do sinistro materialismo que se abateu sobre a Terra, o poder da magia do número Treze prosseguiu, enquanto a História forjava seu ingrato destino. Durante todo esse tempo, poetas, mártires, visionários sempre chamaram a atenção para o glorioso destino da Nave Terra, caso os terráqueos percebessem a armadilha na qual caíram. A História tornou-se cada vez mais distante da Verdade, pois tudo sempre esteve em defasagem com a Nave Terra, devido às distorções de freqüência.

Prepara-te, pois, terráqueo: o Tempo da Quarta Dimensão será radial, disparando ao mesmo tempo em todas as direções, sempre no Presente. Esta simultaneidade radial do Tempo da Quarta Dimensão criará uma holosfera com funções de sincronias cada vez mais complexas. Ao operar exclusivamente sob seu próprio poder, o tempo tridimensional sempre foi plano como um disco e, portanto, só usou uma parte ínfima da completa holosfera do Tempo da Quarta Dimensão. Como qualquer disco, a distorção do tempo sempre foi limitada em tamanho e duração. A Grande Roda do Tempo ou Conta Grande só tinha disponível 5.125 anos para serem gravados. Tempo esgotado. No século 20 a gravação da freqüência 12:60 chegava ao final. Por isso, ocorrem hoje estranhos sons, dissonâncias históricas e, principalmente, o retorno ao passado, às coisas já vistas, tornando o mundo retrospectivo. Apesar disso, os sacerdotes insistem em gravar mais sobre o esgotado disco.

Este deverá ser o grande despertar para todos: a História acabou, retornando o momento da freqüência 13:260, que fora retirada da Nave Terra há 5.125 anos. Este retorno deu-se no século 20, quando a Nave do Tempo Terra reativou-se e emergiu em todas as partes do disco repetitivo e plano da Terceira Dimensão. O dom que permitirá aos terráqueos deixar a freqüência 12:60 e entrar na 13:20 é o calendário sagrado Tzolkin. *Com este calendário tu poderás terráqueo sintonizar-te com o* Tzolkin, *o qual abrirá para ti os duzentos e sessenta portais galácticos da Nave Terra, segundo o calendário sagrado dos maias. Ó terráqueo, ao abandonares a proporção 12:60, e aceitares o calendário* Tzolkin, *tu encontrarás os seus próprios portais cósmicos e a Terra se regenerá; o poder dos Kins será restabelecido, o túnel do tempo entre a Terra e Urano será inaugurado, por fim haverá o fim da História.*

E tu, homo sapiens, *te tornarás* homo galacticus. *Esta é a mensagem dos Nove Senhores do Tempo para a Nova Era.*

A profecia terminara. Certo alívio baixara sobre parte do grupo, enquanto a outra parte sentia-se com a má sorte dos não-eleitos. Quantos restariam, depois da passagem do corpo celeste próximo à Terra? Será que continuariam nessa nave que tanto poluíram?

Leo dizia a Vicky que se sentia como Parmênides, nos Diálogos de Platão:

— *E o que farás da filosofia? Para onde te voltarás na ignorância de todas as coisas?*

— *Por enquanto, não vejo saída.*

Vicky se sentia também angustiada, mas com a certeza de que a profecia se cumpriria e já estava em processo, bastava cada um observar a vida à sua volta. Para a humanidade sempre foi difícil olhar para o presente, já que sempre preferiu olhar para a frente ou para trás, jamais para o instante, pois nele sempre esteve a morte.

O grupo se preparava para partir, arrumando as mochilas, à espera do piper de Pepe, que foi acionado pelo celular de Leo. Pepe viria no dia seguinte, dando-lhes, assim, um dia de folga na preparação da bagagem. Os descasados Land, Nuno, Pedro e Juan resolveram ir a pé até a cidade mais próxima, onde pretendiam pegar condução para a capital. Deixavam, assim, os lugares do piper aos três casais. Hans ainda não sabia o que fazer; talvez voltasse com os quatro, talvez ficasse em Chichen Itza até pegar um avião para Palenque, onde abandonara suas pesquisas. Todos tinham a intenção de difundir a profecia: Vicky e Leo, no Brasil; Frans e Luara, na Europa; Nakin e Günther, na América Latina, enquanto Land a divulgaria nos Estados Unidos.

Havia pouco para guardar nas mochilas, todos ali viveram como monges, durante a estada em Chichen Itza. Deixaram para trás vaidade e orgulho. O exemplo era Vicky, sem batom, cara limpa, nem sequer se reconhecia, agora. Seus pensamentos estavam todos no bebê que carregava, amorosamente, no seu ventre.

Naquele instante, Hans reuniu o grupo com ar de mistério. Uma desagradável surpresa estaria para acontecer, segundo o velho iluminado.

— Pai, que energias negativas são essas? — indagava Frans.

— São pessoas más, de freqüência 12:60. Cuidado são agressivos! Não devemos ficar aqui, precisamos nos esconder.

— O Pepe só chegará amanhã — lembrou Leo.

— Não importa, vamos nos esconder! — insistiu Hans.

— Está bem, papai, vamos!

Apressados, mochilas às costas, correram todos para o templo mais próximo, justamente o do Jaguar, onde Hans havia se tornado áugure. O templo tinha dois andares, embaixo do estádio, onde estavam acampados. Assim que lá chegaram, ouviram ruídos de helicópteros. Não poderiam ser vistos de cima, mas seria por pouco tempo. Logo, os helicópteros desceriam e os descobririam. Preferiram esperar, quem sabe os helicópteros desistissem depois de algum tempo. Hans sumira. Talvez tivesse usado alguma magia, talvez mudasse de dimensão para sumir. Eram todos neófitos, não sabiam ainda lidar com a magia maia. Uma ou outra vez surgia um talento paranormal para desaparecer no instante seguinte. Ainda não dominavam a matéria com a sensibilidade desejada. A idéia de morte voltara àquelas mentes, encurraladas pelo perigo aéreo. Quem mais se agitou foi Nuno, de todos ali era o único procurado por motivos políticos e poderia ser aniquilado sumariamente. Os estrangeiros do grupo, se assassinados, causariam um problema internacional indesejável.

Naquele momento, o único em perigo de vida era realmente o comandante, que buscava uma saída. Ocorreu-lhe, como primeira opção, o Cenote de Sacrifícios, mas o caminho até lá era longo e descampado, facilitando a observação do inimigo. Outra possibilidade seria mais ao norte, caminho menor e resguardado de visão aérea. As demais hipóteses estavam descartadas.

Leo conversava com Nuno, tentando demovê-lo da idéia de fuga, mas o comandante estava firme em sua posição. A prisão dos mexicanos do grupo seria fatal para cada um, principalmente para ele. A questão do individual *versus* coletivo se colocara com sutileza. Quem se sacrificaria? Todos para a salvação de um; ou este para a salvação de todos? O grupo possuía quatro mexicanos, Nuno, Pedro, Juan e Nakin, mas esta era desconhecida pela polícia e pelo exército. Pedro e Juan eram fugitivos, mas não procurados.

Leo disse que lhes dava apoio, inclusive internacional, se fossem presos. Nuno não acreditava em autoridades, por isso indagou:

— Quem garante isso? A ONU? Não devemos ser ingênuos. Se nos pegarem, nos matam, depois fazem perguntas. Vamos votar? Se tiver de me arriscar, que seja pelo voto...

Todos ficaram surpresos com a proposta de Nuno. A idéia de votar parecia ridícula, mas respeitaram a idéia. Vicky, porém, cortou a conversa de modo definitivo:

— Escute, Nuno, você já nos salvou de muitas situações, faça o que for melhor...

— Obrigado, Vicky. Sei que pelo menos você me entendeu...

Nuno deixou a cidade pelo lado norte. O helicóptero foi para o local, tão logo viu aquela mancha se movendo na estrada. Por alguns instantes os ruídos de motores cessaram. Silêncio aterrador. Quando isso acontece, pensa-se sempre no pior. Pedro e Juan preferiram ficar com o grupo. Apesar de terem fugido, nada se provara contra os dois, quem sabe só alguma cumplicidade nos movimentos populares de Chiapas. Mas, se tivessem que morrer, diziam, seria com o testemunho dos amigos. O caso de Nuno era bem mais complicado. Fora líder do movimento, peitara as autoridades e delas ironizara. Humilhara-as, pois jamais fora preso em anos de guerrilha. A presença da morte agora era real; não se tratava de discutir teorias, mas de evitar o seu desenlace. O medo voltava a se instalar nas mentes, trazendo consigo a desesperança. Taro dizia que o mundo sofria de esperança. A esperança era o mal do mundo, uma forma de morrer a cada momento, ansiando sempre por um mundo melhor. E, quando tudo dava errado, vinha a desesperança, a outra face da moeda vital, tirando o sono e o consolo das almas.

O silêncio permaneceu. De repente, tiros. Em cada bala ouvida a esperança de que Nuno se salvara ou a certeza de sua morte. Todos quietos, mãos suadas, pés fustigando o chão do templo. A situação passara de harmonia a desequilíbrio em um átimo. Vicky deixara que Nuno escolhesse seu destino, mas sabia que sua fuga era um suicídio. Nuno nunca se reconciliaria consigo mesmo após a morte de Alfonso. Tornara-se uma bomba humana prestes a explodir.

Após uma hora, homens de preto entraram no templo do Jaguar. Todos foram presos e levados ao helicóptero sem violência. Eles desconheciam de quem partira a ordem de prisão. Tudo era um só segredo. Quando foram questionados, os soldados nada disseram. Apenas faziam sinais para as naves estacionadas. Ao passarem pela saída norte da cidade lá estava o corpo de Nuno coberto por jornal velho. A manchete dizia: "Paz no Chiapas". Leo dirigiu-se ao superior dos soldados:

— Nuno está morto? — perguntou.

— Está. Ele reagiu à ordem de prisão — respondeu a voz.

— Ele estava desarmado, sabia? — questionou Leo.

— Nunca se sabe do que é capaz um guerrilheiro — disse a voz.

— Era um amigo. Denunciaremos aos Direitos Humanos — disse Leo.

— Está no seu direito, doutor. Agora, vamos!

Tudo se passara rápido. Aqueles homens eram profissionais, não deixavam rastros, nem discutiam, apenas cumpriam ordens como autômatos. O helicóptero alçou vôo, deixando Chichen Itza para trás, como uma lembrança na memória de cada um.

No aeroporto da Cidade do México já lá estavam as passagens para a saída do grupo, menos os mexicanos, encaminhados à delegacia de Ordem Política, onde foram fichados como rebeldes. Ao processo, aguardariam em liberdade. Os estrangeiros seriam "deportados" para seus países. Nakin, mexicana, permaneceria no México, enquanto Günther iria para a Alemanha, München, sua cidade natal. Leo e Vicky para o Brasil, enquanto Luara e Frans seguiriam para a Europa: Frans para a Suíça, Luara para Portugal. Henry Land seria mandado para os Estados Unidos. Tudo não passava de *mis-en-scéne*, uma vez que não havia qualquer processo contra os "deportados", sendo simplesmente banidos do México sem explicação legal.

Aos poucos o grupo se dispersou. Não conseguiram despedir-se dos mexicanos e Vicky ficou triste. Juan e Pedro foram importantes na sua reeducação maia, isso para não falar de *el diablo*, que vira morto: ar angelical de quem se despedia da vida com missão cumprida. Os mexicanos seguiram em outro helicóptero, menos Nakin que, por ter reagido, deixaram-na seguir com Günther na mesma aeronave. Se alguém testemunhasse aquela farsa, diria que ali tinha acontecido rapto seguido de seqüestro, mas não se saberia a quem acusar. Depois, ninguém ali queria virar cadáver, pois aqueles homens seriam capazes de tudo. Quase não se falaram nessas horas de espera. Land estava em estado de choque. Jamais passara por algo semelhante em sua vida. Percebia o significado de cidadania, a eterna luta pela liberdade individual. E pensava na profecia, pela primeira vez, como algo bom. Se a Terra se livraria de seres como aqueles, então que se cumprisse na totalidade. Percebia agora a diferença de freqüência de que falava Pacal. Realmente sentia que aqueles homens de preto não vibravam na freqüência dele. Era-lhe insuportável pensar assim, mas capitulara ante as evidências. Se a limpeza do planeta dependesse de seres como aqueles, deveria ser total. E lembrou-se do Apocalipse, poucos sobreviverão, porque poucos são os puros.

Land fora o primeiro a partir. Havia muitos vôos para os Estados Unidos. Despedira-se com emoção. Pensava no padre Gustavo, seu amigo, que nada sabia daquele ato. Gostaria de ter-se despedido dele, dar-lhe um abraço, ao menos. Depois, Luara e Frans, este preocupado com o desaparecimento de Hans, o iluminado. Os dois resolveram encontrar-se em Lisboa, onde Frans conheceria os pais de Luara, seguindo depois para Genebra. Leo e Frans despediram-se emocionados. A amizade dos dois se fortalecera nas andanças pelas terras maias. Luara representava muito para Leo, tinha sido a primeira pessoa que vira, ao acordar, depois da iluminação. Fora o anjo que divisara em seu devaneio. Vicky e Luara choravam mudas de saudade antecipada. Nakin fora liberada para seguir com Günther. Os dois também nada diziam, apenas choravam.

Vicky e Leo ainda esperaram até a manhã do dia seguinte, cochilando no banco duro do aeroporto, depois de permanecerem acordados até às três da madrugada, à custa de café e bolinhos. Tudo começara naquele mesmo restaurante, mas eles eram outras pessoas. Estavam despojados do orgulho da lógica cartesiana. Eram agora maias. Vicky, a vaidosa, e Leo, o cético, ambos tinham sido enterrados naquele mesmo restaurante, tempos atrás.

A chuva, entretanto, que ainda persistia, continuava a deixar a rua cor de âmbar e o mesmo cheiro de almíscar no ar, mas agora um bebê irrequieto se mexia no ventre úmido e quente de sua mãe.

Alberto Beuttenmüller, 1 *Chicchan* (1 Serpente), terminou de revisar este livro no dia 6 de fevereiro de 2007 ou 12.19.14.0.15 (4Men 9Pax).

Apêndice: Os Maias

A origem dos maias

A origem do povo maia, que viveu na Mesoamérica, região que se estende do México à América Central, jamais foi determinada com precisão. Alguns autores falam em 10 mil anos atrás, outros em até 70 mil. O certo é que a civilização maia começou a deixar indicações de sua presença há mais de dois mil anos, mas sua chegada a essa área provavelmente ocorreu cerca de dois mil anos antes. Antes dos maias, viveram na região outros povos, como os olmecas, de história tão ou mais misteriosa que a maia e, antes ainda, os zapotecas, que se fixaram em Oaxaca, sul do México, e tinham como cidade central Monte Alban. Supõe-se que em seus primórdios os maias eram nômades, isto é, viviam em grupos, deslocando-se pelas pradarias em busca de caça. Em algum momento de sua história passaram a praticar a agricultura. Fixaram-se, organizaram grandes cidades, desenvolveram a matemática e a escrita e chegaram a trocar produtos com outros povos vizinhos. Os maias ocuparam cinco regiões bem diferentes tanto em clima quanto em topografia: os altos planaltos da Guatemala, o vale do rio Montágua — região entre Guatemala e Honduras, onde edificaram as cidades de Copan e Quiriguá, as selvas do Peten, com as cidades de Tikal e Uaxactun, o vale do rio Usumacinta, com Palenque, Iaxchilan, Piedras Negras e toda a península do Yucatan, com as cidades-Estado de Chichen-Itza, Uxmal, Tulum e Maiapan.

As cidades maias

Em meados do século IV a.C. os maias já se organizavam em cidades, construindo pirâmides e templos em pedra. Para sobreviver dedicavam-se à pesca em rios e lagos para capturar caranguejos e moluscos nos manguezais, além de uma agricultura de tipo intensivo, aprimorando o cultivo do milho em plantações chamadas de milpas. Sua cerâmica era desenvolvida e se vestiam utilizando o algodão e o couro.

A primeira cidade maia foi Uaxactun, surgida em 300 d.C. (?), no centro da região conhecida por Peten, em meio à selva. O próprio nome da região, que significa *lugar isolado*, dá a dimensão da localização da cidade. Posteriormente, a civilização maia espalhou-se por outros locais dessa região, quando foram erguidas as cidades de Tikal, Palenque, Copan e Quiriguá.

Cerca de cem anos antes do avanço civilizatório dos maias, ocorrido no século IV, esse povo já havia criado seu sistema de escrita e descoberto o conceito de zero. Com isso, puderam realizar cálculos precisos com grande rapidez e simplicidade, o que se refletiu em sua engenharia, extremamente desenvolvida.

Os mayax

A civilização maia é dividida em dois grandes períodos, o dos maias clássicos, ou *mayax*, que dominaram até o século IX de nossa era e o ciclo dos maias-toltecas, que iniciaram sua hegemonia no século X e assim permaneceram até o confronto com os europeus, no século XVI. O período clássico da civilização maia é caracterizado por um grande desenvolvimento na arte e na arquitetura. A cada cinco, dez ou vinte anos, os *mayax* esculpiam grandes colunas de pedra, as chamadas estelas, com inscrições que marcavam um fato importante, ou religioso ou astronômico, comemorado com festas pela comunidade. Nas estelas, raramente apareciam festividades ou acontecimentos ligados à guerra ou às conquistas. A mais antiga estela maia foi encontrada em Tikal. Parece ter sido feita no final do século III d.C. Ela é considerada o marco inicial da ascensão da civilização maia e o marco de abertura da fase clássica, também conhecida como Antigo Império. No século V, uma onda de migrantes de Teotihuacan — lugar onde os deuses tocaram a terra — viria influenciar a civilização maia a partir da área de Kaminalguyu, próxima ao Oceano Pacífico, notadamente na arquitetura e na religião. Essa influência pode ser observada principalmente em Tikal. O período de ouro da civilização dos maias clássicos se deu no século VII, mais precisamente entre 615 e 683. Nessa época, houve grandes realizações nos campos da Arte e da Ciência, desenvolvendo-se a escultura, a arquitetura e a astronomia principalmente em Palenque e Iaxchilam. Foi o período em que reinou Pacal, o Grande, em Palenque. Pacal era considerado um avatar, a reencarnação de um deus. Sabemos dele através de seu túmulo, encontrado no Templo das Inscrições.

Descoberta em 1952, por Alberto Ruz Lhuillier, o túmulo de Pacal é das poucas tumbas maias encontrada até hoje e possui semelhanças com as do Egito Antigo. Na tampa do sarcófago aparece a figura de um maia dirigindo algo que muitos julgaram ser uma espécie de nave espacial, o que fez surgir teorias que relacionavam os maias a seres extraterrestres. O que parece nave espacial, porém, é a Árvore da Vida dos maias e Pacal se dirige para aos 13 céus dos maias. No século IX todas as cidades maias da área central são abandonadas por seus habitantes, configurando um grande êxodo que irá marcar o fim do período clássico. Há muitas hipóteses para explicar as razões desse êxodo, como o enfraquecimento dos solos, que impossibilitou a agricultura, o surgimento de doenças e os conflitos entre os grupos. Uma das hipóteses mais viáveis, no entanto, corroborada pelo estudo dos calendários maias, é a de que eles abandonaram suas cidades em função de profecias que previam o fim do mundo.

Os maias-toltecas

Com o abandono das cidades clássicas, tem início um outro período, por volta do século X. A chamada segunda fase, a dos maias-toltecas, que se fixaram mais ao norte, na península de Yucatan. Os toltecas, povo guerreiro, dominaram os maias que restaram do êxodo iniciado a partir de 830, fazendo ressurgir o império, agora comandado pelas cidades-estado de Chichen-Itza, Uxmal e Mayapan, esta a primeira capital do novo estado, em sistema de rodízio. Os maias-toltecas criaram a Liga de Maiapan, com sede nesta cidade, marcando a união política das cidades-estado. Nesse período, um clã tolteca — os itzas — se destaca. São notáveis guerreiros, sanguinários nos sacrifícios humanos e curandeiros famosos. Vivem em Chichen-Itza ou Poço dos Itzas.

No segundo período, a civilização maia deixa de lado os calendários e, em vez de adorar *Hunabku*, o deus galáctico, passa a adorar Kukulkan, como deus maior. Kukulkan, que significa *lugar onde mora a serpente*, é representado por uma serpente de plumas ou Serpente Emplumada. A época mais fértil foi de 947 a 999, com a revelação de outro avatar, Kukulkan 1, quando houve o grande surto arquitetônico, de que são mostra as edificações encontradas em Uxmal e Chichen-Itza. Os maias-toltecas abandonam as estelas em pedra, e desenvolvem uma versão simplificada do sistema cronológico maia.

A maior parte de sua escrita está reunida em manuscritos chamados códices, dos quais apenas três ainda existem: o Códice de Dresden, o Códice Tro-Cortesiano e o Códice Peresianis. Um quarto códice — o de Groler — foi perdido, bem como a maioria dos escritos maias, que foram salvos da queima promovida por Frei Diego de Landa, futuro bispo de Yucatan —, em Maní, 1562. A Liga de Mayapan das três cidades-estado foi rompida em fins do século XII, marcando o declínio do Império Maia-Tolteca. A rivalidade entre as várias culturas e os vários grupos, que a compunham, além de revoltas infindáveis dentro do império, acabou por minar a união da Liga. O rompimento efetivo se deveu a uma guerra em que Maiapan venceu Chichen-Itza e escravizou o povo. Somente dois séculos depois os maias de Chichen-Itza conseguiram livrar-se do domínio. Com a queda de Maiapan, em 1441, chegou ao fim a última fase do Império Maia-Tolteca. Quando os espanhóis aportaram no Yucatan, em 1527, já encontraram a civilização maia-tolteca praticamente desmantelada, o que facilitou sua conquista.

A língua maia

A língua maia parece ser muito antiga, segundo estudiosos que a compararam com outras línguas muito antigas, algumas extintas, como a falada na cultura naga, cuja raiz ficou expressa em sânscrito, hoje um idioma usado só em rituais religiosos por algumas seitas da Índia. Se nós compararmos a língua maia com a falada pelos caldeus, idioma dos mais antigos, veremos semelhanças de grafia e fonéticas. Por exemplo:

SIGNIFICADO	MAIA	CALDEU
Sol	Kin	Kin
Mãe	Ma	Ma
Pai	Ba	Abba
Água	Há	A
País	Ta	Ta
Cheio	Kak	Kak
Mundo	Kalac	Kalama
Dois	Ca	Kas
Cauda	Kun	Kum

Tais semelhanças causaram surpresas entre os filólogos, pois tanto os maias quanto os caldeus viveram distantes: os maias, na Mesoamérica; os caldeus, na Mesopotâmia. Outra comparação realizada por lingüistas deu-se com o sânscrito, língua falada pelos naga, um povo muito antigo da Índia. As semelhanças acontecem nos números:

NÚMEROS	MAIA	NAGA
Um	Hun	Hun
Dois	Ca	Cãs
Três	Ox	Ox
Quarto	Kan	San
Cinco	Ho	Ho
Seis	Uac	Usac
Sete	Uuac	Uuac
Oito	Uaxac	Uaxac
Nove	Bolon	Bolan
Dez	Lahun	Lahun

Para alguns pesquisadores tais coincidências são muito sérias e, embora não tenham provas, acreditam que esses povos devem possuir raízes comuns, pois, não somente a cultura maia e naga escreviam estes números quase da mesma forma, como também se assemelhavam na pronúncia. Há outros pontos em comum entre as duas culturas: os nagas eram considerados semideuses da mitologia hindu, tinham rosto humano e cauda de serpente, habitando as profundezas da terra, bem como alguns deuses subterrâneos da cultura maia.

O lingüista Paul Arnold em *O Livro dos Mortos dos Maias* faz comparações entre a língua maia comum e o chinês clássico e chega à conclusão de que **existe um parentesco maior entre o maia e o chinês do que entre o chinês e o tibetano.** Foneticamente, segundo aquele autor, o idioma maia se aproxima muito do tibetano, justamente pela existência de fonemas aspirados e não-aspirados (em particular o P e o T) nas duas línguas. Exemplos:

SIGNIFICADO	MAIA	CHINÊS
velho	lab	lao
descer/cair	lub	luo
espirrar	tub	tuo
cobrir	muc (diz-se **munc**)	mung
assustar	hak (diz-se **hank)**	huang
obedecer	tzic (diz-se **tzink**)	ting

Os lingüístas descobriram que os sinais maias não são somente hieróglifos, mas também ideográficos, ou seja, representam uma idéia concreta. Os hieróglifos representam apenas uma figura sagrada; hiero = sagrado, glifo = escrever, grafar.

Os pronomes pessoais da língua maia são:

Eu ou mim	: **in; nu; nuv.**
Tu	: **At; a**
Ele	: **Are; ri; r**
Nós	: **Oh.**
Vós	: **Yx**
Eles	: **E; He**

A escrita maia se compõe de dezoito sons que existem também em espanhol, língua européia para a qual se fez a principal transcrição fonética do idioma maia: **a, be, c, ch, e, h, i, k, l, m, n, o, p, t, u, x, y, z; além de mais cinco sons próprios da língua: ch, p, th, tz, y (yetel).**

Organização social dos maias

Cada uma das cidades-estado maia-tolteca era governada por um *halach uinic*, título que significa o *verdadeiro homem*. Esse rei exercia seu poder ajudado por um conselho de nobres — quase sempre chefes locais e sacerdotes. O *halach uinic* escolhia os líderes locais que o iriam representar, chamados de *batab*. Cada *batab* chefiava sua aldeia e liderava os guerreiros com a ajuda de um chefe militar, o *nacom*. Para exercer suas funções, durante três anos, o *nacom* não podia comer carne, nem manter qualquer contato com mulheres. A sociedade maia era composta por quatro grupos ou classes sociais: sacerdotes, nobres, a grande massa popular e os escravos.

Os sacerdotes eram muito respeitados e exerciam grande influência. Zelavam pela sabedoria maia e cuidavam da medicina, utilizando-se de remédios feitos a partir de ervas e raízes. Alguns sacerdotes chegavam a realizar cirurgias durante rituais. Cabia aos sacerdotes dedicarem-se à astronomia, à escrita e à profecia, atividades muito importantes dentro da religião maia. O povo fornecia a mão-de-obra, tanto para a agricultura quanto para as construções de templos, conforme as exigências da elite. Entre os nobres e sacerdotes e o povo havia grande distância, principalmente em relação à obtenção do conhecimento, que era exclusividade das elites. Os escravos, que também forneciam mão-de-obra para as edificações, eram arregimentados entre criminosos e prisioneiros de guerra.

Agricultura e engenharia

A agricultura era a principal atividade econômica dos maias e se baseava notadamente no cultivo de milho em largos campos, as *milpas*, de forma intensiva. Para limpar o solo faziam queimadas e as sementes eram plantadas com um pedaço de madeira furado na ponta, uma agricultura primitiva. Entre os produtos agrícolas, os maias cultivavam o sisal, o cacau, o algodão, além de frutas diversas. A principal árvore frutífera era a sapota, que dá o sapoti, além de madeira muito forte, empregada nas construções. Os maias também criavam cães de caça, além de perus e abelhas e exportavam mel, obsidiana, plumas e cacau para outras regiões da Mesoamérica.

Como a península de Yucatan sofria com a falta de água, com períodos de seca, que chegavam a durar oito meses ou mais, os maias-toltecas se instalavam próximos de lagos naturais e recolhiam a água da chuva em cisternas de grande profundidade. Apesar de a agricultura maia ser primitiva, a engenharia e a arquitetura da civilização maia são notáveis, com pirâmides escalonadas e templos com abóbadas de rara beleza. Não sabemos se os maias conheciam o ferro. Nas cidades maias existem vestígios apenas de ferramentas de pedra, como tesouras de diorita. Mesmo sem instrumentos de ferro, ergueram aquedutos, pontes e até saunas. Ruas e estradas calçadas de pedra eram comuns no Império Maia e uma dessas estradas chegou a ter cem quilômetros de extensão. Todas as obras eram movidas pelo braço humano, que empregava cordas e artefatos de pedra, além de cilindros para a terraplanagem das construçoes.

Matemática e calendários

A matemática dos maias se baseava em um sistema vigesimal, diferente do nosso, que é decimal. O número vinte era a base e representava um homem, que possui vinte dedos. Foi desenvolvido principalmente a partir do século III d.C., quando descobriram o sistema de posição matemático e passaram a utilizar o conceito de zero. Para termos uma idéia do que isso representa na história da Humanidade, basta lembrar que a Índia começou a usar esse conceito no século V de nossa era, os árabes no século VIII e a maioria da Europa, no século XV. A sofisticada matemática maia estava a serviço da astronomia. Eram usados vários calendários: o seu calendário solar (civil) *Haab* era dividido em dezoito meses de vinte dias e mais um mês de cinco dias, chamado *uayeb* ou cama do ano. Ao todo, o calendário solar maia marcava um ano com exatamente 365,2420 dias. Atualmente, com o auxílio de instrumentos de precisão, sabemos que o ano tem 365,2423 dias, ao passo que o calendário Gregoriano, que adotamos, tem 365,2425 dias. Ou seja, sem o recurso de aparelhos e há muito tempo atrás, os astrônomos maias conseguiram fazer um calendário mais preciso do que o adotado por nós até hoje.

O *Tzolkin* era o calendário sagrado maia. Era mais utilizado que os demais. Compunha-se de 260 dias, que funcionavam em sincronicidade com o calendário civil ou solar. Era formado pelos treze primeiros algarismos, 1 a 13, repetidos vinte vezes, e marcava o padroeiro do dia. Um terceiro calendário, o de Vênus, unia os calendários solar e sagrado. Os maias perceberam que Vênus fazia uma revolução que durava cinco anos, sendo que o ano venusiano correspondia a 584 dias terrenos. Como esses cinco anos venusianos correspondem a oito anos terrenos (584x5=2.920 dias=365x8), os astrônomos concluíram que a cada 2.920 dias os dois planetas voltavam ao ponto de origem. Assim, utilizavam-se do planeta Vênus para corrigir o calendário solar e, a partir disso, rastrearam e colocaram em sincronia a Terra com todos os planetas do Sistema Solar, com um rigor de cálculos que até hoje assombra os astrônomos modernos.

Arte maia

Entre os vários vestígios deixados pelos maias, a arte é um atestado do grau de desenvolvimento alcançado por sua civilização.

Relacionadas com a religião, as obras eram supervisionadas pelos sacerdotes e feitas em templos, palácios e observatórios astronômicos, geralmente localizados no centro das cidades. A arte do período clássico é caracterizada pela preocupação com as proporções e por ser bastante realista, retratando figuras definidas, enquanto a arte praticada pelos maias-toltecas é bem mais abstrata e geométrica. Os afrescos nas paredes dos templos que remontam ao período clássico e são figurativos, caracterizam-se pela grande quantidade de pormenores. Nas esculturas as figuras são mostradas quase sempre de perfil, ostentando vestes rebuscadas. O perfil privilegiava a fronte alta dos personagens, característica física extremamente valorizada pelos maias. Apesar disso, há estelas em que as figuras encontram-se de frente, principalmente aquelas que retratam os deuses clássicos. As esculturas maias eram imponentes. Um dos segredos dos escultores era realizar sua obra em pedra-sabão que estava em contato com a terra úmida. As pedras eram mais moles e eles não precisavam de ferramentas muito fortes para as incisões.

Religião

Um dos aspectos mais marcantes da vida maia é a religião, que estava intimamente misturada ao cotidiano desse povo. Todas as atividades eram relacionadas a deuses e rituais, regidos pelo calendário sagrado. Para os maias a origem do universo, descrita no *Popol Vuh*, a bíblia ou Livro da Comunidade, é semelhante à descrita pelo Antigo Testamento, apesar de seu politeísmo. Segundo o livro, "Quando era noite, os deuses se reuniram e criaram a humanidade, dizendo: que se faça a luz". Acreditavam na existência de treze céus, que eram suportados por quatro deuses irmãos: os *Chac*. Viviam no céu inferior, mas entendiam que ainda existiam mais nove mundos subterrâneos, onde reinava *Ah Puch*, a morte. Cada um desses treze céus, bem como os nove mundos subterrâneos, era regido por deuses próprios. No céu inferior, onde viviam, existiam ainda os deuses da chuva, do raio, da seca, do milho. Um dos deuses ou padroeiros mais famosos era *Chac*, deus da chuva, ao qual estava subordinada a colheita. Para garantir uma boa safra, na época das chuvas e na época de colher, eram realizados vários rituais, onde os homens se afastavam de casa por dois ou três meses e ficavam em retiro espiritual, meditando e jejuando. Os maias sempre praticaram sacrifícios rituais que, no período clássico, compunham-se da oferenda de animais, além de objetos preciosos e alimentos. Com a influência tolteca, foram incluídos nos rituais os sacrifícios humanos.

Durante as cerimônias religiosas era costume queimar incensos de copal, resina extraída de uma árvore, uma prática que se conserva até hoje entre alguns dos seus descendentes. Também era comum a utilização de substâncias alucinógenas derivadas de cogumelos nos rituais de cura e adivinhação.

Dividiam o universo em quatro, da mesma forma que eram quatro os pontos cardeais. Acreditavam viver em um quarto mundo, o mundo dos homens. Os três mundos anteriores a este terminaram em catástrofes, com dilúvios, chuvas de fogo, pestes. Assim, imaginavam que o mundo que estava por vir, e que escapava de sua divisão quadripartida, onde o número cinco não tinha lugar, era perigoso. Suas profecias, outro aspecto bastante marcante dentro da cosmologia maia, indicavam que o mundo dos homens ia terminar com guerras e a dominação por outras nações, vindas do norte.

Uma dessas profecias previa a chegada de um conquistador, que incorporaria a Serpente Emplumada ou *Kukulkan*. Segundo ela, *Kukulkan* voltaria no dia 1 Reed do ano 1 Reed do calendário maia, data que coincidia com uma sexta-feira santa do calendário cristão do ano de 1519. Este vaticínio foi feito no século X e confirmado no século XII pelo profeta Ahau Xupan, que precisou a chegada da Serpente Emplumada para uma data que coincidia com o ano de 1527 do calendário cristão. Nesse ano, o explorador espanhol Cortez chegou ao Yucatan, e foi tomado como sendo *Kukulkan* pelos maias-toltecas, o que explica em parte a pouca resistência que esse povo ofereceu aos invasores.

Os descendentes dos maias

Há hoje mais de três milhões de descendentes dos maias vivendo nas terras dos antepassados. Entre os mais tradicionais estão os lacandons, com pouco mais de 200 representantes, que vivem nas selvas do Peten. São conhecidos por sua resistência em adotar o cristianismo e até hoje reverenciam os antigos deuses nos templos abandonados pela floresta, cultivando o hábito de usar o incenso de copan nas cerimônias. Também continuam a utilizar-se das flores conhecidas como campainhas roxas, que eram ofertadas aos deuses pelos antepassados e cujas sementes narcotizantes, as Oliuhqui, motivavam transes esotéricos. Para os lacandons, no entanto, as flores servem como alimento e o ritual perdeu o significado. Os lacandons são considerados os últimos descendentes dos maias clássicos. No início do século XX seu idioma fazia parte do grupo lingüístico *chol*, ainda hoje falado pelos chortis da fronteira das Honduras. Este parentesco entre chortis e lacandons baseia-se em uma gramática *chol*-espanhola escrita por um monge franciscano, em Dolores, no ano de 1696. Dolores era o nome da última cidade lacandon que os espanhóis conquistaram. Depois desta derrota, esse povo se dispersou dentro da floresta de Chiapas, onde os remanescentes permanecem até hoje. Atualmente se organizam em pequenos grupos, em unidades familiares chamadas de caribal, palavra que vem de caribe, não chegando a formar uma tribo. Agricultores intensivos são forçados a deixar suas terras após alguns anos, em função do esgotamento dos solos em que plantam principalmente o milho. Polígamos, como seus antepassados, os encontros entre dois grupos são ocasiões para troca de mulheres ou de promessas de casamento, às vezes, antes mesmo do nascimento da menina, a futura esposa. Existem relatos que falam de casais muito jovens. Em um desses, a esposa tinha só cinco anos, mas já servia ao seu marido — um adolescente — com o maior esmero e atenção. O casamento só seria consumado quando a menina tivesse dez anos, ou pouco mais, e atingisse a puberdade. Entretanto, já fazia as tarefas caseiras como qualquer esposa. O jovem marido, porém, era obrigado a viver na casa do sogro durante muitos anos, ajudando-o nos trabalhos agrícolas.

Nesse sentido, os atuais lacandons diferem bastante dos maias, que deveriam procurar suas mulheres em outros clãs. Como o prestígio está relacionado ao número de esposas que um homem tem, em função da diminuição da população, esses descendentes dos maias clássicos vivem em uma situação bizarra: velhos lacandons transformados em grandes proprietários de mulheres, enquanto os jovens ficam muitas vezes reduzidos à união com mulheres estéreis ou idosas abandonadas.

A matemática maia

Para contar os maias empregavam o sistema vigesimal, pois para eles, assim como para muitas raças que usavam este sistema, **vinte** representava um **homem** ou um todo, uma vez que todo homem tem quatro membros terminados por cinco dedos cada um. Os maias inventaram um segundo modo de anotar números: a representação dos algarismos de 1 a 20 por rostos humanos diferentes. Essas duas maneiras de anotar números são semelhantes à nossa: ou mediante o signo ou com as letras do alfabeto, como por exemplo, 13 e treze. Quanto ao sistema vigesimal, lembramos que em francês não se diz oitenta, mas quatro-vintes: *quatre-vingts*.

Os sinais da numeração maia são dos mais fáceis, pois se reduzem a **pontos** e **traços**. Conforme se pode ver abaixo:

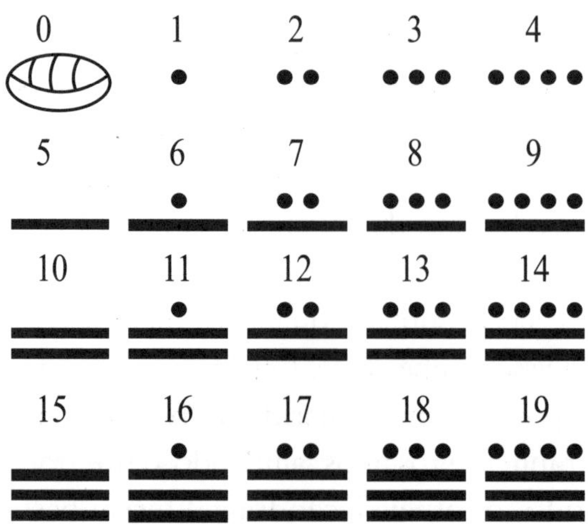

e, assim, sucessivamente. O número vinte tinha duas formas de ser expresso: com quatro traços paralelos na horizontal ou colocando-se um ponto em cima do sinal **zero,** cujo **signo era o de uma concha.**

Zero = 0

Como o nosso sistema é decimal, a progressão aritmética é feita da esquerda para a direita e seu valor multiplicado por dez: 2 20 200 2.000. No sistema vigesimal maia, a progressão era feita **de baixo para cima.** Assim, no primeiro degrau cada número tinha seu próprio valor; no segundo degrau devia estar multiplicado por vinte, automaticamente; no terceiro, por 20x20=400; no quarto por 20x20x20=8.000; e, assim, sucessivamente. Se o número vinte é representado por um ponto em cima do zero, um ponto em cima de dois zeros dá quatrocentos e sobre três zeros dá oito mil. Por outro lado, se colocarmos dois pontos sobre um zero representa-se o 40; três pontos sobre um zero, 60; quatro pontos sobre um zero, 80.

Vejamos outros exemplos: se quisermos exprimir os números abaixo relacionados, temos:

22 = Número zero com dois pontos acima
23 = Número zero com três pontos acima
24 = Número zero com quatro pontos acima

Nomes dos números maias:
1 = hun
2 = ca
3 = ox
4 = can
5 = ho
6 = uac
7 = uuac
8 = uaxac
9 = bolon

10 = lahun
11 = buluc
12 = lahca
13 = oxlahun
14 = canlahun
15 = holhun
16 = uaclahun
17 = uuclahun
18 = uaxaclahun
19 = bolonlahun
20 = hunkal

A astronomia maia

Uma das maiores preocupações dos maias era com o tempo, que eles mediam de todas as maneiras, mediante o emprego de seus calendários. Outra tendência dessa civilização era a de unir dois calendários já conhecidos, criando um terceiro, na tentativa de harmonizar todo o sistema solar conhecido. É evidente que os antigos maias tinham, como nós, um calendário solar ou civil de 365 dias, inclusive mais exato que o gregoriano, usado hoje. Para termos uma idéia, vamos aos números:

Calendário Solar/Gregoriano: 365,2425 dias
Calendário Solar/Civil/Maia: 365,2420 dias
Medição atual com precisão: 365,2423 dias

Observando os números acima, concluímos que o calendário solar maia, denominado *Haab*, era mais preciso que o calendário gregoriano ou solar que empregamos. E mais: os modernos aparelhos de precisão acusam um número bem mais próximo do *Haab* do que do gregoriano. Se levarmos em conta que os maias observavam o céu sem qualquer aparelhagem, este fato torna-se ainda mais significativo.

O *Haab* era composto por dezoito meses de vinte dias cada um, perfazendo os trezentos e sessenta dias. Os cinco dias restantes (conhecidos por *uayeb*, que quer dizer "cama do ano") eram considerados aziagos e toda a população esperava o início do próximo ano em jejum e meditação para purificar-se. Nos anos bissextos, o *uayeb* se compunha de seis dias. Os maias empregavam uma matemática tão rigorosa que sequer admitiam o fato de o ano solar não possuir a precisão desejada. Assim, os cinco dias que tornavam o *Haab* inexato para suas contas só poderiam ser malditos.

A matemática maia usava o sistema **vigesimal** e não o decimal a que estamos acostumados. Para eles, um homem era representado pelo número vinte, pois possuía vinte dedos. Assim, quando multiplicavam vinte (um ser humano) por dezoito (número de meses do ano) obtinham trezentos e sessenta dias. Isso fez com que considerassem o ano solar com apenas este total, cortando, em definitivo, o *uayeb* de suas vidas.

Além do *Haab*, os astrônomos e sacerdotes maias criaram um calendário sagrado de duzentos e sessenta dias, que era acoplado ao *Haab* e se chamava *Tzolkin*. Este calendário marcava a vida cerimonial ou religiosa e fazia previsões. Como o número treze era considerado um número mágico, percebe-se que o *Tzolkin* foi justamente inventado a partir da multiplicação de vinte por treze, ou seja, um ser humano vezes o número mágico.

Assim: (20x13=260).

Um calendário deve ter uma data inicial a partir de um fato histórico qualquer, para criar uma cronologia. São conhecidos vários calendários: o dos maometanos parte da Hégira, que se conta a partir de 15 de julho de 622 da nossa era, dia da fuga de Maomé, de Meca para Medina. O calendário cristão parte do nascimento de Cristo. O dos maias partia de **13 de agosto de 3113 a.C.**, que eles escreviam: 13.0.0.0.0. e chamavam esta data de *baktun* 13.

Por que esta data? Muitas são as teorias, mas não há um fato histórico conhecido, ocorrido naquele dia, mês e ano. Este mistério desafiava os estudiosos. Hoje se sabe que este *baktun 13* é o chamado Grande Ciclo, uma cronologia que abrange 5.125 anos e foi calculada em função de uma profecia. Para realizar vaticínios, os maias uniam o *Haab* e o *Tzolkin* como se fossem duas rodas dentadas acopladas. Conforme as datas da roda do calendário de 360 dias coincidissem com as datas do calendário mágico de 260 dias, os sacerdotes faziam suas previsões.

Este mesmo *baktun* 13 ou 13.0.0.0.0. se repetirá em 21 de dezembro de 2012, abrindo-se um novo ciclo para a humanidade, segundo profetizaram. Portanto, o *baktun* 13 não é a data de origem do povo maia, mas apenas o **Grande Ciclo** ou **Conta Longa**, resultado da união do calendário solar com o mágico, com intuitos meramente proféticos e religiosos. Os maias chamavam de Grande Roda e Pequena Roda a esses dois ciclos de 360 e 260 dias. Como foram encontrados nos códices maias cálculos de milhões de anos antes de Cristo, tornou-se impossível determinar a origem real deste povo. O que se pode dizer é que os maias deixaram pistas de sua presença na Mesoamérica há mais de três mil anos.

Nome dos vinte dias que compõem o mês, em língua maia:

Imix	Ik	Akbal	Kan
Chiccan	Cimi	Manik	Lamat
Muluc	Oc	Chuen	Eb
Ben	Ix	Men	Cib
Cabán	Eznab	Cauac	Ahau

E o nome dos dezoito meses e mais um de cinco dias:

Pop	**Uo**	**Zip**	**Zotz**
Tzec	**Xul**	**Iax**	**Iaxkin**
Mol	**Chen**	**Zac**	**Ceh**
Mac	**Kankin**	**Muan**	**Pax**
Kaiab	**Cumhu**	**Uayeb (cinco dias)**	

Os maias faziam seus cálculos cronológicos utilizando apenas dois números: **treze**, o número mágico, marca do tempo, e **vinte**, a representação de um ser humano e base do seu sistema vigesimal. Na tabela abaixo, iremos compreender melhor o rigoroso processo astronômico maia. Para isso, basta sabermos que *kin*=dia e que *uinal*=vinte. Assim poderemos entender exatamente o que significa o *baktun* 13:

13 *kin* (dias) = Mantêm o seu valor de 13.
13 *uinal* = 13×20 = 260 dias = um calendário mágico.
13 *tun* = 13×(20×18) = 4.680 dias = 18 calendários mágicos.

Notem que o produto dentro do parêntesis (20×18) é 360 ou um ano solar maia.

13 *katun* = 13 × 20 *tun* = 260 *tun* = 93.600 dias = 360 calendários mágicos.
13 *baktun*=13×400 *tun*= 5.200 *tun* = 1.872.000 dias = 7.200 calendários mágicos.

Os maias, portanto, situavam-se em um universo temporal onde haviam precisado o conteúdo e os limites: cinco mil e duzentos anos. Realizadas as correções astronômicas, este universo é de exatamente cinco mil cento e vinte e cinco anos ou **Grande Ciclo** e que terminará em 21 de dezembro de 2012, iniciando-se de imediato o novo ciclo. Os maias iniciavam todos os cálculos a partir do zero. Assim, por exemplo, o primeiro dia do ano é **zero pop**.

Vênus, a chave dos calendários maias

Sabemos que os maias dividiam em quatro partes o Universo, tanto o cósmico quanto o social. E também não desconhecemos que tinham um certo temor do cinco, pois para eles a divisão quadripartida quase sempre tinha o quinto elemento "muito perigoso", diziam os sacerdotes, porque não conseguiam adivinhar o seu destino. Por isso, o calendário civil que usavam tinha na aplicação prática apenas 360 dias, dos cinco dias restantes nem queriam falar. Apesar de evitarem o número cinco, este estava sempre presente nos rituais. O número cinco intervinha na mitologia maia como um sinal de desgraça. Mas, apesar de evitá-lo, ele estava presente na vida religiosa.

Assim, quando o sacerdote realizava uma cerimônia em honra ao *Chac*, o deus da chuva, punha nos quatro cantos do altar cuias de *baal-ché*, em homenagem aos quatros *Chac* dos pontos cardeais. E sem que ninguém percebesse, acrescia mais uma cuia no centro para o quinto *Chac* do qual não dizia o nome, mas, pela posição, era o mais importante.

Pensando nessa característica do povo maia, Pierre Ivanoff aplicou a divisão quadripartida do social ao cósmico.

Os maias acreditavam que um homem tinha em média uma vida de cinqüenta e dois anos, dividida em quatro partes de treze anos cada uma. Treze anos de infância, treze anos de juventude, treze anos de maturidade e treze de velhice. Decorridos os cinqüenta e dois anos, houve um atraso no ano civil em relação ao ano verdadeiro de treze dias. Os maias sabiam disso e os colocavam no centro:

13 anos		**13 anos**
	13 dias	
13 anos		**13 anos**

Este gráfico equivale a cinqüenta e dois anos verdadeiros com as correções dos anos bissextos.

Passando para o universo cósmico, os astrônomos multiplicaram cinqüenta e dois (vida de um homem) por vinte (símbolo do homem), resultando em mil e quarenta anos solares. Repartidos pelos quatro cantos do mundo:

260 anos		**260 anos**
	260 dias	
260 anos		**260 anos**

Aí temos mil e quarenta anos solares verdadeiros.

Como se percebe no gráfico acima, faltavam duzentos e sessenta dias para se colocarem a par da marcha do Sol, o que equivale exatamente ao tempo de um calendário mágico ou *Tzolkin*.

Na escala do tempo, a vida de um homem era representada pelo ciclo de cinqüenta e dois anos, enquanto os mil e quarenta anos eram a configuração da duração do mundo. Os maias viviam no Quarto Mundo e esperavam com angústia a chegada do Quinto e o conseqüente fim do mundo em que viviam. O universo cósmico era, portanto, de cinco mundos assim divididos:

1.040 anos II		1.040 anos III
	1.040 anos V	
1.040 anos I		1.040 anos IV

Os algarismos romanos do gráfico representam os cinco mundos. Os mundos I, II e III haviam terminado por cataclismos: dilúvio, chuva de fogo etc. No apogeu de sua civilização, por volta dos anos seiscentos, os maias estavam no Mundo IV, mas já sentindo seu final.

O total acima resulta em cinco mil e duzentos anos, todo o universo maia, um universo organizado, o mesmo que tem como ponto de partida o *baktun 13*.

Vênus: a chave dos calendários

O calendário de Vênus traz-nos muitas revelações a propósito do número cinco e da verdadeira noção de tempo para os maias.

Segundo as observações mais modernas, sabemos que Vênus

efetua uma revolução sinódica, ou seja, um retorno à posição inicial no céu, em um período de 583,92 dias. As revoluções deste planeta dividem-se em quatro períodos distintos: durante oito meses é *estrela da manhã*, desaparecendo por três meses; em seguida, torna-se *estrela vespertina* por mais oito, desaparecendo novamente por catorze dias antes de reaparecer de novo como *estrela matutina*.

No Códice de Dresden percebemos que os maias haviam decodificado perfeitamente essas revoluções, relacionando-as com os intervalos entre duas luas novas.

Todas as medidas dos astrônomos maias são perfeitas e objetivas. Notaram, porém, que o planeta Vênus possui irregularidades em suas revoluções, apesar de constantes em cinco sucessivas, respectivamente: 580, 587, 583, 583, 587 dias. Assim, os astrônomos estabeleceram a média de **584 dias** para **um ano venusiano.**

O **Códice de Dresden** nos revela ainda que atraídos por estes cinco anos irregulares venusianos, os maias notaram que eles coincidiam exatamente com oito anos civis de trezentos e sessenta dias do seu calendário solar. Assim, iniciaram o calendário do ano solar ao mesmo tempo que o calendário de Vênus. Perceberam que decorriam **2.920 dias**, ou sejam **oito anos solares** e **cinco venusianos**, antes que os primeiros dias dos dois calendários se encontrassem de novo.

Esta coincidência plena de significados deixou os astrônomos tão satisfeitos que resolveram *casar* os dois calendários de modo a obterem um terceiro, tendo como unidade básica o **ano venusiano-solar** de **dois mil novecentos e vinte dias.**

Mas, enquanto decorria este grande ano, os oito anos solares de trezentos e sessenta e cinco dias que o compunham ficavam com dois dias de atraso diante da verdadeira marcha do Sol (atraso suprimido pelos anos bissextos). Entretanto, notaram com surpresa que os 1.040 anos solares de 365 dias não apresentavam atraso algum em relação calendário venusiano, pelo contrário, eram perfeitamente compatíveis com a marcha de Vênus. Encontraram-se, então, diante de um tempo enfeitiçado, que se atrasava em relação ao Sol, mas que era exato em relação ao planeta Vênus.

O ano venusiano-solar tornava-se um módulo rigoroso para o controle da marcha do tempo. Assim, estes conceitos podem ser expostos no gráfico:

Vênus **Vênus**

Sol Sol

Sol Sol

Vênus

Sol Sol

Sol Sol

Vênus **Vênus**

Este gráfico, além de mostrar que cinco anos solares de Vênus equivalem a exatamente oito solares da Terra, determina que o calendário venusiano-solar possuía treze estações de tempo. Este é o significado do número treze, base de todo o problema da marcação do tempo dos maias, segundo Pierre Ivanoff.

Bibliografia

ARNOLD, Paul. *O Livro dos Mortos dos Maias — a escrita maia decifrada*. São Paulo: Hemus, 1994.

FASH, William L. *Scribes, Warriors and Kings — the city of Copan and the Ancient Maya*. London: Thames and Hudson, 1991.

GUIRAO, P. *O Enigma dos Maias — uma civilização superior na América Pré-Colombiana*. São Paulo: Hemus, 1983.

IVANOFF, Pierre. *Descobertas na Terra dos Maias*. Lisboa: Livraria Bertrand, 1968.

LANDA, Fr. Diego de. *Yucatan, Before and After the Conquest*. New York: Dover Publications,1978.

MARCUS, Joyce. *Mesoamerican Writing Systems — Propaganda, Myth and History in Four.*

Ancient Civilizations. Princeton: Princeton University Press, 1992.

MEN, Hunbatz. *Tzol Ek': Astrologia Maya*. Cidade do México: Ediciones Juarez, 1983(?).

MORLEY, Sylvanus G. e BRAINERD, George W. *The Ancient Maya*. Stanford: Stanford.

University Press, 4th edition,1983.

Popol Vuh: The Mayan Book of the Dawn of Life and Glories of Gods and Kings. Tradução de Dennis Tedlock. New York: Simon and Schuster, 1985.

SCHELE, Linda e FREIDEL, David. *A Forest of Kings — the untoldstory of the Ancient Maya*. New York: Quill William Morrow, 1992.

OBRAS DO MESMO AUTOR

A SERPENTE EMPLUMADA

Depois de três décadas estudando e intuindo sobre os mistérios da civilização maia, o autor redimensiona as revelações proféticas de Pacal Votan, o rei sacerdote, num instigante romance, com o mesmo encanto e fascínio que encontramos em *2012 - A Profecia Maia.*

VIAGEM PELA ARTE BRASILEIRA

Este livro tem a intenção de ajudar o leitor a penetrar no universo complexo das artes plásticas e é uma verdadeira viagem pelos saltos e rupturas que formam a Arte do Brasil a partir do cavernícola, o homem das cavernas, até chegar aos artistas eruditos dos dias atuais.

Leia também

O DESPERTAR DE UM XAMÃ
Foster Perry

Foster Perry, um famoso xamã norte-americano conta a verdadeira história da sua iniciação xamânica quando foi atingido por um raio que quase o matou e o transformou para sempre.

O LIVRO DO DESTINO
Antigo Oráculo Egípcio encontrado em um túmulo real, conservado e utilizado por Napoleão Bonaparte

"O livro do Destino" é uma forma direta e absorvente de prever o futuro. Subconscientemente e por um simples processo, é encontrada a resposta à pergunta colocada, dada por um dos 32 oráculos.

Leia também

MENSAGEIROS DO AMANHECER
Ensinamentos das Pêiades
Barbara Marciniak

Canalizados das Plêiades, estes ensinamentos surpreendentes, intensos e controversos oferecem leitura essencial para quem questiona sua existência neste planeta e a direção da nova consciência.

TERRA
Chaves pleiadianas para a biblioteca viva
Barbara Marciniak

Seqüência natural de *Mensageiros do Amanhecer*, este livro investiga as memórias profundamente ocultas dentro de nós, revelando nossos papéis cruciais no mundo atual, vistos de outra dimensão.

CTP • Impressão • Acabamento
Com arquivos fornecidos pelo Editor

EDITORA e GRÁFICA
VIDA & CONSCIÊNCIA

R. Agostinho Gomes, 2312 • Ipiranga • SP
Fone/fax: (11) 3577-3200 / 3577-3201
e-mail:grafica@vidaeconsciencia.com.br
site: www.vidaeconsciencia.com.br